LE GANG DES DENTIERS FAIT SAUTER LA BANQUE

Du même auteur

Comment braquer une banque sans perdre son dentier, Fleuve Éditions 2014 ; Pocket 2015

CATHARINA INGELMAN-SUNDBERG

LE GANG DES DENTIERS FAIT SAUTER LA BANQUE

Traduit du suédois
par Hélène Hervieu

fleuve
ÉDITIONS

Titre original :
Låna är silver, råna är guld

MIXTE
Issu de sources responsables
FSC® C003309

Fleuve Éditions, une marque d'Univers Poche,
est un éditeur qui s'engage pour
la préservation de son environnement
et qui utilise du papier fabriqué à partir
de bois provenant de forêts gérées
de manière responsable.

ISBN : 978-2-265-09871-8

Pour Lena Sanfridsson, Barbro von Schönberg et Inger Sjöholm-Larsson, en les remerciant de tout mon cœur pour leur formidable soutien !

« Le champagne après un braquage,
ça donne un peu sommeil. »

(Märtha, 79 ans)

Prologue

Quand Märtha, 79 ans et recherchée par la police, fourra dans son grand cabas à fleurs le fromage, le saucisson et la délicieuse terrine de fruits de mer, ce fut le début d'une nouvelle vie.

L'air conditionné ronronnait, le cabas brinquebalait et le murmure du supermarché la fatiguait : il était temps de retourner à l'Hôtel Orléans où elle occupait une suite avec ses amis. Avant leur virée au casino, ils se prépareraient un cocktail avec des snacks, ce serait parfait. C'était ici, à Las Vegas, que tout se passait. Märtha, très gaie, chantonna. Elle n'oublierait pas de cacher une petite fiole de liqueur de mûres arctiques sous sa veste pour la soirée.

— Mes amis, maintenant nous retournons à l'hôtel pour recharger nos batteries, annonça-t-elle en glissant ses cheveux blancs coupés court sous son large chapeau de paille.

Ses mains soignées tenaient fermement son sac et ses chaussures noires claquaient sur le trottoir. Ses compagnons, tous retraités comme elle, le Génie, le Râteau, Anna-Greta et Stina, acquiescèrent et payèrent leurs marchandises à la caisse, avant de suivre Märtha dehors. Il s'était bien passé six mois depuis qu'ils avaient quitté la Suède après leur dernier coup, et ils avaient su se tenir à carreau. Mais maintenant, ils en avaient assez. On ne vit pas si on s'ennuie. Le moment était venu de passer à l'action.

Devant le magasin, la chienne et leurs déambulateurs les attendaient. Le cocker anglais glapit et bondit sur le sac de Märtha à l'odeur pleine de promesses. Les cinq amis, ou le gang des dentiers comme ils s'appelaient parfois, avaient pris l'habitude de promener la jeune chienne du concierge de l'hôtel. Après l'avoir un peu caressée, Märtha la fit descendre avec autorité. Quand les autres l'eurent rejointe, ils se dirigèrent ensemble vers l'Orléans.

Les bâtiments blancs de l'hôtel se dressaient au-dessus de leurs têtes et le bitume scintillait. Les néons clignotaient, la chaleur était écrasante. Une voiture de police passa en trombe. Après quelques pas à peine, Märtha fut en nage. Le souffle court, elle s'engagea dans Hayes Street, sortit son éventail et commença à fredonner son air traditionnel suédois favori, « Nous traversons des collines recouvertes de rosée ».

Le gang des dentiers n'allait pas tarder à faire des siennes à Las Vegas. Las Vegas, rien que ça !

1

Le personnel de la joaillerie Beers au bout de la rue aurait dû se méfier. Pourtant, les portes de sécurité s'ouvrirent en grand, tandis que les vigiles s'écartaient avec prévenance pour laisser passer trois jeunes hommes barbus et nerveux. Deux d'entre eux étaient guidés par des chiens d'aveugle et le troisième aidait ses amis à avancer jusqu'au comptoir. La vendeuse leur sourit, le regard empli de compassion. Les clients la saluèrent poliment et demandèrent à voir les diamants taillés. Alors, ils sortirent leurs armes.

— Les diamants, plus vite que ça !

La vendeuse et les employés du magasin, pris de panique, eurent un mouvement de recul, puis cherchèrent à actionner l'alarme, tout en sortant, les mains tremblantes, les tiroirs pleins de pierres précieuses. Deux malfaiteurs clouèrent les vigiles contre un mur pour les désarmer, pendant que le troisième mettait les diamants dans un compartiment dissimulé dans les colliers des chiens. Il s'empara aussi d'un saphir bleu foncé et de quelques pierres que l'atelier n'avait pas encore eu le temps de tailler. Tandis qu'ils vidaient les présentoirs, les braqueurs n'avaient pas remarqué que la vendeuse avait réussi à déclencher l'alarme.

Lorsque celle-ci retentit, ils glissèrent les dernières pierres dans les colliers, les attachèrent au cou des chiens et sortirent précipitamment. Le dernier court-circuita l'électricité pour s'assurer que la porte de sécurité resterait verrouillée derrière eux.

Dans la rue, les trois hommes retirèrent leurs perruques, mais gardèrent leurs lunettes de soleil, et firent mine de se promener tranquillement, l'air de rien. Ce n'était pas la première fois qu'ils utilisaient le truc des chiens guides. Ça marchait bien, ça endormait la vigilance des gens.

Les hommes se mêlèrent à la foule des passants et, au carrefour, tournèrent dans Hayes Street où ils avaient garé leur voiture. Ils tombèrent alors sur un groupe de personnes âgées qui occupait toute la largeur du trottoir. Les cinq vieillards chantaient à tue-tête en effectuant des petits pas de danse derrière leurs déambulateurs. Les malfrats les regardèrent, étonnés.

— *Please, pay attention !* lança Märtha avant de reprendre en chœur le refrain avec ses amis.

Ils avaient fait partie de la même chorale pendant trente ans et adoraient chanter ensemble.

— Nous traversons des collines recouvertes de rosée..., entonnèrent-ils d'une seule voix.

Comme toujours lorsqu'ils interprétaient cette chanson, ils furent gagnés par le mal du pays.

Ils ne pouvaient pas se douter de ce qui venait de se passer. Rien ne les pressait, Barbie était occupée à renifler plein de bonnes odeurs un peu partout. Au cours de leur promenade, ils avaient vu des dizaines de restaurants, de casinos et de joailleries, et Märtha était aux anges. Las Vegas était une ville d'aventuriers : une ville faite pour eux.

— *Give way !* cria l'homme avec le chien guide.

— *Give way* toi-même, andouille ! répliqua Märtha avant de reculer lorsqu'un des chiens lui montra les crocs.

Mieux vaut l'amadouer, songea Märtha en cherchant dans son cabas le saucisson, tandis que le Génie sortait la terrine. Mais le berger allemand dédaigna les friandises et préféra se jeter sur Märtha dans l'intention de lui croquer le mollet. Dieu merci, le Génie eut le temps de faire barrage avec son déambulateur dans lequel le chien coinça son collier.

La jeune chienne paniqua devant le molosse, gémit et tira si fort que Stina la lâcha. Barbie partit en trombe, traînant la laisse derrière elle. Sur ce, l'autre chien, un labrador noir, se libéra lui aussi pour lui courir après. Non seulement Barbie était une petite chienne fort séduisante, mais en plus, elle savait filer à toute allure.

— *Fuck, fuck*, le collier ! cria un des malfrats en voyant le labrador s'enfuir avec les diamants.

Les deux autres le prirent en chasse. Ne restèrent que le berger allemand, toujours emmêlé dans le déambulateur, et son maître, paniqué, qui tentait de le libérer.

— Je suis terriblement *sorry*..., s'excusa Märtha.

— *Fuck you !* répondit l'autre.

— *If you take it easy*, ça sera plus facile, continua Märtha sans se démonter, avant de lui prodiguer moult conseils avisés.

Le pauvre bougre s'acharnait sur le collier, toujours coincé. Des sirènes de voitures de police retentirent. Le voleur se figea un instant, puis se remit à tirer de plus belle afin que le berger allemand soit libéré, mais le collier restait accroché au déambulateur. L'homme s'enfuit à toutes jambes, le berger allemand à ses trousses.

— *Hey stop ! You forgot your dogband !* lui cria Märtha.

Mais l'homme partit ventre à terre dans la direction opposée, vers sa voiture. Ses acolytes, en entendant eux aussi les sirènes, avaient abandonné le labrador pour rejoindre leur véhicule. Ils déverrouillèrent les portes à distance, s'engouffrèrent tous les trois à l'intérieur et démarrèrent à toute blinde avant de tourner au coin de la rue en faisant crisser les pneus.

— Voilà de sacrés énergumènes ! Ils n'ont pas du tout l'air d'avoir besoin de chiens d'aveugle, marmonna Märtha.

En un mouvement, elle ouvrit le collier, exactement comme elle avait conseillé au jeune homme de le faire. Elle soupira, satisfaite, puis secoua la tête.

— Ah, les gens ne savent pas faire usage d'un bon conseil de nos jours !

Le Génie jeta un coup d'œil au collier.

— Pose-le dans le déambulateur. Le nom des propriétaires doit figurer dessus, on les contactera plus tard.

De l'avis de tous, c'était une excellente idée. Dès qu'ils eurent retrouvé Barbie, ils reprirent le chemin de l'hôtel. Mais le labrador noir, s'étant pris d'affection pour eux, les suivit. Ils devraient aussi rechercher les propriétaires de celui-là. Märtha lui retira son collier et le plaça à son tour dans le déambulateur, au moment où le concierge venait à leur rencontre.

— *Thank you so much !* s'exclama-t-il, reconnaissant, en prenant sa petite Barbie adorée dans les bras avant de disparaître dans le hall.

Le labrador aboya et courut après eux. Malheureusement, il n'avait pas vu la porte vitrée qui se referma sur son museau. Il resta un long moment derrière la vitre, visiblement contrarié, avant de s'éloigner, les oreilles basses. Le gang des dentiers se retrouva avec deux colliers de chien sur les bras.

— J'ai une loupe dans ma chambre. Il doit bien y avoir une inscription sur la bande en cuir, ou une étiquette dans le fermoir, déclara Märtha dans l'ascenseur qui les amenait au huitième étage, suite 831.

— C'est quand même bizarre, la vie, on ne sait jamais ce qui peut vous arriver, babilla-t-elle un peu plus tard, après avoir préparé l'apéritif et s'être armée d'une loupe. Voyons voir ce que nous avons là...

Märtha inspecta l'intérieur du collier, mais ne trouva ni nom ni initiales. Intriguée, elle tira sur le fermoir du collier. À cet instant, quelque chose tomba au sol. Le Râteau se pencha pour ramasser les morceaux et les poser sur une soucoupe.

Des friandises pour chien rangées dans le collier. Quelle bonne idée !

2

— Des friandises pour chien, ça m'étonnerait ! déclara Märtha en mordant l'un des morceaux. Ou alors les chiens de Las Vegas sont tous édentés. Ces trucs sont durs comme des cailloux.

Tous se penchèrent, et chacun choisit une pierre pour la tenir face à la lumière. Il y eut un grand silence, puis des exclamations fusèrent de toutes parts.

— C'est incroyable, on dirait des diamants. De vrais diamants !

Par la fenêtre, on voyait la ville briller de mille feux. Les panneaux publicitaires scintillaient, les néons clignotaient, formaient des arabesques lumineuses… Et notre équipe de retraités venait de tomber sur un tas de diamants !

Fascinés, ils contemplaient les pierres précieuses, les prenaient entre leurs doigts et les touchaient délicatement, avant de les reposer à contrecœur sur la table.

— On ignore d'où ils viennent et à qui ils appartiennent. Soit nous allons voir la police, soit nous en faisons don à Grindslanten, conclut Märtha en évoquant le fonds commun qui avait été crédité du fruit de leurs larcins et leur permettait de financer des associations qui aidaient les plus démunis.

— Mais la police pourrait croire que c'est nous qui avons dérobé les diamants, objecta Stina, la benjamine de la bande.

— Pour se retrouver enfermés dans une prison américaine, non merci. Mieux vaut s'occuper des diamants nous-mêmes, déclara Anna-Greta, qui avait fait toute sa carrière dans une banque. On les vend, et on transfère l'argent à Grindslanten. Toute contribution est la bienvenue.

Tous acquiescèrent d'un air grave. Ils avaient beau avoir autour de 80 ans, ils travaillaient plus que jamais. Leur fonds aurait aussi bien pu s'appeler la Passoire, car l'argent en sortait presque aussi vite qu'il entrait. Le butin était aussitôt distribué. Rien qu'à Las Vegas, on dénombrait sept mille SDF. En Suède aussi, des gens avaient besoin d'aide. Le gang avait donc décidé d'économiser jusqu'à rassembler au moins cinq cents millions de couronnes qu'ils pourraient investir et faire fructifier. Les revenus d'un tel capital permettraient de financer les soins aux personnes âgées, la culture et même leur propre retraite. Ils ne pouvaient pas décemment passer le reste de leur vie à voler.

Une semaine s'était écoulée depuis les étranges événements de Hayes Street et Märtha avait invité ses amis à venir boire le café et grignoter quelques biscuits et gaufrettes au chocolat dans sa suite. Depuis la rencontre avec les voleurs de diamants, ils s'étaient faits discrets. Ils n'avaient pas mis le nez à l'extérieur de l'hôtel, laissant le concierge sortir sa petite Barbie lui-même. En effet, ils n'étaient pas dupes : les malfaiteurs étaient forcément à leur recherche. Si la police ne les avait pas encore appréhendés, bien sûr...

— Est-ce qu'on est tous d'accord pour considérer dorénavant les diamants comme les nôtres et pour en disposer à notre guise ? demanda Märtha lorsqu'elle eut bu sa tasse de café.

— Absolument ! Les diamants sont à nous ! répliquèrent-ils en chœur.

Rien ne leur faisait plus plaisir que de voler des biens déjà volés. C'était comme un cadeau, donc doublement satisfaisant. Près de la cafetière, les diamants renvoyaient la lumière qui se réfléchissait sur les facettes taillées, leur conférant mille couleurs. Ces diamants avaient bien appartenu à quelqu'un, mais à qui ? Il y avait autant de joailleries à Las Vegas que de charcuteries en Suède : il était donc impossible de retrouver les propriétaires légitimes. Le mieux était de rapporter les pierres précieuses en Suède et de les écouler pour alimenter le fonds.

Il fallait fêter cette décision ! Le Râteau se leva pour aller chercher une bouteille de champagne et cinq coupes. Il avait été serveur sur le paquebot *M/S Kungsholm* et savait ouvrir une bouteille dans les règles de l'art. Il la débouchait sans bruit et sans envoyer le bouchon dans le lustre, et il ne faisait jamais déborder la mousse. Rien à dire, il ne gaspillait pas la moindre goutte !

— À la vôtre, bande d'escrocs ! s'écria Märtha.

Tout en levant leurs verres, ils entonnèrent quelques mesures du « Galop du Champagne » avant de boire.

L'ambiance était chaleureuse, tous les cinq étaient d'accord pour rapporter en douce les diamants en Suède. Märtha et le Génie en étaient déjà aux détails pratiques et avaient dévissé les poignées de leurs déambulateurs.

— Vous avez l'intention de les cacher là ? s'étonna Stina qui glissa quelques pierres précieuses dans la poignée et secoua son déambulateur. Vous entendez le bruit que ça fait ? C'est un coup à se faire prendre !

— On en mettra seulement quelques-uns, comme ça, on n'entendra rien, suggéra le Génie. Sinon on peut aussi tout insérer dans les cannes.

— Oui, on ferait mieux de se rabattre sur les cannes, déclara Märtha.

— Dans ce cas, nous mettrons les plus petites pierres et les diamants dans une des poignées et on remplira les autres avec uniquement des petites pierres. On les tassera de sorte qu'elles ne bougeront pas. Et ensuite, on mettra les cannes dans un sac de golf. Ça devrait aller, expliqua le Génie.

— Pas bête ! s'enthousiasma Märtha. Ah, tu es toujours si astucieux.

— Je ne suis pas tranquille avec ces diamants, s'inquiéta Stina, il vaudrait mieux qu'on rentre dès demain.

— Pas avant d'avoir fait le coup, protesta Märtha. N'oublions pas le but de ce voyage. On ne va pas tout abandonner juste parce qu'on est tombés sur quelques diamants. Il nous manque encore des millions. Pense un peu à nos collègues retraités, il nous faut plus de sous !

— Il est vrai que, de nos jours, la société ne peut pas fonctionner sans un coup de pouce, confirma Anna-Greta.

Le silence se fit. Lorsque les liens de solidarité sont menacés, il faut bien que quelqu'un vienne à la rescousse. Et notre bande de retraités avait décidé d'endosser ce rôle. Dans un monde où les riches devenaient sans cesse plus riches et les pauvres de plus en plus pauvres, ils avaient choisi de commettre des actes criminels pour aider les plus défavorisés. C'est pour cette raison qu'ils planifiaient de dévaliser un casino de Las Vegas depuis un mois. Ce casse leur rapporterait une somme bien plus rondelette que la revente d'une poignée de diamants.

— Alors, menons à bien notre plan, conclut le Génie.

Märtha avait décidé que ce serait pour le lendemain. Elle débordait tellement d'idées qu'elle n'était pas toujours facile à suivre. Elle jeta un regard à la pièce qu'elle allait bientôt quitter. Depuis des mois, ils jouaient à la roulette et avaient raflé plus de cent millions, mais il était temps d'en finir. Les vigiles commençaient à se douter de quelque chose, ils les observaient de près en marmonnant dans leurs écouteurs chaque fois que le gang des dentiers s'approchait des tables de jeu. Ça devenait tendu. Il fallait savoir s'arrêter et se fixer des objectifs réalistes. Le Génie fit un rapide calcul. Au cours de la dernière année, ils avaient amassé, grâce à leurs braquages et à leurs tricheries au jeu, deux cent quarante millions pour leur fonds Grindslanten. En comptant les diamants, on arrivait sans doute à trois cent quarante millions. Il ne leur manquait plus que cent soixante millions et les revenus de leur capital suffiraient à aider les personnes âgées et d'autres malheureux que l'État négligeait. Märtha avait donc accepté l'idée de Stina de braquer le casino. Voler l'argent était plus rapide que le gagner à la roulette, avait-elle estimé. Märtha avait toujours été très impatiente.

— OK, on fait nos bagages ce soir, le casse demain, et on repart en Suède direct, résuma Märtha.

— Mais pourquoi faire le coup ici ? Ne vaudrait-il pas mieux faire un braquage en Suède ? demanda le Génie.

Il avait grandi à Sundbyberg, et même s'il parlait cinq langues, il n'avait jamais habité à l'étranger. Il ne se sentait pas en sécurité si loin de chez lui.

— Mais mon pauvre Génie, il nous les faut, ces cent soixante millions. Sinon, qu'arrivera-t-il quand on sera trop vieux pour faire des cambriolages ? rétorqua Märtha. Ici, on peut toucher le gros lot. Quand le capital sera suffisant pour que nos descendants puissent vivre des revenus, nous pourrons définitivement nous ranger.

— Tu as de sacrées ambitions, ma chère Märtha, soupira le Génie.

— On est bien obligés de voler, souligna Anna-Greta, tu as vu les taux de rémunération de l'épargne ?

— Vu sous cet angle..., marmonna le Génie qui n'avait jamais été expert en questions financières.

— Trinquons au Grindslanten ! Et *all inclusive* ! rit Märtha.

Le Râteau tiqua.

— *All inclusive ?*

— Bien sûr. Il faudra augmenter ce fonds. L'État providence se casse la figure un peu partout en Europe, Grindslanten doit s'occuper des problèmes de santé, d'école, de soins et...

— Mais Märtha, c'est énorme, on va perdre le contrôle, protesta le Génie qui commençait à avoir le vertige. Une chose à la fois !

— Je suis de l'avis du Génie, renchérit Anna-Greta. Il n'est pas question de distribuer des sommes que nous ne possédons pas.

— C'est ce que font pourtant la plupart des gouvernements. Alors pourquoi pas nous ? Le plan du casino est en béton. On va se faire un maximum d'argent, déclara Märtha en ouvrant ses bras dans un geste impérial.

Une petite douleur musculaire lui arracha une grimace. Elle avait oublié qu'elle avait un peu trop sollicité son bras en passant la moitié de la nuit à jouer aux machines à sous.

Elle se leva pour prendre un seau dans le bar. Il était plein de sable et de gravier qu'elle était allée chercher plus tôt dans la journée. Elle dévissa avec détermination le pommeau de sa canne.

— En parlant de casse... Ça fait un moment qu'on ne s'est pas entraînés. On est peut-être un peu rouillés ? hasarda le Génie en se raclant la gorge. Je veux dire, il ne s'agit pas de dévaliser une petite agence suédoise. On parle du casino le mieux surveillé du monde. Des gardes armés, des caméras de surveillance omniprésentes, et j'en passe...

— C'est gentil de nous le rappeler, poursuivit Märtha qui remplissait la canne de diamants et de gravier. Mais tu verras, tout va bien se passer, ajouta-t-elle en lui tapotant la joue. Je te parie cent mille dollars qu'on va réussir.

— Non, mais tu te rends compte de ce que tu dis ? Le démon du jeu est en toi, gémit-il, fixant ses ongles rongés.

— Encore un peu de café ? demanda Märtha à la cantonade pour changer de sujet. Je vais en chercher. Je vous laisse continuer à préparer le coup pendant ce temps-là. Ah oui, et j'apporte les gaufrettes !

Une fois le café servi, elle revissa le pommeau de sa canne et sortit le plan du casino. Il fallait redonner du courage à ses complices. Dévaliser un établissement de Las Vegas n'était pas une mince affaire.

— Je sais que nous l'avons examiné à de multiples reprises, mais je propose que nous mémorisions une dernière fois ce plan. Demain, pas question de se tromper de porte ou d'emprunter le mauvais couloir, rappela-t-elle en le dépliant sur la table.

— Tu ne t'arrêtes jamais, se plaignit le Râteau. Demande-nous de faire un peu de gym après le café tant que tu y es !

Märtha préféra ne pas relever. Certes, elle veillait à ce qu'ils se maintiennent tous en forme, mais l'heure n'était pas à l'exercice physique. Il s'agissait à présent de se concentrer sur le casse. Un dernier coup d'éclat, et ils quitteraient l'Amérique. Le pactole en poche, leur bande pourrait cesser ses activités illégales et couler enfin une retraite tranquille.

Le lendemain, ils rassemblèrent leurs affaires, bouclèrent leurs valises et s'accordèrent, comme d'habitude, une petite sieste. Au dîner, un peu de tension flottait dans l'air, mais chacun tenta de faire bonne figure ; le homard et le champagne contribuèrent à détendre les esprits.

Le Génie et le Râteau revêtirent d'élégants costumes sombres et furent mis à contribution pour boutonner les tenues de soirée de ces dames, en soie et tulle : elles avaient choisi des robes longues avec des étoles. La suite 831 embaumait le parfum et l'après-rasage.

Dès qu'on l'obligeait à quitter son pantalon des années cinquante et sa chemise en flanelle à carreaux, le Génie avait l'air engoncé et mal à l'aise. Pour se donner une contenance, il se moucha dans sa pochette de costume blanche, ce qui obligea Märtha à lui en donner une autre. Le Râteau, d'un genre plus play-boy, était dans son élément ; il se tenait droit et avait une allure folle. Stina portait une robe bustier bleu ciel ainsi qu'un chapeau rose. Anna-Greta, fidèle à elle-même, ressemblait à un personnage égaré d'un autre siècle avec sa longue robe à volants. Les tendances de la mode lui avaient toujours paru sans aucun intérêt, et si elle avait pu, elle aurait enfilé une vieille tenue d'intérieur informe. Elle serait heureuse le jour où l'on inventerait des vêtements en spray et qu'elle n'aurait plus qu'à s'en vaporiser le matin.

Une fois que tout le monde se fut mis sur son trente et un et eut avalé une tasse de café, Märtha ressortit les plans.

— La salle du personnel se trouve juste derrière les toilettes près de l'issue de secours au bout du couloir. Cela devrait être un casse du genre « prends-l'oseille-et-tire-toi », déclara-t-elle, le doigt pointé sur les documents.

— Prendre l'oseille et se tirer ! Tu as souvent vu des rallyes sur fauteuils roulants, toi ? railla le Râteau qui avait un faible pour le sarcasme. (Ce soir-là, ils ne se déplaceraient pas avec leurs déambulateurs habituels, mais avec des fauteuils roulants électriques.)

— On ne se traînera pas, ça, c'est sûr, dit le Génie avec une lueur malicieuse dans les yeux.

Märtha l'avait vu trafiquer les fauteuils tout l'après-midi. Elle était un peu inquiète, mais le Génie avait un don pour tout ce qui était technique. Il avait certainement fait de son mieux.

— Bon, arrêtez de vous éparpiller, les garçons, et retenez ceci, reprit-elle en brandissant le schéma couvert de traits de plusieurs couleurs.

La salle du personnel était signalée par une grande croix, et les trajets vers les issues de secours par de plus petites croix. Chacun mémorisa le plan une dernière fois, qui en se raclant la gorge, qui avec force borborygmes. Le Râteau tripota nerveusement son nœud papillon.

— Tout le monde dit que c'est impossible de faire un casse à Vegas et toi, tu es persuadée du contraire ?

— Le jeu en vaut la chandelle, répliqua Märtha, bien consciente que les choses pouvaient mal tourner mais souhaitant préserver le moral des troupes avant tout.

— Maintenant que nous avons pris la décision, ce n'est plus le moment de douter, trancha Stina en sortant son rouge à lèvres.

Elle-même, en réalité, n'en menait pas large, mais la pensée de finir dans une geôle américaine était insupportable. Et comme c'était elle qui avait lancé l'idée au départ, elle ne pouvait pas se défiler au dernier moment. Une fois, en se rendant aux toilettes pour se remaquiller, elle avait remarqué que la porte de la salle du personnel était entrouverte. Elle avait jeté un coup d'œil à l'intérieur et vu qu'on y entreposait des jetons, sans surveillance. Mon Dieu ! Elle en avait alors fait part à ses amis : « Si l'on pouvait mettre la main sur ces jetons... enfin, vous comprenez... »

Aussitôt, le gang des dentiers avait retrouvé le goût du risque et de l'aventure : le temps était venu de se remettre au travail !

— Maintenant, voilà le casino, dit Märtha en posant l'autre plan sur la table. Bonne chance à tous. On se retrouve au parking, d'accord ?

Tous marmonnèrent un vague oui.

— Et vous avez les billets ?

— Arrête de nous materner ! répliqua le Râteau. On saura bien retrouver l'aéroport.

Märtha rougit. Elle se sentait responsable d'avoir attiré ses amis dans l'univers du crime et elle voulait éviter qu'il leur arrive malheur.

— Encore un dernier détail. N'oubliez pas les ballons.

— Oui, oui, pour les caméras de surveillance, ronchonna le Râteau.

— Et buvez avec modération ce soir, ajouta Anna-Greta.

— On boira juste assez pour avoir l'air de s'être égarés *naturellement*, gloussa Stina.

— Comme d'habitude, quoi, enchérit le Génie.

Märtha reprit le plan et le passa dans le broyeur de documents.

— J'espère qu'on va se souvenir de tout, s'angoissa Stina, l'œil rivé sur les bandelettes qui sortaient de l'appareil. Mon Dieu, si on se perdait !

— Cela n'arrivera pas, la rassura le Râteau en lui serrant la main.

— On ne peut pas non plus se promener avec une carte dans les mains pendant le braquage, déclara Anna-Greta en remontant ses authentiques lunettes vintage sur son nez.

Märtha rassembla les bandelettes de papier et les jeta dans les toilettes avant de tirer la chasse d'eau.

3

La salle de jeux sans fenêtre ni horloge bruissait du murmure des conversations. Sur les épaisses moquettes rouges se dressaient, hautes et sombres, les tables vertes et leurs roulettes, et tout autour, des hordes de joueurs venus tenter leur chance.

En costume ou en chemise hawaiienne, des hommes ventrus arpentaient les allées avec fébrilité. D'élégantes femmes en robe longue, couvertes de bijoux, poussaient des piles de jetons sur les tables en se rongeant les ongles, avec en fond sonore le tintement assourdi des machines à sous.

— Ce soir, on mise gros, rappelait encore Märtha quand elle faillit heurter Anna-Greta dans son fauteuil roulant en amorçant un virage en direction de la table de jeu.

Son amie, une grande perche qui ressemblait à Mary Poppins (il ne lui manquait plus que le parapluie), l'évita de justesse et la fusilla du regard.

— Eh, du calme ! On s'est entraînés à faire des virages. Si on provoque un accident, ils feront venir les vigiles.

— Ne t'inquiète pas, je conduirai prudemment…, la rassura Märtha, qui s'interrompit en apercevant les vigiles en question qui entraient dans la salle du personnel.

Elle se dirigea vers la porte. Ils avaient convenu d'agir le plus tôt possible dans la soirée, tant qu'il y avait encore beaucoup de jetons à l'intérieur. Or là, c'était tout de même très rapide... elle n'avait même pas atteint la roulette.

— Elle est bizarre, cette lampe au plafond. Je ne l'avais pas remarquée hier, s'étonna le Râteau, les yeux levés vers l'étrange soucoupe métallique placée juste à la verticale de la table.

— Ce n'est qu'une énième caméra, lança Märtha avec une légèreté feinte. Ne t'inquiète pas pour ça, des écrans, ils en ont un paquet, un de plus, ça ne changera rien pour nous. Ils sont sans doute déjà en train de nous observer.

Le Râteau sortit son peigne pour s'arranger les cheveux. C'était un réflexe chez lui. Un « paquet » d'écrans, cela signifiait beaucoup d'admirateurs potentiels et il aimait être à son avantage. Il appréciait tant le regard des autres que ses amis prétendaient qu'il faisait exprès de garder des pièces dans ses poches aux contrôles de sécurité pour que les douanières le fouillent au corps. Il glissa le peigne dans sa poche, aplatit sa mèche et remit son chapeau de paille. Ce couvre-chef n'était pas vraiment de circonstance, mais il était indispensable ce soir-là.

— Ne t'inquiète pas pour les caméras, on sera sortis avant que les gardes n'aient eu le temps de réagir, poursuivit Märtha.

Elle se voulait rassurante, mais son cœur battait la chamade et elle s'humecta les lèvres. Pour se donner une contenance, elle poussa une pile de jetons sur la table.

— N'oubliez pas de jouer, les amis !

Elle qui d'ordinaire ne pensait qu'à gagner était bien déterminée à perdre ce soir afin de ne pas attirer l'attention. Le croupier fit tourner la roulette et lança la bille qui rebondit. Par habitude, Märtha misa sur une couleur mais au dernier moment, elle déplaça ses jetons sur le double zéro. Il ne sortait jamais.

— Rien ne va plus, annonça le croupier en balayant les joueurs du regard.

Il s'attarda sur Märtha, comme s'il la soupçonnait de quelque chose. La bille rebondit plusieurs fois avant de s'immobiliser. Sur le double zéro.

— Zut ! s'écria Stina en relevant son chapeau de paille.

Gagner ne faisait pas partie du scénario. Märtha leva à nouveau les yeux vers le plafond. La lampe semblait s'être légèrement tournée vers elle. *Mieux vaut perdre pour de bon cette fois*, se dit-elle en misant à nouveau sur le double zéro. Au même moment, elle vit que la porte du personnel s'était ouverte et qu'un des gardes s'approchait de sa table. Märtha posa la main sur le boîtier de contrôle de son fauteuil.

— Le Génie, il faut foncer ! dit-elle tout bas, tandis que la porte s'était déjà refermée.

À cet instant, la bille tomba à nouveau sur le double zéro.

— Ça alors, mais c'est pas possible ! bégaya-t-elle.

Le croupier fit glisser vers elle une colonne de jetons.

Des hommes équipés d'une oreillette s'approchèrent et se tinrent juste derrière eux. *Cette fois, j'ai intérêt à perdre*, pensa Märtha en misant tout sur le noir.

La porte de la salle du personnel s'ouvrit alors que la lampe se mettait à clignoter au plafond et que la bille tombait... sur le noir. Un des vigiles sortit son portable.

— Oh non..., soupira Märtha.

— Vous avez vu, la bande de vieux est de retour, déclara Stewart, un inspecteur d'âge mûr, en scrutant un écran près de lui. C'est dingue, ils n'arrêtent pas de gagner. Après le double zéro, le noir. Ils vont nous mettre sur la paille. Je suis sûr qu'ils mijotent un truc.

Le PC de sécurité au-dessus du casino ressemblait à une régie de télévision, avec ses murs dotés d'une double rangée d'écrans, montrant toutes les salles et tables de jeu. Au centre se trouvait une grande table ovale que les agents ne quittaient pas des yeux. De temps en temps, lorsqu'ils constataient une anomalie, ils agrandissaient une image.

— Ils sont en veine. T'inquiète pas, ils ne vont pas tarder à tout perdre, répondit son collègue, qu'on surnommait George W. Bush.

Il avait les cheveux frisés, comme l'ancien président, et était aussi suffisant. Il avait cependant moins de guerres à son actif.

— En veine ? C'est ce que tu répètes tous les jours, mais tu te trompes. Cette fois, ça suffit ! martela Stewart en tapant sur la table au point de faire rebondir son téléphone portable.

— Calme-toi, voyons. Laisse-les faire, qu'on se marre un peu.

— Et les ballons sur les chaises ? C'est pas Thanksgiving que je sache ? Et ces chapeaux de paille ! Ils doivent être fêlés.

— Mais c'est marrant. Et tu as vu, ils ont des fauteuils roulants électriques, aujourd'hui. T'imagines la scène d'anthologie s'ils ont un accident ?

— Je ne fais pas ce métier pour courir après des vieux en fauteuil roulant. Allez, on les fout dehors, j'en ai assez vu. On va commencer par le type à la table du black-jack. Un pro, avec ses lunettes de soleil. Ça se voit tout de suite. Je parie qu'il a un émetteur planqué.

— Tu le trouves suspect seulement parce qu'il a gagné plusieurs soirs de suite ! Allez, détends-toi un peu, Stewart, soupira son collègue. Tiens, regarde, ils vont au bar. Ils ont des paniers pleins de jetons. Tu vas voir qu'ils vont tout claquer.

Stewart s'approcha de l'écran et fit un zoom sur la bande.

— Non, ils ne vont pas au bar, ils vont aux chiottes.

— Ne compte pas sur moi pour les fliquer là-bas !

— Depuis quand on va pisser en groupe ? Je préviens les vigiles, annonça Stewart qui saisit son téléphone.

Märtha contempla un instant la pile de jetons que le croupier venait de placer devant elle, puis elle les fit tomber dans son panier. Elle surveillait du coin de l'œil la porte de la salle du personnel. Celle-ci était entrouverte et sans doute y avait-il encore un vigile à l'intérieur. C'était maintenant ou jamais. Elle remit son chapeau de paille et donna un coup de coude dans les côtes du Génie.

— Action ! lui chuchota-t-elle en levant son chapeau, le signal de départ pour les autres.

Stina, Anna-Greta et le Râteau remirent leur chapeau de paille et lui emboîtèrent le pas.

Le Génie dirigea son Flexmobil Classic en direction des toilettes, mais alors qu'il passait devant la porte réservée au personnel, il fut pris d'une violente quinte de toux. Un vigile en sortit, et le Génie toussa de plus belle jusqu'à en cracher son dentier. Troublé, l'homme regarda le vieillard plié en deux sur son fauteuil, puis reprit le chemin de la salle de jeux, son sac de sécurité à la main. Le Génie se redressa avec un sourire en coin et leva le pouce de la victoire. Il avait visé juste : le dentier avait atterri très exactement dans l'embrasure de la porte, l'empêchant de se refermer complètement.

— Je vais me repoudrer le nez ! lança Stina, le chapeau de paille bien enfoncé sur la tête.

Elle prit la direction des toilettes et simula un dysfonctionnement de son fauteuil roulant devant la porte de la salle du personnel. Elle actionna le joystick d'avant en arrière de façon à faire tourner le fauteuil sur lui-même. Pendant ce temps, le Génie avait poussé la porte. Alors Stina s'élança et franchit le seuil en marche arrière, suivie de près par le Râteau, Märtha et Anna-Greta. Le Génie inspecta les alentours, ajusta son chapeau de paille et rejoignit les autres.

— Les ballons ! lui rappela Märtha.

Il les lâcha et les regarda s'élever gracieusement au plafond. *Pourvu qu'ils masquent suffisamment les caméras*, songea Märtha qui lança :

— Allez, on fonce !

Stina démonta les coussins fixés au dos des fauteuils où étaient cachées des boîtes imitant les cash box que le casino utilisait pour ranger les jetons. Elle les renifla. Elles sentaient toujours la vinasse, mais à ce stade, on ne pouvait plus rien y faire. Le Génie s'était donné du mal pour transformer les cubis de vin en cash box acceptables, avec un peu de papier d'aluminium et des bombes argentées. Par chance, le vin n'avait pas été mauvais du tout et ils en avaient profité jusqu'à la dernière goutte.

Le Génie et Märtha ouvrirent la réserve. C'est là que le casino stockait les sacs en aluminium avec les cash box remplies de jetons. Le Génie dut trafiquer les cadenas des sacs un bon moment avant d'arriver à les forcer, puis un clic leur signala enfin que le premier sac était ouvert. Toute la bande s'activa pour mettre à la place leurs imitations vides et cacher les cash box du casino dans les coussins de leurs fauteuils roulants. L'opération terminée, le Génie referma les sacs en aluminium, les replaça dans la réserve et ouvrit la porte.

— Espérons que rien ne soit visible, dit Märtha en implorant du regard les ballons collés au plafond.

— C'est bien pour ça que nous portons ces grands chapeaux de paille, lui rappela le Génie. Allez, on y va.

— Et les ballons ? demanda Stina.

— Et le dentier ? ajouta Märtha.

Il y eut un court instant de confusion, puis chacun fut fin prêt sur son fauteuil roulant. Le cœur battant, ils poussèrent leurs joysticks à fond, oubliant que le Génie avait trafiqué les moteurs, si bien qu'ils démarrèrent comme des fusées.

— Ça alors ! s'exclama Anna-Greta en s'accrochant à son chapeau.

— Je vous avais dit que je les avais un peu améliorés, sourit le Génie.

Mais arrivés au bout du couloir, ils durent freiner net, car deux vigiles se dressaient sur leur chemin.

— Qu'est-ce que vous faites là ? Vous n'avez pas le droit d'entrer ici ! gueula le plus grand et le plus costaud des deux en leur barrant la route.

— Dans les toilettes ? Elles étaient pourtant ici hier, répondit Märtha du tac au tac.

— Elles se trouvent au bout du couloir, expliqua le plus jeune en indiquant la direction.

— Non, hier, elles étaient ici, j'en suis sûre, insista Märtha.

— Si vous allez à droite près de l'entrée...

— Vous voulez m'amener aux tables de jeu, petit malin...

Le costaud empoigna son fauteuil et le tourna vers le couloir.

— Par là, j'ai dit.

— Dans ce cas, râla Märtha en enfonçant le joystick. Ah, les toilettes ! eut-elle le temps d'ajouter avant de foncer à toute allure dans celles pour dames, suivie par ses amies.

Le Génie et le Râteau entrèrent chez les hommes et, au bout d'un moment, tous ressortirent pour rallier le lieu de rendez-vous sur le parking.

— Tout s'est bien passé ? s'enquit Märtha. Tu as pu placer l'émetteur radio ?

— Juste derrière le miroir des toilettes, répondit le Génie.

— Parfait, comme ça, nous pourrons communiquer avec les vigiles, si nécessaire. Bien joué, le Génie, dit-elle.

Ils échangèrent un sourire, hochèrent la tête et rentrèrent comme convenu à l'hôtel. Dans le hall, ils attendirent devant les ascenseurs.

— Allez, huitième étage, vite ! fit Märtha.

— Ne me dis pas que le Génie a aussi bidouillé les ascenseurs, soupira Anna-Greta.

Arrivés à leur étage, ils n'eurent le temps de boire ni un verre de sherry ni une coupe de champagne, et se précipitèrent dans la suite de Märtha pour détacher les cash box des coussins.

— Ouf, je n'aurais pas tenu une seconde de plus avec ces boîtes métalliques contre le dos, grommela le Râteau en se frottant les reins.

Il tendit ses boîtes au Génie. Son camarade parvint à les ouvrir, sortit les jetons et les posa dans le panier du déambulateur.

— On va pouvoir les échanger en monnaie sonnante et trébuchante, déclara Anna-Greta, enchantée, à la vue des petites piles de jetons de couleur.

Ils recouvrirent les tas de jetons avec leurs châles et leurs chapeaux de paille.

— Maintenant, on commence la partie difficile, annonça Märtha. Nous devons faire semblant d'avoir gagné tout cet argent, et que ce soir n'est qu'un soir comme un autre, quand on a eu de la chance au jeu.

— Alors pourquoi on s'est évertués à perdre au jeu ? s'étonna le Râteau.

— Pour ne pas attirer l'attention, ça t'est déjà sorti de la tête ? lança Märtha.

Elle devait avouer qu'il n'avait pas tort, cela aurait paru bizarre si, n'ayant rien gagné, ils s'étaient pointés à la caisse avec des jetons représentant plusieurs millions... Préparer le casse du siècle, cela exigeait de se creuser la tête, se dit-elle. Au fond, c'était aussi bien que le sudoku, les mots croisés ou les livres de loisirs créatifs.

— Et si le personnel a des soupçons ? s'inquiéta Stina, en montrant son panier plein à ras bord.

— Oh, nous ferons ceux qui ont un peu perdu la boule, répliqua Märtha. Allez, on est partis. Prochaine étape !

Le gang des dentiers sortit de l'hôtel pour retourner au casino. Bien qu'ils aient recouvert soigneusement tous les jetons, les vigiles leur lancèrent des regards soupçonneux quand ils s'approchèrent de la caisse. L'un d'eux fixa son oreillette et, accompagné de son collègue, vint vers eux.

— Excusez-moi, mesdames, mais si vous voulez bien nous suivre pour un contrôle.

Il n'avait pas l'air de plaisanter.

— Mais... enfin..., bredouilla Anna-Greta.

— Nous avons oublié d'échanger nos jetons, annonça Märtha nonchalamment. Si c'est pas malheureux d'être distrait à ce point !

— Oui, faut dire qu'on a bu un peu trop de champagne, expliqua Stina avec un petit gloussement nerveux.

Le vigile prit un des jetons de son panier et le tint à la lumière.

— Hum, fit-il.

— Et puis on a été distraits par nos fauteuils électriques, renchérit le Génie.

— Vous comprenez, on a eu l'esprit trop occupé avec ça, reprit Anna-Greta en conduisant son fauteuil droit dans le mur, histoire de leur faire une démonstration.

Son chapeau tomba et un vigile le ramassa.

— *Thank you, darling*, minauda-t-elle. C'est toujours difficile de tourner.

Mais les vigiles restaient de marbre.

— Veuillez vous lever, on veut examiner vos paniers.

À cet instant, la dame à la caisse intervint :

— Je me porte garante d'eux. Ce sont des habitués qui gagnent tout le temps. Ce n'est pas la première fois qu'ils viennent avec autant de jetons.

Les vigiles, hésitants, finirent par les laisser passer. Le Râteau adressa un clin d'œil reconnaissant à la caissière. Celle-ci commença à compter les jetons sous l'œil attentif des vigiles. Voyant que ces derniers n'avaient pas l'intention de laisser tomber, le Génie demanda à Märtha :

— C'est le moment ?

Elle acquiesça. Il appuya discrètement sur la télécommande de l'émetteur radio installé dans les toilettes pour hommes. Le garde le plus âgé mit l'index sur son oreillette, écarquilla les yeux et saisit le bras de son collègue.

— Une alerte ! *Let's run.*

Les deux hommes se précipitèrent vers la salle de jeux. Le Génie afficha un sourire satisfait.

— L'émetteur a parfaitement fonctionné. Dès que les gens reçoivent un ordre, ils ne réfléchissent plus.

Märtha sourit. Ils avaient trimé pour enregistrer le message et l'émetteur ne serait pas découvert de sitôt. Tout avait marché comme prévu. Elle lui fit un clin d'œil.

Au fur et à mesure que la caissière échangeait leurs jetons, Märtha et ses amis fourraient les liasses de dollars dans les paniers des fauteuils roulants, en les calant bien sous des châles. Puis le Râteau fit une profonde révérence, adressa à la femme son sourire le plus charmeur et la remercia pour son aide, avant que tous ne quittent le bâtiment à la hâte. Une fois dehors, leurs cheveux flottèrent au vent quand ils appuyèrent sur leur joystick et foncèrent à toute blinde en direction de l'hôtel. Pendant que les hommes firent disparaître les cash box, les femmes déposèrent l'argent à la banque pour que Anna-Greta puisse, comme d'habitude, transférer l'argent de leur compte de Las Vegas vers des comptes bénéficiaires en Suède. Dès que tout fut réglé, ils sautèrent dans un taxi pour gagner l'aéroport.

Le lendemain fut un jour particulièrement chaud. Une fumée nauséabonde remontait de la chaussée lorsque les quatre ouvriers étalèrent le revêtement d'asphalte. Ils n'avaient pas arrêté de travailler de toute la journée et la fatigue commençait à se faire sentir. Certains avaient noué un foulard autour de la tête, d'autres avaient enfoncé leurs casquettes sur le front. Un peu plus loin, un rouleau compresseur faisait des allées et venues sur la chaussée noire et collante. La route jusqu'à l'Hôtel Orléans devait être terminée avant la soirée et il leur en restait encore un tiers à faire. Soudain, on entendit un drôle de bruit. D'abord, personne n'y prêta attention, mais le conducteur finit par tirer le frein et descendit de sa cabine. Il atteignit le trou qu'ils étaient en train de combler, se pencha et commença à creuser dans le gravier. Au niveau de la bordure de l'asphalte, il aperçut une plaque de métal grise. Il écarta quelques cailloux et vit que le bout de métal avait une petite serrure. Curieux, il commença à creuser plus profondément et finit par sortir un objet bombé en ferraille qui ressemblait à un coffret. Il le retourna et l'examina sous toutes les coutures, avant de le brandir pour le montrer à tout le monde.

— Ça alors ! Les restes d'une cash box. Qu'est-ce que ce truc fait là, bordel ?

4

Au bureau de police en briques rouges de Kronoberg à Stockholm, le commissaire Ernst Blomberg avait les mains derrière la nuque et les pieds posés sur le bureau. L'écran de l'ordinateur était toujours allumé, mais il n'avait pas envie de faire des heures sup. Il serait bientôt à la retraite et il était temps de lever le pied. D'ailleurs, la retraite... Il se redressa, entra le mot de passe et ouvrit le site d'information interne pour la police. Autant calculer tout de suite à quoi il aurait droit. Il avait encore des dettes vis-à-vis du Trésor public, du temps où il avait voulu se lancer dans les affaires et avait bidouillé des crèmes pour le visage dans son garage. Ça avait bien marché au début, mais il avait foiré avec la comptabilité. Il le payait cher, alors pourvu que sa retraite suffise ! Il regarda les tableaux correspondant au fonds de retraite pour la police. Bigre, ça n'allait pas chercher loin. Il tendit la main vers sa coupelle de bonbons et en prit une poignée. Au même instant, l'écran changea et il vit que la somme des actifs avait considérablement augmenté. Bizarre ! C'était une heure où plus personne ne travaillait à la banque. Mais c'était toujours bon à prendre. Il aurait besoin de chaque centime, son loyer avait augmenté de manière insensée et puis il avait toujours cette vieille dette à rembourser… Il songea aux criminels en col blanc sur lesquels il enquêtait. Ils avaient des appartements de luxe, des yachts, des Porsche, et lui, le grand spécialiste de la police en informatique, il n'aurait droit qu'à quelques malheureux billets de mille par mois. Personne d'autre que lui ici ne savait comment s'introduire dans la messagerie et le compte bancaire de quelqu'un. Pourtant, il n'avait pas eu d'augmentation de salaire. Blomberg s'apprêtait à reprendre quelques friandises quand l'écran afficha quelques milliers de couronnes de plus dans la colonne des actifs. Bon sang, qui pouvait avoir l'idée de verser un demi-million au fonds de retraite de la police ? Il fallait qu'il puisse remonter au donataire. Qui sait si quelqu'un d'aussi généreux n'était pas prêt à donner encore plus ? Il pourrait peut-être… oui, pourquoi ne pas envisager une collaboration ? Il pourrait se charger de gérer tout ça… Non, il ne fallait pas y songer. La ligne rouge était vite franchie…

Il éteignit l'ordinateur. Mieux valait rentrer à la maison et donner à manger au chat. Il avait acheté de la bière et des chips en vue du match de hockey du soir.

Le lendemain, il traîna au bureau sous prétexte de boucler un dossier. Vers 21 heures, quand tout le monde fut parti, il retourna consulter le site du fonds de retraite. On y avait versé quatre cent mille couronnes ! D'où venait cette somme ? Ses doigts coururent sur le clavier, puis il s'arrêta, se balança sur son siège, et essaya de garder la tête froide. L'argent provenait d'une banque de Las Vegas. La police suédoise n'avait aucune filiale là-bas… Le commissaire Blomberg se leva et alla chercher un café. Un double espresso. Car, il le savait, il en aurait pour plusieurs heures devant l'ordinateur. Il tapa son code secret et consulta de nouveau le compte des sommes allouées pour la retraite. À partir de là, ça ne devrait pas être trop difficile de retrouver le compte émetteur à Las Vegas. Pourquoi ne pas créer un compte pour une fondation et y transférer l'argent ? Personne ne vérifierait. Il sourit en son for intérieur et se sentit ragaillardi. Enfin, il allait pouvoir mettre en pratique ses connaissances en informatique. Et qui sait, avec un peu de chance, il y aurait d'autres versements en provenance de Las Vegas dans le courant de la nuit.

5

— Je dois vraiment me jeter sur cette bande ? Ça me paraît assez stupide, objecta Anna-Greta avec une moue. Chaque fois que nous faisons quelque chose de louche, je dois tomber à la renverse. Vous pensez que je ne suis bonne qu'à ça ?

Le gang des dentiers se retrouva au petit matin à l'aéroport d'Arlanda. Ça leur faisait bizarre d'être de retour et le long voyage les avait fatigués. Märtha et ses acolytes clignèrent des yeux, mais pas question de se relâcher. L'avion de Copenhague venait d'atterrir et leurs valises allaient bientôt arriver. La douane fouillait souvent les bagages en provenance des États-Unis, mais était moins regardante pour les vols venant d'un autre pays nordique. C'est pourquoi le gang des dentiers devait échanger les étiquettes de ses bagages avec ceux de Copenhague.

— Personne ne sait trébucher aussi bien que toi, Anna-Greta, concéda Märtha, mais si tu ne veux pas, je le ferai à ta place et je vous laisse vous occuper du reste, vous autres.

— Pas de problème, dit le Génie.

Märtha se plaça à l'arrivée du tapis n° 3 alors que les premières valises apparaissaient. Quand il y eut un intervalle entre deux chargements, elle prit son élan, fit semblant de trébucher et s'étala sur le tapis. Elle atterrit sur le ventre, le chapeau de guingois, au milieu des bagages. Pas de col du fémur brisé, constata-t-elle non sans fierté. Ça sert d'avoir fait de la gymnastique dans sa jeunesse ! En gigotant, elle avança parmi les sacs et les valises. Le spectacle était si inattendu que personne ne réagit. Pendant que le tapis continuait sa progression, le Génie cacha le bouton d'arrêt, tandis que le Râteau, Anna-Greta et Stina prélevaient quelques étiquettes sur les valises qui passaient devant eux. Dès qu'ils en eurent cinq, le Génie fit un signe de tête à Märtha qui descendit du tapis, avec un sens de l'équilibre surprenant. Les témoins de cette scène purent enfin respirer, soulagés.

— C'est ma faute, c'est pourtant marqué qu'il ne faut pas s'approcher trop près du tapis, admit-elle en arrangeant ses cheveux et son chapeau.

Puis elle se dirigea vers ses amis et le tapis n° 5 où la livraison des bagages du vol de Chicago était annoncée. (Pour des raisons de sécurité, ils n'avaient pas pris un vol direct : il ne fallait rien négliger si on voulait semer d'éventuels poursuivants.)

Les premiers bagages apparurent. Märtha et ses amis s'approchèrent et, quand ils eurent récupéré tous leurs sacs, on les aida à les mettre sur deux chariots. Des valises à roulettes, un déambulateur et un sac de golf. Märtha et Anna-Greta emportèrent les chariots aux toilettes et échangèrent vite les étiquettes. Elles jetèrent les autres dans la cuvette des WC et sortirent retrouver le groupe.

— Et le sac de golf, il ne lui faut pas une étiquette ? s'étonna Anna-Greta.

— Si, mais il nous en manque une. Ce n'est pas grave, personne ne va le remarquer, vu tous les bagages qu'on a, la rassura Märtha sur un ton qui se voulait confiant.

— Et si on laissait une des valises ? suggéra le Génie.

— Oui, celle d'Anna-Greta par exemple. Je veux dire... ses affaires ne seront pas une grande perte..., commença le Râteau.

— Jamais de la vie ! Il y a mon chapeau, mes vêtements et toutes les chaussures qui ne me font pas mal aux pieds !

— Mon Dieu, soupira le Râteau.

— Un sac de golf au milieu des autres bagages, personne n'y fera attention. On n'a qu'à passer la douane comme ça, trancha Märtha.

— C'est ce que croient les trafiquants, intervint Stina. Et tu sais ce qui leur arrive.

— Et pense à ce qu'on a dans les cannes, ajouta le Génie.

— Bon, vaut mieux y aller maintenant sinon on va éveiller les soupçons, dit Märtha en prenant les commandes.

Elle s'avança la première au contrôle de la douane. Ils passèrent tous sans problème. Märtha allait franchir la porte quand elle entendit une voix derrière elle.

— Excusez-moi, mais est-ce que vous pourriez venir ici ? Ce sac de golf, là...

Un douanier blond entre deux âges lui faisait signe. D'abord elle fit celle qui n'avait rien entendu, mais quand il s'approcha d'elle et posa sa main sur son épaule, elle n'eut plus le choix. L'homme souleva le sac de golf, le posa sur une table et commença à fouiller à l'intérieur.

— Je ne vois pas beaucoup de clubs de golf, dit-il en brandissant leurs cannes.

La canne du Génie avec les bandes réfléchissantes lui fit mal aux yeux.

— Laissez ça où c'est ! dit Märtha, le teint cramoisi.

— Comment ça se fait que vos cannes soient dans un sac de golf ?

Märtha déglutit.

— Où voulez-vous qu'on range les cannes ? Ce sac est pratique quand on ne sait pas jouer au golf.

Le douanier se gratta la nuque, il paraissait troublé. Pesant au moins dix kilos de trop, il avait une coupe de cheveux à la mode et portait au poignet un bracelet en cuir très tendance.

— Nous allons être obligés de les passer au scanner.

Stina et Anna-Greta avaient remarqué qu'il y avait un problème. Märtha vit leurs regards inquiets et prit une profonde inspiration.

— Au scanner ? Ce genre d'appareil qui vous passe aux rayons X chez le médecin ? C'est passionnant ! lança-t-elle. Vous comprenez, j'ai des maux d'estomac et le médecin m'a déjà fait passer plusieurs radios. Et mes chevilles ! Oh, si vous voyiez les radios ! C'est un vrai chantier à l'intérieur de mon pied. Pour ça, c'est pas drôle de vieillir. Allez-y, je vous en prie, passez mes diamants au scanner, ça me donnera l'occasion de les voir. L'or, je sais à quoi ça ressemble, j'en ai fait passer clandestinement autrefois.

— Oui, oui, je comprends, dit le douanier en continuant de fouiller.

— Mais l'or, ça rend les cannes beaucoup trop lourdes, poursuivit Märtha. C'est pourquoi je suis passée aux diamants. Ou est-ce qu'on parle d'« émeraudes » quand les pierres sont vertes ? D'ailleurs, je me demande si elles ne sont pas en verre, car elles étaient transparentes quand je les ai mises à l'intérieur. À moins qu'elles n'aient été bleues ? Oh ! là, là ! je commence à tout mélanger. Vous vous souvenez toujours de tout, jeune homme ? Les radiologues sont des gens si bien. J'ai aussi des photos de mes calculs. Laissez-moi vous dire qu'ils n'étaient pas petits. Vous voulez les voir ? Bien sûr, c'était avant que je commence à faire passer en douce du plutonium dans mon nombril. J'ai aussi des photos de ça.

Märtha continua sur sa lancée. Stina avait du mal à garder son sérieux et Anna-Greta laissa éclater un rire si fort que le douanier sursauta.

— Oui, vous n'avez qu'à scanner nos cannes. Comme ça, vous aurez quelque chose à raconter à vos collègues à la pause-café, insista Märtha. Mais pour revenir à ma visite chez le médecin, quand il a découvert le plutonium dans mon ventre, eh bien, il a dit...

Le hennissement d'Anna-Greta repartit de plus belle et le douanier, un peu perdu, se tourna vers ses collègues, hélas pour lui occupés avec d'autres passagers. Il resta immobile un instant pour réfléchir et remit les cannes dans le sac de golf.

— Merci, ce sera tout.

— Mais... et mes diamants au nombril ?

L'homme esquissa un geste et Märtha ne se fit pas prier pour déguerpir, suivie de la bande. Elle attendit d'être à l'intérieur du taxi pour se tourner vers ses amis. Elle n'était pas peu fière de son petit numéro.

— C'est fou comme les gens de nos jours sont mal à l'aise avec les personnes âgées. On peut en faire ce qu'on veut. Vous auriez dû voir sa tête, j'avais presque envie de le consoler. Bon, mieux vaut ne pas traîner ici. Prochaine étape : Stockholm ! Le Clarion Hôtel, ce serait pas mal, qu'est-ce que vous en dites ? poursuivit-elle. Ils ont l'habitude d'une clientèle internationale et connaissent forcément le système de numéros d'identité pour les Suédois de l'étranger. Ils ne tiqueront pas en voyant nos numéros, puisqu'on est censés « immigrer » en Suède.

Anna-Greta avait en effet estimé qu'il valait mieux changer d'identité. Leurs précédents hold-up n'avaient toujours pas été élucidés et la police continuait à les rechercher. Ils avaient pu conserver leurs noms, très courants, mais avaient changé de numéros d'identité.

Après une heure dans une circulation dense, ils arrivèrent à l'hôtel. Le portier les aida à prendre l'ascenseur avec leurs bagages. Mais une fois qu'ils furent installés dans leurs chambres, Märtha sentit que quelque chose n'allait pas. Le sac de golf manquait. Elle l'avait oublié à la douane.

La salle à manger était quasiment déserte. Un maître d'hôtel débarrassait des tasses, et, près d'une fenêtre, un couple âgé lisait le journal. Quelques hommes d'affaires qui avaient terminé leur déjeuner repoussaient leurs assiettes, s'essuyaient la bouche et se levaient déjà, l'air pressés. Märtha et ses amis arrivaient sur le tard et voulaient manger un morceau avant de s'autoriser enfin un petit somme. Märtha prit une tasse de café et des sandwichs et attendit que chacun soit servi pour leur annoncer la nouvelle.

— À la douane ? Dis-moi que ce n'est pas vrai ! Le sac de golf avec tout notre capital ? gémit Anna-Greta.

— Tu veux dire que..., bredouilla Stina qui ouvrit son sac à main pour chercher ses cachets pour le cœur.

— Non, ce n'est pas possible, bordel ! pesta le Râteau. On n'a plus les diamants ?

Märtha se cacha le visage dans les mains et se mit à sangloter. Le Génie s'approcha d'elle.

— Voyons, Märtha, tu n'es pas la seule responsable. Nous aussi, nous aurions pu faire attention, dit-il en passant son bras autour de ses épaules. Nous étions tous si fatigués. Allez, ma chère amie, ça va s'arranger !

— Mais ces diamants avaient une valeur d'au moins..., se lamenta Anna-Greta en faisant le calcul dans sa tête.

— Nous avons réussi le hold-up, mais nous avons été négligents avec le butin. Peut-être devrions-nous collaborer avec la mafia pour faire les choses plus en règle ? plaisanta le Génie.

— Ah, non ! Quand même pas ! s'écria Anna-Greta qui laissa tomber son sachet de thé dans la tasse à café de Märtha.

— Dans les romans policiers, ils font attention à l'argent qu'ils piquent, déclara Stina qui avait repris du poil de la bête depuis qu'elle avait avalé son médicament.

— Nous finirons bien par récupérer le sac de golf. Allons d'abord prendre un peu de repos et nous serons d'attaque pour la suite, dit Märtha pour calmer le jeu.

— C'est ça, va te reposer. Tu peux toujours rêver de le récupérer aux objets trouvés, grommela le Râteau.

Märtha lui jeta un regard noir et ravala ses larmes. Le Génie se leva soudain et fit tinter la porcelaine.

— Certains mettent tous leurs œufs dans le même panier. Ce n'est pas mon cas.

Il releva sa chemise froissée et montra son ventre. Au milieu des poils blancs, un bout de sparadrap recouvrait son nombril. Il afficha un air futé :

— Ce qui est bien avec les diamants, c'est qu'ils sont tout petits. J'ai pu en planquer trois dans mon nombril.

6

Le douanier Carlsson bâilla à s'en décrocher la mâchoire et céda avec soulagement sa place à son collègue. La nuit n'avait pas été de tout repos et, sur les deux cent soixante passagers du dernier vol, plusieurs avaient essayé de faire passer du cannabis et des pilules d'ecstasy. Et la vieille dame avec son sac de golf, cela avait vraiment été le bouquet. Impossible de la faire taire. Et puis cette histoire de plutonium dans le nombril ! Complètement timbrée, la vieille.

Il rangea son stylo, fit un signe de tête à ses collègues, et s'apprêtait à sortir quand il aperçut le sac de golf. Mon Dieu, ça lui était complètement sorti de l'esprit. Il n'allait pas le laisser là.

— Je l'emporte pour le faire détruire, annonça-t-il en le soulevant.

— Mais la dame n'avait rien à déclarer, protesta son collègue. Tu ne vas quand même pas détruire son sac ? Elle l'a seulement oublié. Dépose-le plutôt à la réserve.

— Et puis quoi encore ! marmonna Carlsson. Bon, OK, je vais le mettre là-bas.

Il bâilla de nouveau. Le travail au trois-huit n'était pas de tout repos. Somnolent, il prit le sac de golf sous le bras et se dirigea vers la réserve.

— Merde !

La porte était fermée. Il posa le sac, fouilla parmi ses clés et en essaya quelques-unes. Aucune ne fonctionnait. Il regarda autour de lui, il n'avait pas la moindre envie de retourner aux comptoirs de la douane. Autant ramener le sac chez lui, même si c'était contraire au règlement. Il le laisserait dans l'entrée et le rapporterait au boulot le lendemain. D'ailleurs, si on pouvait y ranger des cannes, ce sac pourrait servir de porte-parapluies ! Tout fier de sa trouvaille, il se rendit en sifflotant au garage. Il allait rentrer à Sollentuna et dormir. Pourquoi ne pas se faire porter pâle le lendemain ? Il se préparerait un bon grog avec des tranches de pain et prendrait le temps de récupérer.

Le jour suivant, le douanier se réveilla tard avec la gueule de bois. Encore endormi, il se traîna dans l'entrée pour chercher son journal avant de se rappeler que sa femme l'avait déjà pris quelques heures plus tôt. Il bâilla, trébucha sur des bottes d'enfant, glissa et s'étala de tout son long sur le sac de golf. Il entendit quelque chose se casser net à l'intérieur et se releva, chancelant. Un sac de golf… mais il ne jouait pas au golf… Il se souvint alors de la vieille dame un peu fofolle et souleva le sac. L'une des cannes avait reçu un coup et la poignée en chrome s'était presque détachée. Il jeta un coup d'œil à l'intérieur et aperçut quelque chose de brillant. Curieux, il la secoua et une pluie de petites pierres roula sur le sol. Du granit, du gneiss, des cristaux de quartz et des morceaux de verre taillés. La vieille avait parlé de diamants. Et si c'était… ? Il secoua les autres cannes. Des modèles ordinaires, si ce n'est qu'on pouvait en dévisser la poignée. Mais à l'intérieur aussi, il y avait des pierres de différentes couleurs et tailles. Ah !

C'était peut-être un moyen pour alourdir la canne et gagner en stabilité. Pas cher et pratique. Et la vieille l'avait fait marcher en soutenant que c'étaient des diamants ! N'avait-elle pas prétendu avoir aussi des pierres précieuses dans le nombril ? Il considéra la poignée abîmée : difficile à réparer... Comment expliquer qu'il avait rapporté chez lui un bagage passé à la douane – ce qui était formellement interdit – et l'avait endommagé ? Mieux valait se taire.

Mal réveillé, il se traîna dans la cuisine, mit en marche la machine à café, prépara des tranches de pain avec du fromage et s'assit pour lire le journal du matin. Il prit son petit déjeuner, parcourut quelques articles et s'apprêtait à mordre dans une tartine quand il s'aperçut que la gamelle du chien était vide. Il avait oublié de donner à manger au chien et aux poissons. Carlsson se leva, passa devant l'aquarium et retourna dans l'entrée pour prendre la nourriture. En voyant le gravier par terre, il eut une idée. Son fils ne lui avait-il pas dit qu'il voulait des pierres plus jolies pour son aquarium ? Il sifflota, alla chercher une petite balayette et ramassa les cailloux. Puis il versa le tout dans l'aquarium et égalisa le fond. Tout content, il recula d'un pas. C'étaient de jolies pierres. L'aquarium avait vraiment un éclat particulier.

7

L'imposante villa, située dans l'archipel de Stockholm, se trouvait sur le flanc d'un coteau avec une vue sur l'océan. Même par temps gris, l'endroit était magnifique. L'été, le ponton baignait dans la lumière du soleil couchant. Un peu en retrait de la plage, la villa disposait d'un jardin bien entretenu avec une tonnelle, d'une grande remise, d'une cave et d'une serre.

— Pile ce qu'il nous faut ! s'écria Märtha en regardant les autres, l'air enchantée.

Avec ses camarades, ils se promenaient dans le jardin et ne savaient plus où donner de la tête. Le Râteau rêvait déjà de plantes extraordinaires qu'il ferait pousser dans la serre et Stina songeait aux réserves de bonne nourriture qu'elle pourrait entreposer dans la cave. Il y aurait largement de la place pour stocker pommes de terre, prunes, pommes et autres fruits. L'ancien propriétaire avait fait installer de larges étagères le long des murs. Une porte en bois teinté menait de la cave à la remise où l'on pouvait ranger tous les outils de bricolage ainsi que le matériel de jardinage. Un petit atelier assez spacieux avec un vieil établi de menuisier et un tour jouxtait la pièce.

Ravi, le Génie remarqua que l'ancien propriétaire avait laissé beaucoup d'outils. Il caressa l'établi, la tête débordant d'idées. Il sourit, heureux, et prit la main de Märtha dans la sienne.

— Oh, je crois qu'on va se plaire ici, dit-il. Je pense qu'on devrait la prendre.

L'agent immobilier poursuivit la visite et déclara d'une voix forte :

— Norra Lagnö ici à Värmdö est un quartier paisible et résidentiel avec de ravissantes villas anciennes. C'est comme à la fin du XIXe siècle. Cela devrait vous convenir, non ?

— Merci, nous ne sommes pas si vieux que ça ! répliqua Märtha.

— Regardez ! Des pommiers et des vignes, poursuivit l'agent immobilier en montrant les arbres fruitiers de chaque côté du sentier qui remontait vers la maison. Et quand il fera meilleur dehors, vous pourrez prendre le café sous la tonnelle avec les lilas.

Il indiqua l'endroit où, sous une bâche, l'on devinait des meubles de jardin. Ensuite, il monta quelques marches de l'escalier extérieur, tourna la clé dans la serrure et fit entrer Märtha et ses amis dans le vestibule.

— Comment sont les voisins ? voulut savoir Stina.

— Très sympathiques. Des célibataires un peu plus haut sur le flanc de la colline et une femme d'âge mûr, qui vit seule, en face.

— Qui vit seule ? Vraiment ? dit le Râteau.

Les vieux retraités se débarrassèrent de leurs manteaux.

— Admirez ce panorama splendide, reprit l'agent immobilier en poussant la porte donnant sur la véranda aux baies vitrées.

Sur la mer, on voyait deux gigantesques ferries finlandais en route vers Stockholm. À côté, un horsbord ressemblait à une minuscule barque de pêche.

— Une vue magnifique, d'accord, mais qu'en est-il du prix de la maison ? rétorqua Märtha.

Les diamants cachés dans le nombril du Génie avaient rapporté seulement quelques millions et ils étaient contraints de faire un peu attention. Malgré plusieurs voyages à l'aéroport, ils n'avaient pas retrouvé le sac de golf. Märtha et Anna-Greta avaient demandé à la douane, contacté le service des objets trouvés et cherché dans le parking. Même le Râteau et le Génie avaient essayé en vain de savoir ce qu'il était advenu de ce sac. Ce n'était pas chose aisée, puisqu'il n'avait pas d'étiquette, et par ailleurs, il fallait se montrer discrets. La police ne devait pas se douter que le gang des dentiers était de retour en Suède.

— On a l'impression que l'escalier est un peu branlant, fit remarquer Märtha en montant à l'étage.

— Oh, il craque un peu, car le bois est un matériau vivant. Il vieillit avec la maison, et plus elle est ancienne, plus le bois craque. Rien à voir avec une maison récente. Ici, c'est *vintage*.

— *Vintage* ?

— Oui, c'est rétro et ça a de la valeur, expliqua l'agent immobilier en montrant une des chambres.

Le Génie testait du pied les lattes du plancher.

— Et les fourmis charpentières, elles aussi sont *vintage* ? demanda-t-il en montrant du doigt des insectes qui surgissaient des fentes.

L'homme fit semblant de ne pas entendre et ouvrit une porte-fenêtre qui donnait sur un balcon. Devant eux s'étendait la mer, scintillante, les mouettes survolaient les bancs de glace et les deux ferries finlandais n'étaient plus que des petits points à l'horizon.

— Avouez que c'est irrésistible !

— Des petits bateaux de rien du tout. C'était autre chose quand je naviguais sur l'océan Indien ! répliqua le Râteau.

— Eh bien, l'interrompit Anna-Greta, tu n'as qu'à faire comme si c'était l'océan Indien !

— Faire comme si ? ricana le Râteau. Mais l'océan Indien ne gèle pas !

— Ici ou là-bas, ce n'est que de l'eau, marmonna Stina qui s'en voulut aussitôt quand elle vit la mine défaite du Râteau.

Dans sa jeunesse, il avait navigué sur cinq des sept mers du monde, ce dont il n'était pas peu fier. Elle estimait qu'il aurait mérité davantage d'attention et de reconnaissance. Elle tenait à lui et aurait dû le lui montrer. Comme ils se voyaient tous les jours, c'était vite fait de croire que ça allait de soi. Mais lui aussi pourrait lui témoigner un peu plus d'intérêt.

Arrivée en haut de l'escalier, elle avait pris son bras, était montée sur la pointe des pieds et lui avait donné un baiser furtif sur la joue.

— Plusieurs tuiles du toit sont abîmées, les gouttières sont bouchées à cause des feuilles mortes et la cheminée présente des fissures. Ce n'est pas une maison pour nous, elle est trop délabrée, et on a passé l'âge d'entreprendre des travaux, déclara le Génie après qu'ils eurent fait le tour des lieux.

— Oui, ce nid-de-pie, tu devras le refiler à quelqu'un d'autre, renchérit le Râteau.

— Mais vous avez la vue ! tenta une dernière fois l'agent immobilier.

— Est-ce que vous pouvez appeler la compagnie de ferries ? Nous aimerions être sûrs qu'ils continueront à utiliser cette route, poursuivit Märtha conformément au plan qu'ils avaient concocté avant la visite.

Ils espéraient, par ce petit manège, gagner des centaines de milliers de couronnes. Ils se montrèrent si peu intéressés que l'agent accepta de baisser le prix de presque deux millions de couronnes. Et le gang des dentiers conclut l'achat, la maison de leurs rêves était à eux !

Deux semaines plus tard, ils emménagèrent. Pour régler tous les problèmes pratiques, ils demandèrent l'aide d'Anders, le fils de Stina, un homme d'une cinquantaine d'années au chômage et père de deux enfants, ainsi que celle de sa sœur Emma, de sept ans sa cadette, qui était en congé de maternité.

L'ex-mari d'Emma aimait bien s'occuper de leur fille, et Emma militait pour l'égalité entre les parents : un enfant ne devait pas être trop attaché à sa mère, elle avait lu ça dans un magazine. C'était une femme moderne.

Par une grise journée de novembre, Anders et elle se rendirent en voiture jusqu'à Myrstigen pour aller voir la nouvelle maison où leur mère vivait avec ses amis. Anders gara sa vieille Volvo devant l'ancienne villa et se gratta la barbe d'un air dubitatif à la vue de la maison décrépite.

— Pas question de jouer les artisans dans une maison pareille, annonça-t-il en faisant une grimace.

Sa sœur était bien d'accord.

— Nous allons les aider pour le quotidien, mais le gros des travaux, il faudra que d'autres s'en chargent.

— On va leur donner un coup de main pour démarrer, ce sera toujours ça, précisa Anders. Et quelques billets au noir, c'est toujours bon à prendre par les temps qui courent.

Tandis que le frère et la sœur portaient les meubles et les cartons, aménageaient la maison et faisaient les courses, Anna-Greta achetait sur le site Blocket, en poussant de petits cris d'excitation, tout ce dont la bande avait besoin : meubles, ustensiles de cuisine, outils de jardinage, livres. Anders, qui en connaissait un rayon sur les voitures, l'aida à dénicher un combi Volkswagen en bon état.

Pendant plusieurs jours, les quatre amis mirent de l'ordre dans la maison et participèrent à l'aménagement du rez-de-chaussée et de leurs chambres.

La villa de couleur crème avec ses encadrements de fenêtres blancs et ses nombreux croisillons était faite pour eux. Outre un couloir et les chambres à l'étage, il y avait au rez-de-chaussée une bibliothèque, une salle à manger, une cuisine et une véranda. Ces lieux avaient dû abriter une famille nombreuse et du personnel de maison. À présent, c'était chez eux.

— Notre mère sera bien ici, dit Anders une fois que tout le monde fut installé.

— Tant qu'ils se tiennent à carreau, précisa Emma.

— Comment ça ? Tu crois qu'ils préparent un autre coup ?

Emma haussa les épaules avec un petit rire.

— Je ne crois rien.

Petit à petit, chacun prit ses marques dans la villa. Märtha adorait son papier peint à fleurs, Stina et Anna-Greta aimaient les couleurs claires des murs et du parquet. La bibliothèque semblait sortie tout droit d'un tableau de Carl Larsson, avec des boiseries pastel et une frise de fleurs et de branchages sous le plafond.

— C'est fou ce qu'on est bien ici, commenta Anna-Greta. Quand je pense qu'on pourrait être en maison de retraite ! On est même mieux qu'au Grand Hôtel !

— Quelle chance qu'Emma et Anders puissent nous donner un coup de main. J'ai entendu parler à la radio du nouveau service d'aide à domicile pour les personnes âgées, raconta Stina. Une femme avait eu affaire à soixante-dix auxiliaires de vie différentes en six mois !

— C'est incroyable, on ne devrait pas avoir le droit de traiter les gens comme ça, s'insurgea le Râteau.

— Entièrement d'accord. C'est pour ça que nous devons continuer à travailler pour que d'autres aient la même vie que nous, dit Märtha.

Ils partirent tous d'un grand rire et rêvèrent à la joie que leurs donations allaient apporter.

Même si leur séjour à Las Vegas avait répondu à leurs attentes, ils n'avaient pas encore réuni les cinq cents millions de couronnes dont ils avaient besoin. Ce n'était pas le moment de se la couler douce, songea Märtha. Il fallait remplir la caisse. Peut-être organiser un nouveau braquage, un tout petit, qui ne leur demanderait pas trop d'efforts.

Ces derniers temps, les cinq amis avaient négligé leur préparation physique et ils devaient s'y remettre avant d'envisager le moindre larcin. Märtha finit par trouver sur le site de Blocket ce qu'elle cherchait : un équipement complet de salle de gym d'occasion. Tapis roulant, haltères, cordes de musculation et rameur. Le tout fut entreposé dans le jardin en attendant que la salle dans la cave soit prête. Elle se frotta les mains, toute contente à l'idée de reprendre les exercices.

Stina passait beaucoup d'heures dans la bibliothèque et la véranda. Elle avait racheté une grande quantité d'ouvrages de littérature classique chez un collectionneur, ainsi qu'une caisse pleine de romans policiers anglais. Tout en les rangeant sur les étagères, elle chantonnait ou citait une strophe connue d'un poème.

Le Génie avait pu mettre la main sur une vieille moto avec laquelle il pétaradait dans la cour. Il aurait préféré une Harley-Davidson, mais comme c'était trop cher, il avait dû se rabattre sur un modèle datant de la Première Guerre mondiale.

Le Râteau inspectait la serre en réfléchissant aux plantes qu'il y ferait pousser. Des tomates, ça, c'est sûr, peut-être aussi des concombres et de la vigne. Ensuite, il faisait le tour du jardin, examinait chaque arbuste donnant des baies et prévoyait les soins à leur apporter au printemps. De temps à autre, il se faufilait dans le jardin de la maison voisine. La femme qu'il avait aperçue derrière les rideaux l'intriguait. Elle avait les cheveux noir de jais.

Quant à Anna-Greta, elle avait longtemps surveillé le site Tradera et fini par dénicher un beau tourne-disque avec quinze cartons de vinyles. Ses amis avaient tiqué au départ, mais avaient donné leur accord à la condition qu'elle ne mette pas la chanson « Barnatro » et des valses musettes plus d'une fois par jour. La collection comportait par ailleurs plusieurs disques de musique chorale, ce qui serait pratique s'ils voulaient élargir leur répertoire. Certes, ils avaient moins l'occasion de chanter depuis qu'ils ne pouvaient plus se produire avec leur chorale Stämbandet, mais pas question d'abandonner la musique pour autant.

Chaque fois qu'Anna-Greta mettait un disque, elle repensait à Gunnar, son ancien amour. Dans ces moments-là, elle errait comme une âme en peine et regardait par la fenêtre, l'air absent. Chaque fois qu'elle l'avait appelé, elle était tombée sur un répondeur. Elle s'en voulait de ne pas avoir su garder le contact. Elle avait beau être entourée de ses amis, elle n'en ressentait pas moins le poids d'une certaine solitude.

À présent que tout le monde était bien installé, Märtha réunit ses amis dans la bibliothèque pour faire le point.

— Nous ne pouvons pas nous appeler le gang des dentiers, puisque ce nom ne produit aucun effet en Suède. Nous devons trouver un autre nom, annonça-t-elle.

— Et si on prenait un nom plus international ? suggéra le Râteau qui avait le plus voyagé dans sa vie.

Ils discutèrent longuement des mérites respectifs de *Halloween*, *Angel Birds*, *Grey Oldies*, *Hidden Diamonds* et d'autres noms encore avant de tomber d'accord sur *Outlaw Oldies*.

— Ça fait moderne, approuva Märtha.

Le Génie et elle descendirent ensuite coller leur nouveau nom écrit en grosses lettres noires sur la boîte aux lettres qu'ils venaient d'acheter. Désormais, leur courrier serait adressé aux « *Outlaw Oldies*, Myrstigen 2, Norra Lagnö, Värmdö ». Les cinq retraités avaient un nouveau foyer et une nouvelle vie. Et *last but not least* un nouveau nom, aussi dangereux qu'ambitieux.

8

Il y avait de la lumière chez les jeunes célibataires de la villa jaune, plus haut sur le flanc du coteau. La vieille bâtisse en bois, datant du XIXe siècle, avait des encadrements de fenêtres blancs, des petits carreaux, des portes extérieures massives et des marches en bois foncé. Mais on remarquait surtout les supports noirs des rampes de l'escalier qui ressemblaient à des ailes et dont le dessus avait été peint en blanc et rouge. Des couleurs qui n'étaient pas le fait du hasard : ceux qui habitaient là étaient à la tête d'un gang de bikers. Les Bandangels se réclamaient des Hells Angels. Avec un peu d'imagination, ils pouvaient être pris pour des membres de ce célèbre gang, le plus violent qui soit, selon eux.

— Maintenant, on va récupérer notre fric, bordel, dit Tompa en se levant de son fauteuil.

Son pantalon avait l'air d'avoir été taillé dans un vieux canapé en cuir et ses grosses bottes cloutées faisaient craquer le parquet. Tompa Eriksson et Jörgen Smäck, deux bikers balèzes, vêtus de noir, enfilèrent leurs blousons. Puis ils prirent sur l'étagère leurs coups de poing américains, leurs gants et leurs casques, et sortirent.

Dans un vrombissement, ils firent démarrer leurs motos et descendirent la pente. Ils s'arrêtèrent près des boîtes aux lettres. Tompa s'apprêtait à ouvrir la leur quand son regard tomba sur celle d'à côté.

— T'as vu ça ? *Outlaw Oldies*, c'est quoi, bordel ?

Les deux hommes se regardèrent, un peu inquiets, et Tompa, nerveux, donna des coups d'accélérateur.

— C'est quoi, ces vieux qui rappliquent dans le quartier ? Ils n'ont rien à foutre ici !

— Ouais, tu vas voir qu'ils vont dégager vite fait !

— On va se renseigner sur eux, trancha Tompa avant de disparaître avec Jörgen au bas de la pente.

Arrivé à la pizzeria d'Östermalm, Tompa ôta son casque et entra dans le restaurant, suivi de son pote. Ils traversèrent la salle et se dirigèrent droit vers le bureau. Assis devant une pizza à moitié mangée, une canette de bière et une pile de cartons, le propriétaire tressaillit. Tompa se planta devant lui, les mains sur les hanches.

— Le fric !

— Il arrive.

— Tu as déjà dit ça la semaine dernière.

Le propriétaire prit un trousseau de clés et, les mains tremblantes, ouvrit dans un tiroir de son bureau une boîte métallique. Au fond, il y avait quelques billets de cinq cents couronnes.

— Regardez. C'est tout ce que j'ai en ce moment.

— On n'en a rien à foutre. Débrouille-toi pour rassembler le fric. Là, tout de suite !

— Je vous le promets !

— Tu nous as déjà fait le coup l'autre fois, espèce d'enfoiré !

Jörgen lui assena un coup de poing en pleine figure, qui le fit tomber par terre. Il continua à le rouer de coups jusqu'à ce que le restaurateur se recroqueville en gémissant.

— Demain, je vous promets, vous aurez l'argent après le déjeuner.

— T'as intérêt à avoir le fric, compris ! lança Tompa en lui balançant un coup de pied dans le ventre.

Dans un élan de colère, il fit valser la boîte métallique et les billets s'éparpillèrent sur le sol. Ils sortirent du restaurant comme si de rien n'était.

Le soir, Tompa ne cessa de s'interroger sur cette boîte aux lettres. Un autre gang de bikers ! Le volume du grand écran plat était poussé à fond et sur la table basse du salon traînaient des canettes de bière vidées jusqu'à la dernière goutte, une coupelle de cacahuètes et un sac de chips ouvert. Les voix et la musique du film hurlaient et des coups de feu emplissaient la pièce. À moitié endormi dans un fauteuil, Jörgen tenait la télécommande à la main. Tompa prit une poignée de cacahuètes.

— C'est quoi, ces nouveaux voisins, bordel ? Les *Outlaw Oldies* ? demanda Tompa.

Jörgen se redressa dans son fauteuil.

— Tout ce que je sais, c'est qu'on ne les a pas vus depuis qu'ils ont emménagé.

— Ils passent peut-être leur temps à sniffer de la coke, ou alors ils font profil bas après leur dernier coup ?

— Ou alors ils dealent et font du racket ?

— J'aime pas les avoir si près.

Jörgen s'alluma une clope et tira quelques longues bouffées. Le gang d'en bas avait entreposé tout un matériel de musculation dans le jardin : haltères, rameur, banc de musculation et une foule d'autres machines. Il avait eu le temps d'y jeter un coup d'œil avant qu'ils ne cachent tous ces machins dans la cave. Les nouveaux occupants étaient apparemment des mecs bien entraînés qui ne voulaient pas se montrer en salle de sport mais tenaient à rester en forme.

Depuis leur arrivée, ça avait été un défilé permanent de voitures qui avaient déposé de la marchandise : des machines à laver et des sèche-linge, des canapés, des fauteuils, une tronçonneuse, une machine à découper, une machine à affûter, des lustres, des caisses de bouquins, des tableaux, ça n'arrêtait pas. Des objets volés, sûrement. Mais le pire, c'était que ces types semblaient avoir emménagé là pour de bon.

— Ils ne se montrent jamais. Doivent rester à l'ombre et tuer le temps. Crois-moi, il y a un truc suspect là-dessous, dit Tompa.

— Et puis il y a ce papy avec le déambulateur. Celui avec sa casquette, tu l'as vu ? Il est toujours dehors à bricoler. Il a installé deux klaxons, des phares, un support et un moteur sur son déambulateur.

— J'te dis, faut jamais sous-estimer les vieux.

Les deux potes allèrent à la fenêtre pour espionner la maison en contrebas. Il y avait de la lumière à l'étage, mais sinon tout était calme et silencieux. Jörgen fit tomber les cendres de sa cigarette dans une canette vide et toussa.

— Ce sont peut-être des recrues ?

— Ou des types qui se prennent pour les Grandidos ? Il va falloir se renseigner sur eux. Je n'ai pas envie de me retrouver avec une balle dans la nuque.

— T'inquiète. On a le gang avec nous, si ça chauffe. Il en faudrait plus pour effrayer les Hells Angels.

Jörgen jeta la canette, ouvrit le frigo et en sortit deux autres bières. Tompa secoua la tête.

— Pas question de mêler les Hells Angels à ça. N'oublie pas que nous ne sommes pas encore membres à part entière. Non, c'est à nous de tirer ça au clair. On va aller les titiller un peu, à propos de la délimitation de leur terrain par exemple.

— Ouais, et on prend nos coups de poing américains.

— Et les chaînes ?

— Pas la peine, ils verront déjà nos tatouages...

— Je mettrai mon gilet pare-balles et mon fute en cuir.

— Bonne idée. Et les bottes cloutées.

La matinée était grise et une brume humide flottait au-dessus de la baie. Märtha avait dû se servir plusieurs fois de son aérosol contre l'asthme et malgré cela, elle toussait un peu. Elle s'était réveillée tôt et pour bien commencer la journée, elle avait préparé du café pour tout le monde. Au bout d'une heure, Stina était venue lui tenir compagnie et, à présent, elles regardaient par la fenêtre la journée maussade qui s'annonçait.

— Quel temps ! Des gaufrettes et des petits pains à la cannelle tout chauds, ça nous redonnerait un petit coup de fouet, qu'est-ce que t'en dis ? s'exclama Stina.

Sur ce, elle sortit lait, beurre, levure et farine, puis alla chercher le sel, le sucre et la cannelle dans le garde-manger et se mit au travail.

À son tour, Märtha sortit un sachet de bonbons réglisse Fazer. Ceux parfumés au citron étaient les préférés du Génie. S'il en prenait un, il avait du mal à s'arrêter. Elle les versa dans un bol en verre qu'elle posa sur la table de la cuisine. De plus en plus souvent, elle s'ingéniait à lui faire plaisir. Depuis qu'ils avaient quitté le Diamant, leur maison de retraite, ils étaient devenus des amis proches et formaient une équipe. Les Bonnie & Clyde du troisième âge, en somme. Elle sourit à cette pensée.

Lorsque le Génie entra dans la cuisine, son visage s'illumina à la vue des bonbons. Il adressa un clin d'œil à Märtha et en prit une poignée, en s'asseyant à côté d'elle. C'était précisément ce qu'elle espérait. Une douce chaleur l'envahit et elle se rapprocha de lui.

Quand les autres descendirent, et alors que tous attendaient la première fournée de petits pains à la cannelle qui sentait déjà si bon, Märtha en profita pour faire le point. Après avoir envisagé un moment d'engager une aide à domicile, ils avaient estimé que pour l'instant, ils s'en sortaient très bien tout seuls. Ils n'étaient plus prisonniers de leur maison de retraite, personne ne décidait à leur place de ce qui était bon pour eux.

Comme il faisait sombre dehors avec déjà quelques chutes de neige, ils restaient surtout à l'intérieur. Märtha avait lu qu'il fallait faire profil bas après un vol, alors c'était tout aussi bien. Certes, ils étaient loin de Las Vegas, mais dans le monde d'aujourd'hui, les distances voulaient-elles encore dire quelque chose ?

L'inaction les rendait indolents, mais chaque fois que Märtha priait le Génie de mettre en place l'équipement de musculation dans la cave, ce dernier trouvait un prétexte pour se défiler. Il buvait son café, jouait aux cartes et regardait toutes sortes d'émissions de cuisine à la télévision. Märtha soupira. Toute la Suède se passionnait pour ces programmes maintenant ! Quand on faisait cuire une soupe sur une chaîne, on préparait un sauté de bœuf sur une autre. Quel intérêt quand on n'était pas invité à la dégustation !

Le Génie et le Râteau avaient récemment découvert l'univers des jeux vidéo et étaient devenus accros. Chacun gardait les yeux rivés sur son écran, tels les joueurs compulsifs ; ils avaient même fini par laisser tomber la lecture. Comme Stina les avait traités d'incultes, ils s'étaient retirés dans la chambre du Génie pour continuer à jouer en douce.

Anders et Emma passaient de temps en temps leur rendre visite. Après avoir goûté au poisson et au gratin de pommes de terre de Märtha (elle avait oublié de tourner la page du livre de recettes et n'avait mis que la moitié des ingrédients), ils évitèrent de venir les jours où c'était elle qui cuisinait. À chaque fois, le frère et la sœur ne manquaient pas de remplir le congélateur et le garde-manger.

La bonne odeur des petits pains à la cannelle emplissait toute la cuisine. Märtha prit la parole et déclara qu'il était temps de reprendre les recherches pour le sac de golf et de mettre de l'ordre dans leur budget. Il fallait aussi savoir quel usage avait été fait de l'argent qu'ils avaient versé à leur association « Le Sou vaillant ». Märtha tenait à vérifier que les locataires de la maison de retraite bénéficiaient réellement de meilleures conditions de vie. Elle pensait par ailleurs à leur donation anonyme au Musée national, auquel ils avaient suggéré l'achat de tableaux impressionnistes français. Le musée avait-il acquis un Renoir ? Cela aurait été amusant de suivre ce qui allait se passer. De même, ils devaient décider ce qu'ils allaient faire du butin qui restait de Grindslanten. Personne dans le gang des dentiers n'aimait laisser dormir l'argent. Märtha en était là de ses considérations quand elle fut interrompue par le grincement du portail. Elle entendit des pas sur le gravier et, le front soucieux, se leva pour jeter un coup d'œil par la fenêtre de la cuisine. Deux types costauds en gros blousons de cuir se dirigeaient vers la porte. Ils portaient des pantalons noirs en cuir, des gilets et, aux pieds, de grosses bottes noires. Leur apparence n'avait rien de réjouissant.

— Ce ne sont pas des policiers, mais ils ne m'inspirent pas confiance du tout, dit Märtha en gagnant l'entrée d'un pas hésitant.

Là, elle s'arrêta et entrouvrit doucement la porte. Un coup violent l'ouvrit en grand et un courant d'air glacial et humide entra dans la pièce. Märtha vit les bottes cloutées et recula instinctivement, tout en esquissant un sourire :

— Quelle bonne surprise, soyez les bienvenus ! Est-ce que je peux vous proposer quelques gaufrettes ?

Les hommes restèrent interloqués.

— Jörgen Smack, un voisin, dit le plus balèze des deux, avec des cheveux longs, en lui tendant une grosse paluche.

— Tompa Eriksson, un autre voisin, enchaîna le type au crâne rasé qui avait un tatouage dans le cou.

Il hocha la tête en guise de vague salut.

— Moi, c'est Märtha, répondit-elle d'un air détaché.

— On aimerait dire deux mots au gang qui habite ici, déclara le colosse en mettant les mains sur les hanches.

— Asseyez-vous donc, répondit Märtha, en les dirigeant vers la cuisine.

Les deux types prirent place autour de la table et ôtèrent leurs blousons. Leurs avant-bras étaient couverts de tatouages. Stina prépara deux tasses de café, mais ses mains tremblaient quand elle les posa sur la table. D'un sourire crispé, elle leur tendit la corbeille de petits pains à la cannelle encore chauds.

— Servez-vous !

Ils en prirent chacun plusieurs. Anna-Greta leur adressa un salut prudent et Stina battit en retraite.

— Et les mecs, ils arrivent bientôt ? demanda Tompa, la bouche pleine.

— Nous voilà, s'exclamèrent le Râteau et le Génie en leur tendant la main et en se présentant. Ah, ce n'est pas tous les jours qu'on a l'honneur d'être appelés « les mecs » ! Merci.

Les deux bikers se regardèrent sans comprendre. Märtha alla chercher deux verres.

— Un peu de liqueur de mûres arctiques, peut-être ? Une vraie boisson de rebelles.

De nouveau un tressaillement nerveux parcourut le visage des deux hommes.

— De la liqueur de mûres arctiques ? Tant que c'est de l'alcool. Pourquoi pas ? dit le balèze en remplissant sa tasse. Nous pensions faire connaissance avec nos nouveaux voisins, mais ils sont peut-être partis en week-end ?

— Non, nous sommes ici, répliqua Anna-Greta, la bouche pincée. C'est nous qui avons acheté la maison, c'est notre nouvelle maison de retraite.

— Maison de retraite ? C'est quoi, ce bordel ?

Les yeux écarquillés, ils posèrent leurs coudes sur la table. Sur la peau de leurs gros avant-bras apparaissaient des dragons crachant le feu à côté de têtes de mort et de paires d'ailes.

— Vous en avez de beaux tatouages, les garçons, lança Märtha en se penchant pour les observer. Mais ça ne fait pas mal quand ils vous enfoncent une aiguille là-dedans ? demanda-t-elle en montrant le coude du colosse.

Ce dernier but sa liqueur de mûres arctiques cul sec et toussota :

— Non, ça pique un peu, c'est tout. On n'est pas des femmelettes. Mais avec le matériel de muscu dans le jardin, on a cru que...

— Il faut se maintenir en forme, répliqua Märtha. Ce n'est pas parce qu'on est vieux qu'on ne doit pas s'entraîner. Vous ne faites pas de sport, vous ?

Ils échangèrent des regards gênés et reprirent chacun une gaufrette.

— Pas le temps. Les affaires, les motos et tout ça.

Le visage du Génie s'éclaira :

— Des Harley-Davidson, peut-être ?

— Évidemment !

Les yeux du Génie brillèrent.

— Cela aurait été amusant de...

— Des biscuits aux épices ? l'interrompit Anna-Greta.

— Merci, mais je crois qu'on va rentrer, répondit Tompa. Merci pour le jus de fruits.

— L'alcool, rectifia l'autre.

Les deux voyous se levèrent et se dirigèrent vers la porte. Märtha s'empressa de prendre un sachet en papier qu'elle remplit de biscuits. Elle remarqua en le leur remettant que celui qui s'appelait Tompa avait tatoué le prénom *Helena* sur son poignet. Elle sourit en son for intérieur.

— Tenez, c'est toujours bien d'avoir quelque chose à se mettre sous la dent, dit-elle.

— Ça change des rails de..., commença le colosse, avant de recevoir un coup de coude dans les côtes.

Ce n'était pas le lieu pour parler de came. Les deux hommes échangèrent un bref regard, levèrent la main et sortirent. Quand le grincement du portail confirma qu'ils étaient partis, les cinq vieux dans la cuisine osèrent de nouveau ouvrir la bouche.

— Au secours, l'agent immobilier ne nous avait rien dit sur ce gang de bikers, protesta Stina.

— Je comprends mieux maintenant pourquoi cela a été si facile de négocier le prix de la maison, remarqua Anna-Greta, amère.

— Et maintenant, qu'est-ce qu'on fait ? s'enquit le Râteau.

— On continue à entretenir de bonnes relations avec eux, répondit Märtha.

— Mais tu ne vois pas qu'ils ne sont pas du genre à entretenir de bonnes relations avec qui que ce soit ? objecta Anna-Greta.

— Si, c'est bien pour ça que je les ai invités à entrer. Ce sont nos voisins et nous devons nous montrer aimables. Il faut toujours avoir de bons rapports avec ses voisins.

— Tu es folle, marmonna le Râteau. Et s'ils nous butent ?

— Qui sait, un jour nous aurons peut-être besoin d'eux ? dit Märtha. La vie m'a au moins appris ça : on ne sait jamais ce qui nous attend.

Dans la maison des voisins, la lumière resta allumée jusque tard dans la nuit. Là aussi, il y avait eu une réunion. Les membres du gang des Bandangels préparaient plusieurs coups dont personne en dehors d'eux ne devait avoir connaissance.

— Alors, qu'est-ce qu'on fait des vieux si jamais ils découvrent ce qu'on fabrique ? demanda Jörgen Smack en se frottant la panse.

— Non, il y a peu de chances avec ces croulants. Ils passent leur temps à faire des gâteaux et à jouer aux cartes. Ils ne vont pas nous déranger. Mais, j'ai une autre idée. Pourquoi ne pas les utiliser comme veilleurs ? En faire nos complices ? Un ivrogne peut jacasser, mais ces vieux, qui les croira ? On peut leur faire gober n'importe quel bobard.

— Et ?

— Vous n'avez toujours pas pigé ? On va les aider à déblayer quand il y aura de la neige et à porter leurs trucs lourds. Et une fois qu'on aura gagné leur confiance, on leur fera écrire des documents pour nous.

— Ah, putain, Jörgen, t'en as là-dedans !

Les gars se marrèrent et finirent la soirée au sauna avec un pack de bières. Cette nuit-là, ils dormirent comme des souches.

Les jours passèrent, mais les cinq du gang des dentiers n'arrivaient pas à faire le deuil de leurs diamants. Pas seulement à cause de leur rare beauté. Ils savaient qu'ils auraient pu en tirer un très bon prix et donner l'argent à ceux qui en avaient besoin.

— Il est grand temps d'aller faire un petit golf, annonça Märtha. C'est déjà tard dans la saison et, à tout moment, les greens risquent de fermer pour l'hiver. Qui sait, le sac de golf se trouve peut-être dans un des clubs autour de Stockholm ?

Seul le Génie voulut l'accompagner. Après avoir revêtu tous deux une tenue de golfeur dernier cri et acheté un sac de golf ultra léger muni de roues, ils furent enfin prêts. Certes, ils n'avaient qu'un seul wedge, mais ils ne voulaient pas se faire mal aux épaules et aux genoux en ayant un poids trop lourd à tirer.

Afin de se fondre discrètement dans l'environnement et de ne pas éveiller de soupçons, Märtha avait acheté un polo noir, une casquette en tricot, un pantalon imperméable, un coupe-vent sans manches et des chaussettes chaudes. Quant au Génie, il avait enfilé un pantalon noir et souple en téflon sur son vieux pantalon en flanelle. Il portait lui aussi un coupe-vent sans manches et, par-dessus, une veste de pluie noire. Mais il avait refusé de mettre une casquette. C'était déjà beaucoup lui demander que de se balader dans ces vêtements en plastique.

Ils entamèrent leurs recherches à Värmdö et prirent la Volvo d'Anders, moins voyante que leur minibus. Märtha brancha le GPS et même si elle trouvait que cette voix forte et mécanique aurait dû se taire quand elle-même parlait, cette tournée des terrains de golf fut l'occasion d'une balade agréable. Le premier arrêt fut pour le Wermdö Golf & Country Club où ils explorèrent longuement l'extérieur du club-house et du restaurant pour voir s'il n'y avait pas de sac qui traînait.

— Bois 5, par + 1 et fer 7, marmonna Märtha.

— Qu'est-ce que tu as dit ?

— Des termes de golf, au cas où les gens se demanderaient ce que nous faisons ici. Normalement, il faut être membre du club pour entrer.

La plupart des sacs de golf avaient des roues et paraissaient chers et élégants. Aucune trace du leur. Alors, Märtha et le Génie poursuivirent leur route et allèrent à Ingarö et Nacka, sans plus de réussite.

Fatigués, ils firent une pause et déjeunèrent avant d'aller voir les clubs au sud et au nord de Stockholm. Là aussi, ils passèrent beaucoup de temps à inspecter les alentours des club-houses. Sans résultat. Après avoir vu les clubs de Lidingö et Danderyd, ils se retrouvèrent finalement au golf de Drottningholm. Mais leur fatigue était telle qu'ils en oubliaient presque la raison de leur venue.

— On n'arrive à rien de cette façon... Si on ne retrouve pas les diamants, il va falloir planifier de nouveaux vols, finit par dire Märtha.

— Tu ne trouves pas qu'on pourrait rester tranquilles pour l'instant ? On n'est pas bien à se balader, là ? s'étonna le Génie.

— Si, peut-être, mais planifier un braquage, ça fait travailler les méninges. Et puis ça renflouerait nos caisses plus qu'une poignée de diamants.

— C'est sûr. Mais la gymnastique pour le cerveau, ça existe aussi. Il y a des cours.

— Tu as raison, convint Märtha. Avant tout, voyons ce qu'il est advenu de notre argent de Las Vegas.

— Oui, il faut vérifier que l'argent a été employé à bon escient, approuva le Génie. Mais comment allons-nous procéder ? Tu n'as pas oublié, je pense, que nous sommes recherchés ?

Un vent frais soufflait sur le green et Märtha frissonna. Le Génie passa un bras autour de ses épaules pour la réchauffer.

— Tu veux parler de notre vieux braquage à Täby ? Oh, c'était trois fois rien. Ça va s'arranger, tu verras. J'ai une petite idée...

Pendant tout le trajet du retour, ils discutèrent et peaufinèrent les détails. La première chose à faire était de contrôler si leur argent avait été utilisé selon leurs directives. Car l'argent, l'expérience le leur avait prouvé, avait une fâcheuse tendance à s'égarer en route.

9

— Märtha, tu es sûre qu'on n'est pas en train de faire une grosse bêtise ? demanda le Râteau, très mécontent, en tripotant pour la dixième fois sa coiffe de fée. Tu veux vraiment que je mette ça sur ma tête ?

— Si on veut participer à la procession pour la Sainte-Lucie, tout le monde doit y mettre du sien, rappela Märtha dont le ton ferme signifiait que la discussion était close.

Ses amis et elle se rendaient à leur ancienne maison de retraite pour constater les effets de leur importante donation. Pour la Sainte-Lucie, ils s'étaient tout bonnement décidés à mettre en œuvre le projet qu'ils avaient pompeusement baptisé Wallraff Seniors et à utiliser les méthodes originales de certains journalistes d'investigation. Coiffés de perruques et vêtus des costumes de la Sainte-Lucie, les cinq amis prirent place dans le combi Volkswagen ancien modèle qu'ils venaient d'acheter.

Anders conduisait tandis que Märtha, sur le siège passager, fredonnait la « Chanson de Lucia » et « Douce nuit ».

— Il faut tenir la note. *Luciaaaaa*, on doit nous entendre. Ce n'est pas joli si on s'arrête trop tôt, commenta-t-elle.

— Et puis il ne faut pas oublier de déguiser nos voix pour que personne ne nous reconnaisse, enchaîna Stina.

— Comme si on n'était pas déjà assez ridicules, s'écria Anna-Greta.

— Märtha, est-ce que tu te rends compte qu'on a presque un demi-millénaire à nous cinq ? Aurais-tu perdu la tête ? soupira le Râteau.

— Je sais bien, mais comment se déplacer sans être reconnus ? N'oublie pas que nous sommes recherchés.

— Mais j'ai l'air d'une idiote avec cette coiffe de fée sur la tête ! se lamenta Anna-Greta.

— Du calme, c'est un déguisement. Maintenant, nous allons chanter la chanson de la Sainte-Lucie, lança Märtha en donnant le *la*, mais personne ne la suivit.

— Suis-je vraiment obligée de tenir le rôle d'« un garçon étoilé » uniquement parce que je suis grande ? protesta Anna-Greta en revenant à la charge. C'est de la discrimination. Moi, je veux être sainte Lucie.

Avec ta taille immense et ton rire de cheval, je ne pense que ça le ferait, songea Märtha qui prit le ton le plus doux possible :

— Mais, chère Anna-Greta, si tu étais sainte Lucie ou une de ses demoiselles d'honneur, tu aurais tous les regards rivés sur toi, ce que tu détestes. Alors, il n'y a pas trop le choix. Mais si tu regrettes, je peux faire le « garçon étoilé » à ta place.

Il y eut un silence dans la voiture tandis que les lumières de la ville défilaient derrière les vitres, avec les devantures illuminées des décorations de Noël en rouge et argent.

— « La fraîcheur de la nuit d'hiver est intense, les étoiles scintillent et brillent », récita Stina sur la banquette arrière, émue par l'atmosphère de Noël.

C'est de Viktor Rydberg, vous ne trouvez pas ça beau ?

Personne ne l'écoutait réciter les vers du célèbre poète suédois, chacun étant trop occupé à se rappeler les paroles de la chanson de la Sainte-Lucie.

— Je préfère être demoiselle d'honneur, trancha Anna-Greta, car cette coiffe me rendra encore plus grande.

Elle pensa à Gunnar qu'elle avait rencontré l'année précédente sur le ferry pour la Finlande. Lui aurait été parfait pour le rôle d'un « garçon étoilé » dans la procession de la Sainte-Lucie. Il était grand, dégingandé, et ressemblait pas mal à l'ancien chef du parti libéral, Gunnar Helén. Dommage qu'il ne fût pas avec eux. Son humour et son sourire chaleureux la mettaient toujours de bonne humeur et il aurait certainement trouvé cette mise en scène amusante. En outre, il partageait sa passion pour la musique en général et les vinyles en particulier, et ils aimaient écouter de vieux standards ensemble. Malheureusement, il n'avait pas donné signe de vie bien qu'elle lui eût laissé plusieurs messages sur son répondeur. Elle espérait vraiment qu'il ne lui était rien arrivé.

— D'accord, tu seras demoiselle d'honneur, décréta Märtha. Mais n'oubliez pas pourquoi nous faisons ça. Nous voulons nous infiltrer sans éveiller les soupçons, pour vérifier que l'argent du « Sou vaillant » est correctement employé. Alors retenez bien qu'on ne vient *pas* ici pour voler.

— Tu ne crois pas qu'on va attirer l'attention ? Dans les processions de la Sainte-Lucie, il n'y a en général que des jeunes filles très jolies, objecta Stina avec une pointe d'envie dans la voix.

— Presque personne ne correspond à ces critères de beauté idéale. Et si on créait un nouvel idéal ? proposa Märtha.

— La procession des vieilles biques ? Pitié, je préfère regarder les jolies filles, grommela le Râteau.

— T'as pas tort, enchérit le Génie qui se tut quand Märtha lui jeta un regard noir.

— Aucune fille n'est en vrai comme celles qu'on voit à la télévision, fit Anna-Greta.

— C'est bien ce que je dis, reprit Märtha. D'ailleurs, qui se douterait qu'il existe de fausses processions de la Sainte-Lucie ? Personne. Nous allons surprendre tout le monde.

— Si tu le dis..., marmonna le Râteau.

Le gang des dentiers répéta tout son répertoire, d'un air solennel, et ne se tut que lorsque Anders arriva devant la porte d'entrée du Diamant. Le hall était peu accueillant, il n'y avait pas de sapin de Noël près de la porte, et tout était plongé dans l'obscurité puisque l'éclairage au-dessus de la porte ne fonctionnait pas. Il y avait de la lumière à certaines fenêtres mais pas un seul chandelier de l'Avent.

— Hum, fit Märtha quand tous se rassemblèrent à l'extérieur.

— Comment on ouvre ? Ça a l'air d'être fermé, constata Stina en abaissant la poignée.

— Si j'ai réussi à ouvrir des cash box, je devrais pouvoir m'introduire dans une maison de retraite, déclara le Génie.

— Oui, prends le pied-de-biche, ça ira plus vite, dit Märtha.

Une fois à l'intérieur du bâtiment datant des années quarante et, après que Märtha leur eut répété l'ordre des chansons, ils prirent l'ascenseur pour rejoindre leur ancien étage. Devant la porte, ils allumèrent les cierges et entrèrent les uns derrière les autres : Anna-Greta en demoiselle d'honneur, Stina en sainte Lucie, suivie du Râteau et du Génie. Soudain, Märtha se rendit compte que leur procession manquait d'équilibre : il y avait bien une sainte Lucie et une demoiselle d'honneur mais trois « garçons étoilés ».

Elle aurait mieux fait de rester demoiselle d'honneur, elle aussi.

— D'abord la chanson de la Sainte-Lucie, puis « Préparez le chemin pour Notre Seigneur » et nous finirons avec « Noël, beau Noël ». Et en sortant, nous reprenons une dernière fois la chanson de la Sainte-Lucie, leur rappela Märtha en sortant son diapason. Vous êtes prêts ?

Il y eut une vague de murmures et de chuchotements. Märtha donna la note, leva les bras et tous firent un *la*. Alors elle appuya sur la sonnette pour retrouver le lieu où ils avaient vécu durant tant d'années. Le cœur battant, elle jeta un coup d'œil à l'intérieur dès que la porte s'ouvrit. Une jeune fille se tenait devant eux et ils entonnèrent aussitôt leur version à deux voix de la chanson de la Sainte-Lucie. S'avançant avec majesté, ils firent leur entrée dans la salle commune avec leurs cierges allumés tandis que le Râteau et le Génie qui fermaient la marche distribuaient des biscuits aux épices. Tirés de leurs rêves, les vieux qui sommeillaient dans leurs fauteuils se crurent transportés dans un autre monde. En entendant la chanson, ils sourirent et goûtèrent aux gâteaux. Hormis la jeune fille, le gang des dentiers ne rencontra aucun autre membre du personnel, et bien qu'on fût le 13 décembre, Märtha ne vit ni sapin ni décorations de Noël. Et le ménage n'avait pas été fait depuis longtemps.

— *The second verse the same as the first*, chuchota Märtha quand ils eurent terminé leur récital.

Ils se dirigèrent vers les chambres. Anna-Greta ouvrit les portes une à une, et ils chantèrent pour ceux ou celles qui étaient là. Mais les résidents dormaient à moitié ou paraissaient abrutis par les médicaments et nos amis se sentirent de plus en plus découragés. Une maison de retraite se devait d'être gérée correctement ! Comment en était-on arrivé là ? Les chambres étaient mal entretenues, la seule à peu près potable était celle qu'avait occupée le Génie. Encore que personne n'aurait pu dire à quoi elle ressemblait au départ, puisque, du temps où il y habitait, les murs et le sol disparaissaient entièrement sous ses affaires.

Le cœur serré, le gang des dentiers fit le tour de la maison de retraite. Märtha avait du mal à retenir ses larmes. Les pauvres qui habitaient ici vivaient dans des conditions qui s'étaient détériorées. Que s'était-il passé ? Est-ce que l'argent avait disparu entre Las Vegas et Stockholm ? Si Anita, 91 ans, ne l'avait pas prise par le bras en riant de bon cœur, elle aurait fondu en larmes. Mais Anita était ravie.

— Quelle belle procession de la Sainte-Lucie ! dit-elle en mordant dans un grand biscuit aux épices. Lucie et ses demoiselles d'honneur sont exactement comme nous. Je n'ai jamais participé à une fête de sainte Lucie aussi belle !

Et Dolores, 93 ans au compteur, qui se promenait toujours avec un Caddie rempli de guenilles, brandit des billets de cinq cents couronnes qu'elle voulait leur donner.

— C'est pour vous, parce que vous avez très bien chanté, dit-elle en posant quelques billets sur les genoux du Génie. D'habitude, je garde l'argent pour m'acheter de la vraie nourriture, mais j'aime bien partager.

Le Génie parut décontenancé, mais Märtha lui fit signe d'accepter et de la remercier. Il comprit et, en s'en allant, glissa en douce l'argent dans la caisse pour le café.

Ils partirent pour Hallongården, Smultronblomman, Färdknäppen et deux autres maisons de retraite auxquelles ils avaient fait des dons. Mais là non plus, les conditions de vie des pensionnaires n'avaient pas changé. Märtha pesta tout haut :

— Mais qui diable a fait main basse sur nos sous ?

Tous étaient de fort méchante humeur. Märtha distribua de nouveau des cierges pour que la journée se termine bien malgré tout.

— Prochaine étape : le Musée national, annonça-t-elle. Nous allons voir les nouveaux tableaux qui ont été achetés. Nous avons fait une donation de plusieurs millions de couronnes à ce musée, si je ne m'abuse ?

Malgré les bâillements des uns et des autres, ils décidèrent de se rendre au musée. Ils arpentèrent les salles d'exposition et jetèrent un œil curieux autour d'eux. Mais arrivés à la salle des impressionnistes français, ils ne constatèrent aucun changement : c'était exactement les mêmes tableaux qu'avant. Abattus, ils traînèrent dans les salles et finirent par être interpellés par les gardiens chargés de la sécurité.

— Nous n'avons pas commandé de procession de la Sainte-Lucie, dit le plus âgé des deux.

— Qui parle de la Sainte-Lucie ? Mais voyons, nous réalisons une performance artistique ! répondit Märtha d'un air renfrogné.

Sur le chemin du retour, la tension était palpable. Tous se posaient la même question : où était donc passé l'argent ?

10

Anna-Greta avait enfin réussi à joindre Gunnar. Il avait oublié de débrancher son répondeur défectueux et n'avait pas entendu ses messages. Ils s'étaient aussitôt donné rendez-vous pour se revoir. Quand elle le vit se garer devant la maison et pousser le portail, elle éprouva une telle joie que tout son corps se réchauffa d'un coup. Comme il lui avait manqué !

Il la serra très fort dans ses bras, puis, après une tasse de thé arrosée de liqueur de mûres arctiques, ils écoutèrent ses nouveaux vinyles, un enregistrement d'un chanteur qui s'appelait Bruce Spring... quelque chose. Elle avait voulu découvrir un genre nouveau, mais était consternée qu'une musique aussi moderne se trouve sur vinyle... Gunnar voulut savoir comment ça s'était passé pour elle, mais il sentit que quelque chose la contrariait.

— Qu'y a-t-il, Anna-Greta ? Ça n'a pas l'air d'aller, dit-il en lui tapotant gentiment la joue.

Alors Anna-Greta ne put se retenir plus longtemps.

— J'ai transféré tout notre argent de Las Vegas, mais il semble qu'il ne soit pas arrivé là où il devait, sanglota-t-elle.

— Ne t'inquiète pas, nous allons voir ça de plus près, la consola-t-il en lui prenant la main. Je retrouverai l'argent pour toi !

Ils se rendirent à la bibliothèque où les autres lisaient, à part le Génie qui somnolait dans son fauteuil. Anna-Greta et Gunnar s'installèrent à l'ordinateur et Märtha comprit sur-le-champ que Gunnar était au courant de leur problème.

— C'est épouvantable, dit Märtha. Nous avons envoyé l'argent à des foyers pour personnes âgées et il s'est comme volatilisé.

— Oui, c'est ce que je viens d'apprendre. Près de deux cents millions de couronnes, c'est ça ? demanda Gunnar en fixant l'écran de l'ordinateur.

Sa frange lui tombait dans les yeux tandis que ses doigts effilés couraient sur le clavier. Les autres se levèrent et l'entourèrent pour le regarder faire, en silence. On entendait seulement le tic-tac de l'horloge accrochée au mur.

— Quand autant d'argent disparaît, en général ça veut dire qu'il y a eu malversation, expliqua-t-il.

— Oh, Gunnar ! Je suis si désespérée. Certes, j'étais stressée, mais j'ai procédé comme d'habitude quand je transfère des sommes par Internet. Je n'ai pas pensé une seconde que l'argent pourrait disparaître, ajouta Anna-Greta entre deux sanglots.

— Ça va s'arranger, tu vas voir..., répéta-t-il bien que son visage trahisse une vive inquiétude.

Même si l'informatique était sa passion, Gunnar n'était pas pour autant un hacker professionnel. À la mort de son épouse, il s'était plongé dans le monde des ordinateurs et, depuis, son petit-fils le tenait au courant des dernières avancées dans ce domaine.

— Pas évident d'entrer dans ce genre de système. Les mesures de sécurité des banques sont assez élevées, marmonna-t-il. On peut voir les versements qui ont été effectués, mais après ça se complique...

Ses paroles furent suivies d'un murmure approbateur.

— C'est toujours ça qui est bizarre avec l'argent sur Internet. On le voit apparaître et la seconde d'après, plus une trace, dit Märtha qui à la vue des « 0 » dans plusieurs colonnes sur l'écran mourait d'envie de taper du poing sur la table tant elle était indignée.

— Je ne comprends vraiment pas. J'ai transféré des sommes importantes aux maisons de retraite et aux institutions culturelles. Plusieurs millions de couronnes. Les banques se portent garantes de la sécurité des transactions effectuées sur leurs sites, insista Anna-Greta.

Elle avait perdu une épingle et une mèche de cheveux lui tombait sur l'épaule. Sa lèvre tremblait.

— Les banques sont comme des gamins qui chouravent des bonbons. Elles jouent les innocentes et mentent jusqu'à ce qu'on les coince, persifla le Râteau.

— Ne vous affolez pas, nous allons trouver une explication à tout ça, dit Gunnar d'un ton calme.

Le silence se fit. Anna-Greta retrouva son épingle et arrangea de nouveau son chignon dans la nuque. Quelle chance que Gunnar soit là ! Son optimisme était une des qualités qu'elle appréciait le plus chez lui. Et c'était un homme droit qui n'hésitait pas à donner de sa personne, non seulement pour elle, mais pour toute la bande. Quand ils s'étaient rencontrés, il lui avait avoué que le plus souvent les femmes l'ennuyaient, mais pas elle, car elle était différente. Elle se sacrifiait pour que les autres aient une vie meilleure.

— Vous savez, cela va prendre du temps, annonça Gunnar au bout d'un moment en remontant ses lunettes sur le front. Donnez-moi une heure ou deux, je vais voir ce que je peux faire.

Tous, à l'exception d'Anna-Greta, sortirent de la bibliothèque, et on entendit des musiques entraînantes résonner dans les enceintes de l'électrophone. Gunnar avait visiblement apporté quelques disques.

Le temps filait et Märtha, dans la cuisine, commençait à s'inquiéter. Les vinyles s'enchaînaient sans que rien ne se passe. Les recherches s'avéraient plus difficiles que prévu. Quand Anna-Greta vint enfin chercher ses amis, elle avait la mine de quelqu'un qui avait pleuré mais qui semblait consolé.

Märtha emporta une bouteille de whisky, six verres et une coupelle de cacahuètes salées dans la bibliothèque. Dans de telles circonstances, la liqueur de mûres arctiques ne faisait pas le poids.

Gunnar prit son verre de whisky et but une grande gorgée.

— C'est exactement ce qu'il nous fallait.

Il expliqua qu'il avait pu retrouver les versements effectués de Grindslanten en identifiant les numéros de compte de cinq maisons de retraite, de la Bibliothèque royale et du Musée national de Stockholm.

— Mais ce qui est bizarre, c'est que..., commença-t-il.

— Le Musée national, oui, l'interrompit Märtha. Je trouvais qu'ils devaient acheter un Renoir ou en tout cas un impressionniste français.

— Et l'argent pour la Bibliothèque nationale, c'est naturel : nous devons soutenir la littérature, expliqua Stina.

— Oui, et vous avez aussi fait un versement au musée des Arts et Métiers, à ce que je vois, poursuivit Gunnar en levant les yeux de l'écran, mais...

— C'est normal qu'ils reçoivent des fonds pour la conservation des techniques anciennes, justifia le Génie. Il n'y a plus grand monde de nos jours qui soit capable d'assembler tout seul une voiture.

— Vous avez donc transféré de l'argent sur ces comptes, mais vos versements n'apparaissent pas sur les comptes des destinataires, déclara Gunnar en accélérant pour ne pas être interrompu une fois de plus. Il faut se rendre à l'évidence : l'argent a disparu en cours de route.

— Comment ça, en cours de route ? rétorqua Märtha. Anna-Greta s'y connaît en informatique. Il doit y avoir une erreur quelque part ou alors c'est l'œuvre d'un hacker.

Anna-Greta leva la tête, l'inquiétude se lisait sur son visage.

— L'argent a peut-être seulement été comptabilisé autrement ? suggéra le Génie.

— C'est peu probable, répondit Gunnar.

— Et qu'en est-il du fonds de retraite de la police ? Est-ce qu'on peut voir les transferts qu'on a effectués ? demanda Märtha en se rendant compte qu'elle avait omis de mentionner ce bénéficiaire-là.

Après une fête arrosée au champagne, ils avaient décidé de donner aussi un peu d'argent à la police. Il s'agissait seulement de quelques centaines de milliers de couronnes, qui mettraient du baume au cœur de ces malheureux enquêteurs. Ils pourraient, qui sait, s'offrir quelques tournois de golf ou un voyage aux Canaries.

— La police ? Hum. Tu ne m'en avais pas parlé. Voyons voir, dit Gunnar en cherchant le compte de la caisse de retraite de la police. Codes de sécurité. Attends un peu.

Il tapa sur le clavier en essayant plusieurs mots de passe. Soudain il s'écria :

— Ça y est. Je vois une donation de quatre cent mille couronnes. L'argent est bien arrivé.

Anna-Greta se couvrit le visage de ses mains et gémit :

— Nous voulions aider les exclus, ceux qui ont besoin de soutien, et les seuls à avoir touché l'argent, ce sont les vieux policiers à la retraite.

— Eux aussi ont besoin de soutien, dit Gunnar.

Märtha alla dans la cuisine, sortit une bouteille de liqueur de mûres arctiques et une coupelle de gâteaux au chocolat. Finalement, le whisky ne suffisait pas.

Gunnar poursuivit ses recherches. Après un moment, il s'arrêta et fixa l'écran.

— Je ne comprends pas. Je tombe sur des versements de plusieurs millions à la caisse de retraite de la police.

— Ah, c'était ton idée, Märtha, de donner de l'argent aux policiers à la retraite. Tu ris moins maintenant, hein ? ricana le Râteau.

— Mais ils n'ont eu que quatre cent mille, le reste, c'était pour les personnes âgées, sanglota Anna-Greta en se penchant par-dessus l'épaule de Gunnar.

— Et regardez, reprit ce dernier, le lendemain cet argent n'apparaît plus sur le compte. Il a disparu.

— Quelqu'un nous a piqué l'argent qu'on a volé. Il ne manque pas de culot, celui-là ! s'emporta Stina.

— Mais si l'argent est parti ailleurs, nous pouvons sans doute le faire revenir, déclara le Génie. Ne peut-on pas appuyer sur « Ctrl Z » par exemple ? D'habitude, sur les ordinateurs, ça marche.

Gunnar baissa rapidement la tête pour que le Génie ne le voie pas rire sous cape.

— Malheureusement, ce genre d'opérations est un peu plus compliqué que ça. En outre les fonds de la police sont verrouillés. Nous ne pouvons pas nous introduire dans leur système sans laisser de traces.

— Des chiffres sur un écran, non, je n'y comprends rien, admit Märtha qui, dans sa distraction, versa de la liqueur de mûres dans son whisky.

— Les types du gang d'à côté s'y connaissent peut-être ? suggéra le Génie, ravi d'avoir un prétexte pour rendre visite à ses voisins et pouvoir observer leurs motos de plus près.

— Oh non, nous n'allons pas les mêler à ça ! s'exclama Stina. Vous avez vu leurs tatouages !

— Essayons de rassembler nos esprits, soupira Anna-Greta qui prit son verre de whisky et le vida presque d'un trait.

Les autres furent interloqués. Leur amie s'était jusqu'ici montrée très modérée dans sa consommation d'alcool.

— Mais tenez, regardez : un transfert de treize millions, dit soudain Gunnar en pointant son doigt sur l'écran.

— Exactement la somme que nous avons donnée au Musée national, s'écria Anna-Greta. Comment est-ce possible ?

— Je ne saurais l'expliquer, mais en suivant ce transfert, je tombe sur Beylings, un cabinet d'avocats. Peut-être que les autres sommes ont aussi été transférées sur ce compte ?

— Un cabinet d'avocats ? répétèrent-ils en chœur, mal à l'aise.

— Peut-on récupérer cet argent ? hasarda Märtha.

— Non, je ne peux pas aller plus loin, marmonna Gunnar. L'argent disparaît ici dans un labyrinthe de comptes. Et il y a des milliers de pare-feu. Un vrai mur de Berlin.

— Des pare-feu ici et là, bredouilla Anna-Greta avec une haleine empestant le whisky, qu'est-ce qu'on va y faire ? Nous ne pouvons pas prouver que cet argent est le nôtre. Si nous commençons à mettre notre nez là-dedans, ils pourront retrouver notre trace et on finira en taule. N'oubliez pas que c'est nous les coupables, à l'origine.

Le silence s'installa. Dire qu'ils s'étaient donné tant de mal pour réunir cette somme, et voilà que quelqu'un avait détourné l'argent vers le compte d'un cabinet d'avocats. La nouvelle représentait un tel choc que personne n'osait la commenter. On entendait seulement une main prendre une poignée de cacahuètes ou la bouteille de whisky heurter le bord d'un verre.

— Nous avons volé, encore volé, pour faire la charité..., commença Stina qui voulait composer un poème, mais elle se tut, à court de rimes en « té ».

Après des pertes aussi considérables, elle se sentait en petite forme. Anna-Greta finit par prendre la parole :

— Il n'est pas question de lâcher le morceau ! Nous allons récupérer l'argent, coûte que coûte !

— Absolument ! Je n'ai pas l'intention de baisser les bras, enchérit Gunnar.

— Nous non plus, grommelèrent les autres.

— Oui, mes chers amis, nous allons retrouver nos millions, mais là pour l'instant..., dit Märtha en fermant les yeux, le whisky et la liqueur de mûres arctiques ne font pas bon ménage. Je monte me coucher.

Et sans attendre de réponse, elle mit sa veste sur ses épaules et leur souhaita une bonne nuit. Quand elle eut atteint la dernière marche de l'escalier, ils l'entendirent fredonner une mélodie. Une chanson qui parlait d'un braquage de banque.

11

Märtha s'assit sur le lit et enfila lentement sa chemise de nuit. Épuisée, elle se glissa entre ses draps. L'argent durement amassé du gang des dentiers avait disparu ! Comment allaient-ils récupérer les millions gagnés à Las Vegas ? Des bandits qui parvenaient à dérober plusieurs millions étaient tout sauf des idiots. Et si c'était l'œuvre de mafieux ? Défier ce genre d'individus n'était pas sans risques. D'ailleurs le gang de bikers d'à côté ne lui inspirait pas confiance non plus. Ses amis et elle devraient reprendre leur nom de « gang des dentiers », car *Outlaw Oldies* ne pouvait qu'attirer l'attention d'autres gangs. Il faudrait qu'elle pense à retirer ce nom sur la boîte aux lettres.

Märtha arrangea sa couette et ses oreillers. Elle ne voulait rien avoir à faire avec des gens dangereux. Ne vaudrait-il pas mieux repartir de zéro et commettre un nouveau braquage ? Ils ne pouvaient quand même pas passer leurs journées à jouer au bridge ou à résoudre des grilles de sudoku. Non, il était temps que le gang des dentiers frappe de nouveau. Et pourquoi ne pas tenter un *vrai* braquage de banque, comme des professionnels ? En veillant à ce que la banque ait suffisamment d'argent liquide ? Les institutions bancaires devaient recevoir un prix pour le rendement exceptionnel de leur activité, songea-t-elle, gagnée par le sommeil, en étouffant un bâillement de la main. Le conseiller bancaire leur avait dit de déposer leur capital sur un compte, mais quand ils avaient voulu le retirer, *ce n'était pas possible* ! « Nous avons cessé de distribuer des grandes sommes en liquide », avait déclaré à Märtha avec un sourire un employé au guichet. C'était peut-être comme ça qu'il fallait faire maintenant quand on empruntait de l'argent qu'on n'avait pas – avec les réserves en or et ce genre de choses. Mais le pire, trouvait Märtha, c'est que les banques facturaient des intérêts sur cet argent fantôme !

Au fond, quand on voyait les ruses de ces filous de banquiers, un petit hold-up se défendait tout à fait d'un point de vue moral. Oui, il était temps de leur remonter un peu les bretelles. Et pourquoi le gang des dentiers ne s'en chargerait-il pas ? Märtha s'allongea sur le côté et remonta la couette sous son menton. Un sourire ne tarda pas à se dessiner parmi les rides de son visage. Ses paupières se baissèrent et elle plongea dans un rêve palpitant où elle braquait dix banques en une seule journée.

Le lendemain matin, Märtha descendit à la cave pour inspecter leur future salle d'entraînement. À côté de la chaufferie, il y avait une pièce qui avait dû servir à entreposer du bois ou du charbon. Le Génie avait promis de l'aménager, mais depuis que les jeux vidéo étaient entrés dans sa vie, il avait tendance à oublier tout le reste. Märtha n'avait plus le temps d'attendre. Elle fit venir une entreprise de nettoyage et demanda l'aide d'Anders et d'Emma. Ces derniers peignirent les murs en blanc, installèrent des espaliers et posèrent du lino. Quand tout fut sec, ils mirent en place les appareils. Ils fixèrent même de gros anneaux en fer au plafond, mais Märtha voyait plutôt cela comme de la décoration. Personne ne pouvait s'y suspendre.

Quelques jours plus tard, tout fut prêt, et Märtha se frotta les mains. Maintenant ils allaient pouvoir retrouver la forme. Il faudrait lever le pied sur les gâteaux, les petits pains et mettre l'accent sur les fruits et les légumes. Les autres protestaient par principe, mais ils se doutaient que quelque chose se préparait. Quand Märtha commençait à parler de condition physique et de légumes, c'est qu'elle mijotait un petit braquage.

Dès le lendemain, elle fut à pied d'œuvre. La pièce de fitness n'était pas si grande et au bout d'une demi-heure, ça sentait la transpiration. Märtha leur imposait un rythme d'enfer. Son passé de gymnaste portait encore ses fruits. Ses pauvres amis n'avaient qu'à suivre.

— Un, deux, un, deux. Accélérez la cadence ! Bras en l'air, montez les genoux, plus haut. Faut pas se relâcher. Mais qu'est-ce que tu fabriques, le Râteau ? Allez, debout, on se tourne, on se penche en avant, les bras relâchés ! criait Märtha en montrant les mouvements. La tête plus basse, sentez son poids, allez encore plus bas...

Elle surveillait du coin de l'œil que personne ne se défile, mais elle entendit à leur souffle qu'ils commençaient à se fatiguer. Allez, encore un dernier effort. Il fallait toujours se forcer un peu. Elle envoya à Anders et Emma une pensée reconnaissante. Ils avaient compris qu'elle préparait un nouveau braquage et cela aurait été trop bête que l'un des membres du gang se casse le col du fémur devant la police. Soudain la musique s'arrêta net.

— Oh, la musique n'est pas encore tout à fait synchronisée, dit Märtha en se dirigeant vers la sono.

Les autres, soulagés, commencèrent à ramasser leurs affaires.

— Attendez, ce n'est pas fini. Avec un peu de gymnastique, nous serons tous plus en forme...

— Pour un nouveau hold-up, compléta le Génie.

— J'ignorais qu'on avait besoin d'espaliers, de rameurs et de tapis de course pour faire un casse, marmonna le Râteau.

— L'entraînement renforce les bras et la cage thoracique, ce qui peut être utile si nous devons trimballer des sacs remplis de liasses de billets, poursuivit Märtha, le souffle court, tandis qu'elle vérifiait le câble d'alimentation.

Au lieu de passer les CD, l'appareil s'était branché sur le tourne-disque. Mais les vinyles ne faisaient pas bon ménage avec les exercices : après que la chaîne eut choisi de jouer deux fois de suite « Gulli-Gullan » de Jokkmokks-Jokke, le Râteau sortit en claquant la porte. Alors Märtha mit discrètement son disque favori, celui de Louis Armstrong, ce qui ne manqua pas de le faire revenir.

— C'est un jeu d'enfant de relier un tourne-disque à cette minichaîne, déclara le Génie en se plaçant derrière Märtha. Attends, tu vas voir.

Il tripota les boutons et la musique de gymnastique résonna de nouveau. Märtha lui lança un regard admiratif et retourna à sa place.

— Bon, on s'y remet. Debout, pliez les genoux, tendez, penchez-vous en avant. Encore une fois ! cria-t-elle.

— Cette fois, j'en ai ma claque, dit le Râteau en s'interrompant au beau milieu d'un exercice.

— Toi qui aimes tant les femmes, tu crois qu'elles ont envie de voir un corps tout flasque ? Tout le monde n'a pas la cataracte, je te rappelle, répliqua Märtha sans interrompre ses mouvements.

Après avoir râlé un bon coup, le Râteau retourna à sa place. Mais peu après, ce fut au tour du Génie de protester.

— Je crois qu'on a fait assez de gymnastique pour aujourd'hui, dit-il à bout de souffle en montrant son tee-shirt trempé.

Son surpoids ne lui facilitait pas la tâche. Märtha baissa les bras. Peut-être aurait-elle dû les ménager un peu. Mais s'ils voulaient braquer une banque, ils devaient rester agiles et garder un bon sens de l'équilibre sous peine de louper leur coup.

— Bon, ce sera tout pour aujourd'hui, annonça Märtha. Après la douche, on se retrouve tous pour prendre une bière. Il est temps de discuter de notre plan.

— De *ton* plan, rectifia le Râteau qui alla chercher un mouchoir et partit en trottinant, sous le regard attentif de Stina.

— Je ne sais pas ce qui se passe avec le Râteau. Il est devenu susceptible, ces derniers temps.

— Ça doit être ma faute, soupira Märtha. Je décide trop à votre place. Les hommes n'aiment pas ça.

— Non, il y a autre chose. Il a la tête ailleurs, je n'arrive pas à lui parler. C'est comme s'il ne s'intéressait plus à moi.

— Mais Stina, tu sais bien qu'il t'aime ! Tu es sa meilleure amie.

— *Amie*, c'est bien ce que je dis. Alors qu'on a été plus que ça... Il paraît absent, je ne sais pas comment vous l'expliquer.

— Les hommes vivent dans leur monde et nous, les femmes, dans le nôtre. De temps en temps, il y a des frictions, c'est normal, répondit Märtha pour la consoler. Et moi qui passe mon temps à tout organiser, pas sûr que ça leur plaise, tu sais.

— Tu plaisantes. Sans toi, il ne se serait jamais rien passé, dit Stina.

Märtha s'approcha de son amie et lui donna un gros baiser sur la joue.

— Tu sais quoi ? dit-elle d'une voix chaleureuse. Je crois que tout va s'arranger, que ce soit pour l'amour ou l'argent. C'est souvent comme ça à la fin.

— Mon œil, ouais, fit le Râteau qui passait à cet instant-là.

12

Quelques heures plus tard, tous avaient pris leur bière et se retrouvaient, détendus, dans la salle de billard au sous-sol, lorsqu'ils entendirent soudain des bruits de motos. Le son se rapprocha et le visage du Génie s'éclaira.

— Des Harley-Davidson.

— Tout un gang. Qu'est-ce qu'on fait s'ils viennent nous voir ? s'inquiéta Stina, le teint pâle.

Märtha roula le plan des locaux de la Handelsbank et se leva. Vite, elle s'approcha d'un tuyau en plastique blanc suspendu avec d'autres au plafond, dévissa le couvercle et glissa le plan à l'intérieur. Puis elle referma le tuyau et jeta un coup d'œil dehors.

— Ils sont certainement venus voir les Bandangels. Vous voyez ça ! Ils ont de drôles d'ailes dans le dos, avec des têtes de mort. Nous ferions mieux de regagner nos chambres, dit-elle en se dirigeant vers l'escalier.

Les autres lorgnèrent par la fenêtre, rassemblèrent leurs affaires et lui emboîtèrent le pas. À peine étaient-ils montés dans leurs chambres et s'étaient-ils repeignés qu'on sonna à la porte. Ils redescendirent d'un pas hésitant et s'immobilisèrent dans la cuisine. À la fin, Stina ne put se retenir.

— On ne va pas ouvrir ? s'étonna-t-elle d'une petite voix.

— Si, j'y vais, répondit le Râteau, héroïque, qui marcha d'un pas résolu vers la porte d'entrée.

Au passage, il se regarda dans le miroir, resta un moment devant la porte à bomber le torse, avant d'ouvrir avec fermeté.

— Bonjour, je m'appelle Lillemor. Je suis la voisine qui habite dans la maison en briques de l'autre côté de la rue, dit une voix grave et féminine.

— Ah, très bien, fit le Râteau.

Märtha, piquée par la curiosité, s'approcha de l'entrée.

— Je me demandais si je pouvais entrer vous dire bonjour, déclara la femme aux épais sourcils, aux cheveux noir de jais et aux lèvres rouge vif qui, sans attendre la réponse, s'avança.

— Bien sûr, bredouilla le Râteau. Nous sommes assis dans la cuisine.

Très gentleman, il la débarrassa de son manteau et l'invita à passer dans la cuisine. Märtha et les autres lui adressèrent un salut réservé, tandis que le Râteau arrangeait son bandana et cherchait son peigne dans sa poche.

— Une tasse de thé, peut-être ? hasarda-t-il.

— Une *petite* tasse, précisa Märtha qui pensait encore à la réunion que cette visite à l'improviste venait d'interrompre.

Elle comptait voir avec eux comment s'introduire dans la salle des coffres. Mais le Râteau avait clairement autre chose en tête que dévaliser une banque. En passant prendre la théière, il glissa à Märtha :

— Ce n'est pas toi qui disais qu'il fallait entretenir de bonnes relations avec le voisinage ?

Märtha pensa au paillasson qu'Anna-Greta avait mis devant sa porte et qui disait : *Si tu es beau, riche et célibataire, bienvenue chez moi.* La femme n'avait pas d'alliance au doigt et avait tout l'air d'une célibataire.

Très sûre d'elle, elle s'était déjà assise et, d'un geste distingué, avait pris un gâteau au chocolat entre ses longs doigts aux ongles rouge vif. Elle promena un œil curieux autour d'elle et se faufila dans la bibliothèque comme si elle voulait mémoriser le moindre détail de la pièce. Après avoir mangé, et reçu une tasse de thé du Râteau, elle sortit un jeu de cartes.

— Je peux vous tirer les cartes, si vous voulez, annonça-t-elle avec un sourire d'une blancheur éclatante.

— Tirer les cartes ? répéta le Râteau en haussant les sourcils.

— Oui, avec un jeu de tarot. Je suis capable de prédire l'avenir.

Avant que Märtha n'ait pu l'en empêcher, elle avait déjà posé deux rangées de cartes face cachée sur la table en formant une croix. Se tournant vers le Râteau, elle lui demanda d'une voix fêlée :

— Donne-moi ton numéro d'identité.

Le Râteau tira sur son foulard.

— Euh, ce n'est pas le genre de choses qu'on donne comme ça, dit-il, mais on voyait bien qu'il préférait ça plutôt que lui révéler sa date de naissance.

— J'ai besoin de ces chiffres pour déterminer ton potentiel dans la vie. Commençons par voir quels défis t'attendent cette année.

— Défis ? Oui, nous les hommes, on se lance toujours trop de défis, répliqua le Râteau qui commençait à rougir.

La voyante baissa les paupières et acquiesça.

— Quand je naviguais sur l'océan, il y avait souvent des tempêtes et un jour..., commença le Râteau.

— Et si on passait aux arcanes ? l'interrompit la voyante en posant sa main sur la sienne. Bon, ta date de naissance !

Le Râteau jeta un regard désemparé à ses amis, se pencha en avant et chuchota quelque chose. Le faux numéro d'identité qu'Anna-Greta leur avait trouvé pour rentrer en Suède ne faisait pas l'affaire dans un tel contexte. Il était obligé de donner les vrais chiffres. Il indiqua la bonne année, mais choisit le jour précédant son anniversaire.

— Si tu as besoin d'arcades…

— Je parle d'*arcanes* ! Tu comprends, j'additionne l'année, le mois et les jours pour obtenir un chiffre. Et alors je vois un motif. Mais je crois qu'on va laisser les arcanes mineurs qui parlent d'événements de moindre importance, car j'ai vu quelque chose de grand. Passons directement aux arcanes majeurs.

— C'est tout aussi bien, approuva le Râteau.

Lillemor retourna la carte tout en haut.

— Oui, c'est bien ce que je pensais, dit-elle avec un sourire irrésistible. Tu es lumière, chaleur, richesse, succès, joie et harmonie…

— Peut-être que oui, admit le Râteau, de plus en plus rouge.

— Mais tu n'es pas un prêtre supérieur.

— Non, ça, c'est Märtha, lâcha aussitôt le Râteau.

Lillemor retourna une autre carte.

— Je vois ici qu'il va t'arriver beaucoup de choses passionnantes pendant l'année.

Le Râteau tressaillit. Que voyait-elle réellement dans les cartes ? Elle ne pouvait quand même pas deviner qu'ils préparaient un casse ?

— La vie t'attend. Je vois une nouvelle relation. Oui, je vois…

— Une nouvelle femme ? demanda le Râteau.

— Si tu es prêt. L'amour est la force la plus puissante de l'univers. Nous autres qui lisons l'avenir sommes liés par le secret professionnel, alors tu peux tout me raconter, poursuivit-elle en inclinant la tête et en se penchant vers lui, découvrant un généreux décolleté.

Märtha se leva d'un bond.

— Je comprends que vous ayez des choses intéressantes à vous dire, mais ce sera pour plus tard. Nous avons en effet une réunion.

Elle reçut un coup de pied dans le tibia et le Râteau lui lança un regard noir.

— On pourra peut-être reprendre ça une autre fois, proposa Lillemor en rassemblant son jeu de tarot sans quitter des yeux l'homme élégant avec son bandana autour du cou. J'habite dans la villa en briques, en contrebas de celle des Bandangels.

— Oui, nous continuerons peut-être à tirer les cartes une autre fois ? décida Märtha en faisant signe au Râteau de raccompagner la voisine.

Dès que la porte fut refermée, Stina ouvrit la bouche :

— Les diseuses de bonne aventure ne sont pas des expertes en hold-up, alors elle ne peut nous être d'aucune utilité. Bon, on reprend notre réunion !

Et cette fois, elle prit de vitesse les autres qui ne purent la contredire. Mais le Râteau resta longtemps à observer la maison en briques à la fenêtre.

13

Dans la cuisine, Märtha buvait à petites gorgées une tasse de thé où nageait une rondelle de citron. Le jour du hold-up approchait à grands pas. Pas moyen de faire marche arrière, le gang des dentiers devait absolument se procurer de l'argent.

— Les choses se précisent. Mieux vaut être prêts ! marmonna Märtha en prenant la brochure qu'on lui avait remise la semaine précédente, au cours de son stage sur la sécurité.

C'est fou tout ce qu'on peut apprendre à l'université de Stockholm, songea-t-elle avec un petit sourire. Elle s'était rendue à Frescati, avait trouvé le bon amphi et s'était assise au dernier rang. Puis elle avait écouté les recommandations des experts en matière de sécurité et la façon de se comporter en cas de braquage. À ce qu'elle avait compris, le public devait apprendre à connaître l'ennemi et tenter d'alerter et, éventuellement, de stopper les braqueurs. Les instructions étaient claires :

Restez calmes.
N'opposez pas de résistance.
Obéissez aux braqueurs (voilà qui faisait plaisir).

Observez, essayez de vous rappeler tout ce que vous voyez (voilà qui était moins bien).

Faites du bruit dès que vous ne courez aucun risque.

En d'autres termes, cela ne devait pas être si difficile que ça de braquer une banque. Rassurée, elle referma la brochure et jeta un regard sur la bibliothèque. Les aiguilles desséchées du sapin de Noël formaient un tapis marron sous les branches dégarnies et il n'y avait plus ni vin chaud ni gâteaux aux épices depuis belle lurette. Le hold-up aurait lieu le lendemain de l'Épiphanie, lorsque les travaux pour le futur Citybanan auraient repris. À Stockholm, on avait décidé de creuser un tunnel de six kilomètres de long sous la ville pour améliorer le réseau des transports. Les explosions pour creuser le nouveau tunnel de ce train desservant la banlieue reprendraient et, mieux encore, la commune annoncerait à quels moments précisément dans la journée.

Märtha se leva de la table, enroula le plan et descendit au sous-sol pour le cacher dans le tuyau. En revenant, elle passa de nouveau devant le sapin. Les souvenirs de Noël qu'elle fêtait avec son fils lui revinrent en mémoire. Le père de l'enfant l'avait quittée quand leur fils n'avait que 2 ans. Ils avaient donc tissé des liens très forts tous les deux. Il aurait eu 40 ans aujourd'hui s'il avait vécu. Elle sentit un pincement au cœur. Malgré les années, elle n'avait jamais réussi à faire son deuil. Perdre un enfant est un chagrin qui ne s'efface jamais. C'était sans doute pour cette raison qu'elle veillait à rester occupée, pour éviter de se souvenir, oui, pour ne pas avoir le temps d'y penser. Il s'était noyé à 5 ans, à un âge où la vie ne faisait que commencer. Elle continuait à allumer une bougie pour son anniversaire, bien qu'on le lui eût déconseillé. Il aurait fallu qu'elle oublie, mais comment était-ce possible ? Personne ne semblait comprendre que la douleur ne la quitterait jamais. Elle enfila ses bottes et son manteau d'hiver et sortit. Elle avait bien eu quelques aventures qui avaient compté, mais elle ne s'était jamais remariée. Quel intérêt y avait-il à se marier quand elle ne pouvait plus avoir d'enfant ?

Sous la lune qui jetait un éclat bleuté sur la neige, elle se dirigea vers la remise dans le jardin. Au loin, elle vit les lumières des ferries pour la Finlande. Plus haut dans la rue, le rock métal des membres du gang retentissait. Le Génie et le Râteau avaient passé toute la journée dans cette remise pour mettre au point l'équipement dont ils avaient besoin pour le casse et Märtha bouillait d'impatience de voir le résultat. Le Génie avait tenu à lui réserver une surprise.

— Tu n'es pas obligée de penser à tout, ma chère amie. Il est grand temps que les autres t'aident, avait-il déclaré en lui caressant la joue.

Elle s'était sentie rassurée. Sans doute travaillait-il à une nouvelle invention ?

— Un braquage de banque, Märtha, ce n'est pas si facile que ça. Il y a des systèmes d'alarme partout et la police arrive en moins de deux. Nous devons ruser, tu comprends ? lui avait-il dit dans la matinée avec un clin d'œil.

Märtha avait un faible pour les solutions simples qui trompaient beaucoup de monde. Il suffisait souvent d'une ruse basique pour embrouiller tout le monde. Surtout les ingénieurs et les policiers. Avec un peu d'imagination, on gagnait du temps et on évitait de devoir se sauver en courant.

Märtha tapota la neige collée à ses chaussures et frappa à la porte de ce qui était devenu l'atelier de menuiserie. Cela sentait la sciure de bois et la colle et, à l'intérieur, les machines tournaient à plein régime. Sur le sol traînaient des planches, des plaques de métal, de la tôle ondulée et, sur une étagère, elle aperçut un drôle d'objet en forme de tube à bout pointu. On aurait dit une vieille prothèse de jambe en métal. Le bruit était si assourdissant que personne ne l'entendit arriver et elle était tout près du tour à bois quand le Génie découvrit sa présence. Il arrêta sa machine et sourit avec fierté.

— Nous avons bientôt fini. Nous en faisons un dernier par précaution avant de passer au polissage.

Märtha fixa l'objet et, instinctivement, recula d'un pas : sur l'établi se trouvaient plusieurs pistolets factices peints en noir et au fond de la pièce, le Râteau faisait semblant de tirer.

— Pan ! Pan ! cria-t-il en mimant le geste de charger son arme.

— Bon sang, mais qu'est-ce qui vous prend ? s'emporta Märtha.

— On prépare le hold-up, répondit le Génie. Tu ne trouves pas qu'ils sont réussis ? On les prendrait vraiment pour des vrais.

— Paf ! Paf ! continua le Râteau.

Märtha saisit un des pistolets factices comme si c'était un serpent venimeux.

— Mon cher Génie, à quoi as-tu la tête ? Nous n'allons quand même pas nous faire tirer dessus ?

— Mais ils sont en bois !

— Haut les mains ! s'écria le Râteau en s'approchant d'eux en souriant, avec un gros pistolet entre les mains. Ils sont bien imités, non ? Je les ai peints avec une peinture métallique noire pour qu'ils soient aussi beaux que les vrais.

— Vous les hommes, vous ne pensez toujours qu'à vous battre. S'il n'y a pas la guerre, vous jouez avec de fausses armes. Oh ! là, là ! soupira Märtha qui leur prit les pistolets et les fourra dans son sac à fleurs. Vous oubliez que la police, elle, peut vous tirer dessus !

— Mais qu'est-ce que tu fais ? Ils ne sont pas encore terminés, protesta le Râteau.

— De faux pistolets… mon Dieu ! Pas de coups de feu ici ! Il est grand temps que vous arrêtiez les jeux vidéo. Quelques semaines ont suffi pour vous mettre la tête à l'envers ! Et si vous lisiez plutôt un livre ?

Sur ce, elle quitta la remise. En oubliant complètement ce qu'elle avait dans son sac.

14

Le taxi bifurqua à Stureplan, remonta la Sturegatan et passa au coin de la Handelsbank avant de tourner dans la Karlavägen. Sur la banquette arrière, Märtha avait le visage collé à la vitre.

— Je me demande..., murmura-t-elle.

— Vous êtes sûre que vous n'avez pas trouvé l'adresse exacte ? Ça fait plusieurs fois qu'on fait le tour du pâté de maisons.

Le chauffeur jeta un regard agacé dans le rétroviseur et soupira en continuant d'avancer à une vitesse d'escargot tandis que les voitures derrière eux klaxonnaient de plus belle. Märtha l'avait prié de rouler très doucement pour qu'elle ait le temps de bien voir. Sinon comment savoir par quel chemin s'enfuir ? Pour les repérages, ils avaient préféré le taxi à leur voiture, parce que Stina avait raconté qu'il y avait des caméras de surveillance partout à Stockholm. Après un braquage, la police étudiait attentivement les vidéos autour du lieu et ils auraient sans nul doute trouvé suspect un minibus qui aurait plusieurs fois ralenti devant la Handelsbank.

— Pourtant mon cousin habite ici quelque part. C'est Karlavägen numéro je ne sais plus combien, mais dès que je verrai la porte, je la reconnaîtrai. C'est vraiment trop bête de ne pas avoir son numéro de téléphone sur moi. Il nous a invités à une fête, vous comprenez.

— Bon, un dernier tour, mais ensuite je vous laisse. Ma femme m'attend.

— Oh, l'entrée là-bas me dit quelque chose. Vous n'avez qu'à nous déposer un peu plus loin dans la rue.

— Bonne chance, marmonna le chauffeur de taxi après s'être garé le long du trottoir.

Le taximètre indiquait huit cent quatre-vingts couronnes. Märtha ouvrit son sac à main et hurla :

— Au secours !

Les pistolets factices ! Elle avait pensé les brûler mais ça lui était complètement sorti de l'esprit. Et les voilà au milieu de son poudrier et de ses autres produits de maquillage. L'espace d'une seconde, elle les avait pris pour des vrais. Le chauffeur de taxi se précipita pour ouvrir la portière arrière :

— Qu'est-ce qui vous arrive ?

— C'est mon cœur, il s'emballe parfois, se plaignit Märtha en posant sa main gauche sur la poitrine.

Elle sentit soudain une forte odeur d'ail et deux lèvres humides se pressèrent contre sa bouche.

— Mais enf… ! put tout juste prononcer Märtha avant que le chauffeur de taxi ne se mette à pratiquer un bouche-à-bouche.

Le Génie le repoussa promptement.

— Ne vous inquiétez pas. Elle crie parfois, mais ce n'est pas aussi grave que ça en a l'air, le rassura le Génie en entraînant Märtha hors du véhicule.

— Vous n'allez pas à l'hôpital ? demanda le chauffeur, tout surpris.

— Oh, les femmes, vous savez, elles exagèrent toujours. Je lui ai seulement pincé un peu les fesses, mais elle n'a pas osé vous l'avouer, répondit le Génie en faisant un clin d'œil au chauffeur et en lui payant la course.

— C'est à cause de ça, dit Märtha quand la voiture se fut éloignée, en ouvrant son sac pour leur montrer les pistolets.

Elle s'en voulait à mort, eux qui s'étaient habillés en manteau gris souris de l'Armée du Salut et avaient laissé leurs déambulateurs pour mieux se fondre dans la foule. Bref, attirer *le moins possible* l'attention !

— Comment ça va, Märtha ? Tu m'as vraiment fait peur. Et ce chauffeur qui t'a...

Il se rendit compte qu'il avait ressenti un court instant quelque chose qui ressemblait fort à de la jalousie.

— Je vais bien, répondit Märtha. Pourvu qu'il ne se souvienne pas de nous ! ajouta-t-elle, en sachant que les chances n'étaient pas de leur côté.

— Je ne suis pas sûr que c'était une si bonne idée de venir en taxi. Combien de fois avons-nous ralenti devant la Handelsbank ? Et si on nous avait remarqués ? soupira le Râteau.

— On doit *toujours* faire une reconnaissance des lieux avant un braquage. Il faut bien repérer par où nous allons nous enfuir, calculer le temps que ça prend et vérifier certains détails, répondit Stina. C'était absolument indispensable. Ensuite, ta voyante pourra dire ce qu'elle veut sur les catastrophes à venir.

Le Râteau ouvrit la bouche pour protester, mais se ravisa. Lillemor était devenue un sujet sensible. La semaine passée, elle était venue presque chaque jour pour lui tirer les cartes et il l'avait écoutée religieusement. Mais Stina avait pris la mouche. Le Râteau avait expliqué qu'il voulait voir plus clair dans sa vie et avait prétexté qu'il valait mieux savoir ce qui pouvait arriver, quand on s'apprêtait à commettre un hold-up. Mais comme il ne pouvait rien révéler à Lillemor à ce sujet, son explication ne tenait pas la route. Le fait qu'il rougissait chaque fois que le nom de la voyante était mentionné paraissait hautement suspect à tous.

Quand le taxi eut disparu au coin de la rue, les cinq amis se promenèrent sur la butte de Flora dans le parc de Humlegården d'où l'on jouissait d'une vue imprenable sur la banque et les environs. Derrière eux, le jardin abritait la Bibliothèque royale, tandis que de l'autre côté de la Sturegatan se dressait l'entrée de la Handelsbank. Ils parcoururent du regard les alentours, traversèrent la rue et passèrent une dernière fois devant la porte de la banque, avant que Märtha estime qu'il était temps pour eux de rentrer à la maison. Cette fois, ils prirent le métro jusqu'à Slussen et de là un taxi pour Värmdö. La journée n'avait pas été de tout repos et ils devaient récupérer pour être en forme pour le casse. Une fois chez eux, Märtha résuma la situation d'une formule lapidaire :

— Bientôt, ça va exploser.

Tous se regardèrent, le visage grave. Jouer les apprentis braqueurs était une chose, passer à l'action en était une autre !

— N'oubliez pas que nous avons une mission. Quand l'État néglige ses responsabilités, il est de notre devoir d'intervenir. Nous sommes les protecteurs des pauvres, nous sommes les Robin des Bois du troisième millénaire !

Robin des Bois ? pensa le Râteau. *Pas sûr que le héros de Sherwood aurait aimé qu'une vieille bonne femme se compare à lui !*

15

Stina s'était endormie sur la véranda avec un plaid en poil de chameau sur les jambes et des chaussettes chaudes aux pieds. Elle ronflait, car elle n'utilisait jamais sa gouttière dentaire avant l'après-midi, et elle était enrhumée. Le Râteau jeta un regard furtif sur la silhouette endormie. Il avait un peu mauvaise conscience de vérifier en douce si elle dormait vraiment. Quel soulagement de voir que c'était le cas ! Il *devait* dire bonjour à Lillemor. C'était plus fort que lui. Cette femme était si belle, si imprévisible et attirante... Comme une traversée en pleine tempête dans des eaux en furie. Un homme comme lui ne pouvait pas passer ses journées à tourner en rond dans une vieille bicoque en bois ! Il avait besoin de sortir et de bouger. Et de revoir cette femme fascinante...

Lillemor avait des yeux si intrigants, se disait-il en mettant son manteau. Elle le regardait d'une manière particulière, comme seules certaines femmes savent le faire, et malgré ses 60 ans, elle restait incroyablement sexy. Il se peigna, vérifia sa mise et se dirigea vers la maison en briques. Cette villa de style moderne des années quarante paraissait complètement déplacée dans ce quartier, mais elle correspondait bien à sa propriétaire. Lillemor n'était pas comme les autres. Il sonna.

— Ah ! c'est toi, quelle bonne surprise. Dans la lumière et l'amour, sois le bienvenu !

Cette entrée en matière le décontenança et il se sentit rougir. Quel accueil ! Sa venue lui faisait donc si plaisir que ça ? Elle lui tendit un cintre. Il était si troublé qu'il eut du mal à y accrocher son manteau. Du coin de l'œil, il vit qu'elle portait un corsage en soie rouge clair, une jupe courte noire, des guêtres rouges et des talons hauts.

— Tu veux une tasse de thé ?

— Euh, oui, balbutia-t-il en humant l'odeur sucrée d'encens qui flottait dans la pièce.

Il eut un petit rire idiot, il avait l'impression d'être au bal et de devoir inviter la plus jolie fille à danser. C'est seulement quand elle lui proposa de s'asseoir dans la salle de séjour qu'il commença à se détendre. Il rectifia un peu son foulard, se passa la main dans les cheveux et dit :

— Tu as une bien jolie blouse.

— Oh, je porte toujours celle-là quand je tire les cartes.

Il vit qu'elle aussi rougissait.

— C'est un grand plaisir de t'avoir comme voisine, poursuivit-il. J'ai beaucoup réfléchi à ce que tu m'as dit. À propos de mon avenir, je veux dire.

— Ah bon ? fit-elle en allant chercher la théière.

Elle prit deux tasses et effleura sa main en les posant sur la table. Il se dit qu'elle n'était pas venue la première fois par hasard, mais il ne pouvait pas en être sûr. L'air absent, il but son thé à petites gorgées et trouva qu'il avait un goût bizarre. Elle dut s'en apercevoir.

— C'est le gingembre qui fait ça. Je mets toujours du gingembre, un peu de lait et de la cannelle dans mon thé quand je veux passer un bon moment.

— Passer un bon moment ? répéta le Râteau, la voix pleine d'espoir.

— Oui, quand on se blottit dans le canapé, avec un livre, et qu'on est bien.

— Un livre, ah... Moi, je joue sur l'ordina..., commença le Râteau qui s'arrêta en pleine phrase.

Il chercha le titre d'un livre qu'il avait lu mais aucun ne lui venait à l'esprit. Cela faisait si longtemps...

— Alors, tu veux que je te tire encore les cartes ? demanda Lillemor en posant une main sur la sienne.

Le Râteau fixait ses pieds sans oser lever les yeux vers elle. Il avait longtemps réfléchi au prétexte qu'il devait inventer pour pouvoir venir la voir souvent, et seul.

— Je sais que ce sont surtout les femmes qui consultent des voyantes, mais je suis curieux. Est-ce que tu pourrais m'apprendre à prédire l'avenir ?

— Prédire l'avenir ? Mais, voyons, il faut avoir un don.

— Il viendra peut-être.

— Mais je peux te prédire ton avenir, cela ne te suffit pas ? Apprendre à tirer les cartes, ça prend du temps.

Lillemor alla chercher quelque chose dans le tiroir de son bureau et revint avec une bourse en cuir. Délicatement, elle desserra le lien et sortit un jeu de cartes enveloppé dans un tissu en soie noir.

— Tu sais, les cartes n'ont pas de pouvoir en elles-mêmes, mais elles reflètent tes énergies, expliqua-t-elle en le dévorant de ses yeux sombres. Pour réussir, tu dois avoir une intuition très développée et connaître parfaitement les cartes.

— L'intuition, ce n'est pas ce qui me manque, déclara le Râteau avec une belle assurance. À l'époque où j'étais en mer, je sentais venir la tempête et je savais aussi quand il allait pleuvoir.

— Ce n'est pas dans ce sens-là que je l'entendais. Chaque carte signifie quelque chose de spécial et peut être placée dans différentes constellations.

— Pas de problème, répliqua le Râteau en tendant la main vers le jeu de cartes.

— Non ! Ce tarot m'appartient. Il ne faut pas qu'il reçoive une influence extérieure. Je vais t'en chercher un autre, expliqua Lillemor en se levant.

C'est quoi, cette embrouille ? se demanda le Râteau. Cette histoire de tarot allait vite le gonfler... Pourquoi ne venait-elle pas tout simplement s'asseoir à côté de lui pour qu'il puisse, oui, passer un bon moment avec elle ?

Quand elle revint, il déplaça un peu sa chaise pour se rapprocher d'elle.

— Tu peux me poser les arcades ? dit-il en laissant, comme par hasard, sa main retomber sur le genou de Lillemor.

— Les arcanes, tu veux dire. Mais pour ça, tu dois connaître ton signe du zodiaque, ajouta-t-elle sans enlever sa main. Tu es né quand, déjà ?

— Je suis Capricorne, murmura-t-il.

Il avait complètement oublié le numéro d'identité qu'il lui avait donné la fois précédente. Pas question de révéler son vrai numéro... qui sait si elle n'était pas de mèche avec le gang, plus haut dans la rue ? Il essaya de se rappeler les chiffres qu'il avait donnés, n'avait-il pas simplement avancé sa date de naissance d'une journée ? Il déclara le 3 janvier 1931.

— Oui, c'était ça, dit Lillemor en lui adressant ce sourire qui le troublait tant. Le Capricorne nous tente et l'emporte sur notre raison. On perd le contrôle de soi et on pense à des choses qu'on ne veut pas et qu'on ne devrait pas faire.

— Ah ? marmonna-t-il en lui posant la main cette fois sur la cuisse.

— Le Diable représente l'égoïsme, la manipulation, la cupidité, la mauvaise volonté, la jalousie et...

— Est-ce que tu ne peux pas tirer une autre carte ?

— Le Capricorne se laisse entraîner par des pulsions primaires.

Plutôt par des pulsions viriles, rectifia le Râteau en son for intérieur en remontant légèrement sa main.

— Cette carte symbolise ce qui est prédéterminé, enchaîna Lillemor qui n'avait toujours pas repoussé sa main. En tant que Capricorne, tu ressens que tu n'es pas tout à fait à la hauteur ou que d'autres ne remarquent pas tes qualités.

— Oui, sur ce dernier point, je suis d'accord, dit le Râteau en se rapprochant d'elle.

— Peut-être que tu es rassuré par des personnes que tu aimes tout en sentant qu'il te manque malgré tout quelque chose.

— Si on veut, grommela-t-il, car il commençait à en avoir marre de tout ce blabla.

Alors il fit ce qu'il faisait toujours quand il avait des jolies femmes contre lui : il l'enlaça et l'embrassa. Lillemor se leva, contrariée, ferma les yeux et se cambra.

— Tu sais, le Râteau, je peux t'apprendre beaucoup d'autres choses aussi, souffla-t-elle en posant ses ongles laqués rouges autour de sa nuque.

Lorsqu'il quitta sa voyante un peu plus tard, le Râteau était d'excellente humeur et avait l'impression d'avoir rajeuni d'au moins dix ans. Ah, il savait s'y prendre avec les femmes ! Il avait envie de danser de joie, mais il pensa à Stina. Mieux valait faire profil bas. Sa Stina était merveilleuse et il ne voulait pas la perdre. Ce n'était qu'une petite aventure, de quoi pimenter un peu son existence, pas la peine de crier ça sur les toits. Il ouvrit le portail et rentra en fredonnant. En passant devant la véranda, il adressa le salut le plus naturel possible à Stina avant de se précipiter dans l'escalier. Quel regard glacial elle lui avait lancé !

Märtha avait vu le Râteau monter vite dans sa chambre et elle secoua la tête, préoccupée. Non seulement il allait voir en douce la voyante d'à côté, mais quand il était à la maison, il jetait des regards langoureux par la fenêtre ou s'isolait avec son jeu de cartes. Stina s'était plusieurs fois endormie en larmes et Märtha se demandait si son amie tiendrait le choc. Il faudrait du temps au Râteau pour comprendre que cette Lillemor n'était qu'une allumeuse. Parfois, il faut accepter de laisser partir un peu les hommes, c'est mieux ainsi. Le Râteau avait été toute sa vie un homme à femmes, et malgré ses 80 ans passés, il avait toujours autant besoin d'être rassuré sur ses charmes.

Le lendemain, Stina s'installa dans la bibliothèque avec son plaid en poil de chameau autour des jambes, un livre écorné à la main et une tasse de thé fumant sur la table. Un paquet de mouchoirs était posé à côté. Elle avait pleuré. De nouveau. Le Génie entra et la vit sangloter. Il s'approcha d'elle.

— Le livre est si triste que ça ? s'étonna-t-il.

— Non, je ne sais pas, répondit Stina d'une voix presque inaudible en cachant le livre sous son plaid.

— C'est quoi, le titre ?

Elle prit un des derniers Kleenex sans parvenir à répondre. Le Génie finit par lui faire lâcher le livre. Il était rose et le titre sans ambiguïté : *Pour avoir celui que vous voulez. TOUT SUR LES HOMMES. MANUEL POUR LES FEMMES.*

— Mais enfin, Stina, qu'est-ce que tu lis ? S'il y a une femme qui sache s'y prendre avec les hommes, c'est bien toi, dit le Génie en s'asseyant à côté d'elle.

— Ce n'est pas l'avis du Râteau. Je crois qu'il est amoureux de Lillemor.

— Non, il est seulement un peu vaniteux.

— Ce n'est pas une nouveauté, mais tu as vu comme il s'empresse d'aller la rejoindre ? Puisque c'est comme ça, je vais l'espionner, dit Stina dont la voix était plus assurée à présent. Car dans ce livre, on m'a appris à repérer les signaux.

— Les signaux ? répéta le Génie, un peu troublé en pensant au télégraphe et aux étranges signaux radio dans l'éther. Qu'est-ce que tu veux dire par là ?

— Le genre de signaux subtils que les hommes envoient inconsciemment, expliqua Stina. Ils disent dans le livre qu'il faut écouter son compagnon, lui parler et étudier son mode de pensée.

— Voyons, Stina, le Râteau ne mérite pas que tu te donnes tout ce mal. Est-ce que tu ne peux pas être toi-même tout simplement ? Tu es si bien comme tu es, insista le Génie en lui tapotant la joue.

— Tu ne dis pas ça pour me faire plaisir ? répondit Stina en se remettant à pleurer.

Le Génie feuilleta le livre.

— Il est écrit que le chemin du cœur d'un homme passe par son nez, dit-il. C'est quoi, cette histoire ?

— Je t'assure, c'est un bon livre. Il y a tellement de choses qu'on ignore sur les hommes.

— Mais « par le nez » ? Ça ne veut rien dire, fit remarquer le Génie. Allez, fais preuve d'un peu de patience. Les hommes partent toujours à la chasse, mais ils reviennent quand ils sont fatigués. Je vais voir si je peux lui parler.

— Les hommes ne sont que des idiots ! lâcha Stina en se mouchant. À propos, où est-il ?

— Dehors. Il est sans doute en train de traquer les limaces tueuses dans le jardin.

— En cette période de l'année ? Mais non, il est certainement retourné chez cette Lillemor... Tu me diras, elle n'est pas loin de la limace. Et imagine ce que ce serait d'être courtisée par une limace tueuse...

— Euh, je ne crois pas que ce serait très agréable.

— Mais si, avec leur cycle de reproduction, nous autres les femmes plus âgées serions sûres d'avoir des soupirants : un au début de l'été, et au moins trois cents à l'automne.

Le Génie sourit et comprit que Stina était un peu rassérénée.

16

Il y eut un grand silence. *Reporter le hold-up ?* Qu'avait dit le Râteau ? Il ne parlait pas sérieusement. Dire que la soirée avait pourtant bien commencé, le champagne et la collation avaient ravi tout le monde.

Comme d'habitude, Märtha avait jugé que la veille du jour J devait être un moment solennel. Selon elle, il fallait fêter l'événement avant et après, car si la situation tournait mal, on aurait au moins eu son moment de fête. Aussi la soirée commença-t-elle avec un verre de champagne, rapidement suivi d'un autre, et tous furent un peu pompettes avant le dîner. Tandis qu'ils se régalaient d'une salade de fruits de mer, Stina avait déclamé avec pathos du Karlfeldt et du Heidenstam, mais au moment du filet d'agneau aux herbes et du parmesan, elle était passée aux romans policiers avec meurtre par empoisonnement. Les histoires étaient de plus en plus terribles et les scènes d'assassinat rivalisaient d'atrocité. Cela ne lui ressemblait pas et tous comprirent qu'il y avait de l'eau dans le gaz entre le Râteau et elle. Märtha essaya d'égayer l'atmosphère en proposant de chanter du Evert Taube, mais elle eut beau veiller à ce que leurs verres de vin soient toujours pleins, la bonne humeur n'était pas au rendez-vous. Le Râteau s'était tenu étonnamment en retrait, silencieux, s'exprimant à peine pendant le repas. À la fin, il s'essuya la bouche, repoussa son assiette et fredonna tout bas, avant de se racler la gorge.

— Lillemor a dit que le moment n'était pas bien choisi pour tenter l'aventure. La lune est décroissante et ce n'est pas la bonne période pour se lancer dans quelque chose de nouveau et de fatigant, dit-il à voix haute. Tous mes efforts sont dirigés vers mon épanouissement personnel et je ne veux pas perdre de temps à autre chose. Je pense que nous ferions mieux de reporter le hold-up.

— Tu plaisantes, j'espère ? s'écria Märtha.

— C'est ce que t'a dit Lillemor ? intervint Stina d'une voix si corrosive qu'elle aurait rongé la rouille de n'importe quelle épave de voiture. Oui, il vaut mieux tout arrêter.

Il y eut un grand silence et le Râteau tripota son foulard, les yeux baissés sur son assiette.

— Ce serait dur de me retrouver en taule sans toi, Stina, murmura-t-il.

— Menteur, va ! répliqua Stina, les joues en feu. Tu sais parfaitement que les prisons ne sont pas mixtes.

— Et si on chantait ? suggéra Märtha pour changer de conversation.

— Que diriez-vous d'une curieuse petite chanson qui explique comment on fait disparaître les voyantes par magie ? explosa Stina en se levant précipitamment. Elle quitta la pièce, le visage entre les mains.

Märtha adressa au Râteau un regard suppliant :

— S'il te plaît, essaie de la calmer, sinon demain tout va foirer.

— Je pense que nous devrions reporter...

— Non, nous ne changerons pas nos plans, l'interrompit Märtha d'une voix si ferme que le Râteau n'osa la contredire. Maintenant, tu montes la voir et tu la consoles.

— Je ne comprends pas quelle mouche l'a piquée. Elle n'est vraiment pas dans son assiette, ces derniers temps.

— Tu l'as négligée ! dit Märtha. Il faut être attentionné avec une femme si tu veux qu'elle aille bien, mais tu n'as d'yeux que pour Lillemor.

La conversation fut interrompue par la sonnerie stridente de la porte d'entrée. *Oh non, pas maintenant !* songea Märtha avec humeur en se levant. Elle se ressaisit pour renvoyer énergiquement cette diseuse de bonne aventure qui leur avait gâché la vie. Elle ouvrit donc la porte d'un geste résolu :

— Fous le camp, sale bonimenteuse, tu m'entends ?

— Mais bordel ? s'écria Tompa sur le perron.

Dans son blouson de cuir et ses grosses bottes noires, il recula et manqua se casser la figure.

— Oh, je croyais..., bredouilla Märtha.

— Je venais seulement vous emprunter un litre de lait, si c'était possible, déclara Tompa en touchant son tatouage derrière la nuque. Ça nous fait chaque fois le coup, on croit qu'il nous en reste et y en a plus.

— Mais entrez donc, s'exclama Märtha.

Ce n'est pas tous les jours qu'on est soulagé d'avoir la visite d'un Hells Angel, songea-t-elle en l'entraînant dans la cuisine.

— Tenez, dit-elle en lui tendant une brique de lait.

— Vous êtes bien ici, commenta Tompa en indiquant la maison. Je peux visiter ? L'autre fois, on n'a vu que la cuisine.

Märtha hésita, mais elle estima que lui faire faire le tour du propriétaire ne pourrait qu'améliorer leurs relations de voisinage.

— Mais bien sûr, répondit-elle, affable, en adressant un clin d'œil aux autres, attablés dans la cuisine. Je vais seulement lui faire visiter la maison, expliqua-t-elle, le géant sur ses talons.

Le Râteau se leva pour protester, mais le Génie lui posa la main sur l'épaule.

— Märtha sait ce qu'elle fait, ne t'inquiète pas, lui chuchota-t-il en souriant à Tompa quand ce dernier leur jeta un regard.

— Les chambres à coucher n'ont rien d'intéressant, mais ici nous avons la salle à manger et le salon, indiqua Märtha.

Avec fierté, elle lui montra les grandes pièces avec le parquet et le papier peint, lui fit admirer la vue de la véranda, passa par le fumoir et s'arrêta dans la bibliothèque.

— C'est pour quoi faire, tous ces foutus bouquins ? s'enquit Tompa en pointant du doigt les reliures.

Lentement il les passa en revue, relevant les noms de Strindberg, Heidenstam et Lagerlöf, avant de marquer un arrêt devant l'impressionnante collection de romans policiers de Märtha que Stina lui avait passée. Son œil fut attiré par un titre et il fit quelques pas vers la droite. Märtha n'avait pas eu le temps d'examiner en détail les dernières acquisitions de Stina, mais en voyant le regard de Tompa, elle regretta son initiative. Ses yeux s'étaient assombris, et il sortit des rayons des ouvrages tels que *Le Parrain suédois*, *La Guerre de la Mafia*, *La Mafia suédoise* et *L'Enfer vu de l'intérieur*. Ce dernier traitait d'un ancien membre d'un dangereux gang. Quand il releva la tête, Tompa avait les traits durs et les épaules crispées.

— Tiens donc, dit-il.

Elle voulut savoir ce qu'il entendait par là, mais il ne répondit pas, se contentant de secouer la tête, repoussa les livres comme s'ils étaient contaminés et marmonna une vague excuse. En quelques enjambées, il fut dans l'entrée, fit un bref salut de la tête et claqua la porte derrière lui.

Pourquoi il est parti si vite ? se demanda Märtha.

— Tant qu'à faire, la prochaine fois, tu n'as qu'à proposer que les Hells Angels tiennent leur réunion annuelle chez nous, quand la maison sera pleine d'objets volés, grommela le Râteau.

— Vous savez quoi ? Je commence à trouver qu'on était plus tranquilles dans la maison de retraite, déclara Anna-Greta en regardant la pelouse. Ce Tompa ne me dit rien qui vaille et il s'est douté de quelque chose quand il a vu les livres. Un criminel en flaire toujours un autre.

— Nous ne sommes pas des criminels, nous sommes des retraités bienveillants, protesta Märtha.

— Qui vont braquer une banque demain…, soupira le Génie. Non, honnêtement, avec Tompa on peut s'entendre. Lire sur les crimes est une chose, en commettre en est une autre. Je ne pense pas qu'il se doute le moins du monde de ce que nous faisons.

— Il ne faut jamais dire jamais, lâcha Märtha en se laissant tomber sur une chaise de la cuisine.

Ses mains tremblaient. Au cours de la visite, Tompa avait laissé entendre que les Bandangels pourraient devenir membres à part entière des Hells Angels. Même s'ils n'avaient pas encore été intégrés et que Tompa et Jörgen lui avaient fait l'effet de grands gamins plutôt gentils, elle se rappelait le regard de Tompa – la froideur insondable au fond de ses yeux. Elle savait que cet homme était dangereux.

Lorsque Tompa enleva son blouson et entra dans le salon, le son de l'écran plat était comme d'habitude poussé à fond. Endormi dans le canapé, Jörgen ronflait fort. Il sursauta pourtant quand Tompa entra.

— Euh…

Tompa fit un signe de tête, alla à la cuisine et ouvrit le réfrigérateur où il rangea le litre de lait à côté des deux autres.

— Il y a encore de la bière sur l'étagère du bas, marmonna Jörgen du salon, en se redressant.

Il se frotta les yeux et avait encore l'air endormi quand il vit son pote revenir avec deux canettes de bière.

— Alors, c'était comment ?

— Ça a marché, l'histoire du lait. J'ai pu voir la maison. Ça a l'air normal, mais c'est dingue tous les bouquins qu'ils ont. Ces petits vieux lisent des polars. Il y en a plein.

— La vache. Alors les croulants aiment les crimes ?

— On dirait. Ils avaient même des livres sur la Mafia et sur les Hells Angels.

Jörgen rota et ça fit éclater de rire Tompa. Il prit une canette, l'ouvrit et s'affala dans le canapé. Tout en buvant, il jeta un coup d'œil distrait sur le film à l'écran.

— Mais je ne suis pas tranquille quand même. En passant devant le garage, j'ai vu que le vieux qui aime bricoler avait installé deux nouveaux sièges dans leur véhicule, poursuivit-il. Tu crois que d'autres vieux vont venir les rejoindre ? S'ils aiment les crimes, ils vont peut-être se mettre à fouiner partout ?

— Ils t'ont foutu la trouille ou quoi ? Y a pas de danger. Ils passent leur temps enfermés chez eux. Par contre, je me demande pourquoi ils ont ce minibus. Pourquoi ils n'appellent pas simplement ces gros taxis payés par la municipalité quand ils ont besoin de se déplacer ?

— Ils n'aiment peut-être pas partager leur voiture ni attendre des taxis qui n'arrivent jamais ?

— On ferait bien de les surveiller un peu. Pour être sûrs.

— Eh, relax ! Ils ne feraient pas de mal à une mouche. T'as vraiment pas mieux à faire que de les espionner ?

Tompa but quelques rasades de bière, posa les pieds sur la table basse et monta le son de la télévision. Puis il regretta et baissa le volume avec la télécommande.

— Au fait, tu sais, le local de réunion… Maintenant qu'on a refait le sol et les peintures, il ne reste plus qu'à bricoler quelques meubles et on pourra enfin faire venir le reste du gang.

— Il suffit d'accrocher des trucs au mur et de mettre des meubles cool, dit Jörgen en posant lui aussi ses pieds sur la table.

— Et il faut aussi qu'on range le garage et la remise dans le jardin, pour faire de la place.

— Et si les vieux devinent ce qu'on fait ?

— Le racket et tout ça ? Mais non ! Comment veux-tu qu'ils pigent ça ?

Jörgen monta le son de la télévision au moment où le malfrat et ses complices entraient dans une banque. Il y eut un échange de coups de feu. Un hold-up. Faut croire que ce genre de braquage redevenait à la mode.

17

Le Génie regarda la façade grise où s'inscrivait en lettres capitales SVENSKA HANDELSBANKEN, la banque commerciale suédoise. Le moment était bientôt venu. Il tourna à l'angle du bâtiment et jeta un rapide regard vers les doubles portes vitrées. Cela devrait aller. L'équipement dans le déambulateur était prêt et il s'était un peu entraîné. Märtha avait le chic pour présenter ça comme s'il s'agissait d'une broutille. Et si son déambulateur attirait l'attention ? Il n'avait pas l'air ordinaire. Il suffisait qu'une personne soulève le carton vide dans son panier pour être trahi.

Encore quelques pas à faire. Il regarda autour de lui. Pas de pluie, pas de neige. Le ciel était limpide et la lune luisait au-dessus de Humlegården. Un court instant, il s'inquiéta à propos du Râteau. Pourvu que les lubies de la voyante ne l'aient pas trop influencé ! Certes, ils avaient réussi à le convaincre, mais sait-on jamais ? Le Râteau avait prié qu'on l'excuse et avait dit qu'il les soutiendrait. Après un peu de liqueur de mûres, il était redevenu lui-même.

Une Porsche passa à vive allure avec la radio poussée à fond. Une vieille dame tourna lentement et avec peine au coin de la rue pour s'engager dans la

Karlavägen. Le Génie attendit que la voie soit libre. Inutile d'avoir des témoins. La rue était déserte. Enfin, l'heure était venue ! À l'entrée de la Handelsbank, un paillasson annonçait qu'on était le bienvenu. Mais s'il allait effectivement entrer, ce n'était pas comme la direction de la banque l'avait prévu. Ses mains veineuses dans ses grosses moufles cherchèrent le bouton sur la poignée du déambulateur et appuyèrent dessus. Avec un léger souffle, une barre bricolée – une prothèse de jambe en acier – jaillit sous le panier du déambulateur et vint enfoncer la porte de la banque, en entraînant dans son mouvement le déambulateur.

La prothèse en métal renforcée fit un trou dans la porte tandis que le Génie essayait de reprendre le contrôle du déambulateur déchaîné. Mais le moteur ne s'éteignit pas comme il aurait dû et fit faire à l'appareil plusieurs tours sur lui-même avant qu'il ne parvienne enfin à l'immobiliser. Ensuite, il y eut quelques secondes de silence avant que l'alarme se déclenche. Le son était d'une telle puissance que le Génie sursauta. Le vitrage anti-effraction devait être de piètre qualité, constata-t-il en voyant le trou et les éclats de verre par terre. Il appuya de nouveau sur la poignée du déambulateur et, en un clic, la prothèse de jambe disparut sous le panier et reprit sa place initiale. Le Génie n'était pas peu fier de sa dernière invention pour laquelle il s'était inspiré d'un jeu vidéo sur les batailles navales de l'Antiquité. À cette époque, les vaisseaux disposaient d'une pointe à l'avant, et fonçaient droit sur le bateau ennemi pour le transpercer. Certes, son invention n'était pas si spectaculaire, mais elle laisserait la police perplexe.

Le Génie souleva son chapeau et descendit la rue en direction de Stureplan pour ensuite se diriger de nouveau vers Humlegården. La sirène était si stridente qu'il fut heureux, à cet instant, de ne pas être un cambrioleur professionnel. Là, on pouvait être sûr d'avoir des acouphènes pour le restant de ses jours !

Quand Märtha, postée un peu plus loin, vit le Génie soulever son chapeau, elle sortit son téléphone portable et appela le 112. Dès qu'elle eut la police au bout du fil, elle cria dans l'appareil de toutes ses forces :

— L'alarme s'est déclenchée à la Handelsbank, au coin de la Sturegatan et de la Karlavägen. Il y a un braquage ! Venez tout de suite !

Puis elle rangea son téléphone et suivit le Génie dans le parc. Devant la Bibliothèque royale se tenaient une ambulance et un fourgon médicalisé de l'armée. Anders les attendait.

— Personne ne m'a vu l'emprunter, dit-il avec un large sourire en caressant le capot du moteur. La surveillance du château de Karlbergs laisse à désirer. Les militaires sont moins affûtés de nos jours, on dirait, ajouta-t-il en ouvrant les portes arrière.

— C'est parfait, dit le Génie en poussant à l'intérieur le déambulateur.

Quand cela fut fait, Anders lui tendit un petit sapin garni de décorations de Noël. Märtha et le Génie revinrent sur leurs pas pour avoir une bonne vue d'ensemble sur la banque. Ils s'arrêtèrent sur la butte de Flora. Non loin de là se trouvaient le Râteau, Stina et Anna-Greta qui jouaient les badauds effrayés. Ils se jetaient des coups d'œil à la dérobée, mais ils devaient veiller à ne pas être trop proches les uns des autres.

Anders, qui avait fermé à clé le fourgon, monta à bord de l'ambulance où Emma était déjà au volant.

— Il ne reste plus qu'à attendre, dit Emma en cherchant son paquet de cigarettes dans sa poche.

Elle se souvint qu'elle n'avait pas de cigarettes sur elle, et qu'elle ne devait pas fumer maintenant. Elle aurait dû penser au chewing-gum à la nicotine ! L'entreprise des vieux n'était pas de tout repos pour les nerfs.

Sur la butte de Flora, la tension était aussi palpable.

— Ni les vigiles ni la police ne sont encore arrivés. C'est bien ce que nous pensions. Cinq minutes, ça devrait nous laisser assez de temps pour le braquage, constata Märtha.

Six minutes après que l'alerte eut été donnée, une voiture de police arriva par la Sturegatan, tourna à droite à la Karlavägen et s'arrêta devant la Handelsbank. Märtha posa sa main sur le bras du Génie.

— Comme c'est excitant ! On se croirait dans un film, glissa-t-elle.

Le Génie, euphorique, prit sa main. Il la serra. Comme c'était bon de sentir sa présence. Avoir Märtha à ses côtés lui redonnait toujours de la force.

Un policier sortit de la voiture et alla constater les dégâts sur la porte. Il se pencha pour examiner le trou dans le double vitrage, puis il prit son téléphone portable.

— Il doit sans doute raconter que quelqu'un a fait un trou dans la porte, dit le Génie en réprimant un petit rire. Il ne se doutera jamais que ç'a été fait à l'aide d'une prothèse de jambe.

— En acier, précisa-t-elle.

Aussitôt après, une voiture avec deux agents de sécurité arriva. Ils ouvrirent la porte avec leurs clés et entrèrent dans la banque. Ils arrêtèrent l'alarme puis les deux hommes et le policier s'entretinrent un moment avant que chacun reparte de son côté.

— Parfait, marmonna Märtha qui souleva deux fois son chapeau avant de le remettre sur sa tête.

Anna-Greta comprit le signal et attendit encore six autres minutes avant de sortir de l'ombre des arbres. D'un pas calme, elle traversa la rue. Après un rapide coup d'œil alentour, elle fit semblant de glisser sur une plaque de verglas au moment précis où elle passait devant la banque, et tomba en arrière en heurtant la porte. Elle avait protesté vigoureusement contre le fait d'avoir à chuter encore une fois, mais les autres lui avaient assuré que personne ne le faisait avec autant de naturel, et elle s'était laissé convaincre. Avec élégance, elle chuta sur le dos en amortissant le choc avec son bras, et comme Märtha l'avait entraînée chaque jour à le faire avec toutes sortes d'exercices d'équilibre, elle parvint vite à se relever. Quand Anna-Greta s'accrocha à la porte, l'alarme repartit de plus belle. La main sur le bas du dos, elle avança en titubant et tourna au coin du bâtiment avant de disparaître le long de la rue. Märtha sortit son téléphone portable de la poche et rappela le 112.

— Est-ce que je suis bien chez la police ? Il faut que vous veniez tout de suite ! L'alarme retentit dans la Handelsbank de la Karlavägen. Je crois qu'il y a un hold-up dans la banque, brailla-t-elle.

Et elle remit le téléphone dans sa poche et sourit au Génie.

— Nous allons bien voir s'ils reviennent, cette fois.

Le gang des dentiers attendit un long moment avant de voir une voiture de vigiles foncer vers la banque. Märtha regarda l'heure : ils avaient mis cinq minutes et trente secondes pour venir. Sur ces entrefaites, un véhicule de police ralentit devant la banque. Un agent baissa la vitre, passa la tête par la fenêtre, jeta un coup d'œil et remonta la vitre avant de s'éloigner. Peu après, l'alarme fut coupée et la voiture des vigiles disparut à son tour. Les curieux qui s'étaient arrêtés près de la banque haussèrent les épaules et reprirent leur chemin. Märtha regarda de nouveau sa montre.

— Jusqu'ici, tout s'est passé comme prévu, dit-elle d'une voix qui trahissait une certaine nervosité. Il faut juste attendre encore un quart d'heure. Et après, on y va !

Il commençait à faire froid et les minutes suivantes furent les plus longues qu'elle eût jamais vécues. Elle regardait sans cesse sa montre en se demandant pourquoi elle se mettait dans des situations pareilles. Voilà qu'elle avait entraîné ses amis dans une drôle d'histoire. Mon Dieu, s'ils se retrouvaient en prison sans pouvoir se voir pendant des années ! Nouveau coup d'œil sur sa montre. Encore soixante secondes à attendre. Elle saisit fermement son chapeau à large bord et commença le compte à rebours dans sa tête. Puis elle adressa un signe au Génie. Il acquiesça très légèrement et prit le petit sapin avec les guirlandes et les bonbons en papillote avec pétard intégré.

— Bon, eh bien, joyeux Noël ! dit-il, en se dirigeant avec le sapin vers la banque.

Märtha, le Râteau et Stina le suivirent en respectant une certaine distance entre eux. Arrivé devant la porte de la banque, il feignit de reprendre son souffle et appuya le sapin décoré contre le trou percé par la prothèse de jambe. Discrètement, il fit passer un à un les pétards par le trou dans la porte. Les bonbons roulèrent sur le sol en faisant de petites explosions suivies d'un bruit de verre cassé. De nouveau, l'alarme se déclencha et même Anna-Greta, pourtant dure d'oreille, l'entendit.

Elle composa aussitôt le numéro d'Anders et Emma, puis fit quelques pas vers la porte et, en poussant un cri, porta la main à sa poitrine. Quand elle vit le premier passant s'approcher, elle appuya sur la poche de sang cachée sous son corsage et en fit couler un peu entre ses doigts. À ce moment précis, Märtha appela la police. Elle utilisa le même téléphone avec sa carte prépayée, pour que la police ne tienne pas compte de son appel. Quand une vieille dame appelait à tout bout de champ, il y avait peu de chances qu'on prenne ses déclarations au sérieux.

Je parie mille couronnes que la police ne se déplacera pas cette fois, se dit-elle.

— L'alarme s'est déclenchée dans la banque au coin de la Karlavägen et de la Sturegatan. Il faut venir tout de suite, déclara-t-elle dès qu'elle eut quelqu'un au bout du fil. C'est un vrai hold-up, comme on en voit dans les films, vous comprenez ?

Elle broda sur tous les malfaiteurs qui avaient dû s'introduire dans la banque et sur les grosses sommes qu'ils pouvaient dérober, avant de raccrocher et de faire le numéro de l'agence de vigiles.

— Allô ? Ici la directrice Clara Johansson, du service de comptabilité interne ici à la Handelsbank au coin de la Karlavägen et de la Sturegatan, déclara Märtha d'une voix autoritaire. Mon numéro de code est le 543jkl14, vous l'avez sur vos documents. L'alarme s'est déclenchée de nouveau, ça va faire la troisième fois maintenant. Sachez juste que c'est une fausse alerte. Vous êtes déjà venus plusieurs fois, on sait qu'on peut vraiment compter sur vous. Mais quelqu'un a simplement dû donner un coup violent dans la porte, alors nous aimerions autant éviter de débourser plusieurs milliers de couronnes, puisque c'est le prix de chacune de vos interventions. Là, ça suffit. Nous n'avons pas l'intention de payer un déplacement de plus. Je vais moi-même arrêter l'alarme !

Märtha ne savait pas si sa ruse allait marcher, mais c'était pour mettre toutes les chances de leur côté. De toute façon, ils avaient cinq minutes devant eux, ce qui devrait leur suffire.

— Maintenant, on y va ! dit Märtha qui, devant la banque, prit la main du Génie et la serra. Ne t'inquiète pas, on va y arriver. Personne dans l'histoire n'a jamais commis un hold-up de ce genre. Les policiers n'y comprendront rien.

— Oui, espérons-le, répondit le Génie dont la voix tremblante trahissait son inquiétude.

— Anders et Emma ne devraient pas tarder, dit Märtha en surveillant la rue.

À peine eut-elle prononcé ces mots, qu'ils entendirent une ambulance s'approcher, toutes sirènes allumées. L'ambulance se gara, dans un crissement de freins, devant l'entrée de la banque. Märtha et le

Génie allèrent à sa rencontre, suivis du Râteau et des autres, à quelques pas de distance. Déguisés en ambulanciers, Anders et Emma sortirent à toute vitesse, munis d'un brancard et de couvertures et, avec l'aide discrète du Génie, purent franchir la porte d'entrée abîmée.

Les brancardiers ressemblaient à n'importe quels ambulanciers, mais si quelqu'un s'était donné la peine de regarder les couvertures de plus près, il aurait remarqué un certain relief au milieu. Sous le tas de couvertures se trouvaient en effet deux mannequins tout habillés avec des bottes. Anders et Emma pénétrèrent à l'intérieur de la banque avec les autres, et Märtha eut le temps de remarquer le « Bienvenue à la Handelsbank » sur le paillasson à l'entrée. Elle sourit et murmura un « merci beaucoup » avant de se diriger vers le coffre. La sonnerie de l'alarme était assourdissante, mais pas au point de couvrir l'explosion prévue à 19 h 30 précises pour le tunnel du futur Citybanan. C'était l'instant choisi par le Génie pour essayer d'accéder à la salle des coffres avec une série de fortes explosions d'une bombe fumigène et de très gros faux bonbons pétards. Nul doute que le Génie était meilleur mécanicien qu'artificier, mais il savait lire les plans de construction et calculer parfaitement les charges explosives nécessaires. Le grillage en fer et la porte blindée cédèrent, et Märtha, le Râteau et Stina s'engouffrèrent dans l'ouverture, au milieu d'un nuage de fumée. En toussant, ils descendirent quelques marches. Sans perdre de temps, le gang des dentiers ramassa l'argent du coffre-fort endommagé.

Devant la banque, Anna-Greta attendait Gunnar, le nouveau de la bande. Pouvait-elle compter sur lui ? Comprendrait-il l'importance de son rôle dans la réussite du braquage ? Elle gigota encore un peu, pour faire le spectacle, et piqua avec une épingle à cheveux une autre poche de sang sous son corsage. Enfin, elle le vit accourir sur le trottoir. Elle lui fit un clin d'œil avant de s'effondrer sur le sol, et espéra qu'elle aurait droit au bouche-à-bouche. Mais il appuya violemment sur ses côtes avec les deux mains et pratiqua un massage cardiaque. Une poche de sang craqua et il lui fêla une côte, mais cela ne l'arrêta pas. Gunnar n'était pas un romantique ; avec son énergie, il aurait redonné vie à une momie.

D'autres personnes étaient venues et formaient un attroupement devant la banque. *Pourvu que tout se passe bien*, pensa-t-elle. Soudain elle sentit les lèvres de Gunnar se presser contre les siennes dans une nouvelle tentative de réanimation.

À l'intérieur de la banque, les autres n'avaient pas perdu une seconde. Dès qu'ils étaient entrés, Märtha avait écarté les couvertures et pris les mannequins. En un tournemain, elle avait dévissé leurs têtes pour que le Génie et le Râteau puissent remplir les corps avec l'argent.

Cela leur prit plus de temps qu'ils ne l'avaient prévu et Märtha commençait à se sentir nerveuse. La fumée leur piquait les yeux et devant la banque régnait une belle pagaille. Enfin, le Génie et le Râteau tassèrent les derniers billets et revissèrent les têtes.

— Maintenant, l'hôpital, annonça Märtha en faisant signe à Anders.

Celui-ci posa aussitôt le premier mannequin sur le brancard, le recouvrit avec la couverture et le transporta avec Emma jusqu'à l'ambulance. Quand ils revinrent chercher le deuxième, la tête se détacha un peu, mais il fallait faire vite. Märtha la revissa et le Râteau prêta son foulard pour camoufler la fente. Ensuite Anders et Emma recouvrirent le mannequin d'une couverture et sortirent en vitesse de la banque.

— Dégagez, poussez-vous ! cria Anders en s'approchant de l'ambulance.

Mais dans leur précipitation, ils donnèrent un coup au brancard et une des bottes du mannequin tomba par terre. Emma la ramassa et la balança à l'intérieur de l'ambulance avant de fermer la porte. Märtha, le Génie et le Râteau qui, à ce stade, devaient paraître blessés eux aussi, titubèrent vers l'ambulance mais furent repoussés par Emma.

— Attendez ici, je reviens tout de suite avec le fourgon médicalisé, leur dit-elle en courant vers le parking près de la Bibliothèque royale.

Tandis qu'Emma allait chercher le véhicule, la foule des curieux avait grossi. Anna-Greta continuait à faire la morte pour satisfaire la curiosité des badauds, rejointe par Märtha et le Génie qui avaient l'air de souffrir aussi. Le Râteau, en revanche, n'arrêtait pas de réclamer qu'on lui rende son foulard, quand ils entendirent soudain trois petits coups de klaxon : Emma ne s'était pas donné la peine de prendre la route normale et avait carrément roulé sur la pelouse du parc. Elle les attendait en face de la banque, de l'autre côté de la rue.

Anna-Greta se releva et marcha en s'appuyant sur Gunnar, suivie de Märtha, du Génie et du Râteau. Gunnar, qui n'était pas du tout blessé, fit semblant d'être un proche (ce qu'il était d'une certaine façon) ; il ferma les portières et fut le dernier à monter à bord. Quand Anders les dépassa en ambulance, Emma lui emboîta le pas et se fondit dans la circulation, dans un nuage noir de diesel. Les deux véhicules se dirigèrent ensuite à vive allure vers l'hôpital Huddinge : il était un peu plus à l'écart que celui de Karolinska et, surtout, moins surveillé.

18

— Nous y sommes ! s'écria Anders en s'engageant dans l'allée de l'hôpital de Huddinge.

Il avait les mains moites et la respiration saccadée, mais s'appliquait pour conduire calmement et se comporter comme un employé de l'hôpital et non comme un malfrat en fuite. Sur le parking, ils aperçurent le minibus qu'Emma et lui avaient garé là plus tôt dans la journée. Il ralentit et vint se ranger à côté. Tout de suite après, le fourgon médicalisé arriva. Emma sortit et ouvrit les portes arrière des deux véhicules en faisant signe aux autres de se taire. À la faveur de l'obscurité, ils posèrent leurs « blessés » sur le brancard. Märtha et Stina prirent les mannequins, les attachèrent sur les deux fauteuils supplémentaires et leur tapotèrent la joue au cas où quelqu'un les regarderait. L'un des mannequins n'avait toujours qu'une botte, mais Märtha récupéra l'autre et la lui enfila. Pas question de tout faire foirer à cause d'un détail de ce genre.

Dans le fourgon, l'activité battait son plein. Anna-Greta enlevait le plus gros du sang que Märtha et elle avaient récupéré à un abattoir de Värmdö. Il ne fallait prendre aucun risque au cas où la police ferait un test d'ADN. Le sang était celui de chevaux de course tués durant la semaine. Les laboratoires parviendraient toujours à la même conclusion : le sang de la personne allongée sur le trottoir était celui d'un cheval.

Märtha et les autres nettoyèrent l'ambulance de leur mieux, avant qu'Anders ne la ramène à sa place sur le parking de l'hôpital pour les interventions d'urgence. Pour le fourgon qu'Anders avait emprunté à l'armée, ce fut un peu plus compliqué. Märtha, au volant du minibus, prit la route 222 en direction de Värmdö, tandis qu'Anders et Emma ramenaient le fourgon à Stockholm. Sur une aire de l'autoroute Essingeleden, ils firent un arrêt pour modifier un peu le véhicule, puis ils attendirent que l'heure soit plus avancée. Quand le téléphone portable afficha 04 h 45, Anders reprit le volant.

Dans la nuit étoilée, il ramena le bus au centre militaire de Karlbergs. Il avait suivi une formation d'aspirant officier là-bas et n'eut aucun mal à trouver le chemin. À la hauteur du pont d'Ekelund, il ralentit et prit la direction du parc. Alors que le moteur tournait encore, Emma sauta du véhicule pour ouvrir la barrière avec une vieille carte démagnétisée, puis remonta s'asseoir à côté d'Anders qui, calmement, passa la première pour regagner le parking. Il se gara de travers, comme l'aurait fait quelqu'un d'éméché, coupa le moteur et laissa les clés sur le contact. Avant de sortir, ils jetèrent un dernier coup d'œil à l'intérieur du bus.

— Ça a l'air bien ? demanda Anders en retirant ses gants.

— Parfait. Je parie que les fourgons médicalisés de l'armée sont parfois dans cet état, plaisanta Emma en regardant les canettes de bière vides ou à moitié bues qui jonchaient le sol du bus, au milieu des bouteilles de vin et de whisky et du faux vomi.

La substance était une savante bouillie faite maison à partir de compote de pomme, de farce, de noisettes et d'un peu de vin. Elle avait même pimenté la scène en mettant du mascara et du rouge à lèvres sur le siège avant et fourré une petite culotte sous l'un des sièges. Ils rirent, enfoncèrent leurs bonnets sur leurs oreilles et coururent prendre leur train de banlieue.

19

La soirée était bien avancée et, dans la villa jaune, Jörgen et Tompa avaient déjà bu six bières chacun. Ils avaient peint les chaises de bar du local de réunion, fait cuire quelques steaks saignants, réchauffé des frites, regardé la télévision, joué à plusieurs jeux vidéo et parlé de filles. Ils commençaient à avoir sommeil, l'alcool faisait son effet. Tompa ouvrit la porte-fenêtre pour prendre un peu l'air sur le balcon. Une canette de bière dans une main et une cigarette au coin des lèvres, il regarda le paysage éclairé par la lune. Les arbres se dressaient, noires silhouettes découpées sur la neige d'un blanc argenté. La mer paraissait une étendue infinie qui disparaissait dans le gris de l'horizon. *Comme l'archipel est magnifique, vu d'ici !* songea-t-il, lorsqu'il entendit un bruit de moteur. Un minibus Volkswagen ! Des voix et des portières qui claquaient. Il rentra, ferma la porte-fenêtre pour espionner la maison des vieux. Car c'étaient bien eux qui étaient sortis. Si tard dans la soirée ? Mais qu'est-ce qu'ils foutaient, bordel ? Ils avaient l'air de porter quelque chose. Tompa pressa son nez contre la vitre.

— Ça alors !... Ils transportent des cadavres à la cave.

— Eh, calme-toi ! Tu n'aurais pas dû boire la dernière bière, répliqua Jörgen depuis le salon.

— T'as qu'à venir voir ! C'est complètement dingue !

Jörgen Smäck se leva à contrecœur et se posta à côté de Tompa.

— Les vieux sont comme ça, qu'est-ce que tu veux ? Laisse tomber..., dit-il. Qu'est-ce qu'ils portent ?

— C'est bien ce que je te dis, t'as pigé maintenant ?

Devant la villa des voisins, la vieille Märtha aidait deux de ses amis à trimballer un corps raide tout habillé. Une des jambes traînait sur le sol. Tout à coup, ils lâchèrent le cadavre, le grand-père bricoleur gesticula et partit chercher son déambulateur. Quand il revint, ils hissèrent avec peine le haut du corps sur le panier du déambulateur et parvinrent à descendre le mort à la cave. Pendant toute cette manœuvre, ils jetaient des coups d'œil inquiets par-dessus leurs épaules. Après avoir fait disparaître le corps dans la cave, le grand-père bricoleur referma la porte à clé, puis tous rentrèrent dans la maison.

— Eh bien, dis donc, ces enfoirés de vieux ! s'écria Tompa, le souffle court, en portant la main à son front. Ils empoisonnent les gens ou quoi ? T'imagines si...

— T'as pas bu leur lait au moins ?

— Non, encore une chance ! Mais sérieusement, qu'est-ce qu'ils fabriquent ? Tu te rends compte s'il y a plusieurs corps en bas ?

Tompa observa la villa du grossiste. Dire qu'au début il s'était réjoui d'avoir des petits vieux innocents comme voisins ! Mais l'affaire prenait désormais une tout autre tournure. Dès qu'ils le pourraient, il faudrait aller faire un tour dans leur cave pour voir ce que ces cinglés manigançaient. Tôt ou tard, ils s'attireraient des ennuis. Il gagna d'un pas résolu la cuisine, ouvrit le réfrigérateur et sortit le lait. Il l'ouvrit, le sentit et vida le contenu dans l'évier. On n'était jamais trop prudent...

Märtha et sa bande s'étaient débarrassées de leurs manteaux et avaient accroché les clés. Tous tremblaient encore un peu sous le coup de l'émotion et de l'adrénaline.

— Voilà ce qui arrive quand le fermoir n'est pas mis, clama Stina en riant.

Malgré la fatigue, tous se prirent par la main et improvisèrent une sorte de danse autour de la table de la cuisine. Puis Stina entonna la chanson des Brigands de Pimentville et tout le monde poussa des hourras.

— Quand je pense qu'on a réussi ! s'exclama Anna-Greta. Bientôt, nous allons avoir tellement d'argent que nous pourrons ouvrir une banque.

— Oh non, pas une banque, se récria Märtha en allant chercher une bouteille de champagne et six coupes. Il y en a déjà bien assez comme ça !

— Oui, mais c'est plus rentable que n'importe quoi. Quand ça marche, on dispose de beaucoup d'argent, et quand ça va mal, on demande à l'État de renflouer les caisses. Nous aussi, on peut le faire, déclara Anna-Greta avec un petit hennissement de satisfaction. Ainsi nous pourrons créer toutes sortes de fonds et inciter les gens à y investir leurs économies... Voyons un peu, il faudrait quelque chose concernant l'environnement, le réchauffement clima...

— Nous y revoilà. Quand on obtient quelque chose, on en veut toujours davantage, soupira Märtha en posant son verre sur la table. Non et non ! On se contentera de l'argent qu'on a. Pas question de ressembler à ces requins de la finance qui ne pensent qu'à faire fructifier le capital. N'oubliez pas que nous devons faire quelque chose *d'utile* avec cet argent !

— Comme quoi ? demanda le Râteau. Et nos millions dans la gouttière ? Ils sont toujours là-bas à moisir.

Il faisait allusion à une grosse rançon que le gang des dentiers avait obtenue en échange de quelques tableaux du Musée national. Pris de panique, ils avaient dû dissimuler l'argent dans une gouttière du Grand Hôtel et, avant de quitter la Suède, avaient indiqué la cachette dans une lettre à la police. Mais comme les policiers n'y avaient vu qu'une mauvaise plaisanterie, les billets devaient toujours y être. Le gang des dentiers avait envisagé de louer un monte-charge, mais Anna-Greta, qui avait le sens des économies, avait rappelé que tôt ou tard l'hôtel serait rénové, et qu'il n'y aurait plus qu'à se servir, sans bourse délier, quand la gouttière serait dans un container. Ils avaient donc laissé les choses en l'état, ayant d'autres fers sur le feu. Et puis, comme disait Märtha : « Mieux vaut avoir de l'argent dans une gouttière qu'à la banque. »

— Pour revenir à l'argent du braquage, je pense qu'il vaut mieux le donner directement pour qu'il ne s'égare pas en chemin, dit le Génie.

— Bien vu, s'écria Märtha, ravie, en vidant sa coupe de champagne si vite qu'elle avala de travers.

Après que le Génie lui eut tapoté plusieurs fois le dos, elle poursuivit :

— Vous vous souvenez des largages de nourriture de von Rosen en Éthiopie ? Il a balancé depuis l'avion de la nourriture à ceux qui en avaient besoin. Nous allons faire la même chose, mais avec des largages de billets !

— Super, ça nous évitera tous ces intermédiaires, dit Stina qui avait vite compris comment fonctionnait le monde de la finance.

— Exactement. Si on place l'argent dans des actions ou des obligations, la gestion de la banque va nous coûter un prix fou, enchérit Gunnar.

— Sans oublier que ça nous évite les frais de stockage, ajouta Anna-Greta. Tu es un génie, Märtha !

Tous la félicitèrent au point que cette dernière se mit à rougir. Le Génie prit sa main sous la table et elle se laissa aller à poser la tête contre son épaule. Comme c'était bon de vivre, tout à coup !

— Cela dit, on ne peut pas larguer des billets de banque sur les maisons de retraite, il va falloir procéder autrement, précisa le Génie en faisant claquer sa langue pour savourer son champagne.

— Pourquoi ne pas se faire passer pour le service de recouvrement des créances ? Leurs employés entrent partout, hasarda Anna-Greta.

— Ou peut-être des témoins de Jéhovah ? réfléchit Stina qui, dans son enfance à Jönköping, avait souvent eu droit à leurs visites.

— Non, pourquoi se compliquer la vie ? On n'a qu'à se servir de notre chœur habituel de retraités pour aller à la rencontre des vieux et des pauvres, proposa Märtha.

— Et distribuer un Caddie plein de billets de banque qui ont le même numéro que ceux qui ont été volés à la Handelsbank ? Ah, c'est le moyen le plus sûr pour qu'ils retrouvent notre trace, prévint le Râteau.

— Vous voyez, il y a toujours des inconvénients à être riches. Finalement, être pauvres, ça a de bons côtés, songea Märtha. On n'a pas à s'inquiéter de ce que l'on doit faire de son argent.

— Je n'ai jamais entendu une pareille sottise ! s'écrièrent les autres d'une seule voix. Et tu oses dire ça, après tout ce qu'on a accompli ?

Il y eut un silence. Il était clair que tous étaient très fatigués et que leurs têtes étaient plutôt remplies de bulles de champagne que de bonnes idées.

— Le champagne après un braquage, ça donne un peu sommeil, dit Märtha au bout d'un moment en réprimant un bâillement. Nous avons des millions que nous voulons distribuer, mais les billets ont des numéros qui permettent à la police de remonter jusqu'à nous... Ah, c'est plus compliqué qu'on croit d'être des criminels !

Les autres acquiescèrent, la mine endormie.

— On en reparlera demain, marmonna Anna-Greta.

À peine avait-elle dit cela que les chaises raclèrent le sol et tous se levèrent d'un coup. En bâillant, mais très gais, ils se dirigèrent vers l'escalier. Stina s'arrêta sur la première marche et battit des mains, les yeux brillants.

— N'est-ce pas fantastique ? Un vol de plusieurs millions de couronnes. Nous voici de nouveau à flot !

Le lendemain du hold-up de la Handelsbank, Anders se sentait épuisé, mais il n'en avait pas terminé. Il ouvrit le coffre et sortit les nouveaux pneus. Märtha avait dit qu'il valait mieux les changer, au cas où les autres auraient laissé des traces. Il frissonna, sortit le cric, une clé à roue en croix et des gants de travail. En soupirant, il regarda la roue arrière. Les jantes avaient l'air rouillées et auraient bien besoin d'être changées elles aussi, mais ce serait pour une autre fois. Il bâilla et commença à actionner le cric pour lever la voiture. Ça couinait. Il n'était plus tout neuf et aurait dû être huilé. Tout vieillit vite, par les temps qui courent. Lui-même... Il n'avait toujours pas retrouvé d'emploi ; à 50 ans, ce n'était pas évident. Il commença par dévisser les quatre boulons, changea la roue et resserra avec la clé en croix. Puis il passa au pneu suivant. À présent, il était devenu braqueur de banque malgré lui. Il s'était fait virer de l'agence pour l'emploi où il travaillait, et ça faisait mal, c'est peu de le dire. Une histoire de restructuration, de réduction des effectifs, le chef qui avait bredouillé et s'était raclé la gorge pendant son exposé. Anders se souvenait du moindre détail de la réunion cet après-midi-là. Depuis, il avait postulé à plusieurs jobs, avait été convoqué deux fois à des entretiens d'embauche, sans résultat. Ce fut une humiliation encore plus grande. S'il y avait bien quelqu'un qui savait comment on obtenait du travail, c'était lui. *Essayez de trouver quel genre de personne vous êtes, regardez quel type de travail vous convient le mieux et testez votre plaisir à travailler*... Il pensait à ces phrases toutes faites qu'il avait répétées aux demandeurs d'emploi pendant des années. Quelle ironie du sort ! Un an s'était écoulé et il se trouvait exactement au même point que le jour où le chef l'avait remercié en lui offrant une bouteille de vin et un bouquet de fleurs.

Il fit le tour de la voiture et s'attaqua aux roues avant. Pour une raison obscure, les boulons étaient plus rouillés qu'à l'arrière et il dut y mettre toute sa force pour les dévisser. Il inspira. Non, plus jamais il ne remettrait les pieds à l'agence pour l'emploi, il était trop fier, il trouverait du travail par un autre moyen. Il n'y avait pas urgence, il était déjà assez occupé avec les services qu'il rendait à sa mère. Et Stina lui fourrait de temps à autre quelques billets de mille couronnes dans la poche, comme s'il s'agissait d'un paquet de serviettes en papier. Mais c'était difficile d'expliquer à sa femme et à ses copains ce qu'il faisait, et il avait peur qu'on ne découvre le pot aux roses. Avec un peu plus de fric, il aurait peut-être pu créer une entreprise privée de transports à domicile. Ces derniers temps, les communes engageaient des consultants pour trouver des moyens de faire des économies sur ce service de transport à destination des malades et des personnes âgées – les *utilisateurs*, comme on appelait pudiquement ceux qui avaient besoin de ce service social. Avec son entreprise, il pourrait offrir à ces gens un soin de qualité. Hors de question de faire ça à la légère, comme la municipalité. Mais avant d'avoir amassé un capital de départ suffisant, il serait sans doute obligé de continuer à donner un coup de main pour les hold-up.

Anders se leva et porta la main à sa colonne vertébrale. Encore deux pneus à changer.

Sur le bureau, la lampe à côté de l'ordinateur restait allumée, mais le commissaire Blomberg dormait profondément. Il avait passé la nuit à faire des recherches sur Internet jusqu'à tomber de sommeil. Quand, épuisé, il avait piqué du nez, son chat Einstein avait bondi de son panier et s'était allongé sur le clavier où il avait passé le reste de la nuit. À présent, le chat noir et blanc se réveillait et s'étirait langoureusement, de sorte qu'une rangée supplémentaire de Z s'afficha sur l'écran. Après sa toilette, il ajouta plusieurs centaines de X, de Q et de points-virgules, même si, curieusement, le Z était la lettre qui revenait le plus. Sa position favorite consistait à s'affaler sur toutes les lettres, y compris le point et le point-virgule, et de laisser sa queue sur *Enter*. Cela aurait pu causer des ennuis au commissaire, mais il avait une faiblesse pour ce chat, alors il le laissait lui tenir compagnie au travail. D'ordinaire, Blomberg prenait soin de l'éloigner de son ordinateur et de fermer son bureau à clé avant d'aller se coucher, une habitude qu'il avait prise depuis que le chat avait un jour appuyé avec sa patte gauche sur la lettre Ö, en l'affichant des milliers de fois. Mais cette nuit, Einstein avait eu le champ libre. Il bâilla, s'étira et sauta sur le ventre du commissaire avant d'atterrir par terre. Blomberg se réveilla en sursaut.

Les yeux écarquillés, il fixa l'écran et la suite infinie de codes secrets qui s'affichait. Il comprit qu'Einstein avait encore fait des siennes. En poussant un juron, il se leva, chassa la créature de son bureau et mit deux heures à nettoyer l'ordinateur pour pouvoir retrouver ses notes comme il les avait laissées. Blomberg se frotta les yeux. Il en était où déjà ? Ah oui, il avait transféré, il y avait quelque temps, de l'argent de la caisse de retraite de la police à son propre compte écran, soi-disant au profit de l'environnement et des seniors. Il y en avait pour presque deux cents millions de couronnes, mais il en voulait plus. Pourtant, depuis un moment, le compte de Las Vegas était resté inactif. S'agissait-il d'un compte de la Mafia qui n'était activé qu'après une opération crapuleuse ? Le genre de trucs que faisaient les Yougos et les Russes ? Il avait forcément mis le doigt sur une activité criminelle : qui d'autre aurait pu réunir de telles sommes d'argent ?

Blomberg commençait à avoir des sueurs froides. Que se passerait-il quand ils chercheraient à savoir où leur argent était passé ? Ils allaient retrouver ses données informatiques et remonter jusqu'à lui, et alors... *Paf !* Il fallait absolument qu'il se débarrasse de son MacBook et blanchisse cet argent volé au plus vite. Blomberg s'étonna d'avoir ces pensées-là. Était-il en train d'entrer de plain-pied dans le monde de la pègre ?

Il réfléchit. Dès qu'il pourrait, il faudrait qu'il place ces millions de manière intelligente. Des actions ou des chevaux ? Il en avait déjà transféré une partie au cabinet d'avocats Beylings pour rembourser ses dettes au Trésor public. Mais le reste ? Le commissaire se leva et fit les cent pas dans la pièce, s'arrêta près des étagères et passa le doigt sur les dossiers. C'était ici qu'il gardait en secret les copies des crimes sur lesquels il avait travaillé. Ses enquêtes étaient devenues en quelque sorte des trophées qui témoignaient d'une vie entière consacrée à la lutte contre le crime. Il sortit distraitement un dossier et commença à le feuilleter. Ses doigts couraient sur les rapports, les lettres, les convocations. Il y avait aussi des cartes d'invitation à des fêtes et à des gueuletons venant de

Beylings. Il voyait le logo du cabinet d'avocats avec des étoiles et aussi celui du club des juges. Son cerveau fatigué essaya de faire le rapprochement. Il avait été invité un certain nombre de fois pendant ces années où il avait combattu la criminalité en col blanc, et ils avaient dû tenter de le corrompre. Car dans son service, on s'occupait non seulement de fraude fiscale, mais aussi de coincer les juristes qui savaient contourner la loi pour aider les requins de la finance dans leurs opérations de blanchiment. On ne comptait plus le nombre d'escrocs auxquels les fiscalistes de Beylings avaient permis d'échapper à la justice. Ils avaient eu fort à faire depuis que l'État mettait son nez dans les actifs des contribuables : habitations, maisons de retraite, écoles et pharmacies par exemple. Des financiers fleurant le bon coup avaient acquis ce genre de biens pour six cent mille ou huit cent mille couronnes avant de les revendre plusieurs millions. Il fallait dissimuler le bénéfice pour qu'il ne saute pas aux yeux. C'était à ce stade-là qu'intervenaient certains avocats.

Blomberg se sentit tout ragaillardi. Les spécialistes de Beylings n'auraient aucun mal à faire disparaître son argent de Las Vegas. Il se leva, remplit la gamelle de nourriture et appela Einstein. Sa retraite échapperait peut-être à la solitude et à l'ennui après tout.

Pendant toute la journée, il y eut un joli tohubohu à Karlberg. Le réservoir du fourgon médicalisé était presque vide et à l'intérieur régnait un désordre indescriptible. Non contents de vider bouteille sur bouteille et de vomir partout, les malotrus n'avaient même pas pris le soin de nettoyer derrière eux. Les officiers firent passer des interrogatoires, mais malgré tous leurs efforts, n'obtinrent pas d'aveux. Aucun des élèves officiers ne voulut admettre s'être enivré et avoir emprunté le fourgon à des fins personnelles.

Après une réunion extraordinaire, il fut décidé de condamner l'ensemble des recrues à cinquante pompes supplémentaires et à une semaine de suspension de permission.

20

Une vraie Harley-Davidson ! Naturellement, il aurait dû se montrer plus prudent, mais le Génie était attiré par les motos des Bandangels comme un homme par le décolleté d'une jolie femme. Le gang garait ses Harley rutilantes dans une grande remise et le Génie mourait d'envie de les admirer de près. Le hold-up était derrière eux et les « filles » lui avaient donné suffisamment d'ordres. Il était grand temps de penser à lui et de s'octroyer un peu de bon temps.

Le Génie mit son bonnet tricoté et ses gants et remonta la rue. Il comptait sonner pour leur emprunter un tournevis et engager ainsi la conversation. Mais comme personne ne vint lui ouvrir, il fut décontenancé. Ce n'était pas rien pour lui de monter cette pente, mais puisqu'il s'était donné tout ce mal, pourquoi ne pas... Le Génie savait improviser et il aimait suivre son instinct. Il jeta un regard vers la villa pour s'assurer qu'aucun biker ne s'était réveillé avec la gueule de bois et l'épiait de la fenêtre. Tout paraissait silencieux et éteint. Il s'approcha donc de la remise et baissa délicatement la poignée. La porte était fermée, mais la serrure ne présentait pas de difficultés, constata-t-il, avant de déplier la lame de son couteau suisse et de pousser la porte.

Quatre Harley-Davidson rutilantes étaient rangées le long du mur et, un peu plus loin, il aperçut une porte entrebâillée donnant sur une autre pièce. Son cœur battait à tout rompre, mais il fallait qu'il entre et touche les engins. Mon Dieu, une Wide Glide ! Il inspira profondément et caressa le réservoir. Il promena son regard sur le moteur, l'amortisseur arrière et la fourche, et ses yeux brillèrent. Et là, un Sportster 1200 avec son moteur perché sur ses silent-blocs et une Harley-Davidson Fat Boy – sans parler de la moto que chevauchait Marlon Brando dans *L'Équipée sauvage*. Le Génie eut les larmes aux yeux, il se rappela le souffle du vent sur son visage quand, tout jeune, il roulait sur sa propre Harley. Ravi, il caressa les motos comme si c'était des animaux domestiques. Pourquoi la beauté serait-elle uniquement réservée aux femmes et aux couchers de soleil ?

Il passa un bon moment dans la remise en oubliant complètement qu'il était en territoire interdit. Peut-être y avait-il autre chose à découvrir dans la pièce du fond ? Curieux, il poussa la porte et sentit une odeur de peinture fraîche. Mon Dieu, les gars avaient leur propre salle de réunion ! Les murs étaient rouges et le comptoir du bar était en teck noir poli. Le sol n'était ni en pin ni en linoléum mais en carrelage gris clair. Des chaises de bar trônaient au milieu de la pièce et des photographies d'anciennes cylindrées traînaient sur le comptoir. Il tressaillit. Dans un cadre quelconque et derrière un verre cassé, il reconnut la photo d'une authentique Rider, sa moto préférée. Il conduisait cet engin quand il avait rencontré Lisbeth, son premier amour. Cet été-là avait été l'un des plus beaux de sa vie ; jamais par la suite, il n'avait eu de moto qui pût rivaliser avec celle-là. Il en avait longtemps cherché la photo, mais il n'avait jamais réussi à en trouver une seule. Et voilà qu'il en trouvait une ici, attendant d'être accrochée au mur... Il l'admira et se prit à rêver. Il y avait plein de photos. Personne ne le remarquerait s'il empruntait ce cliché. Il batailla avec sa conscience, mais sa passion finit par l'emporter et il glissa la photo sous son manteau.

Il progressa dans le local. Tout au fond de la pièce, il aperçut des pots de peinture vides. Le gang était visiblement en train d'aménager les lieux. Le Génie se souvint du temps de sa jeunesse, au bar de Sundbyberg. Un gang y avait ses habitudes et parfois, ça castagnait ferme ! Ah, comme il aurait aimé boire une bière au bar avec eux, mais les futurs membres des Hells Angels n'étaient pas tout à fait son genre. Beaucoup d'entre eux étaient impliqués dans des affaires louches, pratiquaient le racket et parfois même se retrouvaient en prison. Non, il valait mieux partir d'ici avant qu'ils ne remarquent sa présence. Le Génie recula, referma la porte et repartit comme il était venu. Chemin faisant, il n'arrêtait pas de cogiter. Si les Bandangels aménageaient un nouveau local, cela devait vouloir dire qu'ils comptaient attirer les Hells Angels et plein d'autres bandes... La petite vie paisible de retraité qu'il s'était imaginée, ce n'était pas pour demain !

21

— J'ai gardé l'idée de bombe qu'a lancée Märtha, commença Anna-Greta d'une voix si forte que tous sursautèrent et pensèrent davantage au cratère causé par une vraie bombe qu'à des aumônes. Je suggère que nous appelions notre dernière idée « Projet de bombardements de cadeaux », poursuivit-elle en faisant un signe de tête à Gunnar pour qu'il allume l'ordinateur.

Réuni dans la bibliothèque, le gang des dentiers était curieux de voir ce qu'Anna-Greta et Gunnar avaient concocté. Depuis qu'elle l'avait recontacté, il venait les voir plusieurs fois par semaine. Les derniers temps, il s'était même installé dans la chambre d'ami. Ainsi, c'était ça, leur idée ! Gunnar cliqua sur l'icône intitulée « Bombardement de cadeaux » et une photo de la ville de Stockholm avec les noms des rues et des différentes institutions pour personnes âgées fut projetée sur le mur. Après un autre clic sur la télécommande, on vit apparaître toutes sortes de produits qu'on pouvait acheter sur Internet. Maintenant, ils avaient une vue d'ensemble sur les marchandises et les bénéficiaires des cadeaux.

Gunnar et elle avaient passé plusieurs journées devant l'ordinateur à planifier la prochaine étape. Grâce à Gunnar, elle était devenue une pro en informatique. Une baguette à la main, elle attendait le silence.

— Voler est une chose, gérer le butin en est une autre, dit-elle sur un ton magistral. Nous devons nous assurer que l'argent ne tombe pas entre de mauvaises mains.

— Je me suis fait la même réflexion, enchérit le Râteau en faisant une grimace.

Anna-Greta fit mine de ne pas avoir entendu.

— Le commerce par Internet a pris un tel essor ces derniers temps qu'on peut commander ce qu'on veut par ce biais, continua-t-elle en montrant des photos de téléphones portables, d'appareils photo et de meubles. Nous pouvons diriger le monde entier à partir d'ici, de la villa, si nous en avons envie.

— N'exagérons rien. Laisse donc la conduite du monde à Poutine, marmotta le Râteau.

— Nous payons par Internet, entreposons les marchandises ici chez nous, et puis nous distribuons les cadeaux au fur et à mesure. Quand nous voudrons acheminer quelque chose, on fera appel à une entreprise de livraison. Certaines entreprises ont des marchandises qu'elles livrent elles-mêmes aux clients, vous n'avez pas idée comme tout est devenu facile.

— Mais les billets que nous avons volés ont des numéros. Comment allons-nous payer ? s'étonna Stina.

— Écoutez ! Il existe une opération qui s'appelle blanchiment d'argent, répondit Anna-Greta, les joues en feu, en fixant le plancher.

Pour une ancienne banquière, c'était une déclaration qui lui coûtait beaucoup, mais aux grands maux les grands moyens.

— Blanchiment d'argent ? Tu veux dire aux courses ou au casino ? intervint le Génie pour faire celui qui s'y connaissait.

— Euh, mieux vaut faire appel à des bureaux de change. Certes, le personnel est censé se renseigner sur l'origine des fonds et leur usage, mais cela n'est vrai qu'en théorie. Dans la pratique, ça n'intéresse personne. Si on fait les choses comme il faut, nous pouvons sortir environ deux cent mille couronnes par jour.

— Sortir ? répéta le Génie, surpris.

— Oui, nous avons obtenu ce numéro d'identité particulier que reçoivent tous ceux qui immigrent en Suède. J'ai donc ouvert plusieurs comptes où placer l'argent, expliqua Anna-Greta en tapant dans sa main avec la baguette comme un vrai professeur – ou plus exactement comme les professeurs faisaient autrefois.

— C'est fantastique le travail que tu as fait ! Tout ça me paraît très bien, dit Märtha qui se leva et revint avec la desserte qu'ils venaient d'acheter pour poser cafetière, tasses à café et coupelle de biscuits secs.

Tout en buvant leur café, les papis braqueurs mirent au point leur plan tout à fait spécial de blanchiment.

Le lendemain, toute la petite bande se rendit à Stockholm pour changer l'argent volé. Märtha choisit le bureau de Forex à Östermalm, le Râteau se rendit à un bureau de change à Söder, Stina dans un autre à Vasastan et le Génie se promena jusqu'à Kungsholmen avec deux cartons remplis de billets. Anna-Greta prit le Roslagsbanan jusqu'à Djursholm. Elle savait comment se comporter dans cet ancien quartier résidentiel huppé : élégamment habillée avec une fourrure, le maintien noble, elle demanda d'une voix assurée de changer des couronnes en dollars. Mais cela prit du temps. Il fallut prétexter un voyage à la dernière minute en Floride et l'achat d'un terrain aux îles Canaries pour que la transaction se fasse.

Les jours suivants, ils firent la même démarche dans d'autres bureaux de change, mais sans succès. Le personnel avait eu de nouvelles directives, beaucoup plus strictes. Alors Anna-Greta se décida malgré tout à se rendre à l'hippodrome de Solvalla.

Elle aurait préféré y aller seule car elle avait honte de son initiative. Mais quand elle en fit part à Gunnar, il la regarda avec des yeux si chagrinés qu'elle comprit qu'il serait profondément blessé s'il se voyait refuser le droit de l'accompagner.

Un pâle soleil de fin d'après-midi brillait lorsque Anna-Greta et Gunnar partirent pour le champ de courses de Solvalla. Ils prirent le métro jusqu'à Rissne et choisirent de faire la fin du trajet à pied. Dans le panier du déambulateur, ils avaient mis le cabas à fleurs de Märtha rempli d'argent. Gunnar ne quittait pas des yeux le trésor qui s'y trouvait. Au bout d'un moment, ils s'approchèrent d'un parc.

— Les types qui ont les meilleurs tuyaux sur les courses de trot sont assis là-bas, d'après ce que j'ai entendu dire, déclara Gunnar en indiquant un coin de verdure.

— Mais le déambulateur est plein d'argent, je ne sais pas si c'est une bonne idée d'y aller avec.

Finalement avoir beaucoup d'argent liquide s'avéra moins drôle qu'ils ne pensaient. Les billets volés de la Handelsbank étaient comme de la dynamite dans le cabas. Ils auraient mieux fait de dissimuler l'argent dans un simple sac de sport, tout sauf le cabas à fleurs de Märtha qui attirait trop les regards. Les mains d'Anna-Greta étaient cramponnées au déambulateur. Gunnar la rassura :

— Ce que nous faisons là n'est rien par rapport aux transferts d'argent, il ne s'agit que de broutilles.

— Comment peux-tu dire ça ? Quand je travaillais à la banque, on économisait chaque couronne. Deux cent mille en cash, excuse-moi, mais ce n'est pas une broutille.

— Je sais, mais si on perd cet argent, ce sera une goutte d'eau par rapport à ce que nous avons perdu lors des transferts sur Internet.

Anna-Greta apprécia que Gunnar cherche à la rassurer. Au fond, ce n'était pas plus mal d'être deux pour une aventure de ce genre. En outre, le père de Gunnar avait été un grand turfiste et il lui avait appris pas mal de choses sur les chevaux. C'était assurément un atout.

Ils s'avancèrent d'un pas rapide et, après avoir acheté leurs billets d'entrée, firent mine de s'égarer dans le Stallbacken, le paddock. C'était l'enceinte réservée aux entraîneurs, aux drivers et aux lads, mais Anna-Greta et Gunnar voulaient voir quels chevaux paraissaient le plus en forme ce jour-là. Avant tout, ils espéraient tomber sur des magouilleurs. Car aujourd'hui ils allaient racheter des paris. Pour Anna-Greta, ce terme avait une saveur extraordinaire : si quelqu'un gagnait cent mille couronnes en misant sur un cheval, elle proposerait d'acheter la grille gagnante pour cent cinquante mille en liquide. De cette manière, en passant à la caisse, elle obtiendrait cent mille couronnes en argent blanchi, auquel personne ne pourrait trouver à redire.

Au paddock, les chevaux s'échauffaient. Cela sentait l'animal et l'écurie ; les drivers sur leurs sulkys passèrent à côté d'eux. Anna-Greta se sentit de meilleure humeur. L'endroit était idéal pour blanchir l'argent !

— Fighter Gull va gagner ! leur confia un homme d'un certain âge à l'entrée d'un des box.

— Et celui-là ? demanda Anna-Greta en indiquant un cheval noir avec de petites oreilles qui sautillait.

— Joker Ride ? Il finira bon dernier.

Gunnar et elle continuèrent leur promenade, entrèrent dans le bâtiment principal et prirent l'ascenseur pour aller au restaurant d'où l'on avait une vue splendide sur le champ de courses. Ils s'installèrent à une table et commandèrent de la bière et des toasts garnis de crevettes. Anna-Greta regarda autour d'elle pour voir si quelqu'un avait l'air de vouloir vendre une grille gagnante, quelqu'un, disons-le carrément, de plutôt louche. C'était en tout cas ici qu'on avait le plus de chances de rencontrer les gros joueurs. Si un néophyte gagnait, par exemple, il le criait sur tous les toits, alors que les pros ne montraient rien. Il s'agissait donc d'ouvrir l'œil.

Adossée à sa chaise, elle écoutait les conversations quand elle vit les chevaux se rassembler pour le départ. Trois minutes jusqu'à la prochaine course. Gunnar se leva.

— Je vais miser un billet de cinq cents. C'est amusant aussi de jouer.

— Oui, nous avons tous besoin d'un peu d'argent de poche, dit Anna-Greta.

Quand Gunnar revint, le départ avait déjà été donné. Comme ils trottaient, ces chevaux ! En un rien de temps, ils étaient déjà passés.

— C'est fou ce qu'ils savent faire, nos amis sur pattes ! s'écria-t-elle à voix haute.

— Vous voulez dire, nos amis sur jambes ? la corrigea un homme à la table voisine, très élégant dans un costume marron.

— Mais Magical Star répond certainement bien si on tire sur ses pompons, reprit Anna-Greta, histoire de se rattraper. (Elle avait vu dans le programme ce terme qui devait être un terme d'initié.)

— Ah bon ? rit l'homme à la table voisine. Oui, Magical Star trotte plus vite le dernier tour sans ses bouchons d'oreilles.

— Ses bouchons d'oreilles ? murmura Anna-Greta, qui avait cru que les pompons étaient le terme hippique pour désigner les rênes utilisées dans le trot attelé.

Le speaker se mit à parler de plus en plus fort à mesure que les chevaux s'approchaient de la ligne d'arrivée et l'on entendit un groupe pousser des cris de joie, quelques tables plus loin. C'étaient des femmes d'un certain âge, visiblement pas de grandes joueuses. Plus tard dans la soirée, un gros parieur gagna enfin. L'homme se leva et se dirigea vers l'ascenseur. Rien dans son visage n'exprimait la joie. C'était le moment de passer à l'action.

Anna-Greta se releva si vite qu'elle faillit renverser son verre de bière. Elle fit un pas de côté et se rendit compte qu'elle avait bu de la bière normale au lieu de la light, mais ce n'était pas le moment de lambiner. Elle fonça avec le déambulateur vers l'ascenseur. Arrivée au rez-de-chaussée, elle aperçut l'homme qui entrait dans les toilettes. *Je m'en doutais*, pensa-t-elle. Et si elle concluait l'affaire là-bas ? Mais il ressortait déjà, la grille gagnante à la main. Elle s'approcha doucement de lui.

— Vous auriez des trucs à vendre ? bredouilla-t-elle en sentant l'effet de la bière.

L'homme leva les yeux, surpris.

— T'as gagné quatre-vingt-dix mille, non ? J'ai vu la cote, poursuivit Anna-Greta en lui adressant un clin d'œil comme elle l'avait vu faire dans des films.

L'homme la fixa du regard.

— Écoute, je t'en propose cent trente mille. En liquide, enchaîna Anna-Greta en faisant un geste vers son cabas.

— Mais ceci n'est pas une grille ! C'est la facture d'un médicament pour un cheval.

— Oh, je plaisantais, dit Anna-Greta en se raclant la gorge.

Elle déguerpit pour se réfugier auprès de Gunnar.

Ce n'est qu'à la dernière heure, après la course la plus importante de la soirée, que Gunnar et elle parvinrent à racheter deux grilles gagnantes. Ensuite, ils rentrèrent en taxi. Ils n'osèrent pas retraverser le parc avec l'argent blanchi. Les affaires avaient bien marché et le cabas à fleurs regorgeait de billets. Ils étaient arrivés à leurs fins sans encombre. Ni les parrains de la Mafia ni les gros joueurs ne s'étaient douté une seconde que les deux retraités inoffensifs avaient, ce soir-là, blanchi des couronnes volées à la Handelsbank.

22

Ils se sentaient mieux à présent que les cinq millions dissimulés à l'intérieur du plus grand des mannequins, Hugin, avaient été transformés en billets « respectables » qui ne les trahiraient pas. Les cinq autres millions, à l'intérieur de Munin, attendraient un peu – Hugin et Munin comme les corbeaux messagers du dieu Odin. Le gang des dentiers ne voulait pas se déplacer aux heures de pointe jusqu'au champ de courses ou au bureau de change Forex. Une fois que l'argent blanchi eut été placé sur les nouveaux comptes de la bande, ils se réunirent dans la véranda pour décider de la marche à suivre. Le thé remplaça le café (sauf pour le Râteau qui refusait de boire cette lavasse chinoise) et les scones, les biscuits secs à la cannelle. Märtha jugeait qu'ils avaient besoin d'un peu de changement. Pour ne pas stagner, il fallait toujours être au top.

La réunion commença et après que chacun eut bu une ou deux tasses de thé avec de la liqueur de baies arctiques (mais oui, il fallait aussi essayer la liqueur dans le thé), tous furent d'excellente humeur. Le jour était enfin arrivé où ils pouvaient envisager de larguer leurs cadeaux. Ils avaient établi une liste des maisons de retraite qui devaient les recevoir, il ne leur restait plus qu'à décider quoi donner.

— D'abord, on s'occupe des maisons de retraite, puis du bureau d'aide sociale, enfin des musées qui se voient imposer des réductions budgétaires, commença Märtha. À votre avis, qu'est-ce qu'on donne ?

— Il faudrait savoir ce que veulent les gens pour ne pas dépenser inutilement notre argent, dit Anna-Greta.

— C'est facile comme tout, répondit le Râteau. De jeunes et jolies femmes, un verre d'alcool, de la bonne nourriture... et peut-être une visite au...

— Espèce de vieux libidineux, fit Stina qui, d'un geste de la main, fit tomber involontairement sa tasse par terre.

— Voyons, j'ai dit ça pour plaisanter, protesta le Râteau en essayant en vain de se rattraper.

— Que diriez-vous d'une voiture ou de quelque chose dans le genre ? suggéra le Génie. Comme une moto avec un side-car ?

— Je pense que nous allons plutôt offrir des tablettes numériques, dit Gunnar. Ça permet de se documenter, de lire des livres, des revues, ou de jouer à des jeux vidéo et de faire toutes sortes de choses.

— Pourquoi pas ? Et aussi des abonnements à des magazines pour apprendre à bien se nourrir, ainsi que des caisses de nourriture, poursuivit Märtha.

— Qui dit bonne nourriture dit bonne boisson, fit remarquer le Génie. Nous pouvons acheter des caisses de vin, de champagne et de whisky.

— Oui, mais il faut que ça passe par nous d'abord, fit remarquer Anna-Greta.

— Je ne vois pas où est le problème, dit le Râteau qui pensait que personne ne s'en rendrait compte s'il chapardait quelques bouteilles au passage, car Lillemor ne refuserait certainement pas un verre ou deux s'il venait chez elle avec la bouteille.

Les discussions allaient bon train, et après une pause où le Râteau montra qu'il savait ce qu'était un café arrosé, la réunion reprit. Il avait laissé tomber une pièce au fond de sa tasse de café, l'avait recouverte d'alcool, puis avait versé du café dessus. Cette mise en scène avait fait son petit effet, tout le monde avait essayé.

Quand Märtha voulut reprendre la discussion, les propositions des uns et des autres avaient pris de l'ampleur : le Génie voulait offrir des Harley-Davidson à toutes les maisons de retraite du pays, le Râteau défendait l'idée de yachts et de croisières, tandis que Märtha et ses amies ne parlaient qu'installations sportives et centres de fitness. Après réflexion, elles consentirent à se contenter d'un abonnement à un club de gym, un spa et un centre de bien-être.

À la fin, le carnet d'Anna-Greta fut rempli de suggestions. Märtha songea à des cannes à motif fleuri, mais au souvenir des cannes qui contenaient les diamants, elle préféra se taire. Heureusement, Anna-Greta proposa un peu plus tard des cannes pliantes et tous s'accordèrent à dire que c'était une bonne idée. Ensuite, il fallut établir une liste d'adresses.

— Bon, nous allons leur faire parvenir tout ça. Ce ne sont pas les entreprises de livraison qui manquent, on n'a que l'embarras du choix, dit Märtha.

— Mais ma petite Märtha, tu ne crois pas qu'on ferait mieux de dormir et de reprendre ça à tête reposée ? hasarda le Génie. Nous avons malgré tout…

— On n'en aura pas pour longtemps, répondit-elle.

Ils s'installèrent devant l'ordinateur.

Quand personne ne le vit, le Râteau en profita pour inscrire leur propre adresse dans la liste des bénéficiaires. Pourquoi n'y en aurait-il que pour les autres ? Ils avaient bien le droit de s'amuser un peu eux aussi, non ?

Lorsque Anders et Emma vinrent en visite plus tard dans la soirée, ils les trouvèrent en train de ronfler sur leurs lits. Une bouteille d'alcool ouverte traînait dans la bibliothèque et il n'y avait presque plus de liqueur de mûres arctiques. Ils se regardèrent, effarés.

— Ces activités criminelles n'ont pas vraiment l'air bonnes pour la santé, soupira Emma. Ils n'arrêtent pas de faire la fête ! ajouta-t-elle en rassemblant les verres à côté de l'évier et en regardant les tasses sales. Tu sais quoi ? J'ai réfléchi à une chose. Nous sommes devenus des auxiliaires de vie.

— C'est vrai. Nous faisons le ménage, donnons leurs vêtements à laver, faisons leurs courses, remplissons le frigo et le congélo. Aujourd'hui, j'avais espéré aller à un match de foot et puis voilà, dit Anders avec une grimace.

— Mais ils paient bien et ça nous évite de chercher un autre boulot.

— C'est vrai, marmonna Anders en pensant à ses finances catastrophiques.

— Regarde ce qu'ils nous laissent dans l'évier ! Quel gâchis ! râla-t-il en montrant les verres à moitié pleins et les tasses de thé qui n'avaient pas été lavées.

Emma prit une tasse et la sentit, l'air soupçonneux.

— Mon Dieu, même les tasses sentent l'alcool !

— Et alors ?

— Tu te rends compte, notre mère commet des crimes !

— L'important, c'est qu'elle aille bien, dit Anders en commençant à remplir la machine à laver. Et n'oublie pas que nous aussi, nous sommes des criminels. Complicité et non-dénonciation...

À ces mots, Emma écarquilla les yeux et chercha son paquet de cigarettes. Elle s'en alluma une et tira deux profondes bouffées avant de s'arrêter net en entendant des pas dans l'escalier. Märtha !

— Merde ! fut tout ce qu'elle put dire.

— Mais quelle bonne surprise, soyez les bienvenus ! Un peu de champagne, ça vous dirait ? Nous avons de bonnes raisons de faire la fête, si vous saviez !

Le Râteau descendait à son tour. Il n'avait pas l'air dans son assiette et il fronça les sourcils en les voyant. Emma savait ce qu'il ressentait. Stina recevait toujours de la visite, alors que le Râteau n'avait pas eu de nouvelles de son fils depuis des mois. Il fit comme si de rien n'était, mais Emma n'était pas dupe. Elle aimait bien le Râteau et trouvait que son voyou de fils aurait pu au moins lui passer un coup de fil.

De nouveau, il y eut du bruit dans l'escalier. Stina entra dans la cuisine. Son visage s'éclaira quand elle les aperçut. Leur mère n'avait ni les yeux rougis par les larmes, ni l'air en colère comme cela avait été le cas récemment. Au contraire, elle paraissait très déterminée. Le frère et la sœur échangèrent un regard soulagé.

— Comme je suis heureuse de vous voir ! À propos, Anders, j'aimerais que tu m'aides pour quelque chose.

Oh, ça ne va pas recommencer ! pensa-t-il, mais il n'eut pas le temps de protester. Stina prit son fils sous le bras et l'entraîna dans la véranda. Tous deux s'entretinrent longuement et quand ils revinrent, Stina gloussait tandis qu'Anders secouait la tête.

— Qu'y a-t-il ? demanda Emma, étonnée en voyant la mine un peu consternée de son frère.

— Maman est devenue dingue, je n'y comprends rien, soupira-t-il. Mais j'ai promis de tenir ma langue.

23

Les journées passaient, mais le Râteau n'arrivait pas à espacer ses visites chez Lillemor. Il avait vu Tompa entrer parfois chez elle et se demandait bien ce que ces deux-là fabriquaient ensemble. Ce type avait beau être plus jeune, il n'était ni aussi intelligent ni aussi bien conservé que lui. Il n'avait pas non plus autant voyagé et ne pouvait pas rivaliser d'expérience avec lui. Non, ce ne devait pas être du sérieux avec Tompa. Le Râteau bomba le torse. Il n'en avait rien à faire que l'autre soit un membre des Bandangels ou pas. Il ne perdait rien pour attendre !

Dès que le gang des dentiers eut blanchi l'argent et récupéré des liquidités, le Râteau sauta sur l'occasion. Lillemor allait enfin voir de ses propres yeux comme il était fort et jeune. Il fallait qu'il accomplisse quelque chose de remarquable. Il réfléchit plusieurs jours et se décida enfin.

— L'allée du jardin a besoin d'être refaite, déclara-t-il un matin.

Avec l'aide de Gunnar, il acheta sur Internet du gravier et des dalles en pierre.

Au début, les quatre autres furent étonnés, mais s'accordèrent pour le laisser faire. S'il mettait en œuvre son projet, peut-être serait-il de meilleure humeur ? Car ces dernières semaines, il avait été plus que maussade. Sa relation tendue avec Stina rejaillissait sur les autres.

— Avec toutes ces pierres, il y a de quoi construire une cathédrale. Il faut toujours que le Râteau exagère, soupira Märtha deux jours plus tard en contemplant les dalles empilées près du portail.

Cela ne serait pas un simple chemin en gravier : le Râteau avait conçu une allée avec des dalles de différents granits. Adolescent, il avait travaillé à poser des pierres comme job d'été, mais à 82 ans, se lancer dans ce genre d'entreprise, c'était pour le moins ambitieux !

— Maintenant, ils vont voir ce qu'ils vont voir, ces soi-disant experts de la télé ! s'écria-t-il en enfilant son bleu de travail. Ça va être une allée comme ils n'en ont encore jamais vu. Attention, architectes paysagistes de pacotille, me voilà !

Sur ce, il sortit prendre les mesures. Chacun comprit qu'il n'avait pas lancé des paroles en l'air lorsque, le lendemain, ils virent arriver une pelleteuse qui faisait un vacarme d'enfer dans le jardin. Entre le portail et le massif de lilas, quelqu'un de l'entreprise de Kalles MiniSchakt AB était en train de creuser un sentier, et sur le côté, ils virent le Râteau gesticuler. Quand il rentra dans la villa, une demiheure plus tard, il avait le sourire aux lèvres et pas la moindre trace de fatigue.

— Qu'est-ce que tu fabriques, le Râteau ? C'est pour impressionner la gonzesse d'à côté ? demanda Stina en montrant de la tête la villa en briques.

Le visage du Râteau se décomposa.

— Euh, non, c'est ce qu'on appelle le design paysagiste, déclara-t-il sur un ton solennel en montrant un croquis avec des dalles formant des motifs. Comme vous voyez ici, ce chemin dialogue avec la nature. (Il avait entendu dire à la télévision que les choses devaient se parler entre elles.) Ce chemin va relier le portail à l'espace jardin et tous les cinq mètres, il y aura du design.

— Comment vois-tu ça ? voulut savoir Stina. Aurais-tu l'intention de poser les dalles en forme de lames de tarot ?

— Stina, voyons ! marmonna Märtha.

— Attendez, vous verrez ! Je vais poser des motifs comme des voiles sur un trois-mâts carré. Vous serez surpris du résultat ! s'écria-t-il en ressortant aussitôt.

De la véranda, ils le virent s'approcher du terrassier, lui montrer le croquis et pointer le doigt sur le tas de dalles en pierre. Le conducteur fit avancer le bras de sa petite pelleteuse et souleva quelques dalles qu'il déposa sur le sentier.

— Le Râteau croit qu'il va réussir le reste tout seul, soupira Stina.

— Laisse-le faire. Il se rendra vite compte que ce n'est pas possible, la rassura le Génie.

— Mais il est comme obsédé par toutes ces émissions de télévision sur le thème « *Do it yourself* ». Hier, il y avait un type tout sourires qui n'arrêtait pas de construire, peindre, aménager l'intérieur de sa maison et cuisiner en même temps ! Le Râteau pestait tout ce qu'il pouvait. Il a dit que cet idiot foutait des complexes à toute la population masculine de Suède. Après, il est sorti, a fait un nœud marin autour d'une dalle et l'a traînée dans le jardin. J'ai cru qu'il allait mourir.

— On ferait mieux de sortir l'aider, proposa Anna-Greta.

Gunnar l'approuva. Mais Stina secoua la tête :

— Et puis quoi encore ? Depuis qu'il passe son temps chez cette Lillemor, on ne peut plus lui parler. Je parie qu'il fait tout ça pour l'impressionner, lâcha-t-elle, dépitée.

— Ça lui passera, dit le Génie pour la consoler en lui prenant le bras. Les hommes sont parfois comme ça, tu sais. Viens, on va sortir. Fais attention dans l'escalier.

Une fois dehors, ils virent la pelleteuse qui s'éloignait. Le Râteau regarda les dalles empilées, se pencha et tenta d'en bouger une. Stina se précipita vers lui.

— Non, mon cher Râteau, s'il te plaît, fais attention ! Tu vas t'esquinter le dos, te casser le col du fémur et...

— Mais non ! Tu aurais dû me voir grimper sur les mâts ! Au-delà du nid-de-pie, jusqu'en haut, un vrai gabier, je te dis ! Une drisse, un peu d'agilité, et le tour est joué. Je maîtrise ça, pas de problème. Mais il nous faut un treuil ou une poulie...

En allant voir ce qu'il avait comme matériel, le Râteau aperçut Tompa. Devant le portail, le colosse jetait un coup d'œil aux tas de dalles en pierre.

— Ah ! C'est jour de jardinage ?

— Oui, si on veut, répondit le Râteau nonchalamment en prenant la corde et en faisant un nœud autour de la plus grande dalle.

— Eh, relax. Jörgen et moi, on fait ça en moins de deux. Ce ne sera pas la première fois.

Tompa contracta ses biceps, mit en valeur ses tatouages, sortit son portable et appela son pote.

— Mais vous n'allez pas..., protesta le Râteau.

— Écoutez, on s'en occupe ! trancha Tompa en faisant un signe à Jörgen qui arrivait sans se presser.

Qu'il le veuille ou non, les deux Bandangels s'emparaient de son projet.

Avec l'aide de la brouette, les bikers déposèrent les dalles à l'endroit que le Râteau leur indiquait. De temps en temps, celui-ci jetait un regard furtif en direction de la villa en briques, mais, Dieu soit loué, Lillemor n'avait pas l'air d'être chez elle. Au bout de deux heures, tout était en place et le Râteau, satisfait, rentra dans la maison.

— Ils s'y connaissent, les gars !

— Tu te mets le doigt dans l'œil si tu crois qu'ils font ça gratuitement, le prévint Märtha.

— Mais Stina, est-ce que le résultat n'en valait pas la peine ? demanda le Râteau.

Elle ne put qu'acquiescer et le complimenter. Ainsi le calme revint dans la villa. Pendant très exactement deux jours.

Il faisait nuit noire dehors et un froid de gueux régnait, quand Tompa et Jörgen sonnèrent à la porte. Cette fois, ils ne portaient pas de bottes cloutées, mais ils n'en paraissaient pas moins imposants. Märtha eut aussitôt des sueurs froides.

— Salut, tout le monde. On voulait juste discuter d'un truc, dit Tompa avec un sachet en papier à la main, en s'avançant.

— Mais entrez, bien sûr, répondit le Génie qui avait envie de savoir s'ils avaient acheté de nouvelles motos depuis la dernière fois.

— Ah, salut, lança le Râteau. Merci pour le coup de main avec les dalles. Vous avez fait du bon boulot, les gars !

— Une petite tasse de café, peut-être ? proposa Märtha en se forçant à sourire.

Elle avait une boule à l'estomac, comme toujours quand elle avait un mauvais pressentiment.

Les géants acceptèrent et s'assirent à la table de la cuisine. Märtha prépara le café et posa les petits pains à la cardamome qu'elle venait de sortir du four. Tompa en prit une poignée.

— Ça vous fait une belle allée maintenant, commença-t-il, la bouche pleine.

Tous hochèrent la tête, attendant la suite.

— Mais c'est pas pour ça qu'on est venus.

— On avait compris, marmonna Märtha.

— On gère des locaux. On avait un contrat qui a été signé, mais les mecs sont partis. Nous avons seulement besoin de faux témoignages. Signés évidemment.

— Dans ces cas-là, on a besoin de deux témoignages en général, répéta Anna-Greta qui connaissait la loi.

— On a du mal à avoir des noms et des signatures quand on habite un coin aussi paumé, dit Tompa. C'est une aubaine de tomber sur de bons voisins comme vous !

— Pas de problème, affirma le Râteau.

— Faites voir, dit Märtha en saisissant le contrat.

Sa boule dans le ventre faisait à présent la taille d'un ballon. De la paperasse, un gang de bikers et des signatures, tout ça sentait l'arnaque à plein nez.

— Oui, il suffit de signer ici, expliqua Jörgen en montrant la dernière page de la liasse de documents.

— Ah, oui, fit Märtha en essayant de gagner du temps.

Des magouilles et un contrat... Elle avait lu ce que risquaient les « prête-noms » trop crédules. Les romans policiers et les livres sur la Mafia regorgeaient d'histoires de ce genre. Des escrocs sans scrupule achetaient une entreprise, la laissaient couler, triplaient les loyers et en tiraient des bénéfices. Quand la faillite menaçait, les autorités se réveillaient, mais il était trop tard. Les malfrats avaient depuis longtemps revendu la société à un prête-nom, un ivrogne ou un sans-abri qui n'était pas solvable. Et si Tompa et Jörgen s'étaient mis en tête de se servir d'eux comme prête-noms ? Märtha vit le problème gros comme une maison. Et la kyrielle d'ennuis qui s'ensuivrait. Elle tenta de sourire.

— Vous savez, je ne signe jamais un papier sans le lire, dit-elle.

— Ce n'est pas la peine. Notre avocat a déjà tout vérifié, répliqua Tompa, d'une voix un peu plus ferme.

— Bien sûr qu'on va signer, dit Anna-Greta qui voulait se débarrasser des deux hommes.

— Attendez, intervint Märtha.

— Mais témoigner, ce n'est pas un problème, reprit Anna-Greta qui avait quitté la banque bien avant que la pratique crapuleuse des prête-noms ne soit devenue monnaie courante en Suède.

Avant que Märtha ait pu l'arrêter, elle avait apposé sa signature et tendu le document à Gunnar qui signa à toute vitesse. Tompa hocha la tête, les remercia et reprit le précieux document.

Märtha se raidit. Il ne fallait pas que ces deux types quittent la maison avec les signatures de ses amis.

— Merci du fond du cœur, mais nous devons filer, dit Tompa.

— Comme c'est ennuyeux. Peut-être puis-je emprunter ce document une minute, le temps d'en faire une photocopie ? Pour m'en souvenir, vous savez. Une vieille comme moi ne retient rien. Rien du tout, déclara-t-elle en tendant la main.

Les deux hommes se regardèrent et elle voyait bien qu'ils hésitaient.

— Oh, c'est juste une simple photocopie pour moi et si vous le regrettez, je promets de la déchirer, ajouta Märtha en s'emparant de la liasse de documents.

— Dans ce cas, OK, grommela Tompa avec un haussement d'épaules, tandis que Märtha disparaissait dans la bibliothèque.

Les autres purent entendre l'appareil se mettre en route et, quelques secondes plus tard, un bruit de papier froissé. Peu après, Märtha revint, le visage tout rouge.

— Désolée, messieurs, ne m'en veuillez pas. Nous avons une nouvelle photocopieuse et... je crois que je me suis trompée. J'aurais dû vous demander de l'aide, mais...

— Vous avez besoin d'aide ?

— C'est-à-dire que... c'est un peu tard maintenant, répondit Märtha en tirant les documents de son cabas à fleurs.

— C'est drôle quand même ce qui peut arriver. Mais je ne suis pas habituée à tous ces appareils. Alors je crois que j'ai glissé les documents dans le broyeur, dit-elle en brandissant les lanières de papier.

Un froid glacial se répandit dans la pièce. Tompa se leva, furieux.

— C'est pas vrai, bordel ! On reviendra ! Jörgen, viens, on se tire !

Les deux « associés » sortirent précipitamment. Personne n'osa ouvrir la bouche avant qu'ils aient disparu en haut de la rue.

— Pourquoi tu as fait ça ? s'étonna Anna-Greta.

— Ils voulaient nous impliquer dans leurs activités criminelles, répondit Märtha.

Elle jeta les bandelettes de papier dans la cheminée avec du petit bois et tendit la main pour prendre la boîte d'allumettes. Mais au moment d'en frotter une, ses mains furent prises d'un terrible tremblement.

— Tu es sûre que ça va, ma petite Märtha ? demanda le Génie en posant un bras autour de ses épaules.

— J'ai peur. Pour la première fois de ma vie, j'ai vraiment peur.

24

Les Bandangels préparaient un mauvais coup. Pendant plusieurs jours, les retraités furent très inquiets à l'idée de ce que mijotaient les autres.

— Ce n'est pas le moment de se relâcher, dit Märtha. Comme je les connais, ils vont rappliquer sous un nouveau prétexte.

Réfugié dans la bibliothèque, le gang des dentiers écoutait en boucle la *Symphonie du Destin* de Beethoven. À la fin, le Râteau haussa les épaules et dit :

— Il faut que j'aille voir Lillemor pour qu'elle me dise ce qui va arriver.

Stina, qui lisait une pièce de Lars Norén, se figea et lui jeta un regard noir. Dès que le Râteau fut parti, elle appela Anders.

— Mon garçon, c'est pour aujourd'hui. Je n'en peux plus. Il est temps de mettre le plan à exécution.

— Mais maman, t'as vraiment l'intention de faire ça ? insista Anders. Je croyais que tu plaisantais...

— Maintenant, tu fais comme je t'ai dit, sinon il n'y a pas d'héritage.

Le lendemain, Anders se rendit en ville puis débarqua quelques heures plus tard à la villa avec un paquet. Quand les autres voulurent savoir de quoi il s'agissait, il fit une réponse évasive. Stina était visiblement aux anges.

— Tu es sûre que tu ne vas pas le regretter ? demanda-t-il à sa mère après le dîner, une fois assis dans les fauteuils en osier de la véranda.

Les lampes à pétrole étaient allumées et l'océan roulait ses eaux sombres qui scintillaient. Les lumières de Stockholm éclairaient le ciel nocturne et l'odeur des lampes remplissait la véranda. Les autres étaient rentrés dans la bibliothèque pour jouer au bridge, tandis que Stina était restée dehors pour s'entretenir avec Anders.

— Lillemor n'est pas chez elle, alors place le carton devant la véranda, recommanda Stina en diminuant la mèche qui avait commencé à fumer. Vérifie bien que le carton est arraché dans un coin, de sorte que la curiosité l'emporte et qu'elle ne puisse se retenir de l'ouvrir. Et n'oublie pas d'adresser le paquet à Bertil Engström, « le Râteau ».

— Tu veux vraiment que cela ait l'air d'avoir été livré à la mauvaise adresse ?

— Oui, comme je te l'ai déjà dit, répéta Stina sur un ton catégorique.

— OK, mais c'est la dernière fois que je fais un truc de ce genre, dit Anders, surpris par la virulence de sa mère.

— Espérons qu'il n'y aura pas d'autres fois, fit Stina.

Vers onze heures du soir, quand Lillemor revint à vélo d'une réunion chez ses partenaires de tarot, elle trouva un grand carton devant sa porte. Elle grimpa l'escalier d'un pas rapide, ouvrit la porte et emporta le paquet dans la cuisine. Après avoir enlevé son manteau, elle se prépara un café et alluma une cigarette. Puis elle s'approcha du paquet mais s'arrêta, décontenancée. Le paquet était adressé à Bertil Engström, « le Râteau ». Pas d'expéditeur. Le carton avait reçu un coup dans un coin et son contenu menaçait de tomber. Elle chercha un rouleau de ruban adhésif pour consolider l'ensemble. Qu'est-ce que le Râteau avait bien pu recevoir ? L'absence d'expéditeur, c'était bizarre. Sa curiosité grandissait. Elle souleva légèrement le couvercle du carton. Il y avait à l'intérieur un grand paquet mou. D'abord elle le palpa, puis ne put s'empêcher de l'ouvrir. Son visage vira du rose au rouge vif et elle se mordit les lèvres. Quand le Râteau sonna à sa porte le lendemain, elle avait eu toute la matinée pour faire monter la pression avant d'exploser.

— Je crois que tu ferais bien d'aller chez quelqu'un d'autre pour te faire tirer les cartes, commença-t-elle sans le laisser entrer.

— Tu ne veux pas qu'on s'assoie dans le canapé et que tu me prédises mon avenir ? dit-il en essayant de la prendre dans ses bras. Tu n'as pas idée des progrès que j'ai faits en tarot.

— M'asseoir dans le canapé avec toi, espèce de crétin ! Jamais de la vie ! éructa-t-elle en montrant le carton ouvert. Je crois que ce paquet a été livré à la mauvaise adresse...

— Quoi donc ?

— C'est ça, joue les innocents ! Mais mets-toi bien ça dans le crâne : ta poupée gonflable, tu peux te la garder ! Tu connais la sortie. Fous le camp !

Elle jeta un coup de pied dans le carton de sorte que la poupée gonflable jaillit du carton et se coucha sur le côté.

— Mais je n'ai aucune idée...

— Dehors !

Stina vit le Râteau revenir de la villa en briques : il avait toutes les peines du monde à cacher sa déception. *Il y en a certains que Dieu punit aussitôt, dit-on. Mais si Dieu n'intervient pas, il faut s'en charger soi-même,* pensa Stina en remerciant intérieurement Anders pour son aide. Cela servirait de leçon au Râteau.

Durant la semaine suivante, le Râteau demeura laconique. Si on essayait de lui parler, il n'écoutait pas. Jamais ils ne l'avaient vu aussi absent. Seule Stina prenait ça avec le plus grand calme. Tous jugèrent cela un peu surprenant, mais quand ils découvrirent qu'il n'allait plus chez Lillemor, ils comprirent qu'il y avait un lien de cause à effet.

Le week-end passa et, le lundi, le Râteau demanda à Emma de l'accompagner en ville. Il s'absenta toute la journée et ne revint qu'en fin d'après-midi avec un grand paquet sous le bras. Il argua qu'il avait besoin de se reposer et resta dans sa chambre jusqu'au dîner.

— Je me fais du souci pour le Râteau. Pourvu qu'il ne soit pas malade, soupira Märtha.

— Le Râteau, railla Stina. Oh, il va très bien, crois-moi.

Après le dîner, il alla chercher du bois de bouleau et prépara un feu de cheminée dans la bibliothèque. Doué de ses mains comme il l'était, il posa les bûches en carré, froissa un peu de papier parmi les copeaux de bois et frotta une allumette. Le feu prit vite et les autres sourirent, soulagés. Se servir d'une seule allumette pour faire partir le feu était le défi quotidien du Râteau et il était toujours aussi heureux quand il y parvenait.

Au cours de la soirée, on joua au bridge, mais en voyant que le Râteau n'essayait pas de tricher, ils s'inquiétèrent de nouveau. Quand ils lui demandèrent s'il allait bien, il grommela une vague réponse. Les uns après les autres, fatigués, ils se levèrent et se souhaitèrent bonne nuit.

Stina regagna sa chambre, posa les poèmes de Fröding sur sa table de chevet et s'apprêtait à se déshabiller quand on frappa à la porte. Elle reconnut les coups. C'était le Râteau.

— Entre ! cria-t-elle.

Le Râteau resta sur le seuil de la porte et hésita un long moment. Il s'était repeigné et sentait l'after-shave.

— Ce n'est pas très original, mais je sais, euh... que tu l'aimes bien..., murmura-t-il en lui tendant un paquet rectangulaire.

— Mais enfin, le Râteau ! s'écria Stina, toute surprise, en déchirant le papier d'emballage.

— Une reproduction, bien sûr, mais l'original du *Plaisir d'été* d'Anders Zorn, c'est au-delà de mes moyens. Et puis, c'est une aquarelle.

Le Râteau avait l'air pressé et il quitta la pièce. Quand il revint, il tenait un bouquet de fleurs à la main. Il le posa, tripota son foulard dans tous les sens et attendit que Stina lui ouvre les bras pour oser s'avancer et lui donner un baiser.

— Pardon, balbutia-t-il. Je suis désolé, je ne sais pas où j'avais la tête. Tu peux me pardonner ?

Alors Stina sourit et l'embrassa.

25

Märtha faisait les cent pas devant l'entrée de la maison de retraite Le Diamant, en surveillant la rue. C'était enfin le jour de l'opération « Bombardements de cadeaux ». Il faisait froid et le soleil brillait dans le ciel d'un bleu profond, mais Märtha était si excitée qu'elle sentait à peine le gel. Une camionnette s'approcha et elle jubila en son for intérieur. La livraison avait l'air de fonctionner. Le véhicule se gara.

— Bonjour, je suis Mme Petterson, contrôleur du service d'inspection de l'aide sociale, annonça Märtha en s'approchant du chauffeur au moment où celui-ci ouvrit sa portière.

Elle brandit une carte professionnelle plastifiée avec nom et photo. Stina n'était pas seulement compétente pour imprimer des captures d'écran, elle savait aussi imprimer des images et du texte.

— Quoi ? fit le chauffeur, un homme d'une trentaine d'années.

Märtha se mit en travers de la route, sortit son classeur et le feuilleta.

— Il s'agit de marchandises à livrer au Diamant. Nous devons contrôler que le système de livraison fonctionne, dit-elle sur un ton aimable.

— Alors dépêchez-vous, je n'ai pas que ça à faire ! grommela le chauffeur qui jeta un rapide coup d'œil à son ordre de mission, ouvrit les portes arrière et sortit le diable.

— Est-ce que je peux regarder votre ordre de mission ? demanda Märtha d'une voix autoritaire.

Elle sortit de son sac une copie du bon de commande, lui prit son carnet des mains et parcourut la liste. Puis elle cocha les marchandises commandées.

— Mais vous n'avez rien à voir avec cela ! Ces marchandises ne sont pas pour vous, protesta le chauffeur.

— C'est exact, mais il se passe tant de choses curieuses de nos jours, dans le cas présent, les commanditaires nous ont demandé de vérifier la livraison. Pour qu'elle ne s'égare pas en route, vous savez, avec le hi-jacking.

— Le quoi ?

— Vous savez bien, c'est affreux, se plaignit Märtha. Ne me dites pas que vous n'avez pas lu ces histoires de routiers qui disparaissent, de voitures qui sont volées, de paquets qui s'égarent ? Non, nous qui travaillons au service d'inspection de l'aide sociale, nous avons une mission incroyablement importante à remplir. Voyons un peu… tout paraît en règle. Il ne me reste plus qu'à vérifier si le contenu de vos cartons correspond aux bons de commande.

— Ah, c'est pas vrai, putain ! jura le chauffeur.

Märtha ne se démonta pas pour autant et l'observa sortir les paquets, s'écartant pour le laisser passer. Quand il eut tout chargé dans l'ascenseur de service, elle le suivit et monta avec lui. Discrètement, elle rectifia le chapeau sur la perruque, ajusta ses lunettes teintées et enfila ses gants. Le tout était de ne pas se faire reconnaître en parlant le dialecte de Scanie, ce qu'elle avait tendance à faire pour peu qu'elle s'emporte. Il s'agissait donc de rester concentrée. Le chauffeur sonna, la porte s'ouvrit et Märtha reconnut la jeune fille brune qui était déjà présente lors de la Sainte-Lucie.

— Bonjour, je me présente : l'intendante Siv Petterson, dit Märtha en lui tendant la main.

— Anja, infirmière. En quoi puis-je vous aider ? demanda-t-elle, étonnée.

Märtha exposa la raison de sa venue, montra sa carte professionnelle et après qu'Anja eut signé le bon de commande, elles allèrent dans la salle de réunion. Märtha regarda tout autour d'elle et retrouva ce cadre qu'elle connaissait si bien, l'odeur de renfermé, les mêmes vieux meubles que du temps où ses amis et elle vivaient ici. Cette maison de retraite avait autant de charme qu'une école laissée à l'abandon. *Il faut que je pense à faire livrer de nouveaux meubles*, songea Märtha en le notant dans son carnet. Le livreur apporta les paquets et, pendant ce temps, Anja rassembla tous les pensionnaires qu'elle put trouver. Une vingtaine de personnes se retrouvèrent autour de la vieille table dans le réfectoire. Devant leur air endormi et troublé, Märtha fronça les sourcils.

— Vous leur avez donné quelque chose ? Ils ont l'air groggy.

— Juste un calmant, dit Anja.

— Si on s'occupe des personnes âgées, elles n'ont pas besoin de calmants, il me semble, grommela Märtha. Et comment ça va, la gymnastique ?

— La gymnastique ? Je n'en sais rien, moi, répondit Anja.

— Et la cuisine ? Est-ce que vous avez eu une nouvelle cuisine ?

— Nous avons déjà des fours à micro-ondes...

— Mon Dieu, il va y avoir ici une nouvelle cuisine ! Vous ne parlez pas avec le directeur M. Mattson ? Le Diamant va recevoir une donation.

— M. Mattson et sœur Barbro ? Ils possèdent à l'heure actuelle tellement de maisons de retraite qu'ils sont la plupart du temps en voyage d'affaires.

— Je veux leur parler tout de suite.

— Ce ne sera pas facile, répliqua Anja en riant doucement. Nous avons essayé de faire entendre nos doléances, sans jamais avoir de réponse. Ils ont une adresse dans le New Jersey.

Märtha sentit la colère monter et serra son carnet au point que les jointures de ses mains devinrent blanches. L'argent que ses amis et elle avaient envoyé de Las Vegas avait disparu, mais elle avait entendu dire que la direction du Diamant avait gagné plus de soixante-dix millions de couronnes au cours de l'année précédente. Elle avait espéré qu'ils réinvestiraient l'argent dans leur activité professionnelle. Mais non. Elle ouvrit son grand cabas en tissu.

— Mes amis ! annonça-t-elle en sortant une liasse de chèques-cadeau d'une entreprise qu'Anna-Greta avait trouvée sur Internet.

La société gardait et livrait des marchandises.

— Ces chèques sont valables un an et j'en enverrai la copie à la direction du Diamant. Désormais, vous pouvez vous acheter des fours, une cuisinière, un évier, des lave-vaisselle, tout l'équipement de cuisine dont vous avez besoin. Dans deux mois, le service d'inspection de l'aide sociale reviendra pour vérifier que la cuisine est terminée, dit Märtha qui apposa sa signature et rangea son stylo dans son sac à main. On a besoin d'être aussi confortablement installé que possible quand on vieillit, ajouta-t-elle.

La jeune fille rougit et allait dire quelque chose quand on entendit un étrange vacarme en provenance de la salle de réunion. Dolores, 93 ans, avait prêté son couteau Rippy à Henrik, 92 ans. En poussant des cris de joie, il lacérait les rubans adhésifs autour des cartons, sous les acclamations des autres. Anja, dont c'était le premier poste de remplacement, était désemparée. Elle n'avait pas lu une seule ligne dans le règlement sur la conduite à adopter en cas de dons.

— Oooh ! s'exclamèrent les résidents du Diamant quand, tels des enfants le soir de Noël, ils déballèrent iPad, iPhone, livres et DVD.

Lorsque le chocolat belge atterrit par terre avec une grande couverture chauffante et des remèdes contre le rhume, Märtha identifia la commande faite par Stina. Elle-même avait acheté des tapis de yoga, des bancs de musculation, des haltères et bien d'autres choses encore, tandis que le Râteau s'était chargé des commandes de jeux vidéo, maquettes de bateaux et matériel de jardinage. De son côté, le Génie avait choisi des outils ainsi que des crampons à fixer sous les chaussures en hiver, des loupes, des montres parlantes et des accroche-cannes pour déambulateur. Au fond d'un des cartons restait un paquet enveloppé dans du papier doré.

— Qu'est-ce que c'est ? s'étonna le livreur en l'examinant sous toutes les coutures. C'est marqué que ce paquet ne doit être ouvert qu'en présence d'un membre du service d'inspection de l'aide sociale.

— C'est parfait, dit Märtha en le cochant dans son carnet.

Henrik, pour lequel Dolores avait visiblement un faible, proposa de l'ouvrir. Il défit le nœud, écarta avec soin le papier doré et ouvrit le paquet.

— C'est rempli d'enveloppes, murmura-t-il en remontant ses lunettes sur son nez.

— C'est bien, ça correspond à la commande. Dans le paquet, il doit y avoir une enveloppe pour chacun d'entre vous, dit Märtha.

Elle en prit plusieurs et commença à les distribuer. Il y eut un bruit d'enveloppes déchirées et soudain Henrik s'écria :

— Ce n'est pas possible ! Un scooter électrique ! J'ai reçu un scooter électrique !

— Exactement. C'est le même cadeau pour tout le monde, dit Märtha. Le scooter doit vous servir à vous balader ici dans les environs et vous avez aussi un voyage aux Canaries.

Elle chercha dans son cabas à fleurs, sortit une enveloppe en papier kraft et la remit à Anja.

— Ceci est destiné à la direction avec une liste de toutes les choses qui vous ont été offertes aujourd'hui. Mais le donateur tient à rester anonyme. Par ailleurs... (Märtha reprit son souffle car la suite était très importante.) Par ailleurs, pour que ces cadeaux puissent être utilisés, il y a ici un chèque correspondant aux salaires de deux nouveaux employés, c'est-à-dire du personnel supplémentaire pour s'occuper des pensionnaires. Mais le service d'inspection de l'aide sociale reviendra pour contrôler que la direction respecte les volontés du donateur.

Anja fit de grands yeux et plusieurs vieux se mirent à pleurer de joie. Même Märtha eut du mal à retenir ses larmes et, pendant un long moment, elle ne sut que dire. Mais le livreur s'impatientait.

— C'est tout. Eh bien, merci et au revoir.

Il se dirigea vers la porte. Märtha l'arrêta.

— Je sais que vous avez beaucoup d'autres livraisons à effectuer aujourd'hui. Cependant, il se trouve que j'ai reçu l'ordre de contrôler aussi les transports de marchandises. Si je peux monter dans votre véhicule, ça ira plus vite.

— Comment ça ?

— Parfois, nous faisons des tests globaux. Avec l'argent, il s'avère qu'on doit TOUJOURS vérifier qu'il arrive à bon port.

26

Depuis que Tompa et Jörgen avaient observé les vieux transporter des corps dans la cave, ils n'arrêtaient pas de cogiter. Ils n'avaient aucune envie de voir la police débarquer dans le coin. S'il s'agissait réellement de cadavres, ils pourriraient dès que le temps se radoucirait. En moins de deux, la voyante du bas de la rue, curieuse comme elle était, aurait tôt fait d'appeler la police. Non, mieux valait prendre les choses en main avant qu'il ne soit trop tard. Jörgen et Tompa espionnèrent la villa des retraités, attendant que ceux-ci quittent les lieux. Cela traînait en longueur, mais enfin, à l'aube un lundi matin, le petit groupe de vieux monta à bord du minibus et partit. Quand le moteur fut presque inaudible, Tompa comprit que le moment était arrivé. Parfait ! Les autres membres des Bandangels faisaient la fête dehors. Tompa ne tenait pas à ce qu'ils aient vent de ce qu'il comptait faire.

— Ils ont filé. La voie est libre, dit-il à son copain. Viens, on y va tout de suite.

Jörgen alla à la fenêtre. Il avait les cheveux en bataille et de profonds cernes sous les yeux, car il avait fait de la menuiserie jusque tard dans la nuit dans le local de réunion.

— Bon. Allons-y ! T'as les lampes frontales ?

Tompa fit oui de la tête.

— Pourvu qu'il n'y ait que des morts là-dedans. Oh bordel, ça va pas être marrant ! Vaut mieux qu'on enfile nos gants de jardinage.

Les hommes descendirent dans l'entrée, mirent leurs foulards et leurs blousons, chaussèrent leurs bottes et enfilèrent des chaussettes par-dessus. Les Bandangels avaient l'habitude d'aller dans des lieux où ils ne devaient pas laisser de traces.

Une fois dehors, le froid les saisit et Tompa regretta de ne pas avoir pris de bonnet. Mais il jugeait que ça donnait une allure peu virile. Au club, c'est tout juste si on avait le droit de porter un casque de moto. À cet instant, il regretta de s'être rasé la tête. Au moins une tignasse sur le crâne tenait *un peu* chaud.

— Merde ! C'est fermé, dit Jörgen devant la porte de la cave.

En joignant leurs forces, ils firent jouer la porte assez pour glisser leurs mains à l'intérieur et la faire sortir de ses gonds rouillés. Ils la posèrent contre le mur et entrèrent. Une odeur de terre et de patates, et un peu plus loin, un relent d'alcool leur monta aux narines. Autant dire que ça ne sentait pas le cadavre mais plutôt le repaire d'un alcoolo ! Quelqu'un avait dû laisser tomber une caisse de bouteilles, songea Tompa en ajustant sa lampe frontale pour éclairer le mur. Ou plutôt *des* caisses. Des colis postaux, des cartons non ouverts, des paquets Ikea, et une foule de caisses de whisky et de champagne s'empilaient contre le mur, ainsi que du mobilier, du matériel de jardinage, des lampes de lecture et d'autres cartons.

— Merde ! C'est arrivé quand, tout ça ?

— Pendant qu'on traînait à rien foutre. C'est dingue, on dirait vraiment un entrepôt du magasin Åhlens, commenta Tompa.

— Plutôt un entrepôt de magasin d'alcool, corrigea Jörgen en parcourant les caisses avec le faisceau de sa lampe frontale. Et c'est quoi, ça ? De la liqueur de mûres arctiques. On devrait leur apprendre à boire de la bière. Ils ont l'air d'avoir une sacrée descente, les vieux !

— Regarde le whisky et tout le reste. C'est pas de la bibine ! Ces vieux doivent vraiment être des criminels – hein, qu'est-ce que je te disais ? Ils ont dû faire une virée cambriolage. Faut croire qu'ils ne sont pas si bêtes que ça.

— C'est peut-être pour ça qu'ils n'ont pas signé nos papiers. Märtha est plus futée qu'on pense, on ferait bien de la cuisiner !

— Oui, elle et toute sa bande.

Les deux compères inspectèrent le local et derrière quelques caisses de whisky et un tapis de course, ils aperçurent deux mannequins portant des vêtements d'hiver et des bottes.

— Ça alors ! Ils ont l'intention d'ouvrir une boutique de fringues ?

Jörgen souleva une des poupées et la montra à Tompa.

— Ce n'étaient pas des cadavres, mais des mannequins ! Quand je pense que ça nous a foutu la frousse. Je comprends mieux pourquoi ils arrivaient à les porter !

— Mais pourquoi ils stockent tout ça ?

— Ça doit être une bande de cleptomanes. Faut pas chercher plus loin.

Tompa et Jörgen firent encore le tour des lieux et repassèrent devant les mannequins au moment de sortir.

— Dis donc, ce serait cool d'avoir un mannequin comme ça dans notre local ! On lui mettrait une tenue d'Angel et un tee-shirt avec notre emblème, et on le placerait derrière le comptoir, suggéra Tompa.

— Ouais, super idée ! Faisons ça.

Dans la soirée, quelques Hells Angels et les autres membres des Bandangels étaient invités à faire la fête et il fallait absolument que l'aménagement du local soit terminé. Le mannequin serait du meilleur effet. Aussitôt dit, aussitôt fait : ils enlevèrent le manteau et les bottes d'un des mannequins et formèrent un tas pour donner l'impression que le mannequin était tombé par terre. Avec un peu de chance, les vieux ne se rendraient pas compte de sa disparition. Ils éteignirent leurs lampes frontales et les fourrèrent dans leurs poches. Il faisait grand jour dehors et il était temps de décamper. Ils remirent la porte en place, jetèrent un regard alentour et se dépêchèrent d'aller vers le portail avec le mannequin sous le bras. À cet instant, ils entendirent le bruit d'un moteur de voiture et virent une camionnette de livraison remonter la rue.

— Putain, les chaussettes ! lâcha Tompa qui eut le temps de les ôter et de les mettre dans sa poche de pantalon.

Il chercha une cachette pour le mannequin, mais n'eut pas le temps de le dissimuler, car le véhicule freinait déjà devant la villa des retraités.

— On n'a qu'à faire semblant d'habiter ici, chuchota-t-il à Jörgen au moment même où le livreur sautait du véhicule.

— Voilà les marchandises que vous avez commandées, dit-il en regardant les deux hommes à tour de rôle.

Tompa pensa à l'alcool et à toutes les choses qu'il avait vues dans la cave. La fête du soir devait célébrer les cinq années d'existence des Bandangels et le nouveau local du club. Les vieux ne se souviendraient sans doute pas de la moitié des marchandises qu'ils avaient commandées. Pourquoi ne pas leur emprunter quelques caisses et organiser une distribution ou récompenser les gars qui avaient été corrects avec eux ?

— Vous n'avez qu'à laisser les cartons près du portail, lança-t-il au livreur.

L'homme, qui avait une cinquantaine d'années, jeta un rapide coup d'œil à Tompa.

— Anderson, Myrstigen 2 ?

— Euh oui, c'est bien ici.

— Il me faut une signature ici.

Le livreur lui tendit son bon de livraison et Tompa gribouilla une signature illisible.

— Vous voulez que je vous dépose tout près du portail ? demanda l'homme en faisant le tour du véhicule pour ouvrir les portes arrière.

— Oui, ce serait bien. Nous entreposerons tout ça dans la cave plus tard.

Le livreur jeta un coup d'œil à la dérobée sur le blouson en cuir de Tompa, ce qui le rendit pensif. Mais il sortit le diable et chargea des cartons. Après les avoir déposés près du portail, il revint en chercher d'autres. Pressé, il vérifia ses papiers et contrôla les colis qui restaient à l'intérieur. Il vit qu'il avait encore une livraison à faire dans une maison de retraite. Il passa en revue les listes, puis chargea une dernière fois trois cartons sur le diable, s'arrêta et consulta encore ses fiches, se ravisa et échangea les trois cartons contre quatre autres. Ensuite, il cocha sur la liste et apporta les colis jusqu'au portail.

— Bon, c'est tout, dit-il en apercevant le mannequin dont les vêtements pendaient de travers. Ah, vous êtes dans la mode ?

— Pas tout à fait, répondit Tompa, gêné.

— Oh, je comprends. Pas de problème. De nos jours, il y a beaucoup d'hommes qui aiment les vêtements de femmes. Faut pas avoir honte, les gars…

— Tu te f…, commença Tompa en levant la main pour le cogner, mais il réussit à se contenir. Non, c'est pour ma meuf, une surprise…

Le livreur esquissa un sourire, ferma les portes arrière et sauta sur son siège.

— Mais ne faites pas cette tête-là, les gars. Je sais ce que c'est. Moi-même je m'habille comme ça parfois. On trouve des super vêtements d'occasion, avec des pois, des volants et tout ça, pouffa-t-il avant d'embrayer la première et de partir en faisant crisser les pneus.

— Quel crétin ! marmonna Tompa. Uniquement parce que je trimballe un mannequin de femme, il a cru que je...

— Calme-toi. Lâche ce mannequin et occupe-toi plutôt des cartons.

— Je parie qu'il y a des trucs qui pourraient servir pour la fête. Si on faisait une loterie ?

— Une loterie ? On n'est pas une association de mères au foyer !

— Ou alors une remise de prix ? C'était ma première idée, mais...

Tompa fut interrompu par le bruit d'une autre camionnette de livraison de Systembolaget, le magasin de vins et d'alcools, qui arrivait à vive allure. Elle ralentit et s'arrêta devant la villa des retraités. Jörgen donna un coup de coude à Tompa.

— Eh, c'est vraiment notre jour de chance !

Tompa opina et fit signe au chauffeur de baisser la vitre.

— Je suis bien chez Anderson, Myrstigen 2 ?

— Oui, vous n'avez qu'à mettre les caisses à côté des autres, lança Tompa d'une voix autoritaire en montrant la pile de cartons près du portail. Ce soir, on fait la fête !

Le livreur vit les tatouages de Tompa et marqua un temps d'hésitation.

— Qu'est-ce que t'attends pour décharger et me faire signer, bordel ? s'emporta Tompa en arrachant le carnet de commandes.

D'un geste exagéré, il gribouilla une signature illisible avant de taper dans le dos du livreur.

Le type, un peu stressé, chargea son diable avec plusieurs caisses de spiritueux. Cela ne pouvait pas mieux tomber ! Tompa l'aida à décharger tandis que Jörgen empilait les caisses à côté des autres cartons.

— De la liqueur de mûres arctiques ? Vous buvez ça, vous ? s'étonna le livreur quand ils eurent terminé.

— Les meufs, tu sais, répondit Tompa.

Le livreur leva les yeux au ciel et remonta dans sa camionnette.

— Comme cette poupée, là ? fit-il en montrant le mannequin qui se tenait de travers contre le portail, comme s'il avait bu un coup de trop.

— Ouais, elle a trop bu ! Faut faire gaffe avec ce genre de liqueur, plaisanta Tompa.

Le livreur ricana et démarra en leur faisant un signe de la main.

— C'est quand même dingue. Simplement parce qu'on est là, il nous refile tout le stock, pouffa Tompa.

— T'as vu comme il a failli filer quand il nous a vus ? Et avec les vieux, on fait comment ?

— Ils croiront qu'ils n'ont pas été livrés, et encore, s'ils se souviennent de leurs commandes ! La mémoire immédiate, tu sais bien, c'est ce qui fout le camp en premier. On n'a qu'à se servir.

— Et s'ils se rendent compte qu'on leur a piqué des trucs ?

— T'inquiète, on saura régler ça.

— Si tu le dis, mais on ferait mieux de ramener d'abord le mannequin avant que d'autres nous voient. C'est pas le moment que les Grandidos répandent la rumeur qu'on est des trans !

Tompa alla chercher un diable et tous les deux y chargèrent en un clin d'œil toutes les caisses. Puis ils transportèrent le tout dans la remise, déchargèrent les caisses et revinrent avec la déneigeuse. Ils eurent même le temps d'effacer leurs traces.

27

La lumière était douce dans la véranda où chacun vaquait à ses occupations. Anna-Greta et Gunnar remplissaient des grilles de sudoku, Märtha faisait de la broderie, Stina lisait et le Râteau contemplait, le regard mélancolique, un navire qui passait au large. Le Génie posa les pieds sur un pouf recouvert d'une peau de mouton et fredonna, d'excellente humeur.

— Pour l'instant, nous ne sommes toujours pas en prison, dit-il. Nous avons encore réussi à tromper la police. On commence à savoir s'y prendre.

En prison ? Ils sursautèrent, la lumière des lampes à pétrole elle-même avait vacillé d'effroi. Le malaise se lisait sur tous les visages. Personne parmi le gang des dentiers n'avait envie de se retrouver derrière les barreaux.

— Nous avons commis un grave délit et ça ne doit pas nous monter à la tête. La police peut être à nos trousses sans qu'on s'en doute, dit Märtha en posant son ouvrage sur les genoux.

Elle tricotait une écharpe pour le Génie et remarqua avec horreur qu'elle avait fait des rayures noires et blanches, ce qui faisait penser à une tenue de prisonnier. Elle regarda autour d'elle. Anna-Greta et

Gunnar continuaient à faire leur sudoku, le Génie avait commencé à démonter un vieux poste de radio et le Râteau avait sorti son tarot. Stina leva les yeux de son livre et l'observa à la dérobée. Maintenant que le Râteau n'allait plus voir Lillemor, il se tirait lui-même les cartes. Stina lui jeta un regard noir, posa son livre et prit sa lime à ongles, dont elle se servit avec des gestes rapides et nerveux. Märtha vérifia l'heure et laissa sa broderie de côté.

— Nous devrions regarder le journal télévisé pour voir s'ils parlent du braquage. Cela fait un moment qu'on n'en a pas entendu parler, ça m'inquiète.

Elle se rendit à la bibliothèque. Les autres prirent leurs affaires et la suivirent à contrecœur. Le Râteau éteignit la lampe à pétrole et jeta un dernier coup d'œil sur la baie. Les eaux s'étendaient, sombres et calmes. Il ramassa ses cartes de tarot et pensa à son fils qui passait six mois de l'année en mer. *Ah, si je pouvais l'inviter ici, nous pourrions louer un Skerry Cruiser et naviguer quelques jours ensemble !* Certes, l'archipel de Stockholm n'était pas Göteborg, mais cela permettrait à Nisse de découvrir aussi ce coin. Combien de fois avaient-ils visité ensemble le musée de la Marine ! À présent, son fils était adulte et ne donnait presque plus jamais de ses nouvelles. L'été prochain, peut-être… Le Râteau, mélancolique, hocha la tête et gagna la bibliothèque en traînant les pieds.

Märtha avait déjà allumé la télévision.

— C'est bizarre qu'ils ne disent plus un mot du braquage, déclara le Génie. Cela signifie sans doute que l'enquête piétine.

— Les pauvres… Dix millions de couronnes disparaissent et la police n'a pas de pistes, sourit Anna-Greta en pressant la main de Gunnar.

Les autres échangèrent de brefs regards. Depuis un certain temps, il avait élu domicile ici et rentrait rarement chez lui. Anna-Greta et lui passaient le plus clair de leurs journées devant l'ordinateur et, après le dîner, se rejoignaient dans la chambre d'Anna-Greta en s'imaginant que personne ne le remarquait ; mais les voir se prendre la main en public était nouveau.

Ils reconnurent le jingle du journal télévisé et Märtha monta le son pour qu'Anna-Greta puisse entendre. Sauf en cas de force majeure, son amie refusait de porter un appareil auditif.

— C'était peut-être bête de notre part de sortir l'argent si peu de temps après le hold-up. Pourvu que la police ne fasse pas le lien avec les cadeaux faits à la maison de retraite, dit le Génie.

— Si tu crois qu'elle s'intéresse à ce qui arrive aux vieux ! déclara Märtha. Non, il n'y a pas d'inquiétude à avoir de ce côté-là.

— D'ailleurs, nous n'avons pas distribué tous les cadeaux, nous en avons davantage dans la cave et nous attendons encore plusieurs livraisons. J'ai passé de nouvelles commandes, qui devraient arriver d'un jour à l'autre, indiqua Anna-Greta.

— Chut, un journaliste interviewe la police, intervint Stina pour avoir le silence.

Une tasse de café à la main, elle écoutait avec recueillement. Le commissaire Blomberg paraissait très préoccupé. Quand il parla d'une bande internationale de professionnels, les amis éclatèrent de rire. Le journaliste demanda si la police avait des pistes, mais le commissaire ne put que hocher la tête en déclarant : « Aucun commentaire. » Il accepta tout au plus de révéler qu'il entrerait en contact avec les magasins de chaussures qui vendaient des bottes de la marque Oldvan.

— Märtha, tu aurais pu attacher la botte un peu mieux ! se plaignit le Râteau.

— Mais un mort sur une civière ne peut pas braquer une banque ; même la police comprend ça, rétorqua-t-elle.

« Nous faisons appel aux témoins », poursuivit le commissaire. « Nous tentons de reconstituer tout ce qui s'est passé à proximité de la banque, et chaque détail compte. »

Le journaliste opina et Blomberg se racla deux fois la gorge avant d'ajouter : « La charge explosive a éclaté dans la salle des coffres et sur les caméras de surveillance, on peut voir deux blessés, vêtus de noir, sur une civière qui sont évacués par une ambulance. Mais personne ne les a revus depuis. »

— C'est exactement ça, enchérit Stina, satisfaite. Ah, on les a bien eus !

« Les personnes qui ont été blessées sont invitées à contacter la police », reprit le commissaire.

— Oui, je peux toujours demander aux mannequins de les appeler, suggéra le Râteau avec un petit sourire.

« Mais les blessés ont dû être conduits à l'hôpital, fit remarquer le journaliste. Vous ne pouvez pas retrouver leurs traces là-bas ? »

« Bien sûr, mais je ne veux pas donner trop d'informations alors que l'enquête est en cours. En revanche, nous aimerions bien recueillir d'autres témoignages. »

Ensuite, on passa à un autre sujet – les bas salaires des femmes – et le Râteau jugea qu'on pouvait éteindre l'appareil.

— Personne ne nous soupçonne encore, résuma Märtha en reprenant un biscuit au chocolat. Nous devrions peut-être appeler pour les embrouiller avec de fausses pistes ? Pour dire, par exemple, que deux blessés ont été aperçus dans un camping…

— Non, mieux vaut se tenir à carreau. N'oublie pas la botte.

— C'est vrai, mais je ne vois pas où est le problème. Nous l'avons récupérée.

— Oui, mais quand elle est tombée sur le trottoir, elle a pu laisser une empreinte, répondit le Génie.

— Je m'en veux, soupira Märtha. Mais ce n'est pas si facile de faire tenir les bottes sur des mannequins. Ils sont si maigres, ils ont tous l'air de souffrir de malnutrition, comme les top-modèles. J'ai vraiment enfoncé la botte de mon mieux.

Elle rougit, car elle était consciente de sa bourde. Les bottes étaient en effet les siennes. Elle les avait mises sur le mannequin sans imaginer une seconde qu'elles pourraient laisser des traces. Ce qui n'aurait pas été le cas, si l'une des deux n'était pas tombée par terre. Elle ferait peut-être mieux de les brûler, au cas où…

Märtha allait reprendre la parole pour le suggérer, quand ils entendirent soudain un drôle de bruit provenant du bas de la rue. Au début, on aurait dit une pluie de grêle qui s'abattait d'un coup jusqu'à produire un grondement épouvantable.

— Mais qu'est-ce que c'est ? s'écria-t-elle en se redressant dans son fauteuil. Des motos ! Ça doit être tout un gang de bikers !

— Ils ont sans doute une réunion, c'est ce que fait ce genre de gangs, dit le Génie qui, dans le courant de l'année, avait beaucoup lu sur les Grandidos et les Hells Angels.

— Un vendredi soir ? Non, ils doivent venir pour faire la fête. Ils n'ont pas arrêté de faire des allers et retours dans la rue avec des caisses d'alcool, rectifia le Râteau.

Il les avait observés lorsque plus tôt dans la journée il était passé, avec un temps d'hésitation, devant la maison de Lillemor. À travers la fenêtre, il avait aperçu Tompa à l'intérieur et cela l'avait inquiété. Fréquentait-elle le leader des Bandangels ? Il n'avait pas osé raconter aux autres qu'il avait souvent vu Tompa chez Lillemor. Pris de doutes, il fit un bref examen de conscience. Lui avait-il confié des choses concernant ses amis et lui-même ? Non, autant qu'il s'en souvienne.

Le vrombissement des moteurs devenait impressionnant au fur et à mesure que les engins remontaient la rue et s'arrêtaient devant la villa jaune. Märtha et les autres les observèrent en douce derrière la fenêtre.

— Vous avez vu ça ! chuchota Stina quand une bande de malabars vêtus de noir descendit de moto. On dirait les Hells Angels. En tout cas, ils ont une tête de mort avec des ailes dans le dos.

— Ça ne me dit rien qui vaille, s'exclama Anna-Greta.

— Qu'allons-nous faire ? demanda Stina, si angoissée qu'elle en fit tomber sa lime à ongles.

— Calme-toi, ma petite Stina. Ces gars ne veulent pas avoir d'ennuis là où ils habitent. Nous pouvons nous féliciter de les avoir comme voisins, dit le Râteau pour la consoler.

— Mais ceux-là n'habitent pas ici, ils viennent seulement faire la fête. Bonjour la tranquillité, soupira Stina.

— Vous avez vu comme elles sont belles ? fit remarquer le Génie, les yeux brillants.

Deux autres cylindrées, trois voitures et un minibus Opel remontèrent la rue pour se garer devant les Bandangels. Il était écrit *Kenthas Heavy Metalband* sur le bus dont des types chevelus descendirent. Ils s'allumèrent une clope et déchargèrent une batterie, des guitares et des amplis qu'à grand-peine ils trimballèrent dans la remise.

— Mon Dieu, on ne va pas fermer l'œil de la nuit ! se lamenta le Râteau. Et moi qui...

— Je sais ! l'interrompit Märtha. Si les Bandangels font la bringue cette nuit, je propose qu'on en fasse autant. Comme ça, nous ne serons pas dérangés par le bruit.

— Ah, c'est bien une logique de femme, ça ! fit le Râteau.

— Pourquoi pas ? On a largement ce qu'il faut dans la cave, intervint le Génie.

— N'oubliez pas le champagne. Nous devons fêter le fait que nous soyions toujours en liberté dix jours après le braquage, pépia gaiement Stina.

— Oui, vous allez voir ce que vous allez voir, les Bandangels ! s'emporta Anna-Greta en tapant dans ses mains. On va vous en remontrer ! Que la fête commence !

28

Le Kenthas Heavy Metalband avait fait une pause et le dernier tube d'Iron Maiden retentit dans le local du club. La lumière était éteinte et sur la table, au milieu des canettes de bière vides, des bougies blanches et rouges éclairaient les visages des bikers à moitié ivres et celui de leurs copines. Le son des batteries et des guitares était tonitruant, accompagné par des hurlements et des claquements de mains en rythme. Le long du comptoir, des types vêtus de cuir se balançaient avec des canettes ou des long drinks dans les mains, tandis que Tompa, déjà passablement ivre, avait passé un bras autour du mannequin. Un verre de whisky vide à la main, il parlait et riait en même temps, tout en battant la mesure du pied gauche. Le regard vague, il contemplait l'assemblée, le sourire aux lèvres, heureux. Y avait un monde fou ! Les Hells avaient débarqué à dix, plus quatorze membres des Bandangels, pour fêter dans ce nouveau local les cinq années d'existence du gang. Jörgen et lui avaient été félicités pour l'organisation de la fête. Le président des Hells Angels, Olle Marling, avait dit que lors de leur prochaine réunion, la direction proposerait d'intégrer les Bandangels à leur groupe.

Cela faisait longtemps que Tompa ne s'était pas senti aussi heureux. Ça devait remonter au jour où il avait eu sa première moto. Il fit un clin d'œil à une blonde sexy assise à une table. Les filles qu'ils avaient invitées étaient vraiment canons ! Certaines appartenaient au gang des Hells Angels et c'était chasse gardée, en revanche toutes les autres... La nuit s'annonçait prometteuse. Cette blonde aux cheveux mi-longs qui portait de hauts talons était un joli morceau... Il leva son verre de whisky en sa direction et lui adressa un autre clin d'œil. L'instant suivant, un gros poing s'abattit sur son épaule.

— Si tu crois que je ne t'ai pas vu ! Tu laisses ma meuf tranquille, compris ? éructa un géant de cent kilos en jeans et blouson de cuir.

Tompa se retourna, cherchant à reprendre son souffle quand il vit le logo argenté sur le thorax du mec. *Vice Pres*. Merde ! Lennart Möre, des Hells Angels, en personne ! Le type fit un signe de tête à la blonde et leva la main. Tompa avait un poing américain avec l'emblème de leur club sous le nez. Il déglutit.

— Eh, du calme, j'ai ma meuf, mentit-il. Je pensais seulement à la distribution des prix.

— Comment ça, à la distribution des prix ? Vous avez eu notre permission ? s'étonna le vice-président.

— J'ai dit distribution des prix ? Je voulais dire loterie, pardon. Nous avons besoin de quelqu'un pour tirer les lots au sort, tu sais, et j'aimerais bien que ce soit des invités qui le fassent. De préférence quelqu'un de chez vous, dit Tompa qui faisait de son mieux pour s'en sortir.

— Une loterie, putain ? Ce vieux truc de tombola ? Bon, d'accord. Mais un seul regard sur ma meuf et je te casse le nez, pigé ?

— Il n'y aura pas d'embrouille, je te le promets. Et ce n'est pas un truc pourri, il y a des caisses d'alcool à gagner, des iPad, et pas mal de trucs de bikers, ajouta-t-il.

— Mets aussi celle-là. J'ai envie de la gagner, dit le vice-président en poussant le mannequin si fort que la tête se dévissa légèrement et que le casque tomba par terre.

— La poupée ? Mais bien sûr, pas de problème, répliqua Tompa en remettant le casque en place.

Ses mains tremblaient tandis qu'il essayait de rassembler ses esprits. Comme Jörgen s'était opposé à cette idée de loterie, Tompa avait laissé tomber l'idée. Mais voilà qu'il n'avait pas eu le choix pour éviter de se faire tabasser. Et pourquoi pas ? Ils avaient largement de quoi constituer des lots, grâce aux cartons d'alcool des vieux et à tous les colis qu'ils avaient récupérés quand les livreurs étaient passés. Tompa reprit du poil de la bête.

— Bon, on commencera la vente des billets dans une demi-heure et on distribuera les lots quand Kenthas fera une pause, dit-il.

Il appuya le mannequin contre le bar et retourna vite à la villa. Peu avant Noël, il avait aidé sa mère à organiser des kermesses de bienfaisance et elle avait alors plein de carnets de tickets. Si seulement il pouvait remettre la main dessus...

Le Génie et le Râteau firent le tour de la cave pour trouver quelque chose à boire, aidés par Stina qui éclairait les étiquettes et leur prodiguait des conseils. Ils prirent quelques vins de la vallée du Rhin en chantant à pleins poumons « *Wien, Wien, nur Du allein...* ». Stina qui voulait mettre aussi quelques bouteilles de rouge dans le déambulateur s'était décidée pour un bordeaux et s'apprêtait à ouvrir une caisse lorsqu'elle s'arrêta net.

— Mais qui a renversé les mannequins ?

En se penchant pour les soulever, elle s'aperçut qu'il n'y en avait qu'un, l'autre n'était qu'un tas de vêtements.

— Mon Dieu, où est Munin ? Vous avez caché le mannequin ?

Le Génie et le Râteau secouèrent la tête.

— Il est forcément ici quelque part, dit le Génie en regardant autour de lui. La cave était fermée à clé.

Ils eurent beau chercher partout, ils ne retrouvèrent pas trace de Munin. Le mannequin qui contenait la moitié du butin provenant du braquage de la Handelsbank avait bel et bien disparu.

— Cinq millions qui s'évaporent d'un coup, je crois que je vais faire un malaise, annonça Stina.

— Encore une chance que ce ne soit pas dix millions, précisa le Génie.

Le Râteau lâcha une flopée de jurons. Il faut dire qu'en tant qu'ancien marin, il en connaissait un certain nombre.

— Comment c'est possible, bordel ? continua-t-il. À quoi ça sert de piquer tout ce fric si on n'arrête pas de le perdre ? Cette fois, il faut le récupérer !

— C'est déjà bien de ne pas avoir tout perdu, murmura Stina.

— Il y a *beaucoup* de choses incompréhensibles dans cette histoire, constata le Génie qui retira et remit sa casquette plusieurs fois. Sortons pour voir si on trouve des traces. Le mannequin ne s'est pas volatilisé tout seul !

Les trois amis sortirent de la cave et éclairèrent le sol avec leurs lampes de poche, sans tomber sur la moindre trace. Découragés, ils allèrent retrouver les autres.

Tompa partit chercher les caisses dans la remise. Il s'agissait de trouver rapidement les différents lots. Le premier prix était une caisse de whisky, et ils pourraient ensuite distribuer des choses piochées dans les autres colis. Mais il fallait d'abord identifier leur contenu. Si c'était marqué sur certains, sur d'autres n'apparaissait que le nom de l'entreprise. Tompa songea aux mille et une choses que les vieux stockaient dans leur cave : lampes, téléphones portables, ustensiles ménagers, iPad, couvertures, etc. Il devait y avoir des objets de valeur.

En moins de deux, il chercha le diable et chargea quelques cartons en plus de ceux avec les bouteilles d'alcool. Les Hells Angels allaient passer une soirée inoubliable.

Quand il revint dans la salle, Kenthas Heavy Metalband s'était remis à jouer à fond. Les types saouls se trémoussaient pendant que leur vice-président dansait un rock endiablé avec le mannequin serré contre lui tout en essayant de lui faire boire de la bière. Tompa apporta les cartons et attendit que la danse soit terminée pour les poser sur la scène et prendre le micro.

— Nous fêtons ce soir un anniversaire et nous avons l'intention de vous faire gagner plein de cadeaux ! Les billets coûtent dix couronnes et voici les lots proposés, annonça-t-il en tapant sur les cartons. Le premier prix est une caisse de Glenfields, mais il y a aussi du champagne, des téléphones portables et d'autres surprises. Attention : pas plus de dix billets par personne, OK ?

La proposition fut accueillie par un tonnerre d'applaudissements et Tompa dut crier dans le micro plusieurs fois avant d'obtenir le silence.

— Est-ce que quelqu'un peut m'aider à vendre les billets ? dit-il en brandissant les vieux tickets de loterie de sa mère.

— Une tombola, et puis quoi encore ! Tu ne veux pas qu'on se lance dans des danses folkloriques en chantant *Le Loup, le Renard et la Belette* tant qu'on y est ? râla Jörgen.

— Ne fais pas l'imbécile. Bien sûr qu'on va t'aider, Tompa, dit Elisabeth, la copine de Jörgen, en prenant son petit ami par le bras.

Jörgen obtempéra à contrecœur et commença la vente des billets. Tompa sourit, heureux. Quelle soirée !

29

— L'argent a disparu ? Quoi, *l'argent a disparu ?* s'exclama Märtha, qui eut du mal à respirer et tendit la main pour prendre ses médicaments contre l'asthme.

— Ne me dites pas que nous avons *encore une fois* perdu notre butin ! Ce n'est pas possible de perdre ses affaires à ce point, s'exclama Anna-Greta. Si cela s'était produit dans une banque, nous aurions tous été renvoyés. Non, la prochaine fois, il vaut mieux voler sur le Net.

— Je ne sais pas si tu es vraiment la bonne personne pour proposer ça, fit remarquer le Râteau. À moins que tu aies retrouvé l'argent de Las Vegas ?

— C'est méchant, ça ! Même les États-Unis ne peuvent rien faire contre les hackers, répondit-elle dans un sanglot.

Gunnar l'entoura de ses bras pour la consoler.

— Excuse-moi, j'ai dit ça sans réfléchir, dit le Râteau, confus. Mais vous savez, je peux demander à Lillemor de lire dans ses cartes pour savoir où est parti le mannequin.

— Pas question, s'étrangla Stina. D'ailleurs, c'est peut-être elle qui l'a pris.

— Jamais de la vie. Lillemor est quelqu'un de bien, elle n'aurait jamais...

— Tu n'as qu'à lui demander de se faire disparaître elle-même par magie...

— C'était le jour des poubelles aujourd'hui. Ils peuvent l'avoir emporté par erreur, réfléchit Märtha.

— Il suffit de regarder, trancha le Génie en se levant.

Il alla dans l'entrée, mit son pardessus et sortit. Il fut si rapide qu'Anna-Greta n'eut pas le temps de le retenir.

— Les poubelles ne sont plus dans la cave, Märtha, mais près de la rue. Et recycler un mannequin ? Non, franchement, je n'y crois pas, dit-elle.

Le Génie fut absent un bon moment et revint en laissant entrer un courant d'air glacial.

— Non, personne n'a vidé les poubelles. Hier, j'ai vu les deux mannequins, et aujourd'hui il en manque un. Pourtant je n'ai relevé aucune empreinte dans la neige. Ni du côté de la rue ni devant la cave.

— C'est bizarre. Tu n'as rien trouvé ? s'étonna le Râteau.

— Non, rien qu'une chaussette en laine que l'un d'entre vous a dû perdre.

Il retourna dans l'entrée, fouilla ses poches et prit la chaussette noire qu'il avait trouvée près du portail. Il la brandit en demandant :

— Elle est à qui ?

— Donne-la-moi, dit Märtha qui l'examina de plus près. Une chaussette d'homme, c'est mince comme indice.

Elle la retourna dans tous les sens avant de la passer à Stina. Tous regardèrent attentivement la chaussette en secouant la tête. Le Génie l'étudia sous toutes les coutures et finit par la renifler.

— Hum, aucun d'entre nous ne l'a perdue... elle empeste l'huile de moteur.

— Peut-être qu'elle appartient à l'un des bikers ? suggéra Anna-Greta.

— Vous pensez qu'ils se sont introduits dans notre cave ? demanda Stina qui pâlit. Ils sont peut-être venus nous voler quelque chose parce que nous n'avons pas signé leur papier.

Il y eut un grand silence. Stina se représentait un de ces colosses de cent kilos vêtus de cuir noir en train de pénétrer sur leur terrain...

— Mais pourquoi seraient-ils allés dans notre cave ? interrogea-t-elle. Est-ce qu'il nous manque autre chose à part le mannequin ?

— J'ai eu l'impression qu'il y avait moins de colis à l'intérieur qu'avant. On va vérifier. Mais le plus important, c'est Munin. Il faut retrouver ce mannequin au plus vite, pour ne pas reproduire le coup des diamants, dit Märtha.

— Et qu'il disparaisse pour de bon, compléta Anna-Greta.

— Pourquoi ne pas demander aux voisins ? suggéra le Râteau. Je peux aller voir Lillemor...

— Nooooon, pas question, l'interrompit Stina.

— Non, nous allons directement chez les Bandangels. Ils seront certainement un peu éméchés. Je vais aller faire un tour là-bas et vérifier, lança le Génie, ravi à l'idée de revoir les belles cylindrées.

— Si tu te débrouilles pour revenir avec le mannequin, c'est d'accord, dit Märtha. Ils viennent d'ouvrir leur nouvelle salle et en ont peut-être eu besoin...

— Et pourquoi pas des poupées Barbie, tant que tu y es ! ricana le Râteau.

— Écoutez, reprit le Génie d'une voix nostalgique. Dans ma jeunesse, notre club de bikers à Sundbyberg avait une salle qui passait pour être la plus belle de la ville. Les murs étaient peints en jaune et noir et on y avait accroché aussi bien des selles que des fourches ou des pots d'échappement. Au milieu de la pièce, il y avait une vitrine peinte en noir et à l'intérieur, sur un coussin, on avait posé un casque, un blouson de cuir usé, des pantalons et des bottes en cuir. Alors un mannequin comme décoration, pourquoi pas ?

— Tu as raison, on ferait mieux de vérifier, déclara Anna-Greta.

— Mais n'est-ce pas dangereux d'aller là-bas ? s'inquiéta Stina.

— Non, pas si... attendez, j'ai une idée, dit Märtha.

Il faisait froid et la pleine lune jetait sur la neige une lumière bleue qui lui donnait l'apparence du cristal. Le Génie et le Râteau avaient du mal à respirer dans l'air glacial, lorsque, lentement et prudemment, ils remontèrent la rue glissante. Certes, ils avaient chaussé des crampons, mais ils ne les avaient pas bien fixés, pensant les enlever dès qu'ils s'approcheraient de la villa jaune. Un vrai Hells Angel ne portait pas de crampons. Sur leurs blousons trop serrés était cousu l'emblème des Hells Angels. Mais qu'est-ce que ça grattait ! À en croire les décibels qui leur parvenaient, la fête battait encore son plein.

— Et si ça tourne mal pour nous ? dit le Génie en s'appuyant sur le Râteau.

— Aucun danger. Les bikers peuvent être des gens très agréables, du moment qu'on les traite avec respect.

— Et si l'un d'eux cherche à se battre ?

— Alors tu fais comme ça. Tu dis : « Oh, regarde, tu as perdu ton couteau » et pendant qu'il se penche pour le ramasser, tu lui donnes un coup de boule, répondit le Râteau qui avait l'habitude des bagarres.

— Mais tu sais, je ne suis pas aussi fort qu'avant, objecta le Génie.

— Alors tu lui files un coup de pied dans les parties.

Le Génie essaya de s'imaginer donnant des coups de pied dans l'entrejambe à des colosses de cent kilos et conclut que ce n'était pas une bonne idée.

— Je crois que nous arriverons mieux à nos fins en nous montrant aimables et respectueux. Ils ne vont quand même pas nous taper dessus uniquement parce que nous frappons chez eux ?

— Qu'est-ce qu'on fait s'ils s'aperçoivent que c'est du bluff ?

— Oh, t'inquiète, ils seront trop saouls pour ça.

Le Génie inspira profondément et pensa à ce que Märtha avait dit. Ils devaient aller trouver les Bandangels en se faisant passer pour des vieux Hells Angels, des anciens combattants, en quelque sorte, qui voulaient boire une bière avec leurs potes. Qui, dans ces conditions, refuserait de les laisser entrer ? Une fois à l'intérieur, ils chercheraient le mannequin. « Quand vous le tiendrez, vous aurez juste à le ramener ici et on le cachera bien », avait-elle dit. « Juste » ! On voyait bien qu'elle ne connaissait pas ce milieu. Repérer le mannequin et l'emporter, ce n'était pas du tout la même chose.

Le Génie et le Râteau atteignirent enfin la villa jaune, entrèrent dans la cour et s'attardèrent un moment devant quelques magnifiques Harley avant de grimper sur le perron et de sonner. Au bout d'un moment, ils entendirent des pas et l'un des Bandangels ouvrit la porte. Le Génie, qui avait appris que l'attaque était la meilleure défense, prit tout de suite la parole.

— Un peu de whisky, ça peut toujours servir. Une super teuf, dis donc, lança-t-il en brandissant une bouteille de Glenfields.

— Euh, la fête, c'est que pour les membres.

— Comment ça ? Tu ne nous reconnais pas ? On est des vieux Hells Angels, bordel ! C'est nous qui avons fondé le club de Skåne. T'es nouveau ou quoi ? Tu as devant toi Burken en personne, le premier vice-président ! s'exclama le Génie en le boxant gentiment dans le ventre.

— On a forcément dû se voir, tu ne te souviens pas de celui qu'on surnommait l'Homme à tout faire ? C'était sympa de nous inviter, dit le Râteau d'un ton qui se voulait assuré.

Le type hésita mais le Génie lui mit la bouteille entre les mains et passa devant lui avec l'air de celui qui sait ce qu'il fait. Le biker recula et le Râteau lui fit un large sourire.

— On est un peu en retard, mais il reste encore des trucs à becqueter ?

Le type ouvrit la bouche pour répondre mais le Génie et le Râteau étaient déjà entrés dans la salle.

Le Génie fut pris de nostalgie à la vue du bar et de la décoration. Ce qu'il préférait, c'était les photos de groupe et les photos de motos. Il s'approcha : celles qu'il avait vues au sol la dernière fois étaient à présent fixées au mur. Toutes sauf celle qu'il avait piquée. Personne ne s'était rendu compte du larcin.

Avant de recevoir chacun leur bière, ils aperçurent un jeune type dégingandé qui décrocha une des photos de groupe et la posa à l'envers sur le comptoir. Le Génie et le Râteau échangèrent des regards étonnés. Le type souleva le carton à l'arrière et fit circuler la photo encadrée parmi ses voisins de bar. Au passage, chacun saisit un petit sachet de poudre blanche qui disparut au fond d'une poche. Le Génie n'en croyait pas ses yeux. Derrière la photographie qu'ils avaient chez eux… Oh, mon Dieu ! Il fut pris de panique. De la drogue ! Il fallait partir d'ici au plus vite. Prenant le Râteau par le bras, il lui désigna du menton les types penchés par-dessus les tables avec leurs billets roulés.

— Dis, je crois qu'on ferait mieux de foutre le camp.

— Pas sans le mannequin. Retourne-toi et tu verras.

Le Génie se retourna. Un géant tatoué dansait avec Munin, un verre de whisky à la main. De temps en temps, il proposait au mannequin un peu d'alcool tout en braillant. À la vue de ses potes qui ronflaient déjà, il s'approcha du bar, posa son verre et demanda un miroir. Le Génie se figea. C'était le moment ou jamais de s'approcher du mannequin, faire semblant de l'inviter à danser et prendre la porte. Si le géant les voyait, ils pourraient... Le type demanda un sachet de poudre blanche et enroula un billet.

— Pourquoi ne pas demander à emprunter le mannequin ? Il ne va quand même pas danser avec toute la soirée ! chuchota le Génie.

— Non, je sais, on va attendre qu'une fille l'invite à danser.

— Eh bien, fais-le, toi.

Le Râteau n'en menait pas large.

— On peut aussi patienter, marmonna-t-il.

— Regarde, il va aux toilettes. C'est le moment de prendre le mannequin et de s'en aller en dansant !

— Danser, c'est vite dit. Dans ce pantalon en cuir moulant ? C'est tout juste si je peux marcher. J'ai une autre idée : on va faire semblant de lui proposer de la drogue, suggéra le Râteau.

Il ne l'avait jamais fait personnellement, mais avait observé les autres le faire.

— D'accord, on y va, décréta le Génie en se dirigeant vers le bar.

Le barman leva les yeux.

— Une bière ?

— Ben oui, bordel, répondit le Râteau sans ciller.

Le barman lui en versa une et le Râteau prit une grande gorgée. Mais en reposant le verre, il donna un coup à Munin et le fit tomber par terre. Il le remit debout. Encore une chance que la tête ne se soit pas détachée ! Il fallait se dépêcher avant que l'autre type revienne des toilettes. Sa main tremblait.

— Allez, dépêche-toi, le Génie. On s'en va, murmura-t-il en empoignant Munin.

Ils avaient presque quitté la pièce quand ils entendirent quelqu'un beugler :

— Eh, tu ne t'en tireras pas comme ça, il faut payer !

— Ah, bien sûr, marmonna le Râteau en sortant un billet de cent qu'il tendit au barman, c'est normal.

Puis il se dirigea de nouveau vers la porte avec le Génie.

— Eh, vous, les tontons, vous êtes qui ?

Un poing énorme s'abattit sur l'épaule du Râteau qui se serait écroulé si le Génie ne l'avait retenu.

— Euh..., marmonna le Génie qui fut interrompu par un solo de batterie et par un spot qui s'alluma sur la scène.

Le Râteau et lui reculèrent avec le mannequin vers la sortie, mais ils étaient poussés par l'arrière et faisaient presque du surplace. Ils échangèrent un regard contrarié. Le batteur aux cheveux noirs du groupe de heavy metal tapa encore plus fort avec ses baguettes sur la caisse claire et les toms et fit un decrescendo quand Tompa monta sur l'estrade et prit le micro.

— Bon, le moment est venu ! cria-t-il en jetant un regard ravi sur la salle.

Tompa avait emprunté le casque du mannequin et mis tous les talons de billets à l'intérieur. Il était plus que satisfait car ils avaient tous été vendus. Il ne restait plus qu'à trouver quelqu'un pour tirer les numéros. Il chercha des yeux un candidat, mais Jörgen vint aussitôt vers lui, mal assuré sur ses jambes. Son camarade pointa l'index sur sa tempe :

— La tombola, c'est bon pour les mômes. Rien que parce que *toi*, Tompa, t'aimes bien les cadeaux, tu voudrais entraîner tout le monde dans ton délire, bafouilla-t-il en s'emparant du micro.

— Chut, Jörgen, reprends-toi, c'est la fête, pesta Tompa en faisant signe à l'ingénieur du son de faire tourner la boule disco au plafond.

Le type s'exécuta et des cascades de lumières rouges, bleues et vertes baignèrent la salle. Jörgen chancela, rota et lâcha sa canette de bière par terre.

— Ta mère, tu sais... Elle racontait comme t'étais heureux le soir de Noël quand tu ouvrais tes cadeaux. Mais c'est pas une raison pour...

— Ta gueule, putain !

— T'as toujours dit que t'adorais ta mère et que sa présence te rassurait...

— Mais tu vas la fermer, bordel ? s'écria Tompa sur un ton menaçant, lorsque Lennart, le vice-président, monta sur l'estrade.

— Qu'est-ce que vous foutez ? Le tirage, c'est pour aujourd'hui ou pour demain ?

— Je..., balbutia Tompa en secouant le casque pour bien mélanger les billets. Voilà, il n'y a plus qu'à tirer.

Il tendit le casque et Lennart tira un billet.

— Numéro vingt-deux, qui a le numéro vingt-deux ?

Un type trapu tangua jusqu'à l'estrade.

— Moi, je prends cette caisse-là, dit-il en montrant un carton avec dix bouteilles de whisky.

Le numéro suivant fut le trente-quatre, et le type choisit une caisse de champagne.

— Est-ce qu'ils vont prendre tout l'alcool ? râla le vice-président. Les premiers prennent les meilleurs lots. On devrait recouvrir les cartons et les pointer du doigt.

— Pointer du doigt et découvrir ensuite ce qu'on a eu ?

— Oui, ça rajoute un peu d'adrénaline.

— D'accord !

Lennart tira la nappe de la table la plus proche, et fit voler les verres et les assiettes dans toutes les directions.

— Ça fera l'affaire, dit-il en la tendant à Tompa.

Le Génie et le Râteau tentèrent de battre en retraite avec le mannequin, mais sans succès. Il y eut un nouveau roulement de batterie et quand il s'interrompit, Tompa recouvrit toutes les caisses avec la nappe. La tension monta d'un cran.

Dès que le numéro gagnant fut annoncé, un type éméché monta sur scène, montra du doigt son lot et, dans la liesse générale, ouvrit les caisses. Chaque bouteille d'alcool fut accueillie par des cris et des hurlements. Petit à petit, d'autres lots furent distribués : des téléphones portables, un iPad, une carte cadeau pour un scooter électrique. Les invités n'en revenaient pas. Un type rasé de frais avec une queue-de-cheval montra un grand paquet sous la nappe, sortit le carton et arracha le ruban adhésif, brûlant d'impatience.

— Hein ? Des bas de contention ?

— Et alors, t'as perdu ton sens de l'humour ? s'empressa de dire Tompa.

Les rires fusèrent. L'instant d'après, quelqu'un beugla et Tompa se retourna. Lennart, le vice-président, avait lui aussi reçu un lot qui n'était pas vraiment à son goût : une canne pliable à fleurs.

— C'est censé être drôle ? éructa-t-il.

Tompa se précipita vers le batteur pour lui dire d'arrêter la loterie, mais le président des Hells Angels, Olle Marling, avait à son tour tiré un numéro gagnant. Comme il avait perdu une lentille de contact, il n'avait pas vu ce qui était arrivé aux autres et criait, tout content :

— J'ai gagné ! J'ai gagné !

— Ça dépend du numéro que tu as, répondit Tompa en essayant de le calmer un peu.

— C'est un numéro gagnant, je te dis, clama Olle Marling en arrachant le papier du plus grand carton qu'il avait trouvé sous la nappe.

Le Râteau et le Génie échangèrent un regard et, le mannequin toujours sous le bras, reculèrent encore un peu. Du coin de l'œil, ils observèrent le leader des Hells Angels plonger ses mains dans le carton et fouiller à l'intérieur... Il y eut d'abord un silence respectueux suivi de ricanements étouffés qui gagnèrent de plus en plus l'assemblée. Puis ce fut le fou rire général : il avait gagné un carton de cinq cents couches, modèle homme.

— Ah bon, t'as vu ton urologue ? lui lança une fille maquillée comme une voiture volée qui se trouvait à côté de lui.

— Qu'est-ce que tu racontes, bordel ? mugit-il en continuant à farfouiller dans le carton. Tiens, des gants de moto, juste ce qu'il me fallait !

Et il brandit des couches pour femme. C'en était trop. Tout le monde était plié en deux, ça faisait longtemps que les Hells Angels n'avaient pas autant ri !

Tompa pâlit et interrompit la loterie. Mais qu'est-ce qu'ils avaient volé chez les vieux ?

— Qu'est-ce que vous avez à vous marrer ? lança Olle Marling.

— Oh, c'était juste une blague, dit Tompa qui ne savait plus où se mettre.

Le président des Hells Angels sauta de la scène. Tompa parvint tout juste à l'éviter, mais le Râteau eut moins de chance.

— Une loterie de merde ! Vous trouvez ça drôle, vous ? Allez, file-moi la poupée ! Pas question de repartir d'ici les mains vides ! beugla-t-il en saisissant le mannequin et en se précipitant à l'extérieur.

Au passage, il bouscula si fort le Génie et le Râteau qu'il leur fallut un bon moment pour retrouver leur équilibre.

— Euh, à propos du mannequin..., s'époumonèrent-ils.

Mais Olle Marling ne les entendit pas. Avec Munin sous le bras, il se dirigeait déjà vers sa moto. Le Génie et le Râteau prirent congé en remerciant pour cette belle soirée et s'éclipsèrent le plus vite possible. Une fois sur le perron, ils eurent juste le temps d'apercevoir le président des Hells Angels disparaître à moto avec, attaché sur le siège arrière, le mannequin sans casque, un foulard rouge autour du cou flottant au vent.

Olle Marling fonça en direction de la ville. À proximité du local du club à Orminge, il oublia la limitation de vitesse. En quittant la route principale, il était à plus de cent à l'heure. Il s'en rendit compte trop tard, quand la police qui l'attendait plus loin lui fit signe de se ranger sur le bas-côté. Il poussa un juron et tenta de détourner la tête pour que le policier ne sente pas son haleine qui empestait l'alcool. L'agent éclaira son visage avec sa lampe de poche

— À ton avis, tu roulais à combien ?

— À cinquante, un peu plus peut-être.

— T'as de la chance que notre radar fasse des siennes, sinon tu aurais été bon pour un excès. Tu roulais au moins à cent à l'heure. Bon, souffle là-dedans ! dit le policier en lui tendant un alcootest.

— Mais c'est mon mois d'abstinence, bordel ! protesta Olle.

— Tu espères vraiment que je vais gober ça ? Allez, souffle !

— Merde, c'est quoi, ce moustique ! s'écria Olle en agitant les mains comme pour le chasser.

Le policier regarda autour de lui et, troublé, fit le même geste. Olle en profita pour se pencher et prendre un coup au visage.

— Oh, merde ! jura-t-il en faisant tomber par terre l'alcootest.

Aussitôt, il l'écrasa avec la roue avant de la moto.

— Qu'est-ce qui s'est passé ? demanda le policier. Ça y est, t'as soufflé ?

— Tu l'as fait valser avec ta main, répondit Olle en reculant pour ramasser l'appareil écrasé. Désolé, ce n'est pas ma faute, poursuivit-il en lui rendant l'alcootest écrabouillé.

— Alors on fera une prise de sang ! C'est quoi, ça ? Ta copine ne porte pas de casque. Pour ça, je peux déjà te coller une amende.

— Mais ce n'est qu'une…

L'agent avait déjà sorti son carnet…

— T'as qu'à voir par toi-même, bordel ! dit Olle en dévissant la tête.

Le policier manqua s'évanouir.

— On voit mal dans l'obscurité, marmonna-t-il en remettant son carnet dans sa poche.

Il ne pensait déjà plus à la prise de sang. Olle lui adressa un large sourire, remit la tête du mannequin en place et leva la main en guise de salut quand il reprit sa route.

30

Au commissariat de Kungsholmen, une porte claqua. C'était le commissaire Blomberg qui entrait dans son bureau en poussant des jurons. Mais qu'est-ce qu'ils avaient fabriqué, au labo ? Tous attendaient le résultat des analyses des taches de sang trouvées à l'extérieur de la Handelsbank en espérant que cela leur donnerait une piste pour l'enquête. Et maintenant ?

Pour commencer, ils avaient mis un temps fou à obtenir les réponses et au final… Sa main qui tenait le téléphone était moite.

— L'ADN d'un cheval ? Vous vous foutez de moi ? Je vous parle des échantillons de sang prélevés dans le cadre du braquage de la Handelsbank, pas des dernières analyses venant de l'hippodrome de Solvalla ! avait-il crié.

Une douce voix féminine l'avait prié de parler correctement, d'autant plus qu'il s'adressait à une femme. Ensuite elle lui avait expliqué ce qu'il en était du prélèvement, de la fiabilité de leurs tests et de tout le travail qu'ils avaient effectué sur les analyses. Elle parlait bien du sang retrouvé sur le trottoir devant la Handelsbank et non d'un autre. Avant de raccrocher, il avait la certitude qu'on le menait en bateau. Sans doute parce qu'il était un vieux policier de plus de 60 ans qu'on voulait faire marcher. Ils devaient se tordre de rire, au labo. Encore heureux qu'il fût bientôt à la retraite !

Très contrarié, il s'assit devant son ordinateur et repoussa une pile de dossiers. Il avait voulu quitter le bureau plus tôt tant il était en colère, mais sur le chemin, il avait croisé le chef de la brigade criminelle, le commissaire Strömqvist, qui lui avait confié des tâches supplémentaires ! L'enfoiré lui avait fait comprendre qu'il était obligé de revoir sa promesse comme quoi il acceptait son départ anticipé à la retraite. Il ne lui demandait pas ça de gaieté de cœur, mais ils avaient des affaires compliquées sur le dos et ils étaient déjà surchargés au bureau.

— Nous avons besoin de tout le monde, avait-il dit. Dès que l'enquête sur le dernier braquage sera résolue, nous pourrons reconsidérer ta demande.

Blomberg avait cru l'affaire de sa retraite réglée depuis longtemps. Et il n'aurait même pas droit à un mi-temps, puisque toutes les ressources devaient être engagées pour résoudre le hold-up de la Handelsbank. L'enquête était au point mort : malgré leurs indics, ils n'avaient absolument aucune piste. Si au moins on lui avait confié des dossiers qui exigeaient un peu de compétence, pesta-t-il. Mais il était chargé d'interroger des marchands de farces et attrapes et des quincailliers qui vendaient des pétards ! Comme si c'était son boulot ! Il n'avait pas oublié sa mésaventure quand il s'était rendu au magasin de Karlaplan. Certes, il avait oublié sa carte de flic, mais ce n'était pas une raison.

— Vous avez des pétards ?

— Non, pas à cette période de l'année. Mais nous avons des sachets de graines qu'on peut accrocher aux arbres pour les oiseaux...

— Je veux parler de pétards qu'on pourrait trafiquer pour mettre, par exemple, un peu d'explosif...

— Non, nous ne vendons que des pétards avec de la poudre.

La conversation n'aboutissait à rien et c'était désespérant de penser aux millions de pétards qui se vendaient en Suède pour fêter le Nouvel An. La seule piste, c'était une empreinte de chaussure dans la neige. Ça aussi, c'était bizarre. Le braqueur n'était quand même pas unijambiste ? De plus, la police n'avait pas réussi à installer à temps un périmètre de sécurité, de sorte que tous les habitants de Stockholm qui étaient passés par là avaient aussi laissé leurs empreintes...

Il prit un chocolat et essaya de se calmer. Le plus grand mystère concernait les deux victimes qui avaient disparu après l'explosion. Les témoins avaient vu du sang et deux blessés qui avaient été emportés par une ambulance, mais personne aux urgences des hôpitaux à Stockholm ou dans les environs n'avait accueilli le moindre blessé correspondant à cet événement. Heureusement, la police avait pu pratiquer un prélèvement d'ADN ; dès que le labo arrêterait ses petites plaisanteries, on devrait déboucher sur quelque chose.

Une rumeur circulait également à propos de personnes ensanglantées qui seraient montées dans un fourgon médicalisé. Mais le service des hôpitaux affirmait qu'aucun bus de ce genre n'avait circulé ce soir-là et selon l'armée, aucun véhicule ne manquait à l'appel. Chaque fois qu'il y avait un délit, on était inondé de fausses alertes. Blomberg soupira encore une fois. Il n'arrivait à rien, il avait besoin d'aide. Il allait réclamer à son chef des renforts. Quant à lui, il avait des choses tout aussi importantes à faire. Les millions qu'il avait détournés du compte de Las Vegas dormaient encore dans son ordinateur. Mieux valait utiliser l'argent avant qu'on puisse retracer le virement ou qu'un petit futé lui dérobe le pactole. Il n'avait pas l'intention de décaler le rendez-vous avec maître Birgerson de chez Beylings.

La pluie avait cessé et un souffle froid remontait du port. Les containers étaient encore mouillés et le bitume brillait. Blomberg frissonna et remonta son col.

— Voilà où on mettra tes achats. Pas mal, non ? lança l'avocat en montrant l'ancien atelier de réparation, plus bas, dans le port.

Il avait conduit Blomberg dans cette zone portuaire désaffectée où l'on prenait soin autrefois des bateaux de plaisance et des voiliers qui naviguaient dans l'archipel. Elle avait été remplacée par des hangars à louer. Le cabinet d'avocats avait un bail en cours.

— La plupart seront partis dans un mois environ, alors tu pourras louer à ton tour, dit Birgerson en indiquant au loin une dizaine de voiliers et une rangée de camions. Dès que tu auras les marchandises, on réglera les papiers, comme ça personne ne pourra remonter jusqu'à toi. Ensuite, quand tout sera plus calme, tu pourras vendre.

— Mais avec plus de deux cents millions de couronnes, ça en fera de la marchandise !

— Ne t'inquiète pas. Nous achèterons un Bénéteau Swift Trawler pour quatre-vingt mille, quelques hors-bord, de vieux bateaux et des yachts. Cela fera déjà quelques millions. Après on peut jouer aux courses, acheter une Rolls, des camping-cars et aussi des Porsche. Mais c'est vrai, ce sont des choses encombrantes. Pourquoi ne pas plutôt acheter des tableaux et des diamants ? Nous disposons aussi de pièces chauffées pour entreposer ce genre de biens. Dans ces affaires, il faut agir vite, mais on a toujours des problèmes avec les locataires, c'est pourquoi nous demandons une caution très élevée.

Le commissaire Blomberg s'appuya contre le mur, sortit un mouchoir et s'essuya plusieurs fois le front. Il avait le vertige. Birgerson parlait de millions comme si c'était du pop-corn, il semblait avoir complètement perdu le sens des réalités. C'était sans doute ce qui arrivait quand on ne pensait qu'à l'argent.

— On peut aussi acheter quelques Bentley et des Porsche..., balbutia Blomberg. Et c'est vrai, il y a forcément quelque chose à acheter en salle des ventes.

— Absolument. Il faut soutenir les arts.

— Mais qu'est-ce qui se passera s'il y a un cambriolage ou si ça brûle ? demanda Blomberg qui blêmit à l'idée qu'un incendie dans ces locaux qui sentaient l'essence réduirait à néant ses rêves de retraite dorée.

Birgerson ouvrit les portes des pièces chauffées, tout au fond du hangar, alluma la lumière et sourit :

— Un cambriolage ? Tu veux dire un cambriolage organisé ou un normal ?

Blomberg se passa la langue sur les lèvres.

— Je parle d'un cambriolage normal, ce qui se fait d'habitude.

Birgerson opina et, en appuyant légèrement sur un bouton, fit coulisser des étagères et des panneaux le long de rails peints en gris dans le sol.

— Incendie, vol ? Les assurances couvrent ça. Nous sommes les meilleurs clients de Folksams, dit-il en riant. L'arnaque aux assurances, ça ne date pas d'aujourd'hui.

Blomberg tressaillit. Il entrait dans un monde qui n'était pas le sien. Mais il était trop tard pour faire marche arrière.

— Nous prenons une caution de vingt-cinq pour cent pour les frais de gestion et de stockage, déclara Birgerson. D'un autre côté, ça t'évite les impôts et les questions indiscrètes, on se charge de tout. Comme je l'ai dit, ce sera une bonne affaire pour chacun de nous. Ce que tu entreposeras ici sera en sécurité.

Nous avons des gardiens et la zone est protégée par un système d'alarme.

Lorsque Blomberg rentra chez lui cet après-midi-là, il avait poussé le son de la radio à fond dans sa voiture et chantait « *My Way* » avec Frank Sinatra. Sa rencontre avec Birgerson s'était finalement bien terminée. Après la visite au port, ils avaient passé en revue encore une fois tous les détails dans le bureau de l'avocat. Il l'avait briefé sur l'achat de voitures et de bateaux adéquats dans ce genre de transaction, ainsi que pour investir dans des artistes connus dont la cote ne faisait que monter. Quand il revendrait, le cabinet transférerait l'argent à différents comptes dans le New Jersey et aux Caraïbes. C'était donc ainsi que procédaient les types qui s'y connaissaient. Blomberg rit tout haut. Après ce coup-là, il n'aurait plus jamais de problèmes d'argent. Le moins qu'on puisse dire, c'est qu'il avait su tirer profit de sa formation en informatique...

Il regagna son appartement et retrouva un Einstein miaulant et affamé. Il avait eu le temps de réfléchir. Puisqu'il avait désormais tellement d'argent, pourquoi ne pas en faire un peu profiter ceux qui en avaient besoin ? Il suffisait de voir le nombre de mendiants dans la rue... Il prit une boîte de nourriture pour chat mais s'arrêta en remarquant l'étiquette avec le prix au rabais. Il achetait toujours les boîtes en promotion, mais la date de péremption était dépassée. Pourvu qu'Einstein ne fasse pas le difficile ! Il déposa quelques cuillerées sur une assiette et remplit d'eau la gamelle à côté. Le chat releva sa queue, tout content, s'approcha de la nourriture en gelée mais fit demi-tour immédiatement. *Quel chat impossible*, pesta Blomberg. Il ne savait quand même pas lire les étiquettes !

Il repensa à ses projets. Pourquoi donner les revenus pour lesquels il avait travaillé toute sa vie ?

Non, c'était absurde. Il allait prendre les choses calmement, faire fructifier son capital et rivaliser avec les types les plus fortunés.

De bonne humeur, il alla dans sa chambre en savourant à l'avance la bonne nuit qu'il allait passer. Einstein s'était couché dans son panier. Blomberg bâilla, enfila son pyjama et se prépara à se glisser sous la couette. Mais il s'arrêta net : un petit monticule de vomi l'attendait sur son oreiller. C'était la petite vengeance d'Einstein. Sa nourriture de la veille était aussi en promotion.

31

Il était temps d'agir : le gang des dentiers n'avait plus d'argent. Contrainte d'informer ses amis de l'urgence de la situation, Märtha avait choisi, pour adoucir le choc, un des meilleurs salons de thé de Stockholm : Delselius à Gustavsberg. Les mauvaises nouvelles devaient être annoncées quand les gens avaient le ventre plein et l'esprit léger. César lui-même l'avait dit de son temps.

Cheesecake avec un fond d'épeautre, tarte hollandaise au chocolat, forêt-noire classique et, pour couronner le tout, de grosses parts d'une *merveilleuse* tarte aux fraises. Märtha dévora des yeux toutes ces bonnes choses, mais les soucis lui avaient coupé l'appétit. Elle avait l'estomac noué. Elle regarda les autres boire du café et manger des gâteaux, mais ne put avaler une miette. À la fin, n'y tenant plus, elle posa sa tasse et déclara d'une voix dont elle s'efforçait de maîtriser le tremblement :

— Je sais que ça va être un choc pour vous, mais les caisses sont vides. Il ne me reste plus d'argent. Plus du tout.

— Que dis-tu ? Plus d'argent ? Ce n'est pas possible, protesta le Râteau en repoussant sa part de tarte aux fraises à moitié mangée. Personne n'a piqué autant de fric que nous, en si peu de temps. Non, l'argent ne peut pas avoir disparu, c'est inconcevable !

— Chut ! fit Stina en jetant un regard inquiet autour d'elle.

Märtha se força à sourire et tripota sa serviette en papier.

— Je suis vraiment désolée, mais voilà où nous en sommes. Il est clair que nous n'oublions pas le sac de golf ni les sommes qui se sont volatilisées sur Internet, nous allons faire en sorte d'en récupérer une partie... mais... hum... nous avons besoin de liquidités.

La situation était effectivement critique. Ils n'avaient plus le mannequin et l'argent de Las Vegas n'avait toujours pas été retrouvé. Lors de ses visites au nom de l'aide sociale, Märtha avait pu constater des coupes dans les budgets des maisons de retraite. Pour économiser les dépenses d'électricité, les responsables avaient supprimé une lumière sur deux dans les couloirs. Märtha en avait été si choquée qu'elle avait aussitôt demandé à Anna-Greta de commander dix cartons de lampes de cent watts qu'Emma fut chargée de leur distribuer. Mais les lampes n'étaient qu'une goutte d'eau. Il restait beaucoup de choses à améliorer. Märtha revint à la charge :

— Il est temps de se remettre à l'œuvre. L'argent qu'on nous a volé ne reviendra pas tout de suite et nous ne pouvons pas attendre d'en retrouver la trace. On est obligés d'aller puiser dans le tiroir-caisse, maintenant !

Jusqu'ici, tous sauf Märtha avaient mangé de bon appétit, mais désormais l'ambiance était gâchée. Personne ne toucha aux viennoiseries et le Râteau fut incapable de terminer sa tarte aux fraises.

— Ce n'est pas notre seul problème, enchérit le Génie qui parla de la poudre blanche cachée au dos des photographies.

— De la poudre blanche ? s'étrangla Märtha. Et en plus, les Hells Angels ont emporté nos cinq millions… Mais, si j'ai bien compris, tu leur as dérobé de la drogue par inadvertance ?

— On peut dire ça comme ça, admit le Génie en rougissant. Ce n'était pas vraiment du vol, c'est juste que je n'ai pas pu résister à une belle photo de mon ancienne moto.

— Tu dois vite aller la rapporter. Ce n'est pas bien de voler ! dit Märtha sur un ton très déterminé.

— Je ne sais pas si on est vraiment bien placés pour dire ça, marmonna le Râteau.

— Bah, nous ne faisons que prendre aux riches pour redonner aux pauvres, objecta Märtha. Et nous ne prenons même pas de frais de commission.

— Nous ne prêtons pas non plus d'argent, fit remarquer le Génie, qui à la pensée de tous les billets de banque cachés à l'intérieur du mannequin se renfrogna.

— En plus, on manipule de l'argent pour de vrai, pas des actions, des stock-options ou que sais-je encore. Il faudrait juste qu'on apprenne aussi à ne pas le perdre, soupira Anna-Greta.

Märtha acquiesça, saisit la cafetière et remplit les tasses. Elle s'était chargée de la direction du groupe, alors autant qu'elle fasse en sorte qu'ils s'amusent un peu. Quel dommage qu'elle eût de si mauvaises nouvelles à leur apprendre ! Mais elle avait le chic pour toujours finir sur une note positive. En l'occurrence, sur un semblant de solution. Le Génie et elle s'étaient entretenus à ce sujet. La veille au soir, ils avaient envisagé différentes manières de sortir de cette situation précaire. Ils avaient même échafaudé un plan. Quant à la poudre blanche que le Génie avait prise par erreur, elle préférait pour l'heure ne pas y penser. Pourquoi ne pas dire, avec la finesse et la diplomatie qui la caractérisaient, quelque chose du genre : « Mes chers amis, vous avez fait du bon travail, malheureusement il va falloir remettre ça et faire un nouveau coup. Le plus grand de tous. » Mais elle n'osait pas. Pas encore. Elle posa sa serviette en papier et se racla la gorge.

— Écoutez, la situation... oui, comme je l'ai dit tout à l'heure, nous sommes vraiment à court de liquidités.

— Pas étonnant avec tout ce qu'on dépense ! Soit nous gaspillons l'argent, soit on nous le vole, constata Stina. Peut-être que notre chère Lillemor sait où il se trouve ?

Le Râteau fit mine de ne pas avoir entendu.

— En réalité, nous avons perdu plus que nous ne croyons. Les lots que les Bandangels ont distribués à la tombola étaient nos dernières commandes, dit Anna-Greta.

À ces mots, tous éclatèrent de rire, car le Râteau et le Génie leur avaient raconté les mésaventures désopilantes de certains bikers à l'ouverture des cartons.

— Si vous aviez pu voir la tête d'un des leaders quand il a brandi ses couches pour dames !

— En comparaison avec tous les millions qui ont disparu, nous n'allons pas faire tout un plat pour quelques lots, dit Märtha. Le mannequin, c'est autre chose !

Restée silencieuse un moment, Anna-Greta ne put se retenir plus longtemps. Elle posa sa tasse de chocolat chaud et avala sa dernière bouchée de tarte à la fraise.

— Jamais, vous entendez, *jamais*, pendant tout le temps où j'ai travaillé à la banque, je n'ai vu une telle escroquerie !

— Tu sais, pendant la crise financière, les pertes ont été dix millions de fois plus élevées. Toutes proportions gardées, ceci n'est rien à côté, rappela Gunnar.

— Sans compter que les billets ont une fâcheuse tendance à s'envoler, tandis que les lingots d'or..., ajouta Märtha en pensant déjà à leur prochain braquage.

— Si tant est qu'ils ne partent pas à moto, ajouta le Génie.

— On devrait peut-être contracter un emprunt, suggéra Anna-Greta. Avec un taux d'intérêt faible...

— *Contracter un emprunt*, tu es folle ! s'exclama le Râteau. Ça, pour le coup, c'est vraiment du vol !

— « Qui est endetté n'est pas libre », renchérit Stina en citant une phrase de l'ancien Premier ministre qui l'avait marquée. D'ailleurs, emprunter c'est bien, voler c'est mieux. Surtout quand il s'agit d'or.

— Exactement. L'or ne disparaît pas aussi facilement que des diamants ou de l'argent liquide, fit Märtha en guettant la réaction des autres. Je pensais que...

— Tu n'as pas pensé à acheter plutôt du pétrole ? l'interrompit le Râteau. Au moins, on aurait la paix entre deux livraisons.

Märtha ne put s'empêcher de rire, mais retrouva rapidement son sérieux.

— De l'or ou du pétrole, c'est la même chose. Avant de nous retirer, il faut que nous récupérions les cinq cents millions de Grindslanten. Nous étions d'accord sur ce point. Depuis la dernière fois, j'ai réfléchi à un nouveau coup.

— Je croyais qu'on était venus ici pour se détendre, protesta Stina en léchant la crème Chantilly aux coins de ses lèvres.

— Elle a raison, on ne va quand même pas braquer une banque par semaine ! s'écria le Râteau.

— Chut ! fit Stina, excédée, pour la seconde fois.

— Et notre argent qui est resté dans la gouttière, est-ce qu'on ne pourrait pas essayer de le récupérer ? hasarda Anna-Greta.

— On ira le récupérer à l'occasion, mais pour l'heure, on a besoin de beaucoup plus. De plusieurs centaines de millions. Et j'ai une idée formidable...

— Ça ne va pas recommencer, gémit le Râteau.

— Si on réussit ce coup-là, on pourra se reposer pour le restant de nos jours, dit Märtha en baissant la voix, et en plus nous aurons rendu service à la société.

— Tu ne crois pas que tu t'imposes des tâches trop lourdes, ma petite Märtha ? demanda le Génie en lui caressant la joue.

— Quand l'État ne pense qu'au produit national brut et à la croissance en oubliant les hommes et les femmes, il faut bien intervenir, répondit Märtha d'un ton ferme. Et le fait est qu'avec un minimum de travail, nous pouvons aider un maximum de personnes exclues. Croyez-moi, le coup auquel je pense sera très amusant à faire.

— Comme disait Margaret Thatcher : « L'argent ne tombe pas du ciel, il faut le gagner sur terre. » Tu as raison, Märtha, nous devons travailler, reprit Stina.

— Tout à fait. L'oisiveté n'est pas la solution, et comme nous allons porter de lourdes charges, il faudra intensifier l'entraînement, répondit Märtha. La gymnastique n'a jamais fait de mal à personne.

— Le whisky non plus, marmonna le Râteau.

— Tu ne nous lâches pas, hein ? dit le Génie en croisant les mains sur son ventre. Encore de la gymnastique ? Tu sais, on n'est plus tout jeunes, on se fatigue vite…

Pourtant, le Génie, on en a parlé hier ! songea Märtha qui regarda tour à tour ses amis.

Ils faisaient grise mine et elle décela les signes d'une rébellion naissante. Il s'agissait de manœuvrer habilement.

— Nous ne sommes pas obligés de faire du sport et de manger de la salade tous les jours. On peut très bien venir ici plus souvent pour déguster des gâteaux.

— Parfait, répondirent-ils tous d'une seule voix en reprenant chacun une viennoiserie.

Märtha fixa sa tasse de café : elle comprenait qu'elle devrait désormais se montrer plus diplomate si elle voulait entraîner les autres. Car elle n'avait nullement l'intention d'abandonner le combat. Tant que les grands noms de la finance encaissaient des bonus sans aucune contrepartie sur le marché de l'emploi et le partage des richesses, elle continuerait à franchir la ligne rouge. « Notre délit, votre plaisir ! » serait sa devise.

Au moment où Märtha se détendait et envisageait de rentrer pour prendre un bain bien chaud suivi d'un moment de repos dans le canapé avec un bon livre, le Râteau s'éclaircit la voix :

— Je refuse de participer à un autre braquage, tant que nous n'aurons pas vérifié si l'argent se trouve toujours dans la gouttière.

Le lendemain fut un jour venteux et pluvieux, ce qui n'empêcha pas le gang d'aller faire une reconnaissance au Grand Hôtel. Tous auraient été ravis de pouvoir récupérer le butin, mais si le Râteau échouait, cela aurait des conséquences pour tout le monde. Mieux valait le soutenir. Stina appela un taxi et demanda au chauffeur de les déposer à l'hôtel. Mais dès le pont de Skeppsbro, ils se heurtèrent à une patrouille de police. Le chauffeur ralentit.

— Je regrette, mais on ne peut pas aller plus loin, expliqua-t-il.

— Comment ça ? Amenez-nous devant l'entrée ! insista le Râteau.

— Malheureusement, ça ne passe pas. La rue est barrée, répondit le chauffeur en se garant sur la place du marché Karl XII.

— Vous ne pouvez vraiment pas vous approcher un peu ? On n'a pas envie de faire le marathon de Stockholm par ce temps, grommela le Râteau.

— C'est bloqué, je vous dis. Il y a une visite de chef d'État. Mais vous pouvez y aller à pied, cela vous fera un peu d'exercice.

— D'exercice ? Encore ! maugréa le Râteau en sortant du taxi. C'est quoi, cette société d'accros au sport ? On ne peut donc jamais avoir la paix dans ce pays !

Ils commencèrent à marcher en direction de l'hôtel. En s'approchant du Strömkajen, ils virent le périmètre de sécurité et des gardes qui patrouillaient avec des gilets pare-balles et des talkies-walkies.

— Qu'est-ce qu'on fait si un de ces gardes trouve le pactole… ? hasarda Stina d'une voix tremblante.

— Et mes collants, compléta Anna-Greta tout bas.

Ils s'avancèrent lentement en cherchant un moyen de passer les cordons de sécurité. Mais quand ils eurent rassemblé tout leur courage et trouvé une solution pour contourner les vigiles, la façade s'illumina. De puissants projecteurs éclairèrent tout l'hôtel, jusqu'au trottoir et au Musée national.

— Oups, je ne pense pas qu'aujourd'hui soit le bon jour pour grimper à la gouttière, fit Märtha.

— Ce ne serait pas très discret, en effet, remarqua Stina.

— Le Râteau, tu sais quoi ? J'ai acheté un nouveau jeu vidéo. Et si on rentrait à la maison pour le tester un peu plutôt que de rester là ?

Cette fois, aucune des femmes ne protesta. L'important était que le Râteau rentre avec eux. Et Märtha devait réfléchir à leur prochain coup. Le plus gros de tous.

32

Jörgen Smack s'avança dans l'allée le sécateur à la main. Il était temps de tailler le massif de lilas autour du terrain si on voulait qu'il forme une jolie haie en été. Cela les protégerait des curieux. Au moment de lever le sécateur, il aperçut Tompa qui jetait un œil dehors avant de quitter discrètement la villa de Lillemor et de rejoindre la rue. Jörgen fronça les sourcils. Qu'est-ce qu'il foutait encore chez elle ? Ces derniers temps, il s'était rendu plusieurs fois chez la voyante et il en sortait toujours le sourire aux lèvres. Mais il n'avait jamais soufflé mot de ses visites. Il était vraiment devenu bizarre.

Jörgen repensa à cette tombola absurde et à la manière dont son pote avait chassé malgré lui le président des Hells Angels, Olle Marling. Heureusement que le mannequin lui avait sauvé la mise. S'il n'avait pas réussi à l'avoir, autant dire adieu au rêve que les Bandangels deviennent un jour membres à part entière des Hells. Cette perspective le faisait saliver. Et s'il voulait que ça marche, Tompa avait intérêt à laisser tomber cette voyante. Jörgen s'approcha du portail.

— Tompa ! Mais qu'est-ce que tu fous, bordel ?

Son copain s'arrêta net et rougit. Son tatouage devint violet.

— Comment ça ?

— T'es tout le temps fourré chez cette bonne femme.

— Moi ? Mais qu'est-ce que tu racontes ? Elle est cool.

— Mais on est des Bandangels !

Pris sur le fait, Tompa se redressa. Lillemor l'avait entraîné dans les arcanes du jeu de tarot. Elle l'écoutait avec attention et semblait s'intéresser à lui. Ce n'était pas rien pour lui, qui avait toujours eu des difficultés avec les femmes. Il pensa à Helena dont il avait été si amoureux qu'il avait fait inscrire son prénom sur son poignet ; malheureusement, le tatouage n'avait pas eu le temps de cicatriser qu'elle avait déjà fichu le camp avec un autre. Ce n'était pas qu'il n'aimait pas les femmes, mais il manquait d'assurance avec elles. Il préférait la compagnie des dames plus âgées, comme sa mère par exemple, ou Lillemor. Mais il n'osait évidemment pas le crier sur les toits. Comment avouer que lui, un Bandangel, était sensible aux charmes d'une femme de 60 ans qui aurait pu être sa mère ! À plusieurs reprises, elle lui avait offert un café et des gâteaux, lui avait tiré les cartes. C'était passionnant de l'écouter lui prédire son avenir. Elle lui avait même tricoté une paire de moufles en laine et donné des petits cadeaux. Du moment que Jörgen n'en savait rien... Tompa se gratta la nuque et réfléchit à l'excuse qu'il allait pouvoir trouver.

— Mais t'as pas compris, Jörgen ? À la fête, Olle Marling m'a dit que les Hells Angels avaient besoin de plus de terrains pour leurs affaires. Le racket, tu sais. Si on leur en propose un, ce sera plus facile ensuite pour nous d'intégrer leur gang. Mais d'abord, faut trouver le terrain. C'est pour ça que j'ai cherché à avoir mes entrées chez Lillemor. Sa propriété peut être morcelée.

— Ah bon, c'est pour ça que t'es toujours fourré chez elle ?

Tompa fit oui de la tête. Il avait toujours su mentir.

— Bien sûr. Il faut leur montrer qu'on a de l'ambition.

— Combien elle demande pour son terrain ?

— Faut compter dans les sept millions. Mais si tout le monde participe, peut-être que ça peut marcher.

Jörgen tailla la haie tout en réfléchissant. Lors de la fête, Olle Marling lui avait fait comprendre que les Bandangels devraient exécuter pas mal de missions pour eux s'ils voulaient espérer être rattachés aux Hells Angels. Il avait carrément demandé leur aide. L'argent du racket ne leur avait pas été versé et il s'agissait désormais de le récupérer par la manière forte. Jörgen savait ce que ça voulait dire. Si les Hells Angels ne faisaient pas rentrer l'argent, ce serait aux Bandangels de s'en charger. Et si leurs affaires stagnaient, Tompa avait raison de faire des projets.

— Nous pourrions racheter le terrain de Lillemor et pourquoi pas celui des vieux croulants dans l'ancienne villa du grossiste. Ce serait encore mieux, poursuivit Tompa. Un peu de chantage sur le pépé bricoleur et sa bande pour les obliger à vendre. Tu te rends compte, Jörgen, tout ce coin, ça pourrait être à nous !

— Ouais, ce serait génial. Pourquoi ne pas commencer par les vieux ? Ils ont un terrain beaucoup plus grand. Ça sera un jeu d'enfant de les entuber.

Ils se turent et réfléchirent à la manière de s'y prendre. Ils ne manquaient pas d'idées.

33

— Mon Dieu, un agent des douanes ! Qu'est-ce que vous voulez que j'en fasse ? J'avais demandé des renforts, pas un novice à qui je dois tout apprendre, pesta le commissaire Blomberg avec un geste d'impuissance.

— Ça ira, tu vas voir, répondit Strömqvist, son patron, avant de quitter la pièce.

La porte refermée, Blomberg jura tout haut. Il avait réclamé de l'aide sur l'affaire du braquage de la Handelsbank et voilà qu'on lui envoyait un douanier au chômage. Un imbécile incompétent qui s'était fait renvoyer des services de douane à l'aéroport d'Arlanda après avoir détourné de la marchandise destinée à être détruite. Et Strömqvist s'imaginait que cet idiot allait lui apporter un nouvel éclairage sur l'enquête ? Et puis quoi encore ! Le braquage était une grosse affaire, il ne s'agissait pas de gamins qui avaient piqué des bonbons à la boulangerie du coin ! Trois coups frappés à son bureau vinrent interrompre ses pensées et, avant qu'il puisse dire « Entrez », la porte s'ouvrit et un homme d'âge mûr aux cheveux bouclés, aux joues roses et à la mise élégante, pénétra dans la pièce.

— Commissaire Blomberg, je présume. Je me présente : Sven Carlsson, à votre service, déclara-t-il avec un bref petit rire sonore.

— Oui, nous sommes censés travailler ensemble, répondit Blomberg en indiquant de la tête la chaise posée de l'autre côté de son bureau. Tu veux donc travailler dans la police ?

— Oui, je veux donner un nouvel élan à ma carrière. À Arlanda, j'ai tout connu, des trafiquants aux escrocs en passant par les dealers, alors j'ai pensé que la police pourrait se servir de mes connaissances.

— Tu penses que *nous* pourrions avoir besoin de *tes* connaissances ?

— Exactement, et comme nous allons partager ce bureau, j'ai pensé…

— Quoi ? Partager ce bureau ? répéta Blomberg, le visage empourpré.

Lui à qui on avait foutu la paix jusqu'ici ! Comment ferait-il pour ses transferts d'argent ? Certes, il n'y avait pas eu de nouvelles sommes en provenance du compte de Las Vegas, mais il fallait qu'il vérifie avec ses contacts chez Beylings. Blomberg pinça les lèvres.

— Eh bien, tu demanderas un ordinateur et un peu de mobilier.

— Tout est déjà arrangé. Ça va être super de travailler ensemble. Notre supérieur m'a dit que tu allais m'apprendre le métier.

— Il a dit ça ?

Blomberg se retint d'exploser. Non seulement on l'empêchait de prendre sa retraite, mais on lui mettait un incompétent dans les pattes et on lui demandait de le former ! Il n'y avait qu'une solution : envoyer le type sur le terrain. Il sortit son classeur.

— Le braquage de la Karlavägen, tu sais…

Le visage de Carlsson s'illumina.

— Le braquage de la Handelsbank, whaou ! Ça me convient parfaitement.

— Familiarise-toi avec le dossier. Nous avons besoin de savoir quel genre de pétards les magasins de Stockholm vendent pour le Nouvel An.

— OK, pas de problème.

— Rédige-moi un rapport. Et quand tu auras terminé, j'aurai autre chose à te demander.

— Magnifique !

Blomberg haussa les sourcils. Sur quel numéro était-il tombé ? Peut-être pouvait-il lui refiler toutes les corvées ?

— Et nous voulons savoir combien de chaussures de la marque Oldvan se sont vendues à Stockholm les six derniers mois.

— Magnifique ! Je vais te trouver ça en moins de deux !

— Tu trouves ça « magnifique » ?

— Et comment donc !

Blomberg se cala dans son fauteuil. Finalement, ce n'était pas une si mauvaise idée de récupérer cet assistant un peu replet. Il lui confierait toutes les corvées, ainsi il pourrait se consacrer à des tâches plus importantes, comme celle de remplir l'entrepôt portuaire de Beylings.

— À propos, Carlsson, tu veux un café ? Comme ça, tu pourras lire tranquillement le dossier sur l'enquête avant d'aller faire un tour aux magasins Järnia.

Le lendemain, quand Blomberg arriva au travail et suspendit son manteau et son chapeau, il n'était pas bien réveillé. Il avait passé une partie de la nuit à cogiter sur le braquage de la banque. Il se frotta le visage, bâilla et d'un pas lent, se rendit à son bureau. Il s'arrêta sur le pas de la porte et écarquilla les yeux. Au début, il crut à une hallucination, mais il ne rêvait pas.

— C'est quoi, ça, bordel ! bredouilla-t-il.

Son bureau avait été entièrement réaménagé. Ses meubles en pin occupaient la moitié de la pièce tandis que ce crétin de Carlsson avait pris ses aises. Tout sourires, l'agent des douanes l'accueillit confortablement assis dans un fauteuil mauve avec repose-pieds, sous une lampe de lecture tubulaire et turquoise. À côté, se dressait un bureau moderne ajustable, avec un plateau bleu foncé surmonté d'une lampe blanche en papier de riz. Un tapis gris et noir avec un motif de tulipes bleues couvrait le sol et à la fenêtre pendaient à présent des rideaux aux imprimés de fleurs et végétaux dans les mêmes coloris. En gros, pas un espace n'était épargné par les motifs floraux.

— Magnifique, n'est-ce pas ? Je trouvais qu'il fallait égayer un peu tout ça. Ça donne la pêche, non ? dit Carlsson.

— Ce n'est pas l'expression que j'emploierais, grommela Blomberg.

— Tu aimerais peut-être toi aussi des fleurs coupées sur ton bureau ?

— Ah, surtout pas !

— Qu'est-ce que tu penses des couleurs ? Tu ne trouves pas qu'elles vont bien ensemble ? reprit Carlsson.

— Les couleurs ?

— Tu aurais peut-être préféré que tout soit rouge ?

— Tu sais, on est surtout là pour travailler.

— Naturellement. Je n'arrivais pas à dormir cette nuit, alors j'ai fait la liste de tous les revendeurs de pétards et de chaussures de la marque Oldvan en Suède, poursuivit Carlsson en feuilletant une liasse de documents.

— Ah bon ? Et alors ? demanda Blomberg en s'asseyant.

— Je crois que ça nous donne un certain nombre de pistes. C'est passionnant. On devrait pouvoir arrêter les malfaiteurs rapidement.

— Et qu'est-ce qui te fait croire ça ?

— Il suffit de vouloir très fort quelque chose pour que ça marche, tu ne crois pas ? répondit l'agent des douanes avec un immense sourire en essuyant une miette de gâteau au coin de ses lèvres. Au fait, je voulais te demander un service. J'ai emporté un aquarium. C'est un peu difficile à transporter tout seul sans que ça éclabousse partout…

— Quoi ? Tu veux qu'on ait des poissons aussi ?

— Mais, tu verras, Blomberg, c'est fou comme ça calme les nerfs.

« Ça calme les nerfs » ! Blomberg inspira profondément et voulut expliquer à ce crétin qu'il n'était pas question que… La fatigue l'emporta.

— OK, va pour les poissons rouges.

34

Au bas de l'escalier, l'or les attendait. Les plans pour le grand cambriolage prenaient forme et, comme pour tous les coups précédents, le gang des dentiers devait d'abord partir en reconnaissance. Le Musée historique était un grand bâtiment avec de nombreuses salles d'exposition, où il s'agissait de ne pas se perdre. Chacun devait savoir exactement ce qu'il avait à faire.

Ils achetèrent leurs tickets d'entrée et se dirigèrent d'un pas résolu vers la salle du trésor. Ils s'arrêtèrent un instant en haut des marches pour s'imprégner de l'atmosphère solennelle qui se dégageait des lieux, avant de s'agripper à la rampe et de descendre. Une lumière rouge éclairait l'escalier qui menait à la pièce ronde où était exposé le trésor et, un court instant, Märtha se dit qu'elle n'avait pas envie de commettre un larcin ici. Mais elle se ressaisit. Même les gangsters doivent parfois se forcer. Ils n'avaient pas réussi à récupérer l'argent caché dans la gouttière, alors ils étaient bien obligés de se remettre au travail.

— Regarde comme c'est beau ! Ça rend heureux de voir quelque chose d'aussi exceptionnel. On peut dire que les architectes ont vraiment fait du bon travail, commenta Anna-Greta à mi-chemin dans l'escalier.

Dans sa jeunesse, elle avait étudié l'histoire de l'art et appréciait les lieux à leur juste valeur.

— Tous les architectes ne sont pas nés dans un rectangle, dit Märtha.

— Les constructeurs d'aujourd'hui qui n'ont pas un brin d'imagination feraient mieux de se contenter de jouer au Lego, ça ferait moins de dégâts, soupira Gunnar.

— Ou de collectionner des timbres, compléta le Râteau.

Arrivée au bas de l'escalier, Anna-Greta marqua une pause.

— Une question : comment ferons-nous pour remonter toutes ces marches avec l'or et tout le reste ?

— Pas de problème : on prendra l'ascenseur réservé aux handicapés, répondit Stina.

— Chaque salle publique possède un plan d'évacuation, précisa le Génie en montrant un croquis au-dessus de la salle du trésor.

Il sortit son téléphone portable et le photographia.

— D'ailleurs, allons-nous utiliser à nouveau des fauteuils roulants électriques ? Je pense qu'en bossant dessus, je devrais pouvoir les rendre encore plus performants.

— On n'est peut-être pas obligés de s'enfuir du musée dans la précipitation, marmonna le Râteau.

— Il y a ici plus de cinquante kilos d'or et deux cent cinquante kilos d'argent. Voyons voir, le prix du lingot d'or d'un kilo est autour de trois cent mille couronnes, sinon davantage. Ce qui fait, au bas mot, quinze millions, sans compter le reste, annonça gaiement Anna-Greta. En réalité, il nous en faut plus, cela n'est pas assez si nous voulons vraiment améliorer la situation des plus démunis.

— Je sais, mais je pensais aussi faire un peu de chantage, expliqua Märtha, histoire de récupérer quelque chose comme cinq cents millions. L'État ne peut quand même pas abandonner les reliques du passé de la Suède...

— Tu ne sais pas de quoi ils sont capables, dit le Râteau.

— Mais comment allons-nous accéder à l'or ? demanda Stina. Il faut d'abord qu'on réussisse notre coup.

La question resta en suspens, tandis que les cinq se promenaient dans la pièce. Dans les vitrines étaient exposés de gros bracelets et plastrons ouvragés, dans l'or le plus pur, entourés de pièces et de colliers. Cela brillait de mille feux.

— Vous avez vu ? s'écria le Râteau en montrant un casque qui avait été retrouvé dans l'église de Vendel dans l'Uppland.

Une crête en bronze remontait du bas de la nuque jusqu'en haut du crâne avant de retomber au-dessus des orbites en formant des dragons sur le front.

— Splendide, renchérit le Génie.

Ils firent plusieurs fois le tour de la salle et lurent les panneaux explicatifs sur les personnes qui, en labourant, avaient découvert ces trésors. Cela suscita chez eux les rêves les plus fous. Märtha repensa au champ de colza chez elle, à Österlen, où elle jouait, enfant, et se demanda s'il n'y avait pas d'or caché dans la terre, tandis que Stina essayait de calculer combien d'or provenait de Jönköping. Le Râteau évoqua la possibilité de faire l'acquisition d'un détecteur de métaux pour déterrer l'or et l'argent des tombes sur l'île de Gotland.

Après avoir fait un dernier tour de la salle, ils se rendirent à la cafétéria et, en chemin, Märtha poussa un cri qui les fit se retourner. Elle attendit qu'un homme plus âgé passe devant elle puis réunit sa bande devant la plus grande pierre originaire de Gotland. Elle datait de l'époque des Vikings et avait été retrouvée à Ardre. Elle comportait plusieurs bas-reliefs sculptés. L'on voyait Sleipner, le cheval à huit jambes d'Odin, un bateau viking, la voile déployée, et quelque chose qui ressemblait à la force de Volund. Märtha se tenait le ventre et émettait de drôles de sons. Tous la regardèrent, inquiets.

— Qu'est-ce qui t'arrive, ma petite Märtha ? s'enquit le Génie.

— Tu t'es cogné quelque part ? Tu te sens mal ? insista Anna-Greta.

— Mais non, hoqueta Märtha entre deux rires. Ça y est, je sais maintenant exactement comment on va s'y prendre ! Le Génie, aurais-tu la gentillesse de nous photographier tous ensemble devant cette pierre ?

Le Génie sortit son iPhone, fit quelques grimaces pour les faire rire et appuya sur la touche.

— Pourquoi une photo précisément ici ? demanda-t-il.

— Où, sinon, commettre le hold-up le plus gonflé du siècle ? répondit Märtha.

Après la visite du musée, ils se rendirent en taxi à la Maison de la culture où ils s'assirent à la cafétéria au quatrième étage. À l'extérieur, les gens se pressaient sur la place Sergel. C'était un défilé ininterrompu de voitures qui tournaient autour de la fontaine avec l'obélisque en verre d'Edvin Öhrström au centre. C'était un lieu agréable, une heure à la Maison de la culture équivalait presque à de petites vacances. Malheureusement, on n'y servait ni gaufrettes ni liqueur de mûres arctiques et, quand leur taux de sucre était bas, leur humeur s'en ressentait.

— On va vraiment voler tout cet or ? s'étonna Stina en laissant son regard flotter par la grande baie vitrée, tandis qu'elle sortait de son sac à main son rouge à lèvres et son poudrier. N'est-ce pas commettre un péché ?

— Tu ne crois pas que ça vaut la peine de se donner un peu de mal pour récupérer trois cents kilos du plus beau métal ? répliqua Märtha. J'espère que l'État paiera cher pour retrouver son patrimoine culturel !

— Sauf que la salle du trésor ressemble à un bunker, on n'y entre pas comme dans un moulin, dit le Génie.

— Qui a dit que nous allions entrer par effraction ? Non, nous allons procéder avec élégance et raffinement.

— Tant mieux. Pas de charges explosives, cette fois-ci. Je commençais à m'inquiéter.

— Voyons, n'oublie pas qu'il s'agit d'objets qui ont une grande valeur historique, rappela Märtha.

— Mais comment allons-nous les revendre ? voulut savoir Anna-Greta. Vous êtes sûrs que nous nous en sortirons ?

— Évidemment. Il faut alimenter notre compte de toute façon, sinon autant dire adieu tout de suite à nos projets de bienfaisance. Non, nous ne laisserons pas un jour de plus les personnes âgées vivre dans de telles conditions. Avec l'aide sociale, les sans-abri, l'école, la culture... Il y a de quoi faire !

— On n'est pas non plus obligés de venir en aide à tout le monde, Märtha. Je sais bien que tu veux sauver la terre entière, mais..., soupira le Râteau.

— Pas question de battre en retraite avant d'avoir été au bout de notre projet, déclara le Génie. Märtha a raison.

— Sauf que moi, je n'ai aucune envie de finir derrière les barreaux, objecta Stina, très sérieuse. Vous vous imaginez si on était mis au pain et à l'eau et qu'on doive vivre au milieu de prisonniers plus sinistres les uns que les autres ?

— La prison, ce sera toujours mieux que la maison de retraite, concéda le Râteau. Et au moins, on ne sera pas abrutis de médicaments.

— Arrêtez ! Nous ne retournerons ni là-bas ni en prison. Mon plan est infaillible, je vous le promets, affirma Märtha.

— Moi, j'en suis ! déclara Gunnar avec courtoisie, étonné lui-même d'accepter si facilement de se laisser entraîner dans un nouveau casse.

— Dans ce cas, je suis aussi de la partie, dit Anna-Greta.

— Gunnar, comme c'est gentil de ta part ! Car dans cette affaire, nous avons besoin de cerveaux. Attendez, poursuivit Märtha en fouillant dans son cabas pour chercher un stylo, vous allez voir. Ce plan devrait vous plaire. On va s'amuser comme des fous et je vous parie un million de couronnes que tout ira comme sur des roulettes.

Emma éteignit son portable et regarda sa fille qui dormait dans son lit. Quelle drôle de grand-mère elle avait, la petite Malin ! Une femme âgée et élégante qui braquait des banques et citait de grands noms de la littérature... Stina venait d'appeler pour lui dire qu'elle pourrait garder l'enfant cette semaine, mais pas après, car ils préparaient un nouveau coup. Emma ne put s'empêcher de sourire. Sa mère qui, autrefois, avait été une parfaite femme au foyer à Östermalm, était devenue une femme plus sûre d'elle qui savait ce qu'elle voulait. Peut-être devrait-elle davantage lui ressembler, elle dont la vie n'était qu'une belle pagaille ?

Elle alluma une cigarette, mais l'éteignit aussitôt en voyant Malin. Elle n'allait pas fumer en présence de l'enfant. Dommage qu'Anders et elle n'aient pas d'enfants du même âge, maintenant qu'ils se voyaient si souvent.

Emma alla à la salle de bains et peigna longuement ses cheveux blonds désordonnés.

Stina était toujours aussi soignée et en forme, alors qu'elle-même avait du mal à accepter son apparence. Mère célibataire, elle menait à présent la vie d'une petite vieille. Le maquillage et les vêtements, elle verrait ça plus tard, quand elle retournerait travailler.

Elle allait faire tourner une machine de linge sale quand Malin se mit à crier. Il était donc l'heure de lui redonner à manger. Et de changer sa couche. Emma fit une grimace. D'abord s'occuper de Malin, puis il faudrait qu'elle pense à organiser le baby-sitting jusqu'à la fin du mois. Visiblement, les vieux mijotaient un nouveau braquage.

35

Le portail du jardin grinça et des pas résonnèrent dans l'allée. Quelqu'un se dirigeait vers la maison. Märtha rangea le plan de la salle du trésor et jeta un regard autour d'elle pour vérifier que rien ne trahissait ses projets. Ce matin-là, elle était seule et ne s'attendait pas du tout à recevoir de la visite. Stina était partie chez sa fille Emma et les autres faisaient des courses. Märtha n'avait pas eu envie de les accompagner, ce qu'elle regrettait à présent. *Pourvu que ce ne soit pas Tompa et Jörgen*, se dit-elle en sentant son ventre se nouer. Elle fit de son mieux pour dissimuler son trouble. La sonnerie retentit comme une sirène d'incendie dans toute la villa et elle n'eut pas besoin de regarder dehors pour savoir qui c'était. Les bikers débarquaient avec une idée derrière la tête. Et cette fois, ce n'était pas pour leur emprunter du lait. Elle déglutit, posa sa broderie en évidence et se dirigea vers la porte d'entrée. Dans le vestibule, elle se passa un peigne dans les cheveux, lut l'inquiétude sur son visage dans le miroir et ouvrit la porte.

— Ça alors ! Que me vaut cet honneur ? Entrez donc ! dit-elle d'un ton faussement enjoué.

Elle tint la porte pour laisser passer Jörgen et Tompa qui se rendirent directement dans la salle à manger sans enlever leurs bottes.

— Où sont les autres ? s'étonna Tompa.

— Ils sont sortis faire des courses. J'étais trop fatiguée pour les accompagner. Avec l'âge, on n'est plus aussi solide qu'avant. Un peu de café ? demanda Märtha en essayant de sourire.

— C'est pas de refus, répondirent Tompa et Jörgen qui la suivirent dans la cuisine.

Peu après, le café fut prêt et il y avait des gaufrettes sur la table.

— Un peu de liqueur de mûres arctiques ?

Sans attendre leur réponse, elle plaça trois verres qu'elle commença à remplir.

— Merci, mais je ne crois pas que...

— Voyons, entre voisins ! dit Märtha en soulevant son verre. À votre santé !

— Oui, à la vôtre, marmonnèrent Tompa et Jörgen en se retenant de grimacer.

— Est-ce que vous avez de nouveaux tatouages aujourd'hui, les garçons ? s'enquit-elle en observant leurs avant-bras.

Tompa, gêné, se gratta la nuque et leva docilement le bras.

— Juste ceux-là.

— Magnifiques ! Une tête de mort. Et si je... non, je suis trop ratatinée...

— Pour vous faire tatouer ? compléta Tompa en éclatant d'un rire où l'on décelait une pointe de mépris.

— Oui. Mais est-ce que les têtes de mort ne vont pas se déformer avec l'âge ?

— Mouais..., grommela Jörgen.

— Vous imaginez un peu, si elles se mettent à avoir un air joyeux ? gloussa-t-elle en reposant son verre de manière plus maladroite que d'ordinaire.

Elle se racla la gorge.

— Alors, quel bon vent vous amène, les gars ?

— On a besoin de faire l'acquisition de votre terrain.

— Ce terrain-là ? Oh, je suis affreusement désolée, mais il n'en est pas question. Le Râteau tient à son jardin et nous aimons bien nous asseoir près des lilas avec une tasse de café pour profiter de la jolie vue. Non, nous avons besoin de ce terrain. Je regrette.

— Et si on vous en donne un bon prix ? demanda Jörgen.

— Pas en dessous de cinq cents millions.

Le sourire des deux hommes se figea et leurs regards se durcirent. Ils se rapprochèrent de Märtha.

— Vous feriez bien d'en parler avec vos amis, parce qu'il nous le faut, insista Jörgen sur un ton menaçant.

— Comme je l'ai dit, pas en dessous de cinq cents millions...

— Dans ce cas, on s'y prendra autrement.

Ils se rapprochèrent encore et Tompa joua discrètement avec sa bague à tête de mort.

— Autrement ?

Märtha fit de son mieux pour avoir l'air détachée, mais sa voix tremblait. Quelle idée de rester seule à la maison ! Elle aurait dû y réfléchir avant. Elle ne faisait pas le poids face aux deux lascars. Elle trempa ses lèvres dans le café brûlant et chercha un moyen de les faire sortir de la maison. Elle toucha par nervosité son sac banane. Mais au fait, sa télécommande se trouvait à l'intérieur ! Qu'est-ce que le Génie avait dit ? Si on la plaçait contre son cou, le corps faisait office d'antenne et on pouvait ouvrir par exemple la voiture de loin, jusqu'à une centaine de mètres de distance. Est-ce que cela marcherait avec d'autres appareils ? Le Génie, féru de domotique, avait modernisé considérablement la maison. Märtha sortit la télécommande et l'appuya contre son cou.

— Qu'est-ce que c'est ? demanda Tompa, méfiant.

— Ça remplace un médicament pour le cœur, répondit Märtha. Tout est si moderne de nos jours.

Cette fois, Tompa et Jörgen s'avancèrent si près d'elle qu'elle sentit leurs cuisses à travers le tissu de sa robe.

— On veut ce terrain, répéta Tompa sur un ton qui n'admettait pas de réplique.

Märtha prit peur et rangea sa télécommande. Elle se servit un bonbon à la réglisse. Les Djungelvrål la calmaient d'habitude, quand elle était trop nerveuse.

— Un peu de réglisse, les garçons ?

Tompa et Jörgen secouèrent la tête et échangèrent un coup d'œil. Le cerveau de Märtha était en pleine ébullition. Mon Dieu, si le Génie se trompait... s'il s'était vanté juste pour se faire mousser, comme le font toujours les hommes... cette histoire de télécommande, c'était peut-être juste du bluff ? Elle entendit alors le robot aspirateur John se mettre en marche dans la bibliothèque, avancer sur le parquet et heurter le canapé avec un bruit sourd.

— Hein ? Qu'est-ce que c'est ?

— « Il faut vider le sac de l'aspirateur, il faut vider le sac de l'aspirateur », lançait la voix de robot en anglais, un peu déformée.

— C'est quoi, bordel ? s'écria Jörgen, inquiet.

— « Trop de poussière ici, trop de poussière ici », continua John dans son anglais d'Oxford.

— C'est qui, là ? voulut savoir Tompa.

— Oh, ce n'est que John, *my darling*, répondit Märtha. Nous sommes de si bons amis.

— Mais vous avez dit que vous étiez seule, s'étonna Tompa qui regarda autour de lui.

— Seule ? Oh, j'ai oublié de préciser..., se justifia-t-elle en prenant un petit air innocent, vous savez ce que c'est. Mais soyez gentils et ne dites rien ! Il y en a qui sont tout de suite jaloux...

— Alors comme ça, vous avez..., commença Tompa, interrompu par la voix dans la bibliothèque.

— « C'est sale ici et il faut nettoyer. C'est sale ici et il faut nettoyer. Est-ce que vous avez fait une orgie ? » résonna la voix de John dans l'autre pièce, mais de manière plus étouffée, ce qui fit comprendre à Märtha que le robot était passé sous le canapé.

Incroyable ce que le Génie avait fait ! Mais pourquoi avait-il programmé l'aspirateur à dire ce genre de phrases inconvenantes ?

— « Vous avez fait une orgie ? Il faut vider le sac de l'aspirateur », entendit-on en provenance de la bibliothèque.

— Ta gueule ! brailla Jörgen qui, ne parlant pas anglais, ne comprenait pas un traître mot de ce que disait le robot.

Il se leva et se dirigea vers la porte avec l'intention de le faire taire.

— Stop ! cria Märtha. John est malade. Il a la rubéole, vous risquez d'être contaminé.

— Ah, merde ! lâcha Jörgen qui s'arrêta net.

— « Il faut nettoyer les brosses, il faut nettoyer les brosses. »

La voix était plus faible, les batteries étaient presque à plat. Märtha flaira le danger.

— Vous savez, les autres vont bientôt rentrer, et John et moi, on n'a pas l'occasion de se voir si souvent, dit-elle en indiquant la bibliothèque de la tête. Alors je dois aller le retrouver…

— Oui, on s'en va, mais n'oubliez pas qu'on veut acheter ce terrain. On reviendra.

Les bikers ajustèrent leurs blousons, lâchèrent un vague « salut » et sortirent. Quand ils furent partis, Märtha ouvrit sa banane et éteignit John à distance. Ensuite, elle alla sur la terrasse et se laissa tomber dans un fauteuil en osier. Son cœur battait à tout rompre et elle était en sueur. Le regard tourné vers la mer, elle essaya de retrouver son calme, mais tout son corps tremblait. Quand les autres revinrent, elle n'eut pas la force de se lever et il leur fallut un bon moment avant de tirer quelques phrases de leur amie. D'ailleurs, elle ne dit pas grand-chose. Elle ne tenait pas à les effrayer.

Le lendemain, quand Stina jeta un coup d'œil au thermomètre de l'autre côté de la fenêtre, elle aperçut Tompa qui se promenait dans leur jardin.

— Les Bandangels sont là, en train de fouiner ! dit-elle en faisant signe au Râteau et aux autres de s'approcher de la fenêtre.

Tompa tenait à la main un mètre ruban dont il avait fixé le bout à une branche et il marchait avec pour mesurer le terrain. Arrivé à la hauteur des arbustes près de l'eau, il décrivit une grande boucle et se dirigea vers les massifs de lilas.

— Mais qu'est-ce qu'il fabrique ? demanda le Râteau.

— Ils mijotent quelque chose, répondit Märtha qui, à contrecœur, fut obligée de raconter la visite désagréable de Tompa et Jörgen. Les Bandangels veulent acheter notre terrain.

— Ils ne peuvent pas faire ça ! s'écria Stina.

— Je leur ai dit qu'on n'était pas d'accord.

— Le problème avec ces gangs de bikers, déclara le Râteau, c'est qu'ils se foutent royalement de ce qu'on peut dire ou penser.

— Mais ils ont de belles motos, objecta le Génie.

— Il va falloir les avoir à l'œil. Je ne pense pas qu'on puisse laisser nos affaires à la cave. Ils sont déjà venus fureter, on va devoir trouver un autre lieu de stockage.

— Autrement dit, tu veux qu'on se remette encore au travail ? soupira le Râteau.

— C'est rien du tout, on va s'en charger, le Génie et moi, hein ? dit Märtha en tendant la main au Génie.

Ce dernier la prit et la serra si fort que Märtha se sentit toute chose.

— Bien sûr, Märtha. Sur Internet, on trouvera des garde-meubles avec toutes les garanties, répondit-il, pas peu fier de montrer qu'il commençait à bien se débrouiller sur l'ordinateur.

— Pourquoi ne pas voir du côté de la zone portuaire de Stockholm ? suggéra Stina. Ils ont plein de marchandises à gérer, on est sûrs de se fondre dans la masse.

Tous reconnurent que c'était une bonne idée et peu de temps après, ils localisèrent les entrepôts sur Google Maps. Ils étudièrent le système de fermeture, les postes d'entrée et se décidèrent pour la partie la plus ancienne du port où on réparait les bateaux autrefois.

— Cela paraît bien, on prend la voiture pour voir sur place, dit Märtha en se levant. Mieux vaut y aller tout de suite si l'on veut éviter les heures de pointe.

Le Génie et elle suivirent d'abord la direction de la ville, puis bifurquèrent pour aller vers le port et finirent par arriver devant un haut grillage, à côté duquel se trouvaient une guérite et son gardien.

— Je me demande ce qu'il va penser en voyant notre voiture, fit Märtha.

— Tu sais, je ne crois pas qu'il réagirait même si on débarquait dans un char blindé, répliqua le Génie en lui faisant un signe de tête.

À l'intérieur de la guérite, un jeune homme d'environ 25 ans, le téléphone portable à l'oreille, se balançait sur une chaise. C'est à peine s'il fit attention à eux. Quand Märtha et le Génie frappèrent à la vitre, il ouvrit de grands yeux, bâilla et lâcha son téléphone.

— C'est pour quoi ? demanda-t-il.

— Nous voudrions louer un garde-meubles, dit Märtha. Haut de gamme. Il faut qu'il ait une alarme et soit surveillé, mais il n'a pas besoin d'être très grand.

Le garçon consulta ses documents.

— C'est complet. Tout ce qui nous reste, c'est un petit entrepôt au fond de l'ancien chantier naval.

— Parfait, allons-y.

Le jeune homme ouvrit la grille et les laissa passer avant de refermer derrière eux. Il reprit sa conversation, son iPhone collé à l'oreille, tout en marchant devant eux, en direction de l'ancien chantier naval. Arrivé à un bâtiment de briques rouges avec un grand portique donnant sur la mer, il s'arrêta, fouilla dans sa poche et sortit une carte magnétique qu'il glissa dans un boîtier à côté de la porte. Il composa le numéro et débrancha l'alarme. Puis il ouvrit la porte avec la même carte. Märtha et le Génie descendirent de voiture et le suivirent dans l'entrepôt. Le bâtiment sentait la mer et le cambouis. Le sol en béton paraissait avoir été coulé seulement quelques années auparavant, mais les hauts murs en briques devaient dater du début du XIXe siècle. Partout, ce n'était que yachts luxueux, voitures de sport et motos dernier cri. À la vue d'une Harley-Davidson, le Génie ne put s'empêcher de prendre une photo avec son téléphone portable.

— Non, pas de ça ici ! s'écria le jeune homme en levant la main.

— Pourquoi ? voulut savoir Märtha.

— Oh, il y a certaines choses que les gens préfèrent ne pas montrer.

Il sourit et s'avança vers une porte tout au fond. La curiosité de Märtha avait été éveillée et, dès que le jeune homme eut le dos tourné, elle sortit son téléphone et photographia tout ce qui lui parut être intéressant. En voyant son petit manège, le Génie sourit et lui adressa un clin d'œil. Le jeune homme ressortit sa carte magnétique et les fit entrer dans l'entrepôt le plus éloigné.

— C'est trop petit pour ce que les gens très friqués veulent entreposer. Sauf pour les tableaux de valeur, évidemment. La ville a besoin de plus de locaux.

— La ville ? répéta Märtha.

— Oui, la commune. Tout le monde le sait. Ils vendent toutes sortes de choses en ce moment, et ceux qui sont impliqués n'ont pas envie de montrer combien d'argent ils se font là-dessus.

Märtha se contrôla, pencha la tête sur le côté et fit l'idiote.

— Excusez-moi, je ne comprends pas bien.

Le jeune homme hésita et rangea son téléphone dans sa poche. Soudain, il le reprit et composa un numéro. Märtha l'arrêta.

— Ce n'est pas la peine si vous n'êtes pas au courant, s'empressa-t-elle de dire.

Froisser la susceptibilité d'un homme s'avérait toujours payant.

— Non, je sais comment ça fonctionne ! J'ai pris ce job de gardien pour gagner un peu de thune, sinon j'étudie à Handels.

— Handelshögskolan, l'école de commerce ?

— Tout à fait. On entend parler de beaucoup de choses là-bas. La liquidation de nos maisons de retraite, des foyers ou des écoles, par exemple. Il y a beaucoup d'argent à se faire.

— Ah bon ?

— C'est pareil pour les services aux personnes et les propriétés qui appartiennent à la collectivité, en gros, ce qui nous appartient à nous, les Suédois.

— Comment ça ?

— Ça vaut beaucoup d'argent. Alors quand on met ça en vente, certains s'en mettent plein les poches.

— Je ne comprends pas.

— Des financiers rusés se sont introduits dans les cercles du pouvoir et, moyennant bonus et pourcentage sur les gains à venir, on les laisse racheter ces biens communs.

— Mais on ne peut pas les laisser faire. C'est de la corruption !

Cela fit rire le jeune étudiant qui tapa sur l'épaule de Märtha.

— Les affaires sont les affaires. Nous autres, on utilise notre cerveau. Le QI, quoi ! dit le jeune homme en pointant son doigt sur sa tempe. Ça sert d'en avoir quand on fait du business. Je connais quelqu'un qui a acheté une école maternelle pour cent cinquante mille couronnes. Le responsable a eu vingt mille pour la transaction. Et l'acquéreur l'a revendue plusieurs millions. C'est ce qu'on appelle avoir le sens des affaires !

— Je ne savais pas que vous étiez comme ça à la Handelshögskolan, dit Märtha d'une voix faussement admirative.

— Les gains sont transférés aux Caraïbes pour échapper au fisc, c'est d'une simplicité enfantine pour peu qu'on soit dans la finance. En revanche, ceux qui ont accepté les pots-de-vin ont des problèmes. Ils ne peuvent pas verser cet argent sur leur compte courant.

— Alors c'est pour ça qu'ils achètent un yacht ou une Porsche ?

— Exactement, mais une voiture ou un bateau qui, sur le papier, appartient à quelqu'un d'autre, un cabinet d'avocats par exemple...

— Et il faut ensuite trouver un endroit où stocker toutes ces choses, compléta Märtha.

Le jeune homme acquiesça.

— Malin, n'est-ce pas ?

— Je commence à comprendre, intervint le Génie. On entrepose ici des affaires pendant un certain temps, puis on les vend sans éveiller de soupçons.

— Oui, tout le monde y trouve son compte.

— Sauf nous, les gens normaux, objecta Märtha. Ce qui a été financé avec nos impôts est vendu et quelqu'un d'autre empoche l'argent. C'est complètement immoral !

— Oh, tout le monde truande, alors tant que je reçois mon salaire, je m'en fous. D'ailleurs, qu'est-ce que vous voulez entreposer ici ?

« Des marchandises volées », faillit dire Märtha.

— Oh, un bric-à-brac, répondit-elle en rougissant.

— Un bric-à-brac ?

— Nous avons été cambriolés, donc nous voulons mettre nos affaires en lieu sûr, expliqua-t-elle.

— Pas de problème. Ici, tout est sous vidéosurveillance, dit l'étudiant.

— Parfait, répondit Märtha et le Génie d'une seule voix avant de revenir dans le bureau pour signer le contrat.

Märtha prit soin de ne pas écrire son vrai nom ou son numéro d'identité, mais ceux qu'elle avait depuis son retour. Après avoir payé les frais de dépôt, ils obtinrent les clés et les codes. Märtha ne put se retenir plus longtemps :

— Mais si un cabinet d'avocats est officiellement propriétaire de toutes les choses à l'intérieur, comment savoir qui est le vrai ?

— On a les noms, bien sûr. On va vous inscrire sur un fichier, ma petite dame, sourit le jeune homme en lui tapotant de nouveau l'épaule.

— Bon, alors on fera comme ça, marmonna Märtha.

Toute contente, elle constata, une fois n'est pas coutume, qu'il en avait trop dit. On pouvait donc retrouver les noms. C'est fou comme les langues se déliaient devant des personnes âgées. Comme si les vieux avaient cessé de se servir de leur tête. Aux yeux des jeunes et des politiques, ils n'existaient pas. Ils étaient transparents, tout simplement.

En voiture, sur le chemin du retour, Märtha et le Génie savaient désormais à quoi s'en tenir. Il y avait des affaires louches là-dessous.

— C'est bizarre qu'on ait eu le droit de pénétrer dans un entrepôt loué par quelqu'un d'autre, fit remarquer le Génie.

— C'était peut-être le dernier espace libre dont ils disposaient, hasarda Märtha.

— Ou alors, il le loue au noir. Je crois qu'il a besoin d'argent pour ses études, il a dû se dire qu'il ne risquait rien s'il louait la pièce du fond à des petits vieux. C'est toujours la même chose : passé un certain âge, on nous croit tous bons à mettre sous tutelle.

— T'as raison. On n'a même pas eu une copie du contrat de location. Mais c'est tout aussi bien. S'il ne fait pas ce qu'on lui dit, on menacera de le dénoncer pour activités illicites.

— Voyons, Märtha ! Ce n'est pas gentil de ta part ! dit le Génie avant de se pencher vers elle et de lui donner un baiser sur la bouche.

Elle se tut, un peu confuse, et se laissa gagner par un autre sentiment, beaucoup plus agréable...

36

Les cheveux en bataille, les joues roses et le cœur gai, Märtha et le Génie se rendirent ensuite dans la vieille ville, à Riddarholmen. Le vol dans la salle du trésor nécessitait des préparatifs. Selon le plan, ils devaient fabriquer un certain nombre de choses. Ils roulèrent lentement le long des quais et s'arrêtèrent près d'une porte d'entrée qui faisait face à la mer.

— Ça doit être là.

Le Génie remonta ses lunettes et leva les yeux. À gauche du portail, il y avait marqué CONSERVATION ET RESTAURATION sur une grande plaque en cuivre. Märtha se gara et indiqua de la tête le bâtiment.

— À l'intérieur, on fait des copies de pierres rondes. Tu vas voir, on va apprendre plein de trucs.

— On peut dire que tu sais organiser, Märtha. On est vraiment obligés d'assurer avec toi, fit le Génie.

— T'es gentil, tu sais ? répondit-elle en fermant les yeux et en appuyant sa tête contre son épaule. Mais ce n'est pas ma faute si nous sommes des criminels. Si seulement l'État pouvait se montrer un peu plus responsable…

— Oui, mais on ne s'amuserait pas autant, n'est-ce pas, Märtha ? répliqua-t-il en lui caressant la joue, l'air soudain grave.

Elle se sentit confuse et gênée. Elle tâtonna pour trouver la poignée et ouvrit la portière de la voiture. Ils sortirent. Le Génie prit une petite statue en plâtre qu'ils avaient achetée aux puces, une statue de David, dont la tête était abîmée et le bras en mauvais état. Il sonna et après qu'ils eurent décliné leur identité, le portail s'ouvrit. Dans l'entrée, un employé vint à leur rencontre et les accueillit avec un sourire. Ils pénétrèrent dans une grande salle remplie d'objets en attente de restauration : statues en bronze ou en plâtre, tableaux et meubles anciens. Tout au fond, il y avait des copies des pierres en PVC, marquées *Expositions du musée national.* Märtha fila un coup de coude au Génie.

— J'en étais sûre, ils continuent à faire des copies en PVC.

— Excusez-moi, dit le conservateur.

— Je vois que vous avez de belles pierres historiées ici, déclara Märtha. On dirait les vraies.

— Oui, elles vont faire partie d'une exposition itinérante. Pratique, n'est-ce pas ? Elles ne pèsent presque rien, répondit le conservateur, un homme chauve avec un certain embonpoint, qui portait une blouse tachée.

— Fantastique ! Et celui-ci aussi était formidable avant que je le fasse tomber par terre, ajouta Märtha en caressant la statuette de David. Le pauvre David a glissé du guéridon et… regardez le résultat…

Märtha expliqua en détail tout ce qu'il fallait réparer, pendant que le Génie s'éloignait et photographiait toutes les pierres qui se trouvaient dans l'atelier. Il prit en photo les boîtes en plastique, les durcisseurs et tout le matériel nécessaire qu'il put remarquer par terre. Quand il eut terminé, Märtha caressa le bras endommagé de David et dit :

— J'ai chez moi plusieurs statues qui auraient besoin d'être réparées. Si je vous les apporte, vous me faites un prix ?

— Bien sûr, je ferai une estimation globale.

— Alors on se permettra de revenir.

— Et la statue en plâtre ?

— Je la rapporterai la prochaine fois. J'ai tellement de plaisir à la regarder, répondit Märtha en reprenant si brusquement le David qu'un autre bout de plâtre se détacha.

Elle fit son plus beau sourire, adressa un signe de tête au Génie et ils sortirent ensemble de l'atelier de restauration.

Sur le chemin du retour, ils s'arrêtèrent au magasin de bricolage Byggmax à Nacka et achetèrent du vernis pour bateau, du PVC, de la peinture rouge, noire et grise pour les finitions. Leurs chariots remplis, ils retournèrent épuisés à la voiture et se serrèrent un long moment dans les bras. Quand ils eurent un peu récupéré de leurs efforts, ils repartirent et, avant de rentrer à la maison, firent une halte chez Delselius pour prendre chacun une tasse de café et un sandwich de crevettes, histoire de ne pas faire de malaise en route. Et ils firent bien car à leur retour, ils trouvèrent le reste de la bande en grande forme, tous penchés sur l'ordinateur. Gunnar et Anna-Greta étaient déchaînés.

— Vous tombez à pic, dit cette dernière en les voyant arriver. Nous sommes en train de mettre sur pied nos archives secrètes pour la préparation du braquage : Stasi Senior.

— Stasi Senior ? Pas mal comme nom. Tu parles des préparatifs pour le vol de l'or ?

— Oui. Nous avons les photographies que le Génie a prises dans la salle du trésor et nous espérons que vous avez pu faire de belles photos aujourd'hui aussi. Cela constituera la base de nos archives.

Märtha et le Génie remirent leurs téléphones portables à Anna-Greta qui les brancha sur l'ordinateur pour transférer leurs clichés.

— Je crois que nous avons maintenant ce qu'il nous faut, annonça le Génie. J'ai photographié toutes les pierres historiées qui se trouvaient là-bas, y compris les durcisseurs et tout le matériel utilisé pour réaliser les copies en plastique.

Ravie, Anna-Greta créa un nouveau dossier Stasi avec la date du jour.

— Voyons un peu...

Elle cliqua sur les images du port de Stockholm. Des rangées de yachts, de Rolls Royce et d'autres voitures de luxe apparurent à l'écran.

— Ça alors ! s'écria-t-elle. Mais c'est quoi, tout ça ?

— Un entrepôt discret pour ceux qui ont touché des pots-de-vin. C'est de la folie. Là-bas, on peut stocker autant de millions qu'on veut, expliqua Märtha.

— Mais pourquoi ne pas utiliser toutes ces choses au lieu de les laisser là ? s'étonna Gunnar.

Quand Märtha raconta ce que le jeune étudiant lui avait appris, tous poussèrent des soupirs et secouèrent la tête.

— Quelle escroquerie ! Nous au moins, on travaille pour le bien commun, fit remarquer Stina. Alors que détourner l'argent des contribuables, ça, c'est du vol !

Anna-Greta prit une loupe dans le tiroir du bureau.

— On peut voir la plaque d'immatriculation...

— C'est bien ce que je pensais. Nous devrions pouvoir identifier le propriétaire, dit Märtha.

Gunnar fit quelques recherches sur son ordinateur portable.

— Bizarre. Presque tout est inscrit au nom d'un cabinet d'avocats, Beylings.

— Cela confirme ce que nous expliquait l'étudiant, enchaîna le Génie. Un cabinet d'avocats ne possède pas tous ces biens en propre. Tous les objets de luxe sont seulement inscrits à son nom.

— Mais qui possède alors toutes ces voitures et ces bateaux ? Il faut tirer ça au clair, s'écria Stina. Les propriétaires ont forcément quelque chose à cacher, fraude fiscale, détournement de fonds, voire du vol pur et simple.

— Tu as tout à fait raison. Nous devrions regarder ça de plus près. Mais d'abord, occupons-nous du braquage de la salle du trésor. Cela demande un peu de concentration, leur rappela Märtha.

— Effectivement, renchérit le Génie. Anna-Greta, est-ce que tu pourrais zoomer sur les photos prises dans l'atelier ?

Tandis qu'elle s'exécutait, Märtha apporta du thé et des scones. Mais personne ne prit le temps de s'asseoir, trop occupés qu'ils étaient à admirer les copies des pierres en taille réelle que le Génie avait photographiées. Grâce à la boîte d'allumettes que le Génie avait placé à côté, on se rendait compte des vraies dimensions des pierres.

Fatigués de leur journée, ils firent une petite sieste et prirent un bon repas, puis le Génie et le Râteau se rendirent dans leur atelier pour bricoler. D'abord ils occultèrent les fenêtres avec une plaque noire et enfilèrent des pantalons de menuisier. Ensuite ils empoignèrent la scie sauteuse et firent un gabarit taille réelle d'une des pierres historiées. Le travail était si fatigant qu'ils durent marquer plusieurs pauses. À chaque fois qu'ils avaient terminé une opération délicate, ils buvaient une bière. D'où un certain manque de précision vers la fin, quelques millimètres de différence entre l'original et la copie.

— On n'a pas la même force qu'avant, constata le Génie.

— On a aussi moins d'endurance, soupira le Râteau.

— Heureusement que nous avons de l'expérience, ça compense, conclurent-ils d'une seule voix, pas peu fiers.

Mais ils durent se rendre à l'évidence, il fallait pour ce travail des bras jeunes et forts. Stina rentra pour appeler Anders et Emma à la rescousse.

Le lendemain, l'atelier tournait à plein régime. Anders, bricoleur hors pair, avait pris les commandes. Sans avoir la même force ni la même agilité qu'avant – c'était un homme mûr –, il savait manier le marteau et la scie comme personne. Avec les panneaux de fibres en masonite et d'autres en contreplaqué, il réussit à fabriquer une pierre historiée sans bas-reliefs, mais de la même taille que les grandes pierres de Gotland exposées au musée. Ensuite ce fut au tour des filles de les poncer au papier de verre jusqu'à obtenir l'apparence d'une pierre brute.

— On dirait vraiment des roches qui ont traversé les ans, constata le Râteau après que Stina eut travaillé un certain temps sa surface. Comme tu es douée !

— Merci. Ce n'est pas le genre de travail dont est capable une voyante... Et je peux aussi la peindre, ajouta-t-elle, le rouge aux joues.

— Plus tard, mais pas maintenant, intervint le Génie. Là, tu pourras montrer la pleine mesure de tes talents.

Le lendemain, après avoir repris des forces, tous se remirent à l'œuvre. Le Génie enduisit soigneusement d'huile la pierre, puis avec l'aide du Râteau et d'Anders, il la déposa dans un grand évier. Le Râteau et lui mélangèrent ensuite le durcisseur et le PVC dans une grande bassine.

— Vous êtes prêts ? Attention, les filles, il va falloir donner un coup de main, lança le Génie, le front ruisselant de sueur. Allez, on renverse la bassine !

Tous aidèrent à faire couler la pâte dans l'évier pendant que le Génie et le Râteau préparaient un nouveau mélange pour recouvrir l'intégralité de la pierre. Quand celle-ci disparut sous la couche de plastique, Stina lâcha :

— Je crois qu'on a oublié quelque chose.

— Mais non, dit le Génie, très sûr de lui, les mains sur les hanches, mais le regard trahissant une certaine inquiétude.

— Quand on fait un moulage, on fait d'abord une forme en argile et on casse ensuite l'argile pour dégager l'objet moulé. Mais ici, on fait comment ?

Tous regardèrent la pierre prise dans sa gangue de plastique.

— Nous avons peut-être été un peu trop vite en besogne, conclut le Génie.

— Tu penses à qui, quand tu dis « nous » ? marmonna le Râteau.

C'est ainsi que le grand braquage du Musée historique dut être repoussé de quinze jours.

37

Le douanier, Carlsson, fredonnait, tandis qu'il regardait les images de surveillance prises devant la Handelsbank. Il avait la *Petite musique de nuit* de Mozart en arrière-fond et se sentait d'excellente humeur. C'était autre chose que les vidéos ennuyeuses de l'aéroport d'Arlanda. Ici, il y avait des gens qui se promenaient sur le trottoir, des cyclistes ou des chiens qui allaient et venaient, les passants tenaient à la main un porte-documents, un *caffè latte* ou un smartphone. Il arrivait qu'une personne trébuche et fasse une mauvaise chute. Il zooma sur les passants. Par conscience professionnelle, il avait même demandé à examiner les images de surveillance prises la semaine précédant le braquage. Soudain, il crut reconnaître une personne. Il rembobina et repassa la scène. Sur le trottoir près de la Handelsbank, une femme âgée, portant un manteau et un chapeau, parlait dans un téléphone portable. Il l'avait déjà vue, mais où ? Il fit défiler les images. *Tiens, la revoilà, toujours en train de téléphoner.* Il se pencha et agrandit encore l'image. Oui, ce visage lui disait quelque chose. Tôt ou tard, ça lui reviendrait. Une chose était sûre : elle était intéressante pour l'enquête, puisqu'elle était venue sur les lieux une semaine plus tôt. Ce ne pouvait pas être dû au hasard.

Il y avait comme un air de printemps dans l'air et le gang des dentiers avait fait un sauna au bord de la mer. Si le vent ne s'était pas levé, le Râteau aurait piqué une tête dans l'eau, mais il expliqua de manière circonstanciée que le temps ne s'y prêtait pas et retourna à la terrasse s'allonger sur son transat. Les autres, en robe de chambre, s'étaient déjà installés, le sourire aux lèvres. Märtha qui avait placé du jus de fruits, de la bière et du cidre dans un seau avec de la glace, fit la distribution. Elle tourna les yeux vers la mer et sentit son ventre se nouer, comme à chaque fois qu'elle était un peu nerveuse. Cela lui arrivait souvent la veille d'un grand événement. Avant un braquage, par exemple. Ils avaient enfin réalisé les pierres historiées et mis au point leur plan. Il ne restait plus qu'à peaufiner les derniers détails.

— Chers amis, demain c'est le grand jour, dit-elle. Je compte sur vous pour manipuler délicatement le butin. N'oubliez pas qu'il s'agit du trésor national suédois.

— Exactement, renchérit Anna-Greta d'une voix forte. Nous allons seulement emprunter cet or et nous le rendrons tel quel.

Les autres acquiescèrent et s'y engagèrent de manière solennelle. Tous se réjouissaient de passer enfin à l'action. Les préparatifs avaient pris plus de temps que prévu, en particulier à cause de la réalisation compliquée et difficile des pierres. Une fois que le Génie et le Râteau avaient réussi à faire les moulages, les femmes avaient pris le relais. Grâce à la collection de livres d'histoire d'Anna-Greta, elles avaient pu reproduire avec une grande fidélité les dessins sur les pierres. À la fin, celles-ci paraissaient si authentiques que même le Râteau y trouva un intérêt historique. Un seul détail les différenciait de l'original : au dos de chaque pierre, une porte permettait d'entrer à l'intérieur. Comme le moule en polystyrène et en PVC pesait beaucoup plus lourd que prévu, ils ne pouvaient pas les transporter sur les épaules. Aussi Anders avait-il aidé le Génie à fabriquer un support en bois sur roulettes. Des crochets numérotés avaient été ajoutés afin d'y suspendre les objets en or. Ensuite, avec la participation de Gunnar, les cinq amis avaient loué une remorque, étudié le système d'alarme et observé les habitudes du musée. Il ne restait plus qu'à – façon de parler – frapper « un grand coup ».

— Bon, mes chers amis, dormez bien. Demain soir, ça va exploser.

Märtha leva son verre et tous entonnèrent *Du gamla, du fria*.

38

Après une dernière vérification, Anders et Emma avaient fixé les pierres sur la remorque et s'étaient fondus dans la circulation. Anders conduisait le minibus. Sur les ordres de leur mère, ils se dirigeaient vers le Musée historique. Il freina en s'approchant de la Narvavägen, prit à gauche vers le musée et se passa la main droite sur ses joues pas rasées.

— On ne chôme pas avec notre mère ! soupira-t-il.

Emma acquiesça d'un air las.

— Ils vont faire un nouveau braquage. Et on va rester là, les bras croisés ?

— On ne peut pas faire grand-chose. Ce qui compte, c'est que maman aille bien et qu'elle ait des amis. Et puis elle est en si bonne forme qu'elle peut venir garder ta fille de temps en temps. Au moins, elle ne passe pas son temps à se plaindre de ses douleurs ou de la solitude. Tous ces braquages, ça la met de très bonne humeur.

— C'est vrai, t'as raison.

— Comme ils refusent tout ce qui peut ressembler à une maison de retraite, on n'a pas trop le choix : il faut les aider de notre mieux.

— Je pensais seulement qu'on aurait droit à une accalmie après leur dernier hold-up, soupira Emma. Malin ne dort pas bien en ce moment, alors j'ai du mal à récupérer.

Après le vol de la Handelsbank, Emma et Anders avaient repris leur petite vie tranquille de Suédois de la classe moyenne, mais voilà qu'ils avaient dû interrompre tout ça, encore une fois.

— Écoute, on est mal placés pour protester. On est déjà impliqués jusqu'au cou. Si notre mère se fait arrêter, on est mal. Association de malfaiteurs, etc., dit Anders en se grattant la nuque.

Emma prit un chewing-gum et se mit à mâcher frénétiquement. On écopait de combien d'années pour complicité de braquages ? Ou pour recel ?

— On est vraiment dans la merde. On n'a pas d'autre choix que de continuer, mais ils pourraient se calmer. Ils nous tuent.

— Fais gaffe à ne pas dire ça devant Märtha, sinon elle va te demander à toi aussi de faire de la gym.

Emma partit d'un rire désabusé.

— Tiens, on y est. Entre dans la cour et arrête-toi près de l'escalier.

Anders et Emma, qui portaient des blouses tachées de restaurateurs, avaient fait en sorte d'arriver à l'heure du déjeuner. Il y avait toujours plus de monde et ils seraient moins remarqués. Ils garèrent la voiture, allèrent à la remorque et soulevèrent une des pierres historiées.

Quand le frère et la sœur arrivèrent dans l'entrée, ils saluèrent de loin le personnel et se dirigèrent aussitôt vers la salle du trésor. Ils posèrent la première pierre devant l'escalier avant d'aller chercher les deux autres. Pour finir, ils placèrent trois panneaux explicatifs à côté des pierres imposantes, avec même un texte en anglais. Le Génie, qui s'y connaissait en langues, avait insisté pour fabriquer des panneaux en italien, espagnol, russe et croate, mais les autres avaient protesté. Il fallait que les panneaux ressemblent à ceux du musée. Anders et Emma reculèrent d'un pas pour voir le résultat : les pierres paraissaient tout à fait authentiques. Stina avait même réussi à reproduire Sleipner, le cheval à huit jambes d'Odin.

— C'est incroyable ! Je ne l'aurais jamais crue capable de faire des faux de cette qualité ! dit Anders avec une pointe de fierté.

— Dis plutôt « copier », au cas où quelqu'un nous entendrait, chuchota Emma. Viens, on s'en va !

Tous deux quittèrent précipitamment le musée. Mieux valait partir avant que trop de monde ne les remarque.

Ce soir-là, le gang des dentiers arriva au musée pour suivre, avec tout un groupe intéressé par l'histoire, une conférence sur les Vikings organisée par le musée. Un conservateur fringant qui venait de passer son doctorat soutenait la thèse selon laquelle les Vikings n'avaient jamais existé et que les chercheurs des cinquante dernières années s'étaient trompés. Il fallait reprendre toutes les recherches à zéro, affirmait-il. Märtha se leva d'un bond pour protester, mais se rassit aussitôt. Elle devait se tenir à carreau.

Plus tard dans la soirée, quand les gardiens eurent évacué la salle de conférences, Märtha, Stina et Anna-Greta restèrent dans les toilettes.

— On n'aurait pas pu trouver un endroit plus agréable pour se cacher ? chuchota Anne-Greta, tapie dans une des cabines.

— « Celui qui veut s'enrichir à tout prix entraîne sa famille dans le malheur, mais celui qui déteste les pots-de-vin vivra longtemps », répondit Stina.

— Toi et tes citations, marmonna Anna-Greta.

— Il n'y a pas de caméras de surveillance ici, alors enfilez vos tenues de travail pour le ménage et vos casquettes, leur ordonna Märtha.

— Uniformes et casquettes, répétèrent Stina et Anna-Greta.

Les deux femmes poussèrent des soupirs et des gémissements pendant qu'elles se changeaient.

— Prêtes ? demanda Märtha.

Elle entendit des borborygmes tandis que son téléphone portable vibrait. Le signal convenu. Märtha lut le SMS du Râteau. Bon sang, c'était quoi, ça ? *Nht vdf*... Elle secoua la tête. Le Râteau avait essayé d'utiliser le programme d'écriture automatique et lui avait envoyé une suite de consonnes sans queue ni tête.

— Ah, quelle poisse ! dit Märtha qui pâlit.

Le moment était particulièrement mal choisi pour que le Râteau montre qu'il était à la pointe du progrès. Cela voulait-il dire que la voie était libre ? Ou le contraire ? Il fallait prendre une décision.

— Le Râteau m'a envoyé un message crypté, déclara-t-elle. C'est l'heure.

Sur ce, les trois dames quittèrent leurs cachettes et mirent le cap sur l'entrée.

Anders avait garé le combi Volkswagen transformé en minibus moderne avec le nom de la firme SENIORFRID inscrit sur les côtés. Le Génie et le Râteau descendirent du véhicule, ouvrirent les portes arrière et sortirent deux chariots de ménage. Puis ils fermèrent les portes, ajustèrent leurs uniformes d'agents municipaux et vérifièrent qu'ils avaient bien leurs balais-serpillières, leurs seaux, leurs brosses. Et le cabas de Märtha. Elle avait insisté sur ce dernier point. On ne savait jamais comment les choses pouvaient tourner, alors mieux valait placer ce sac dans l'ascenseur.

Ils s'approchèrent de l'ascenseur pour handicapés qui se trouvait au niveau de la rue, y déposèrent le sac de Märtha, poussèrent les chariots au fond et entrèrent en dernier. Tandis que l'ascenseur montait péniblement jusqu'au premier étage, ils se préparèrent à jouer leurs rôles. Les portes de l'ascenseur s'ouvrirent et ils tombèrent face à deux gardiens.

— Nous allons déclencher l'alarme, dit un homme d'une cinquantaine d'années aux cheveux rasés, celui qui était le plus proche d'eux.

— Mais non, la sécurité devait inspecter le système d'alarme aujourd'hui. C'est pour ça qu'on fait le ménage maintenant, répliqua le Râteau en agitant son balai.

— Je n'en ai pas entendu parler. Il faudra revenir demain.

— Non, maintenant qu'on est là, on ne va pas repartir ! maugréa le Râteau en sortant un papier plein de tampons de sa blouse de travail. (Stina s'était surpassée et il n'y avait presque plus d'espace libre.) D'ailleurs, poursuivit-il, à Seniorfrid, nous faisons toujours le ménage le soir. Les employeurs exigent que l'équipe de nettoyage se fasse la plus discrète possible pour qu'on ne sache pas qu'ils font travailler du personnel bon marché.

— Hum. Un instant, dit le gardien avant de se tourner vers son collègue.

Il échangea quelques mots avec ce dernier, puis leur fit de nouveau signe de s'en aller.

— Je regrette, vous reviendrez un autre jour. Je ne peux pas prendre la responsabilité de vous laisser passer.

— Nous comprenons, répondit le Râteau qui lança un regard au Génie.

Son camarade faisait triste mine. Il détestait le plan B, qu'ils n'avaient envisagé qu'en cas de pépin. À la guerre comme à la guerre. Le Râteau fit un mouvement circulaire et dès que le gardien tourna le dos, le Génie lui ficha le chiffon imbibé d'éther sous le nez. À peine eut-il inspiré deux fois que l'homme s'affala sur le sol. Le Râteau se précipita vers le collègue qui s'était éloigné.

— Votre ami a fait un malaise. Je crois qu'il a besoin d'un massage cardiaque.

À la vue de son camarade gisant sur le sol, il pâlit et se précipita à son secours, mais à peine se fut-il penché que le Génie lança :

— Bienvenue au club ! en lui fichant le balai dans la figure.

Le second gardien s'effondra à son tour.

Märtha, Stina et Anna-Greta firent leur apparition. Elles adressèrent un bref salut de tête à leurs amis et foncèrent vers la salle du trésor. Devant l'escalier, elles marquèrent un temps d'arrêt, vérifièrent qu'il n'y avait personne alentour, ouvrirent les portes au dos des fausses pierres historiées et se glissèrent à l'intérieur – sauf Anna-Greta qui avait oublié ses lunettes à la maison et qui se cogna en voulant entrer dans l'authentique pierre historiée de l'île de Gotland.

— Ça alors, grommela-t-elle, un peu groggy avant d'entrer dans la copie en plastique.

— On aurait dû placer les pierres plus près de l'ascenseur pour handicapés, déclara Märtha d'une voix étouffée.

— Encore heureux qu'il y ait des trous pour respirer, répondit Stina d'une voix caverneuse. (Son trou pour respirer se trouvait au niveau de la voile d'un drakkar.) J'espère seulement que le taux de dioxyde de carbone ne sera pas trop élevé.

— Quand la police verra les pierres bouger, ils croiront qu'il y a une erreur dans les vidéos de surveillance, gloussa Anna-Greta.

Lorsqu'elles eurent refermé la porte de leur cachette, les trois femmes s'approchèrent lentement de l'ascenseur pour handicapés. Elles essayaient d'avancer comme dans les films muets, d'une manière un peu saccadée, pour simuler un défaut de caméra de surveillance, aussi furent-elles vite rattrapées par le Génie et le Râteau avec leurs casquettes marquées « Seniorfrid ».

— La police sera forcément perplexe, dit le Râteau avec un large sourire quand il entra dans l'ascenseur avec son chariot de ménage. D'anciennes pierres rondes, suivies par deux chariots de ménage…

— On dit « pierres historiées », rectifia Anna-Greta.

— Chut, concentrez-vous, intervint Stina, ce cambriolage exige la plus grande attention !

Sa voix résonnait si bizarrement que tous partirent d'un grand éclat de rire. Il leur fallut un moment pour se ressaisir, avant que le Génie puisse appuyer sur le bouton de l'ascenseur. Arrivés au rez-de-chaussée, ils entendirent la voix d'outre-tombe de Märtha.

— Vous avez tout ce qu'il vous faut ?

— Oui, on n'a pas oublié les grenades fumigènes.

— Ça va, on a tout, entendit-on à l'intérieur des pierres qui se dirigèrent sur leurs roulettes vers le puits aux souhaits dans la salle du trésor.

— Vous êtes prêts ? demanda le Râteau avec son produit de nettoyage à la main.

Des sons indéfinissables lui parvinrent, qu'il interpréta comme un oui. L'instant suivant, une grenade fumigène tomba dans le puits aux souhaits.

39

Dès que la fumée commença à leur piquer les yeux, le Génie regretta d'avoir choisi des grenades fumigènes. Il aurait mieux valu prendre de la neige carbonique ou, pourquoi pas, percer un trou dans les extincteurs d'incendie. La visibilité était à présent si réduite qu'ils auraient du mal à travailler vite. Mais le temps n'était plus aux regrets. Ils n'avaient qu'une poignée de minutes pour agir.

Le Râteau et le Génie se postèrent derrière les vitrines et le Génie put y appliquer sa dernière invention. Dans la brume de plus en plus dense, les deux hommes placèrent leurs chariots de ménage contre les vitrines et passèrent à l'action. Le Râteau sortit sa perceuse sans fil du manche de la brosse et commença à faire des trous à différents endroits de la vitrine. Ensuite le Génie prit le relais avec son balai, bricolé spécialement à cet effet : d'une pression de la main, il fit jaillir une scie sauteuse laser avec laquelle il pratiqua une grande ouverture à l'arrière des vitrines. Märtha, Anna-Greta et Stina s'approchèrent alors, cachées dans leurs pierres, et se placèrent contre l'arrière des vitrines. Une porte après l'autre s'ouvrit, laissant surgir des bras à la peau flasque. Les mains gantées s'emparèrent des objets en or, qu'elles mirent dans des sacs-poubelles portant les numéros qui correspondaient aux vitrines, et les suspendirent aux crochets numérotés à l'intérieur de la pierre. Heureusement qu'elles s'étaient entraînées plusieurs fois dans l'atelier ! Cela se passait si bien qu'aucune ne remarqua les craquelures dans le moulage en plastique... À chaque sac chargé d'or, les fissures s'agrandirent. Mais comme la scie laser faisait un vacarme d'enfer, personne ne perçut l'étrange gémissement du plastique.

Le vol des vitrines dans la salle du trésor dura sept minutes chrono.

— Direction l'ascenseur ! ordonna Märtha d'une voix essoufflée.

Les autres cessèrent de rafler tout ce qu'elles pouvaient et se retirèrent, suivies de près par le Génie et le Râteau. Mais cette fois, les femmes prirent un raccourci en empruntant un seuil légèrement surélevé, ce qui ébranla les sacs remplis d'objets en or. Cela fut plus que le moulage ne pouvait en supporter : il se craquela encore plus et tomba en morceaux.

— Aïe ! Il faut croire que le plastique n'était pas suffisamment solidifié, conclut le Génie.

— Et moi qui te faisais confiance, se lamenta le Râteau.

— Parce que vous pensiez, cher ami, que c'était prévu dans le plan ? s'écria Anna-Greta, effrayée, en ôtant quelques morceaux de plastique dans les cheveux de son complice.

— Dépêchez-vous, enfin ! Il faut ramasser les derniers objets. Quelle chance d'avoir ces chariots de ménage, dit Märtha. N'oubliez pas l'or !

Le Râteau et le Génie mirent le turbo et réussirent à remplir les chariots. Pour finir, Stina décrocha l'extincteur et envoya un jet puissant sur tout ce qui les entourait.

— Chère Stina, nous n'avons pas besoin d'effacer ces empreintes digitales, puisque nous ne laissons *pas* ces morceaux derrière nous, toussa Anna-Greta.

Mais Stina n'eut pas le temps de répondre, car à l'instant où ils ramassaient les derniers débris, ils entendirent des sirènes de police.

— Mais l'alarme n'était pas branchée ! s'écria le Génie, effrayé.

— Ce doit être l'alarme des vitrines qui est directement reliée à la police. Courez ! leur ordonna Märtha.

Ils poussèrent les chariots chargés d'or et de plastique à toute allure vers l'ascenseur. Au moment de s'engouffrer à l'intérieur avec leur butin, Märtha vit que le Râteau avait glissé quelque chose sous son bras.

— Mon Dieu, le casque de Vendel ! Il ne faut pas prendre ça ! Il a une valeur inestimable, il a plus de mille quatre cents ans !

— Mais je le trouve tellement beau ! protesta le Râteau.

— Ça m'est égal. Donne-le-moi, insista Märtha en lui arrachant le casque. Courez jusqu'à la voiture, j'arrive tout de suite, dit-elle en retournant vers le musée. Je vais juste le remettre à sa place.

— Tu n'as qu'à le poser devant l'ascenseur, suggéra le Génie, tandis que Märtha était déjà partie.

Il hésita, sur le point d'appuyer sur le bouton du rez-de-chaussée, quand il se rendit compte qu'ils étaient déjà en bas. Ils sortirent les chariots et gagnèrent la porte. *Pourvu que Märtha arrive vite !* Ils allaient ouvrir la porte quand ils entendirent les sirènes à proximité. Deux voitures s'arrêtèrent en faisant crisser les pneus. Le Génie jeta un coup d'œil prudent à l'extérieur et vit la police et les hommes du véhicule de la sécurité se diriger vers l'escalier. Quand ils eurent disparu, il fit un signe de tête aux autres et ils sortirent avec leurs chariots pour rejoindre la voiture garée un peu plus bas.

— Ouf, c'était moins une ! dit le Râteau, une fois qu'ils eurent poussé les chariots à l'intérieur et refermé les portes arrière. Mais bon sang, où est Märtha ?

Avec le précieux casque sous le bras, Märtha, très en colère, revint dans la salle du trésor. L'initiative du Râteau menaçait de tout faire capoter. Ils s'étaient pourtant mis d'accord pour ne voler que des objets en or. Le casque était, d'une part, en fer et en bronze, d'autre part, unique au monde. Il fallait absolument le remettre à sa place pour qu'il ne soit pas endommagé. Elle le reposa dans la première vitrine à gauche. *Pourquoi les hommes*, songea-t-elle, *sont-ils toujours autant fascinés par les pistolets, les épées et les casques ? Est-ce par nostalgie du service militaire ou une histoire d'hérédité ou de milieu social ? Non, les hommes doivent avoir un gène guerrier*, conclut-elle tandis qu'elle retournait vers l'ascenseur. Elle se rendit alors compte qu'elle était déjà au rez-de-chaussée et courut vers la porte. Elle sortit et tomba dans les bras de deux policiers.

40

Comme c'est joli, ici ! Märtha admirait l'aménagement de la pièce au commissariat où les meubles et les couleurs avaient été choisis avec goût et souci du détail. Ce genre de bureaux décorés par un designer, elle n'en voyait que dans les séries policières à la télévision. Il ne manquait plus que des bougies allumées. Dommage qu'elle soit convoquée dans ces circonstances, sinon elle aurait eu plaisir à rester pour contempler les lieux à son aise. Elle arrangea sa coiffure et serra son cabas contre son ventre. Cela l'aidait à se sentir plus en sécurité. Au départ, la police n'avait pas voulu le lui donner, mais elle avait menacé de faire un arrêt cardiaque si on la séparait de son sac. « Il ne faut pas mettre une vieille dame dans tous ses états », avait-elle expliqué, le doigt levé comme une institutrice mécontente. Personne n'avait osé la contredire.

Le commissaire l'avait interrogée pendant une heure, mais elle n'avait rien révélé. Elle avait seulement parlé du temps et des jolis meubles de la pièce, elle avait félicité Blomberg et son goût exquis. Elle avait apprécié les couleurs originales et répété plusieurs fois combien elle trouvait le repose-pieds moelleux. Mais rien ne surpassait l'aquarium, ce qu'elle ne s'était pas privée d'exprimer tout haut, avec de grands gestes. Des pierres et des algues magnifiques tapissaient le fond et quels jolis poissons ! De temps en temps, elle faisait celle qui avait l'esprit dérangé, ce qui, à la longue, l'épuisait pour de bon.

Blomberg feuilleta ses documents.

— Quel joli aquarium, monsieur l'agent ! répéta-t-elle en souriant.

Elle avait remarqué que le gravier posé au fond brillait étonnamment. Comme de vrais diamants.

— Je vous ai déjà expliqué, madame Anderson, que cet aquarium n'est pas le mien, mais celui de mon collègue Carlsson. Je vous parle de l'or, pas des poissons rouges ! Quelqu'un a volé des objets en or au Musée historique et...

— C'est honteux !

— Alors je vous pose encore une fois la question : que faisiez-vous en pleine nuit dans le Musée historique ? lui demanda Blomberg d'un air sombre.

— Je cherchais mon mari. L'alarme a retenti, alors je me suis précipitée à l'intérieur pour voir s'il était là.

— En pleine nuit ?

— C'est à cette heure-là que les femmes cherchent leurs maris.

— Hein ?

— Les *escort-girls*, ça vous dit quelque chose ? Ne me dites pas que vous ne savez pas ce que c'est !

Blomberg rougit malgré lui.

— Quelqu'un a forcé les vitrines de la salle du trésor. Comment expliquez-vous cela ?

— Ça c'est ennuyeux. Vous avez retrouvé mon mari à l'intérieur ?

— Nous enquêtons sur un braquage. L'affaire est sérieuse.

— Mais l'amour est une affaire sérieuse. Toujours. Vous avez de si beaux yeux, monsieur l'agent.

Blomberg ne put s'empêcher de rougir encore une fois.

— Ne changez pas de sujet.

— Je vous préviens : je resterai insensible à votre charme. Vous êtes marié ?

— Dois-je vous rappeler que vous êtes soupçonnée de tentative de vol dans les vitrines de la salle du trésor et...

— Ah bon ? Comme je suis contente ! On va vivre ici ensemble ?

Le commissaire Blomberg soupira, s'essuya le front et s'affaissa, l'air désemparé. Alors, sans prévenir, Märtha se leva et s'approcha de l'aquarium.

— Qu'est-ce qu'ils sont beaux ! Je peux en prendre ?

— De quoi vous parlez, bon sang ?

— Des poissons rouges, pardi ! C'est eux qui ont été volés ?

Märtha fut prise d'un fou rire. Pour Blomberg, la coupe était pleine. Pas question de passer une seconde de plus avec cette vieille folle. Il reposa son dossier sur la table.

— On reprendra l'interrogatoire un autre jour.

— C'est dommage. Est-ce qu'on pourra se revoir ? J'apporterai des granulés pour les poissons.

Blomberg poussa un soupir et s'avança vers Märtha. Elle bondit alors sur ses jambes, comme mue par un ressort, et le serra si fort dans ses bras qu'il faillit tomber à la renverse.

— Quel bon moment nous avons passé ensemble !

— Il vaut mieux que je vous appelle un taxi, dit Blomberg.

— C'est ça, monsieur l'agent. Mais je veux que ce soit une voiture de course, précisa Märtha.

Blomberg fit mine de ne pas l'avoir entendue et appela un collègue. L'auxiliaire de police conduisit Märtha hors de la pièce. Près de l'ascenseur, elle heurta un policier d'âge mûr un peu rondouillet, avec une coupe de cheveux à la mode.

— Qui était-ce ? demanda-t-elle en ayant l'impression que le visage de l'homme lui était familier.

— Lui ? C'est Carlsson, dit l'auxiliaire en la prenant par le bras pour entrer dans l'ascenseur.

Ils descendirent au rez-de-chaussée, sortirent et le policier l'aida à monter dans le taxi qu'ils avaient commandé.

— À la piscine Sturebadet, indiqua Märtha.

Elle n'avait pas l'intention de laisser le taxi la ramener à la maison. Stina lui avait appris à quel point c'était important de multiplier les fausses pistes.

Dans son bureau, Blomberg se rassit, découragé. Il n'avait rien pu tirer de la vieille folle. Elle n'était pas méchante, elle était dans son monde. On ne pouvait pas lui en vouloir, ce ne devait pas être facile de vieillir. Au moins, elle n'avait pas passé son temps à se plaindre. Elle avait juste l'esprit dérangé.

Des pas précipités résonnèrent dans le couloir et Carlsson pénétra dans le bureau. Il avait l'air tout excité :

— Blomberg, tu sais quoi ? La vieille, là, je la connais.

41

Olle Marling, le chef des Hells Angels, se rendit au club pour boire une bière. Il prit une Carlsberg au bar, but quelques gorgées et s'assit à la table la plus proche. Il aperçut alors le mannequin. *Ah vraiment, ça a de la gueule*, pensa-t-il en s'approchant. Grandeur nature, avec des super vêtements en cuir. Mais quand il le retourna, il découvrit l'emblème des Bandangels. Merde ! Il essaya de l'effacer, mais rien à faire. Il voulut retirer les vêtements, mais il n'y arrivait pas davantage, comme s'ils étaient collés à même le corps. Énervé, il chercha avec quoi il pourrait enlever l'emblème. Il alla dans la cuisine et remarqua que le placard sous l'évier était ouvert. Peut-être trouverait-il là quelque chose ? Il vit quelques chiffons, des produits de nettoyage, une balayette et un fer à repasser. Parfait, il n'aurait pas pu trouver mieux. Il retourna au bar, brancha le fer et l'appliqua sur l'emblème. La colle fondait. Tout content, il posa le mannequin sur le sol pour donner un dernier coup. L'emblème n'était pas entièrement décollé. Il appuya fort et alluma une cigarette. Il n'eut pas le temps de tirer sa première bouffée que le mannequin prit feu. Il chercha en vain des yeux un extincteur et saisit dans la panique ce qui lui tomba sous la main. Il déboucha plusieurs bouteilles de sodas et les versa sur le feu. Il traîna même le tapis qui se trouvait devant le bar et le jeta sur le mannequin. Quand le feu fut éteint, il redressa le mannequin. La moitié du blouson avait cramé, les pantalons, n'en parlons pas, et maintenant ça puait le chou brûlé. Ah, putain ! En poussant une flopée de jurons, il lui donna un coup de pied et le balança dans un coin. Avec le choc, la tête se retrouva de travers, mais il n'en avait rien à faire. Il nettoya les dégâts par terre, remit le tapis à sa place et sortit de la pièce. *Il ne faut jamais avoir la gueule de bois*, pensa-t-il, *ça donne mal à la tête et on fait n'importe quoi.*

Le gang des dentiers n'avait pas attendu. Dès qu'ils étaient rentrés chez eux avec le butin, ils s'étaient mis au travail. Le jour se levait. Tous étaient très fatigués, mais il fallait toujours finir ce qu'on avait commencé. Très fiers de leur ingéniosité, ils fourrèrent les objets en or dans des sacs noirs en plastique, et commencèrent à creuser des trous dans le jardin pour les y cacher. Ils avaient vu à la télévision les jardiniers préparer leurs boutures pour l'été, et s'étaient dit qu'il n'y avait pas de raison pour qu'ils n'y arrivent pas eux aussi. Leur jardin près du massif de lilas ressemblait à n'importe quel autre et n'éveillerait pas les soupçons. Gunnar surveillait les alentours, tandis qu'ils arpentaient le jardin pour préparer les trous. Trente-cinq kilos d'or, ça représentait de sacrées boutures !

Le soleil était haut dans le ciel quand ils retournèrent près des lilas après une sieste. Tandis que Märtha arrivait avec du café et des gâteaux, le Râteau et le Génie entreprirent de cacher l'or volé. Anna-Greta et Stina étaient descendues plus bas dans le jardin chercher de l'engrais, car Anna-Greta avait eu, comme elle le disait, « une bien meilleure idée » et avait entraîné Stina. Peu après, elles revinrent avec une brouette remplie d'engrais.

— Les garçons, dit Anna-Greta d'un air très sérieux. Mieux vaut cacher l'or dans l'engrais. Personne n'aura l'idée d'aller fouiller là-dedans.

— Hein ? fit le Râteau, en s'appuyant sur sa pelle.

— Si quelqu'un vous voit creuser la terre, il se demandera peut-être ce qu'on y enfouit, alors on sera mal... Mais personne n'aura jamais l'idée de mettre ses doigts dans le fumier, ajouta-t-elle.

Il y eut un grand silence. Le Râteau était décontenancé et le Génie avait cessé de creuser.

— N'avez-vous pas compris que les Bandangels nous surveillent depuis leur maison, là-haut ? dit Märtha. Je suis d'accord avec Anna-Greta, je vote pour le tas de fumier.

— Trente-cinq kilos d'or dans un tas de fumier, s'inquiéta Stina qui regrettait de s'être ralliée à Anna-Greta. On ne peut pas dire que ce soit vraiment glamour...

— Mais on peut mettre un peu d'aiguilles de pin et des vers blancs par-dessus, suggéra le Râteau pour se montrer positif.

Comme Stina lui avait reproché de toujours se plaindre, il essayait de montrer un autre aspect de sa personnalité pour regagner ses faveurs. L'aquarelle qu'il lui avait offerte n'était pas suffisante, il faudrait plus de temps pour qu'elle passe l'éponge sur ses escapades chez la voyante. Ah, pourquoi les femmes devaient-elles toujours faire des histoires ! Une petite aventure, ce n'était quand même pas le bout du monde...

— Des vers blancs ? Tu as toujours de si bonnes idées, le Râteau, le complimenta Stina, le visage rayonnant.

— Merci, dit-il d'une voix pâteuse en prenant sa main.

Peut-être que Stina lui avait malgré tout pardonné ? Il fallait vraiment que ça marche avec elle, parce que, du côté de Lillemor, c'était râpé. Les dernières fois qu'il avait sonné chez elle, soit elle l'avait rembarré, soit il avait entendu la voix de Tompa à l'intérieur. Avec Stina, c'était quand même autre chose. Elle était loyale, c'était une femme sur qui on pouvait compter.

— Mais si quelqu'un nous vole le fumier ? songea soudain Anna-Greta. Nos chers voisins, les Bandangels, par exemple ?

Nouveau silence. Ils n'avaient pas songé à cette éventualité.

— Je crois qu'on va s'en tenir à ce qu'on a dit. On va enterrer l'or et mettre un peu d'engrais par-dessus. Et des vers blancs, trancha le Génie.

Tous trouvèrent que c'était un bon compromis. On cacha l'or puis on rangea les pelles et les râteaux dans la remise à outils.

— Bon. Maintenant, il ne manque plus que la lettre. Asseyons-nous tous près des lilas, proposa Märtha. Ça nous inspirera.

— Est-ce que vous êtes conscients que ceci s'appelle du chantage ? dit Stina.

— Oui, mais ce n'est pas si grave, répliqua le Génie. Au fond, nous empruntons seulement ces objets en or. La rançon que nous exigeons sera allouée aux services à la personne, à l'école, à la culture et ce genre de choses. Tout retournera à l'État.

— Exactement, mais ce ne sera pas une mince affaire, quand on voit à quel point le système de santé est défaillant, soupira Märtha. C'est chacun pour sa pomme, aujourd'hui. On ne pense plus aux autres comme autrefois. Si la situation ne s'améliore pas, on va devoir travailler nuit et jour.

— Ne prends pas les choses autant à cœur, Märtha. Tu n'es pas obligée de sauver le monde entier, dit le Râteau. Il faut en laisser un peu pour les autres.

Ils se retirèrent près des lilas et Märtha leur servit le café habituel avec les gaufrettes et la liqueur de mûres arctiques. Ils discutèrent pour trouver la meilleure formulation possible et, comme d'habitude, Märtha s'était saisi de son carnet et de son stylo pour noter les suggestions.

Les objets en or de la salle du trésor sont en notre possession. Ils peuvent encore être restitués au royaume de Suède contre une rançon de cinq cents millions de couronnes – une somme qui sera directement reversée aux maisons de retraite, aux centres de soins, aux foyers et aux écoles du pays. Une fois que l'argent sera reversé sur les comptes ci-joints, vous aurez la possibilité de récupérer les objets. N'essayez pas de ruser avec nous, nous pouvons nous introduire dans tous les comptes pour vérifier que vous avez rempli votre mission. Si vous ne faites pas ce qu'on vous dit, on mettra le boxon dans les finances de l'État.

Märtha trouvait que cette dernière phrase conférait un esprit jeune à la lettre, ce qui mettrait la police sur une fausse piste. On croirait que des jeunes activistes avaient fait le coup. Et cette histoire de mettre la pagaille dans les finances de l'État n'était pas vraiment une menace, puisque, selon Anna-Greta, c'était déjà le cas…

— Il ne faudra pas oublier d'inscrire les adresses et les numéros de compte, pour que l'argent arrive à destination. Et bien préciser que la musique, l'art et le théâtre doivent obtenir au moins cinquante millions, dit Anna-Greta.

Gunnar alluma son iPad et tous cherchèrent les adresses et les numéros de compte de tous les bénéficiaires concernés. Mais voyant que Märtha avait mis le Musée historique sur la liste, les autres s'interrogèrent.

— D'abord, nous leur dérobons leurs objets en or et ensuite, tu voudrais que l'État intervienne et les soutienne avec une donation ? J'avoue que je n'y comprends rien, dit Anna-Greta.

— Je sais, mais je fais comme les banques, se défendit Märtha. D'abord elles prennent l'argent des gens et ensuite elles se tournent vers l'État et demandent de l'aide lorsqu'elles ont dilapidé cet argent. Les banques sont mon modèle !

À la fin, ils obtinrent une longue liste de bénéficiaires avec les numéros de compte correspondants. Tout le monde était satisfait, sauf Anna-Greta.

— Mais est-ce qu'on ne garde rien pour nous, alors qu'on s'est tapé pour le travail ? Sans compter les heures passées à reconnaître les lieux et à mouler les pierres, etc.

— Il y a plusieurs manières de s'enrichir, décréta doctement Märtha. Donner de l'argent aux autres est aussi une richesse. Une joie intérieure. Que diriez-vous d'une bonne tasse de thé et qu'ensuite nous écrivions toutes les adresses ?

— Honnêtement, compte tenu du temps passé devant l'ordinateur et de tout ce qu'il a fallu faire... je trouve qu'on mériterait un peu de reconnaissance, hasarda Gunnar.

Anna-Greta le remercia du regard. Elle pensait comme lui, mais n'avait pas osé le dire tout haut.

— Il faut bien qu'on ait de quoi vivre, renchérit Stina.

— D'accord, j'ai compris, concéda Märtha. On va arranger ça. Tant que nous ne devenons pas des requins de la finance qui en veulent toujours plus... Ou des gens qui contournent la loi et finissent par ne plus savoir ce qui est bien ou mal.

— Il faut bien contourner un peu la loi, protesta le Râteau. Sinon, on fait comment pour manger ?

— Oui, oui, je sais, dit Märtha. Pense au sac de golf et à l'argent de Las Vegas. Tôt ou tard, on les retrouvera et tout s'arrangera.

Comme Märtha ne faisait pas d'autres remarques, ils retournèrent dans la villa et s'attaquèrent à la rédaction de la lettre. Cette fois, pas question de découper des mots dans de vieux journaux, à l'ancienne. Le Génie avait déniché au centre de recyclage à Nacka un vieil ordinateur à partir duquel ils envoyèrent la lettre par e-mail. Puis ils conclurent cette longue journée en allant jeter l'ordinateur de l'embarcadère et en trinquant avec un verre de liqueur.

Lorsque Märtha se coucha ce soir-là, elle était très fatiguée et sombra dans un profond sommeil. Mais en pleine nuit, elle se réveilla en sursaut. Elle se rappelait qui était ce Carlsson qu'elle avait croisé au commissariat : c'était le douanier qui avait insisté pour fouiller son sac de golf à l'aéroport d'Arlanda. De fait, il était le dernier à l'avoir eu entre les mains. Que s'était-il passé depuis qu'ils l'avaient oublié sur la table ? Personne n'avait pu leur affirmer que le sac avait été détruit, ni qu'on l'avait déposé dans les réserves ou aux objets trouvés. Qu'avait dit Blomberg à propos de l'aquarium ? Que ce n'était pas le sien...

Le commissaire Blomberg était plongé dans ses dossiers lorsqu'il reçut un coup de téléphone. Comme Carlsson avait obtenu un tuyau concernant le vol au Musée historique, il avait prié le témoin de venir jusqu'à Kronoberg.

— Il s'agit d'ouvrir l'œil, dit Carlsson tout en regrettant de ne pouvoir mener l'interrogatoire lui-même, comme c'était l'heure de son hockey en salle. Mais tu es un vrai pro et, si tu veux, tu peux utiliser mon fauteuil, ajouta-t-il avant de filer avec son sac de sport.

Blomberg soupira. Carlsson ne se gênait vraiment pas. Des vases de designers très tendance occupaient la moindre surface libre et il était à présent cantonné à un coin de la pièce, à côté d'une plante verte hors de prix. Le téléphone sonna et l'agent à l'accueil l'informa qu'un témoin du vol demandait à le voir.

— Fais-la monter ! dit Blomberg, fatigué.

— Très bien, Mme Anderson est déjà en route vers ton bureau, répondit l'agent.

Dès qu'il entendit le nom, Blomberg sursauta.

— Qu'est-ce que tu dis ? Ah non, pas elle ! Pas cette vieille folle ! C'est trop tard, elle arrive ? Mais...

On frappa et avant qu'il ait pu dire quoi que ce soit, la porte s'ouvrit en grand. Cette fois, Mme Anderson portait un chapeau élégant, un tailleur chic et toujours son grand cabas à fleurs. Elle sentait le parfum.

— Ça alors, quel plaisir de vous revoir ! dit-elle en posant son sac sur la table. Vous allez encore m'interroger ? demanda-t-elle en s'asseyant à la même place que la dernière fois.

— Vous interroger ?

— Oui, parce que j'ai un tuyau, monsieur l'agent. Et c'est important. Vous feriez mieux de le noter.

Blomberg jeta un regard las sur Märtha et prit place à contrecœur de l'autre côté du bureau.

— Eh bien ?

— Le Musée historique et l'or qui a été dérobé, vous savez...

— Nous en avons déjà parlé, je crois.

— J'ai eu un soupçon quand j'étais là-bas.

— Je croyais que vous cherchiez votre mari, rétorqua-t-il d'une voix aigre.

— Pas lui, il est mort. Non, j'ai vu une voiture de police ralentir devant le musée. Je crois que c'était une fausse, vous savez, une qu'on maquille pour qu'elle ressemble à une vraie. On entend tellement parler de ce genre de choses de nos jours.

— Bien sûr, une fausse voiture de police...

Blomberg ne s'était pas donné la peine de mettre en marche son magnétophone.

— Ensuite j'ai aussi vu des malfrats, poursuivit Märtha. Ils avaient des blousons en cuir marqués *Hells Angels*. Ils sont entrés dans la salle du trésor avec deux Grandidos.

— Évidemment, eux qui sont si bons amis...

— Ils se sont serrés dans les bras les uns des autres si fort que ça en était attendrissant.

— Le coup de foudre, tant que vous y êtes, grommela Blomberg.

— Ensuite, ils ont bu de la bière et se sont baignés dans le puits aux souhaits. Ils se sont amusés comme des fous ! Vous auriez dû être de la partie. Mais qu'est-ce que je vois ? Vous n'avez pas enregistré mon témoignage, monsieur l'agent ? Honte à vous ! s'écria Märtha en lui lançant un regard si sévère qu'il n'eut d'autre choix que de mettre le magnéto en marche.

» Et vous savez ce qu'ils ont dit, ensuite, les garçons ? poursuivit Märtha. Qu'ils se refileraient leurs copines entre eux. Comme si les femmes n'étaient qu'une vulgaire marchandise. N'est-ce pas une conception épouvantable de la femme, monsieur l'agent ? Je n'accepterai pas d'être traitée comme ça.

— Je ne crois pas que vous êtes directement concernée. Vous n'avez pas à vous inquiéter.

— Comment ça ! Vous devriez avoir honte, monsieur l'agent ! Ce n'est pas parce que j'ai plus de 60 ans que je ne suis plus une femme ! Je ne vous pensais pas aussi grossier. Non, vous m'avez vraiment offensée. Si c'est comme ça, je ne vous dirai pas qui a volé l'or. Au revoir, capitaine ! lança Märtha qui se leva comme une furie, faisant tomber son siège à la renverse.

— Eh bien, au revoir ! dit Blomberg qui arrêta le magnéto, soulagé d'être déjà débarrassé d'elle.

— Au fait, j'avais apporté de la nourriture pour les poissons, dit Märtha en s'arrêtant au milieu de la pièce.

— Je ne sais pas si c'est nécessaire...

— Mais si ! insista-t-elle en ouvrant son cabas et en sortant des granulés.

Avant que Blomberg ait pu l'arrêter, elle était près de l'aquarium.

— Allez, venez, les petits poissons, à table !

Le temps que Blomberg la rejoigne, Märtha avait versé tellement de granulés que l'eau était toute trouble et que les poissons nageaient dans toutes les directions. Soudain, la montre de Märtha tomba dans l'eau.

— Oh, non ! Ma plus belle montre ! dit Märtha en plongeant la main dans l'aquarium.

Elle remplit le sachet vide avec les pierres qui tapissaient le fond et prit au hasard une bonne poignée de gravier avant de repêcher sa montre et de la poser par-dessus.

— Alléluia, capitaine ! Je l'ai ! Encore une chance qu'elle soit étanche ! s'écria-t-elle en donnant une petite tape sur la joue de Blomberg.

Puis elle glissa le sachet dans un sac de supermarché et fourra le tout dans son cabas.

— Voilà. Maintenant je pense que les poissons sont contents.

— Ceux qui sont encore en vie...

— Alors, au revoir, monsieur l'agent. J'espère que vous avez pris note de ce que je vous ai dit et que vous arrêterez ces malfaiteurs. Ils avaient des tatouages effrayants. Vous en avez aussi, monsieur l'agent ?

Blomberg prit Märtha sous le bras et la conduisit gentiment mais fermement vers la porte.

Une fois dehors, elle regagna un véhicule garé plus bas dans la rue et tapa à la vitre. Anders sourit et lui ouvrit la portière.

— Bon, tu peux y aller. Tu aurais dû voir sa tête quand il m'a vue ! gloussa Märtha.

— Tu as récupéré les diamants ?

— Bien sûr, et un peu de granulés pour poissons.

42

Le Génie ouvrit la fenêtre, s'étira et huma les parfums légers du printemps. Il comptait profiter de cette belle journée avec Märtha et ses amis pour boire du thé à la fraise et de la liqueur de framboise (le dernier coup de cœur de Märtha), se goinfrer de petits pains au lait, jouer à l'ordinateur et, bien sûr, admirer les motos qui vrombissaient à intervalles réguliers devant leur maison. Certes, les membres du gang n'étaient pas des enfants de chœur, mais si on leur témoignait un peu de bienveillance, il ne devrait pas y avoir de problème.

Il enfila une veste, sortit et alla chercher le courrier à la boîte aux lettres. Il remarqua alors qu'ANDERSON se lisait sur la boîte ANDENS SON. Le Génie sursauta. Quelqu'un avait donné un coup dans la boîte de sorte que le nom de Märtha était méconnaissable. Quelle malchance ! Il devait pouvoir arranger cela. Il alla chercher sa caisse à outils, qu'il posa dans le panier de son déambulateur. Il jeta un regard inquiet vers le haut de la rue, où vivaient les Bandangels. Et s'ils l'avaient fait exprès ? Une vague appréhension le saisit. Ces gars-là n'avaient-ils pas menacé Märtha quand elle avait refusé de leur céder le terrain ? Que comptaient-ils faire à présent ? Mieux valait ne pas se les mettre à dos. Ils auraient pu lui briser la colonne vertébrale rien qu'avec leurs petits doigts. Même s'il avait eu leur âge, il n'aurait pas fait le poids. Il aurait mordu la poussière avant d'avoir eu le temps de serrer les poings. Non, autant rester calme, réparer la boîte le mieux possible et faire comme si de rien n'était. Le soleil brillait, la journée s'annonçait belle. Une boîte aux lettres cabossée, ce n'était pas la fin du monde ! Il ne fallait pas s'attacher à ce genre de détails.

Il avait la belle vie, en dépit des braquages que Märtha organisait à un rythme un peu trop effréné à son goût. Elle devait se ménager, sa bonne amie. Elle avait quand même près de 80 ans ! Or elle débordait d'énergie, et il devait reconnaître qu'ils s'amusaient bien ensemble. Il tenait de plus en plus à elle et ne pouvait imaginer la vie sans elle. À se demander si... Cette pensée le fit rire tout bas. Tomber amoureux d'une braqueuse ! Ça alors !

Il s'apprêtait à réparer la boîte aux lettres, quand il entendit le moteur, reconnaissable entre mille, d'une Harley-Davidson. Il sortit son téléphone portable aussi vite que possible, et prit une photo. Tompa vit son geste, ralentit et s'arrêta devant lui.

— Eh, je n'aime pas les photos, compris ?

— Ce n'est pas vous que j'ai photographié, c'est la moto.

— Ah.

— Je vois que vous avez une King, cela a toujours été mon rêve, vous savez !

— Oui, c'est une vraie Road King.

— Ça, c'est une moto. Presque comme une Street Rider, dit le Génie. Mais, vous savez, j'en ai vu de magnifiques au port l'autre jour.

— Au port ?

— Oui. Et en plus, elles étaient flambant neuves. Il y avait une Electra Ultra.

— À d'autres ! Une Electra Glide Ultra dans le port de Stockholm ?

— Si, je vous assure. Une Twin Cam à refroidissement liquide... Vous voulez voir ? (Il fit défiler les photos sur le téléphone portable de Märtha et montra l'image à Tompa.) Superbe, non ?

— Oh, putain !

— Il y en a d'autres. Attendez, vous allez voir.

Le Génie lui montra tous les clichés, et quand ce fut au tour des voitures de luxe et des yachts, Tompa parut encore plus intéressé.

— Où ça, dans le port de Stockholm, vous dites ?

— Derrière les grilles de l'ancien chantier naval. On y trouve tout ce qu'on veut.

Tompa tambourina avec ses doigts sur son casque et pria le Génie de faire défiler encore une fois les photos. Il finit par ouvrir sa sacoche et en sortit un casque.

— Ça vous dirait de faire une balade à moto ? Pourquoi on n'irait pas faire un petit tour au port ?

Chevaucher à nouveau une Harley, et une King, en plus ! En était-il capable ? Lors du dernier cours de gym, Märtha l'avait complimenté sur sa forme. Oui, ça valait la peine d'essayer. Une pareille occasion ne se présentait pas tous les jours.

— Pourquoi pas, on me surnommait Cœur de Lion dans ma jeunesse, répondit-il tout en craignant que sa réponse ne fasse trop vieux jeu.

— Alors dans ce cas, fit Tompa en plaçant le déambulateur du Génie près du bord du trottoir et en l'aidant à monter derrière lui. Vous pouvez entrer dans cet entrepôt comme vous voulez ? J'aimerais bien jeter un coup d'œil à toutes ces merveilles.

Le Génie hocha la tête et enfila son casque.

— Les serrures, ça n'a jamais été un problème pour moi, dit-il en laissant éclater un sourire des plus juvéniles.

Märtha n'avait pas vu le Génie de la matinée et s'inquiétait. Il n'avait pas dit où il allait et avait tout simplement disparu. Lui qui prenait toujours soin de la tenir au courant ! Personne ne savait où il était parti. Le Râteau avait vu Tompa l'emmener sur sa moto. Mais il l'aurait prévenue s'il avait eu l'intention de parler avec les Bandangels. Märtha était si inquiète qu'elle ne pouvait penser à autre chose. Que s'était-il passé ? Tompa n'avait quand même pas l'intention de lui faire du mal ? Mon Dieu, et si la moto se renversait ? Le Génie était peut-être blessé ?

Märtha décida de confectionner des gâteaux, c'était la seule façon de s'occuper. Elle aurait dû mieux s'occuper de son ami, profiter davantage de sa présence, pas seulement préparer des braquages. Pourvu qu'il ne lui soit rien arrivé ! Oui, s'il revenait, ils feraient des promenades, cueilleraient des baies, des fleurs. Ils enlèveraient les branches tombées sur la pelouse et les pommes de pin.

Märtha se rendit dans la cuisine et réfléchit à ce qu'elle allait préparer. Elle demanda conseil à Stina et, dans son empressement, mit la cuisine sens dessus dessous. Après deux essais, elle réussit à faire un cheesecake aux framboises, le dessert favori du Génie. L'apparence n'était pas engageante mais la pâte était bonne. Elle emporta le gâteau dans sa chambre et dressa la table pour le café en s'appliquant de son mieux. Puis elle prit son tricot et passa l'après-midi à l'attendre. Quand, après plusieurs heures, elle entendit enfin ses pas résonner dans l'escalier, elle fut si soulagée qu'elle faillit en pleurer. Elle se hâta d'allumer les deux bougies parfumées et vérifia une dernière fois la table où le cheesecake tenait une place d'honneur, entouré de la cafetière, d'une assiette de gaufrettes et d'une bouteille de liqueur d'œuf. Au dernier moment, elle avait échangé la liqueur de mûres arctiques contre une liqueur d'œuf autrichienne. L'œuf avait un effet bénéfique sur les hommes, avait-elle lu dans un article sur les problèmes de couple.

Quand le Génie pénétra enfin dans la pièce, il avait les cheveux en bataille, les vêtements froissés et une expression radieuse sur le visage.

— Quelle moto, Märtha ! Il faudrait qu'on s'en achète une, dit-il avant de s'interrompre, à la vue des bougies allumées. Mon Dieu, il y a une panne d'électricité ?

— Pas vraiment, murmura-t-elle en rougissant.

— Tant mieux, parce que je suis trop fatigué pour réparer quoi que ce soit. Si tu savais ce que j'ai fait !

— Oh, j'ai ma petite idée. Les motos ?

— Comment tu fais pour toujours lire dans mes pensées ? s'écria le Génie, ravi, en attirant Märtha contre lui. En effet, j'ai vu tout un tas de Harley-Davidson dans l'entrepôt du port. Et tu sais quoi ? Il y a toujours autant de voitures de luxe et de bateaux. J'ai pris plein de photos, et Tompa aussi, ajouta-t-il en sortant son téléphone portable. Tu veux voir ?

Märtha prit la main du Génie dans la sienne.

— Est-ce qu'on ne va pas prendre une tasse de café d'abord ? dit-elle en le regardant avec un air sérieux. Tu n'es pas obligé de me croire, mais pendant les quelques heures où tu as été absent, tu m'as terriblement manqué.

— Ah bon ? C'est quoi, comme gâteau ?

— Un cheesecake. Il n'a pas l'air terrible, mais il est bon, dit Märtha. La crème, en tout cas.

— C'est toi qui l'as fait ? demanda le Génie, tout heureux. Un vrai cheesecake, mon gâteau préféré ! Et de la liqueur à l'œuf...

Il lui caressa les cheveux.

— Tu sais quoi, Märtha ? Malgré tout ce que j'ai fait aujourd'hui, je n'ai pensé qu'à toi. À un moment, dans l'entrepôt, Tompa a eu un regard si noir que j'ai... j'ai... vraiment eu peur. J'ai pensé que...

— Qu'est-ce que tu as pensé ?

— Que s'il t'arrivait malheur...

Le Génie s'interrompit et se racla la gorge. Finalement, il se jeta à l'eau.

— Je n'en reviens pas d'avoir rencontré quelqu'un comme toi, Märtha. C'est comme si tu t'étais fait une place dans mon cœur où tu mènes ta drôle de vie...

Cela la fit sourire et elle pencha la tête contre sa poitrine.

Ainsi, la journée devint pour le Génie l'une des plus extraordinaires de sa vie : une balade à moto le matin et un moment merveilleux avec Märtha l'après-midi. Quand ils finirent par goûter au cheesecake, les bougies étaient consumées et le café froid. Mais cela n'avait pas d'importance en un jour comme celui-ci, car même s'ils n'étaient plus tout jeunes, ils avaient pris une décision importante.

Ils s'étaient fiancés.

43

Dans la bibliothèque, on n'entendait que le tic-tac de l'horloge murale tandis que le gang des dentiers attendait le début du journal télévisé. Ainsi le braquage de la Handelsbank était en passe d'être élucidé ; de même, pour le vol dans la salle du trésor au Musée historique, ce n'était plus qu'une question de jours. La police allait tenir une conférence de presse que le journal diffuserait en direct.

Alors qu'ils pensaient fêter leurs fiançailles et le fait d'avoir retrouvé les diamants, Märtha et le Génie furent saisis de panique. Le Musée historique était fermé afin que la police technique et scientifique puisse procéder aux derniers relevés d'empreintes : c'était donc du sérieux. En outre, la police avait déclaré que le vol des objets en or vaudrait aux malfaiteurs plusieurs années de prison. Oui, les nouvelles à la radio les avaient vraiment effrayés. Chacun se taisait et attendait.

Märtha se rappela sa détention à Sollentuna après le vol au Musée national l'année précédente, la cellule minuscule et les meubles scellés au sol, les toilettes et le lavabo en métal. Ah non, elle ne retournerait pas là-bas. Ni à Hinseberg. La prison pour femmes jouissait d'un joli cadre dont on profitait lors des promenades autorisées. On pouvait préparer ses propres repas et faire du sport, mais il fallait voir certaines détenues... Avec un frisson, Märtha se souvint de cette fille, Liza, qui lui avait donné tant de fil à retordre, et l'avait menacée. Non, elle n'avait pas l'intention de remettre les pieds là-bas. Aucun de ses compagnons non plus n'avait envie de repasser par la case prison.

Jamais l'ambiance n'avait été aussi morose à la villa. *On a été trop aveugles*, songea Märtha. Ils avaient jusqu'ici considéré leurs actions comme un engagement envers la société, sans vraiment réfléchir aux conséquences. Ils n'étaient que des voleurs aux yeux de la police. Si ça se trouvait, ils seraient peut-être obligés de s'enfuir de nouveau à l'étranger. Certes, c'était un bon moyen de découvrir d'agréables lieux de villégiature, mais elle avait l'impression qu'ils venaient à peine de rentrer en Suède. Et puis, on ne pouvait pas passer sa vie à faire et défaire ses valises.

Märtha avait repris son tricot, mais elle avait beau se concentrer sur une casquette aux couleurs vives qu'elle confectionnait pour le Génie, elle n'arrêtait pas de perdre des mailles et de se tromper de motif. La police était-elle vraiment sur leur piste ? Les garçons n'auraient pas dû utiliser de l'éther, se dit-elle, cela avait peut-être laissé des traces. Et ça pouvait leur coûter quelques années supplémentaires derrière les barreaux. Mais le gardien avait été si retors, du genre qui sait tout mieux que tout le monde... Il devrait y avoir un triangle de signalisation pour ce type d'individus, comme ça, on les éviterait. Le jingle du journal télévisé retentit et tous fixèrent l'écran.

Le vol au Musée historique ne faisait pas la une. Il fut d'abord question de l'état calamiteux des finances publiques des pays européens. La solution, comme toujours, consistait à accorder des prêts sans garantie pour que chacun puisse respirer un peu. Märtha n'aimait pas ce genre d'escroquerie financière, où quelqu'un se retrouve toujours floué à la fin. Selon elle, il fallait avoir une réserve d'or et ne jamais vivre à découvert.

— Au moins, nous avons de l'or, du vrai, déclara-t-elle fièrement en désignant le jardin.

Le Génie était bien d'accord.

— Mais ce n'est pas une raison pour nous endormir. Cet or-là n'est qu'un emprunt, corrigea Anna-Greta.

— Je m'inquiète pour l'économie mondiale, soupira Märtha. Il y a forcément quelqu'un qui va se retrouver à la fin avec le mistigri en main.

— Tu ne peux pas régler les problèmes économiques du monde entier, objecta le Râteau que tout cela dépassait un peu.

Märtha voulut lui répondre mais le présentateur lança le sujet sur le Musée historique. Un reporter barbu se tenait à côté de Blomberg, en uniforme de police, devant le perron du musée.

— Est-ce que vous n'avez toujours pas la moindre piste ? demanda le barbu.

— Interpol est alerté. Nous avons nos contacts. Tôt ou tard, l'or va réapparaître.

— Quel est votre commentaire à propos de la lettre de chantage ? Est-ce que le gouvernement va payer la rançon ?

— Par principe, l'État ne paie aucune rançon.

— Mais selon les indications que nous avons, les voleurs veulent que l'argent de la rançon aille aux personnes âgées, aux pauvres et à tous les laissés-pour-compte de la société. Alors peut-être que…

— Je ne ferai aucun commentaire. Notre boulot, c'est de retrouver les malfaiteurs.

— Le trésor de Timboholm ainsi que les autres objets en or qui étaient exposés sont irremplaçables et font partie de notre patrimoine culturel. L'État ne va-t-il pas tout faire pour sauver ces biens précieux ?

— Je ne peux pas me prononcer là-dessus. Excusez-moi, mais maintenant je dois...

L'interview fut interrompue. Le gang des dentiers resta silencieux tandis que la caméra balayait la salle du trésor et zoomait sur les vitrines vides. Märtha éteignit la télévision.

— Aucune raison pour l'instant de s'inquiéter outre mesure, conclut-elle. Ce serait un scandale s'ils ne payaient pas.

— Bien sûr qu'ils doivent verser l'argent, renchérit le Génie. Je ne vois pas d'autre solution pour eux.

— Quoi qu'il en soit, on a fait du bon travail, les vitrines n'ont pas été vandalisées, fit Stina, toujours aussi attentive aux questions esthétiques.

— Ah, tu trouves ? C'est vrai qu'on arrive à faire un travail de précision avec une perceuse et une scie sauteuse appropriées, fit remarquer le Génie.

— La police prétend être à deux doigts d'élucider le vol, mais ils ne semblent pas avoir la moindre piste. J'ai l'impression que l'enquête piétine, constata Anna-Greta, soulagée.

— Je ne comprends pas, avec toutes les empreintes..., dit le Génie, l'air songeur.

— Mais Stina a tout effacé avec l'extincteur, tu ne te rappelles pas ? fit Märtha.

— Ah, tu as fait ça ? demanda soudain le Râteau en sursautant, le regard admiratif. Tu penses vraiment à tout. Avoir une telle présence d'esprit dans un moment pareil !

— On apprend beaucoup de choses dans les livres, répondit Stina en retouchant d'un geste nonchalant son rouge à lèvres. Je ne sais pas si les jeux sur ordinateur apportent autant.

— Hein ?

— Qu'allons-nous faire ? L'État n'a rien versé, ni aux maisons de retraite ni à la Culture, soupira Märtha.

— Ni à notre compte secret, ajouta Anna-Greta. Oui, excusez-moi, mais Gunnar m'a montré comment faire, alors j'ai ouvert un petit compte rien que pour nous, pour que nous puissions acheter des cadeaux quand nous irons faire la tournée des maisons de retraite. Les pensionnaires étaient si contents la dernière fois. Sans oublier que nous avons des frais élevés de garde-meubles. On s'est vraiment mal débrouillés, nous payons sans rien avoir à stocker là-bas.

— Oui, nous avons besoin d'argent et nous n'avons pas eu la chance de notre côté, cette fois. Tout ne peut pas être parfait, dit Märtha qui était vraiment troublée.

Elle tenta de se reprendre et de penser au travail de la police, à la rançon non versée et à l'argent qui avait disparu, mais rien à faire. Elle n'avait qu'une envie : embrasser le Génie.

— Vous savez quoi, en y réfléchissant bien, c'est peine perdue d'attendre l'argent de l'État, lâcha-t-elle. Ils mettent tant de temps à se décider que quand ils le feront – s'ils le font –, on sera morts depuis belle lurette. Pourquoi ne pas plutôt envoyer la lettre à des investisseurs en capital-risque ?

— Ces gens-là ne lambinent pas, acquiesça le Râteau. Mais il faudrait les dédommager pour leur aide.

— C'est vraiment bête que nous n'ayons pas pu emporter plus d'or avec nous. Si le durcisseur n'avait pas été si vieux, le moulage aurait tenu, nous aurions pu ramasser plus de choses et en offrir un peu..., dit le Génie.

— Oui, le durcisseur était un peu trop vieux, c'est toujours difficile de lire la date de péremption sur le paquet, le consola Märtha. Mais...

— On ne va pas donner l'or, intervint Anna-Greta. C'est la propriété de l'État. On devrait avoir suffisamment avec le reste.

— Est-ce qu'on ne pourrait pas proposer à ces requins de la finance d'acheter des maisons virtuelles ? hasarda Gunnar en se mêlant à la discussion. Des projets immobiliers fantômes, dans lesquels on les convaincrait d'investir de l'argent ?

— Super plan, s'écrièrent-ils tous d'une seule voix.

Mais ils se rendirent vite compte qu'ils n'avaient aucune idée de la manière de mener à bien ce plan, et leur enthousiasme retomba comme un soufflé. Tous avaient du mal à dissimuler leur déception : même si le vol du Musée historique avait été soigneusement préparé, ils n'en avaient toujours pas tiré le moindre centime. Soudain, Anna-Greta se mit à rire.

— Ce vol ne nous a rien rapporté, mais qu'est-ce qu'on s'est amusés ! Avant, on avait bien le butin mais on l'a égaré. Maintenant, il manque une partie du butin et par ailleurs, nous ne pouvons pas le monnayer.

Elle regarda Gunnar du coin de l'œil et éclata d'un rire contagieux.

— Il serait peut-être temps de faire un nouvel essai pour retrouver notre argent de Las Vegas qui a été détourné. Ces sommes ont bien atterri quelque part, dit le Génie.

— Tu as raison. Nous sommes partis dans trop de directions. Je vais refaire une tentative pour m'introduire dans le compte de ce cabinet d'avocats, déclara Gunnar.

— Ce serait bien, car Beylings ne me dit rien qui vaille, renchérit le Génie. J'ai vu plein de nouveaux yachts et de motos la dernière fois que je suis allé au chantier naval. J'ai même vu des tableaux et des voitures anciennes !

— C'est vrai, j'avais complètement oublié, dit Märtha en levant si brusquement la tête qu'elle fit tomber son tricot. Quand nous avons parlé avec le gardien, j'ai relevé quelques codes qu'il gardait à côté de l'ordinateur. Tu te rappelles, le Génie ? Ça ressemblait à une liste. (Märtha fouilla dans son grand sac.) Ah, si on pouvait remonter jusqu'aux clients de Beylings par ce biais ? C'est drôle que je n'y aie pas pensé avant, fit-elle remarquer en tendant à Gunnar un bout de papier froissé. Car même s'ils se contentent de louer cet entrepôt pour leurs clients, ils ont forcément les noms des propriétaires de ces biens.

— Évidemment, répondit Gunnar en s'asseyant devant l'ordinateur. Donnez-moi une heure ou deux et je vais voir ce que je peux faire.

Anna-Greta s'assit tout contre Gunnar et fit signe aux autres de s'éloigner. Ceux-ci se retirèrent dans la salle de jeux aménagée dans la cave, où ils avaient installé un billard, une table et de beaux fauteuils. En attendant, ils jouèrent au bridge, mais ils avaient du mal à se concentrer. Personne n'avait la tête à reprocher au Râteau ses tricheries, bien qu'il ait fait tomber plusieurs fois ses cartes par terre et que, curieusement, il gagne tout le temps. Gunnar et Anna-Greta se faisaient désirer, mais au bout d'un peu plus de deux heures, ils vinrent les rejoindre pour leur faire un rapport.

— Écoutez ça, c'est instructif. Ces marchandises appartiennent à des pontes de la commune, annonça Gunnar en brandissant une liste. En outre, nous avons trouvé un vieux receleur de biens de luxe dont le propriétaire est Cornegie & Care Trust AB.

Le Génie émit un sifflement.

— Puis il y a une énorme quantité de marchandises qui appartiennent à un certain Blomberg…, enchaîna Anna-Greta.

— Tu ne parles quand même pas de mon commissaire Blomberg ? dit Märtha, stupéfaite.

— Si, je crois que ce Blomberg est fondé de pouvoir pour la caisse des retraites de la police. D'ailleurs, il sera bientôt à la retraite et croule sous les dettes. Alors, ce ne sont pas les motifs qui manquent.

— Je commence à comprendre, intervint Stina. Nos versements à la caisse des retraites ont fonctionné, mais c'est après qu'il y a eu un bug.

— Exactement. Par le biais de la caisse de retraite de la police, quelqu'un est remonté jusqu'à notre compte à Las Vegas. Quelqu'un qui s'y connaît bien en informatique et qui a pu détourner les versements à son profit...

— Et mettre la main sur tout l'argent, compléta Anna-Greta. C'est une honte !

— Blomberg a acheté récemment des tableaux, des voitures et des bateaux pour des centaines de millions de couronnes, des biens qui sont inscrits au nom du cabinet d'avocats Beylings, poursuivit Gunnar. Ce ne peut pas être une coïncidence.

— Mais en quoi ça nous concerne ? demanda le Râteau qui avait un peu de mal à suivre.

— Les tableaux de Liljefors et de Zorn acquis par Blomberg valent deux cents millions. Blomberg a eu accès à nos versements par le biais de la caisse de retraite de la police et ensuite il a fait transférer toutes les sommes sur son compte.

— Quel infâme escroc ! s'écria le Râteau en serrant les poings.

— Dire qu'un cabinet d'avocats couvre des actes illégaux et aide à détourner des fortunes ! Je croyais que les avocats étaient là pour aider les honnêtes gens à se protéger des escrocs, et non le contraire, s'indigna Stina.

— Bienvenue dans la réalité, sourit Gunnar.

— Quels porcs ! s'exclama Märtha. Gunnar, montre-moi les listes sur l'ordinateur.

Il les lui tendit et Märtha examina attentivement les documents pendant un bon moment en fronçant de plus en plus les sourcils.

— Vous savez quoi ? Ce Blomberg et les autres crapules ne perdent rien pour attendre. On va leur reprendre jusqu'au dernier centime. J'en fais une affaire personnelle !

— Mais Märtha, comment tu vas t'y prendre ? s'enquit le Génie. Nous n'allons pas déjà refaire un braquage ?

— J'ai une idée, dit Märtha. Nous allons déléguer.

44

Dès qu'il avait aperçu Tompa, le Génie avait enfilé son manteau et s'était précipité dehors. Quand le loubard descendit la rue, le vieil homme fit mine d'aller à la boîte aux lettres et souleva sa casquette.

— Bonjour ! Quelle belle journée !

— Salut ! répondit Tompa.

— Au fait, j'ai trouvé ça dans le tiroir de mon bureau. Je suis sûr que vous n'avez jamais vu une cylindrée aussi belle, dit le Génie qui fouilla dans sa poche et sortit une vieille photo écornée. Elle a de la gueule, hein ? C'est celle que j'avais à 18 ans, c'était super pour draguer. Les filles tombaient comme des mouches.

— Oui, les nanas sont raides dingues dès qu'elles voient ce genre de bolides, confirma Tompa en passant le pouce sur la photo un bon moment avant de la lui rendre.

— Bien sûr, cette moto n'est rien comparée aux cylindrées de luxe qu'on a vues dans le hangar, admit le Génie. Quel rêve ! Le cabinet d'avocats Beylings doit rouler sur l'or.

— Beylings ? Tu les connais ?

— Oui, ils possèdent presque tout ce qu'on a vu l'autre jour.

Tompa se redressa et scruta le Génie.

— Ouais, c'est de vraies crapules, ces gens-là. Et toute la clientèle qu'ils ont... Tout ce qu'ils font, c'est enrichir des mecs qui puent déjà le fric... Ah, bordel ! fit-il en glissant une chique contre sa gencive.

— Et les yachts, les voitures et les tableaux qui traînent là-bas et prennent la poussière..., soupira le Génie.

— Ouais, ces mecs en costard savent donner le change, renchérit Tompa qui cracha un jet de salive marron sur le gravier. Des criminels en col blanc, mais criminels quand même...

— Une question m'a traversé l'esprit : Beylings ne peut pas posséder tout ça, vous, qu'est-ce que vous en pensez ? voulut savoir le Génie. À mon avis, ils ont juste mis ces biens à leur nom.

Tompa parut songeur.

— C'est clair. Les mecs louches ont besoin d'avocats. Je parie que Beylings chie dans son froc, tellement ils ont la trouille que ça se sache ! Bon, ce n'est pas tout, mais il faut que je file. À la prochaine !

Le Génie le regarda s'éloigner, jeta un coup d'œil dans la boîte aux lettres et retourna à la villa.

— Alors, comment ça s'est passé ? s'empressa de demander Märtha quand il entra dans le vestibule.

— Ça a été comme sur des roulettes, ma chère ! J'ai semé pas mal de petites graines. Ça devrait le faire bouger.

Tompa n'eut pas besoin de plusieurs jours de réflexion. Dès le vendredi, il embarqua Jörgen après le déjeuner et ils partirent en direction du quartier d'affaires. Ils traversèrent Stureplan et non loin du restaurant Riche, ils garèrent leurs motos et enlevèrent leurs casques. Jörgen passa sa main dans ses cheveux poisseux et Tompa ouvrit son blouson en cuir. Il avait trop chaud avec sa veste et ses bottes, mais c'était la tenue obligatoire. D'un coup de pied, il envoya valdinguer une canette de bière sur le bitume.

— Prêt ?

Jörgen acquiesça et, ensemble, ils se dirigèrent vers le cabinet d'avocats Beylings. Ils arrivèrent devant une jolie entrée, Birger Jarlsgatan 4, où l'on devinait un tapis rouge et de belles peintures à l'huile derrière les vitres. Ils sonnèrent et, quand une voix de femme leur demanda de se présenter, Tompa répondit avec une voix haut perchée :

— Le livreur de fleurs.

Une fois entrés, ils ajustèrent leurs blousons et prirent l'ascenseur. Arrivés au troisième étage, ils sonnèrent. Tompa trépignait d'impatience. Même si ce n'était pas la première fois qu'il faisait ça, il éprouvait toujours un certain malaise. Mais il fallait que les Bandangels montrent de quoi ils étaient capables. Le chef des Hells Angels ne s'était toujours pas manifesté pour les intégrer dans leur groupe, alors ils devaient mettre la gomme. Montrer de quoi ils étaient capables.

Une secrétaire leur ouvrit. En franchissant le seuil, Tompa remarqua que le gond de la porte blindée avait reçu un coup. Parfait. L'alarme ne devrait pas fonctionner.

— Maître Birgerson, s'il vous plaît.

— Son bureau est plus loin dans le couloir. Est-ce que vous aviez rendez-vous ?

— Évidemment.

Sans attendre de réponse, Tompa et Jörgen avancèrent dans le couloir, s'arrêtèrent devant la porte de Birgerson, se lancèrent un regard et hochèrent la tête. D'un geste violent, Tompa ouvrit la porte en grand. Derrière son bureau, Birgerson leva la tête, interloqué.

— Qui êtes-vous ? Je ne reçois personne à cette heure-ci.

— On est là pour vérifier un certain nombre de choses qui nous posent problème.

Birgerson appuya discrètement sur le bouton qui activait la caméra de surveillance, mais Tompa surprit la manœuvre et fit signe à Jörgen. Celui-ci parcourut rapidement la pièce du regard, recula et sectionna les fils de la caméra.

— Expliquez-vous, dit Birgerson en adoptant un ton qui se voulait ferme.

— Vous avez de jolies choses dans le port...

— Je ne vois pas de quoi vous parlez.

Tompa sortit son portable et lui montra des photos du hangar.

— Bon sang, comment... ?

— Des motos, des bateaux, des voitures anciennes, des tableaux et ce genre de babioles. Ça nous fait bizarre de penser que votre bureau « possède » tout ça.

Difficile de se méprendre sur le ton ironique de la phrase. Birgerson tâtonna pour trouver le bouton d'alarme, en vain. Tompa ricana. Porte blindée abîmée. Les ouvriers avaient dû débrancher l'alarme pour pouvoir travailler.

— Qu'allez-vous faire avec tous ces machins ? Les refiler à votre gonzesse, peut-être ? persifla Tompa.

Birgerson ne répondit pas.

— Ah, je comprends, vous n'êtes que des intermédiaires. Ils vous paient bien, les fraudeurs fiscaux ? Vous devez vous faire un max de fric, non ?

— Je ne fais aucun commentaire sur les affaires de mes clients, répliqua Birgerson.

— Mais c'est toi qui possèdes ce bureau. La police est au courant de tes affaires louches ?

Birgerson parut soudain inquiet, il rangea les documents qui traînaient sur son bureau et chercha son téléphone portable. Tompa, d'un geste vif, l'envoya valser à terre.

— Mais c'est quoi, ça ? Foutez-moi le camp ! cria Birgerson.

Tompa et Jörgen bondirent et le saisirent par le col. L'avocat blêmit, il suait la peur par tous les pores de la peau. Ils le bousculèrent.

— Tu sais parfaitement de quoi il s'agit. Tu as un cabinet qui trempe dans des affaires pas nettes. Si tu veux qu'on se taise, t'as une semaine pour mettre dix millions sur la table. Sinon, eh bien, on prendra des gages, on peut se payer un bon salaire avec la marchandise de cet entrepôt.

Tompa rit, mais ses yeux demeurèrent froids. Il donna un violent coup de coude dans les côtes de l'avocat.

— T'as compris ou t'as besoin que je répète ? Si tu préfères, on peut aller voir la police tout de suite.

— Mais...

— Criminalité en col blanc, pouah, ça pue ! Avec ça, t'es sûr de croupir un bon moment en taule, ricana Jörgen.

— Nous n'avons rien à voir là-dedans, vous vous trompez...

Tompa et Jörgen balancèrent l'ordinateur par terre.

— T'as pas intérêt. C'était dix millions. Tu auras de nos nouvelles !

— Mais...

— Et si tu ne paies pas, le menaça Tompa en lui mettant son poing sous le nez, on sera obligés de réclamer l'intégralité de tes dettes, et crois-moi, tu vas être mal. Inutile d'aller voir la police, sinon c'en est fini de toi. Ton fils va au collège Östra et est un brillant attaquant au club des Brommapojkarna, si je ne me trompe pas ? Tu n'as pas envie qu'on lui fasse du mal, n'est-ce pas ? Dans ce cas, fais ce qu'on te dit et tout se passera bien.

Quand Birgerson trouva enfin son téléphone, les deux membres du gang avaient déjà quitté son bureau et disparu dans la rue. Il entendit le bruit de deux motos qui démarraient et s'éloignaient. Il s'approcha de la fenêtre et regarda dehors. Il avait trop de travail, ne s'était pas vraiment occupé des affaires entreposées au port, et un imbécile avait laissé entrer ces types dans l'entrepôt. Maintenant il était vraiment mal barré. Il n'avait pas payé les assurances. Dix millions, ça ne se trouvait pas comme ça. Son cabinet d'avocats ne marchait pas si bien que ça, même s'il faisait tout pour donner le change. Quelle tuile !

Birgerson était un homme qui savait se maîtriser, mais la coupe était pleine. Il se mit à pleurer. Comment allait-il se sortir de ce mauvais pas ?

Carlsson mit sa clé USB dans l'ordinateur de Blomberg et cliqua sur l'icône. Cette fois, il avait téléchargé les images des caméras de surveillance du Musée historique et de la salle du trésor. Il se pencha en avant en pointant son doigt sur l'écran.

— Ici, Blomberg, tu as cette vieille femme dont je t'ai parlé. Je la reconnais parce que je l'ai vue à l'aéroport d'Arlanda, quand je travaillais là-bas. Et elle apparaît aussi sur les images devant la Handelsbank, dit-il en montrant de l'index une image floue de Märtha qui tournait sans arrêt autour du puits aux souhaits avec un objet bombé sur l'épaule, peut-être un gros sac à main. (De temps à autre, elle se penchait par-dessus la barrière et examinait les pièces de monnaie dans l'eau, ou bien parlait avec d'autres personnes âgées.) C'est bien la vieille que tu as interrogée ?

— Ah non ! Pas encore elle ! gémit Blomberg en portant la main à son front.

— Tu l'as arrêtée ?

— Oh que non. Un vrai pot de colle. Je ne savais pas comment m'en débarrasser. Elle est complètement fêlée. C'est tout à fait par hasard qu'elle était au musée à ce moment-là.

— Une drôle de bonne femme ! On la retrouve tout le temps sur les lieux des vols. Regarde les images des caméras de surveillance : tout de suite après le vol, on la voit porter un objet rond sous le bras. On dirait un casque.

Blomberg montra l'écran et rit.

— Ce truc, là ? Tu sais ce que c'est ? C'est son cabas. Il est à fleurs et d'une laideur... Et tu ne devineras jamais ce qu'il y a dedans. Des granulés pour poissons !

— Des granulés pour poissons ? T'es sûr ?

— Et comment ! Si tu me reparles encore une fois de cette folle... (Blomberg chercha quelle menace il pouvait proférer)... je déplacerai tous tes vases et tes meubles !

45

À tout moment, le gang des dentiers risquait d'être découvert. Les plantes du jardin potager poussaient à une vitesse folle et l'or se couvrait de racines de plus en plus touffues. Les retraités s'étaient armés de patience, mais les jours passaient et on était bientôt au mois de juin. Ni l'État ni la commune ni personne d'autre ne proposa de payer la rançon. Que se passerait-il si un lapin se mettait à creuser des terriers dans le sol et déterrait un collier ou un vieux lingot d'or ? Le nouveau voisin du bas de la pente s'était procuré un cheval. Et si l'animal se mettait à gambader partout ? Non, ce n'était pas la cache idéale. Dans la villa, les retraités commençaient à désespérer. Ils avaient écrit des lettres aux investisseurs en capital-risque et aux requins de la finance, mais personne, absolument personne, ne s'intéressait à ces trésors du patrimoine suédois.

— Si nous avions proposé de vendre une entreprise de soins à domicile ou une maison de retraite, on aurait eu plus de chances d'avoir une réponse, soupira Märtha.

— Ou une école, compléta le Génie.

Même la police resta étrangement silencieuse. Soit les enquêteurs s'étaient fourvoyés, soit ils se tenaient en embuscade. L'inquiétude grandissait et Märtha eut fort à faire pour réconforter ses camarades. Elle rajouta quelques séances de remise en forme afin de les obliger à garder leur tonus et eut quelques paroles apaisantes pour chacun, répétant à l'envi que personne ne creuserait sans raison dans un jardin d'aromates recouvert d'engrais. Comme les autres ne réagissaient pas, elle insista d'une voix plus forte :

— Et surtout pas sur un terrain où il y a aussi des vers blancs !

Le Râteau dut admettre qu'elle pouvait avoir raison.

Comme il ne se passait rien non plus sur le front du port de Stockholm, Märtha et le Génie se demandèrent si leur plan n'avait pas échoué. Devaient-ils annoncer la nouvelle de leurs fiançailles pour apporter une note joyeuse ? Mais ils auraient souhaité une ambiance plus festive. Quel intérêt d'en faire part à tout le monde alors que personne n'avait le cœur à faire la fête ? Il fallait d'abord sortir de cette situation délicate. Quelques-unes des plus belles antiquités suédoises étaient enterrées dans leur jardin et elles ne pourraient pas y rester indéfiniment.

— Il y a quelque chose que j'ignorais concernant notre nouveau plan, dit Märtha un peu plus tard dans la soirée quand elle retrouva le Génie dans sa chambre pour discuter.

À cause du secret de leurs fiançailles, ils se retrouvaient en cachette chez l'un ou l'autre. C'était plaisant de recevoir de la visite, et plus piquant encore quand personne n'en savait rien. Märtha appréciait que le Génie ait aussi sa chambre à lui, vu qu'il était tout sauf ordonné.

— Notre nouveau plan ? répéta le Génie en balançant ses pantoufles. Comment ça ?

— Oui, nous sommes passés de l'action à l'oisiveté. Il faut se munir de patience.

Märtha mit son bonnet de nuit et attrapa les boules Quiès. Si le Génie ne grinçait plus des dents grâce à son appareil, il continuait de ronfler terriblement.

— Persévérance et patience, c'est ce qu'il nous faut. Oui, mon ami, de la patience. C'est un bon exercice pour toi.

— Hum, oui… Que tu es mignonne avec ton bonnet de nuit.

— C'est gentil de me dire ça, fit Märtha en l'embrassant sur la joue.

À l'aube, le Génie fut brusquement réveillé par un bruit mystérieux qui venait de la mer. Pas celui d'un moteur de moto, mais plutôt celui d'un grand hors-bord. Il secoua Märtha.

— Écoute, j'entends des bateaux qui arrivent dans la baie.

À toute vitesse, Märtha et le Génie enfilèrent leurs robes de chambre pour jeter un coup d'œil dehors. Du balcon, ils virent accoster à leur embarcadère un bateau Pettersson et deux yachts de luxe. Des gars des Hells Angels, tout de noir vêtus, amarrèrent les bateaux puis sautèrent à terre. À peine les yachts eurent-ils accosté que de nouveaux bruits se firent entendre. Des remorques et des voitures…

— Une Bentley, affirma le Génie, sûr de lui.

— Que dis-tu, chéri ?

— Une Bentley. Oh, mon Dieu, une Jaguar !

— Ça, c'est pire ! s'écria Märtha.

Märtha et le Génie tournèrent leurs regards vers la route où toute une caravane de voitures remontait la côte. À cet instant, tous les habitants de la villa s'étaient réveillés, puis les autres membres du gang des dentiers les rejoignirent sur le balcon pour assister au défilé des voitures et des motos.

— Le Génie, tu reconnais les voitures ? demanda Märtha qui, malgré sa somnolence, voulait savoir si leur plan avait réussi.

Mais son tendre ami, complètement absorbé par l'apparition de tous ces fabuleux véhicules, était incapable de lui répondre.

— Et voici qu'arrivent une vieille Ford T et des Harley-Davidson, déclama-t-il sur un ton lyrique.

— Quel convoi fantastique, approuva le Râteau en se frottant les yeux. Je n'ai jamais vu autant de bagnoles de luxe de toute ma vie !

Certaines voitures furent garées sur le terrain des Bandangels et quand leur cour fut pleine, les autres furent dirigées vers le terrain des retraités.

— Ils n'en font vraiment qu'à leur tête, quel sans-gêne ! commenta Stina en voyant débarquer un flot ininterrompu de voitures et de remorques avec des bateaux de tailles diverses.

— Chut, Stina. Laisse-les faire. C'est justement ce qu'on attendait, dit Märtha.

Silencieux depuis un moment, le Génie se mit à faire les cent pas sur le balcon.

— C'est de la folie, Märtha. Je me sens si coupable. On dirait qu'ils ont vidé tout l'entrepôt. Je me demande comment ils ont pu mettre la main sur les clés. Ils ont dû bidouiller les câbles pour faire démarrer les voitures.

Märtha prit sa main.

— Mon cher ami, les affaires louches des Bandangels et du cabinet d'avocats, ça les concerne. Toi, tu n'as rien fait de mal. Tu as seulement été un peu bavard.

— Je sais, mais je l'ai fait exprès. Et c'est moi qui leur ai montré où tous ces véhicules étaient cachés.

— Ça s'arrangera. Tu verras.

— Si tu le dis, répondit le Génie, l'air toujours un peu malheureux.

Tout cela s'avérait plus dangereux qu'il ne le pensait. Il avait vu toutes ces voitures et ces bateaux dans le hangar, et maintenant ils débarquaient ici ! Et si Tompa, devinant que le Génie était en mesure de les reconnaître, cherchait à le réduire au silence ?

Pendant un temps qui parut interminable, ils assistèrent à l'invasion de leur terrain au point qu'ils furent pris d'un léger vertige. C'en était trop, ils préférèrent se réfugier à l'intérieur.

— Je crois que nous avons eu notre lot d'émotions pour aujourd'hui, conclut Märtha en refermant la porte du balcon. Retournons au lit, nous avons besoin de dormir.

Tout le monde se rangea à cet avis et chacun retourna chez soi. Mais ils ne purent fermer l'œil tout de suite. Il est difficile de trouver le sommeil quand le fruit d'un larcin de plusieurs millions de couronnes est stocké juste en bas de chez vous.

46

Le petit déjeuner fut tardif ce matin-là et après avoir bu du café, mangé des œufs, du yaourt et du muesli, tous se sentirent plus d'attaque. Märtha se leva et monta à l'étage avec le Génie. Ils regardèrent par la fenêtre. Le sol était complètement labouré et devant chez eux se trouvaient les voitures et les yachts les plus luxueux qui soient.

— C'est fou. Une déferlante de biens de luxe, dit le Génie.

— Oui, et maintenant c'est à toi d'agir, rétorqua Märtha. Il faut que tu aies l'air fâché, le Génie, très fâché.

— Fâché ? Mais, ma chérie, c'est impossible.

— Mais tu vois bien que le jardin entier est rempli d'affaires qui ne sont pas à nous. Ce serait bizarre si nous n'étions pas en colère !

— Ce n'est pas ça. Mais je ne me sens pas capable d'être en colère. En ce moment, comment être en colère quand je ne le suis pas du tout ? Au contraire, je suis tellement content, tellement heureux... Enfin, tu vois ce que je veux dire... Toi et moi...

Märtha comprit ce qu'il cherchait à lui dire et cela lui fit chaud au cœur.

— Dire que j'ai dû attendre si longtemps avant de trouver quelqu'un comme toi, murmura-t-elle. C'est tellement agréable de partager tant de choses avec toi. De prendre du bon temps et même...

— Oui...

J'ai seulement un peu de mal à te suivre dans toutes tes entreprises, songea le Génie, mais il préféra rester diplomate et l'attira contre lui. Des pas dans l'escalier se firent entendre, ils s'écartèrent l'un de l'autre, toussotèrent et descendirent à la cuisine.

— C'est le moment de refermer le piège, annonça Märtha aux autres. Il est grand temps d'affronter les Bandangels, tout va bien se passer, vous verrez.

— De quoi parles-tu ? Je ne comprends pas, intervint Stina.

— Nous allons nous battre avec une bande de motards armés de matraques et de poings américains, expliqua le Génie qui avait blêmi.

— Oh ! là, là ! fit Stina. Comme vous êtes courageux !

— Gunnar pourra peut-être vous aider, proposa Anna-Greta en regardant autour d'elle, alors qu'il était déjà parti.

— Peuh ! J'en fais mon affaire. Parfois, il faut donner un peu de sa personne, dit le Génie, requinqué par l'admiration qu'il venait de susciter chez les autres.

Au fond de lui, il n'avait jamais eu si peur de toute sa vie, Märtha le lisait dans son regard.

— Je t'accompagne, lança-t-elle. C'est toujours mieux d'être à deux, n'est-ce pas ?

Un peu plus tard, le Génie prit le bras de Märtha et, ensemble, ils montèrent vers la villa jaune. Une fois sur place, le Génie se redressa et martela la porte de coups francs et décidés. Tompa ouvrit et sourit en voyant ses vieux voisins. Il ne leur proposa pas d'entrer.

— Nous voudrions vous parler des choses que vous avez entreposées sur notre terrain. C'est chez nous, commença Märtha. Nous aurions voulu...

— Ouais, et ?

— Nous avons simplement besoin de récupérer notre terrain, renchérit prudemment le Génie. Nous sommes un peu en colère parce que vous y avez entreposé tout votre bric-à-brac.

— Notre bric-à-brac ? Merde alors ! Vous considérez qu'une Cruiser est une épave ?

— Non, ce n'est pas ce que je voulais dire, mais... Les voitures nous cachent la vue, nous ne pouvons plus cultiver nos fleurs et c'est un peu difficile de passer parmi tout ce barda que vous avez garé en bas de chez nous.

— Écoutez-moi bien ! Nos affaires resterons là aussi longtemps qu'on voudra. Compris ? Vous auriez pu nous louer le terrain, mais maintenant c'est trop tard. C'est votre faute.

— Mais le terrain est à nous, protesta Märtha plus fermement.

— Vous êtes sourde ou quoi ?

— Mais combien de temps allez-vous laisser vos affaires chez nous ?

— On verra ça plus tard.

Jörgen apparut dans l'ouverture de la porte. Il était torse nu et Märtha vit qu'il était recouvert de tatouages.

— Désolé, mais on a autre chose à faire. Dégagez ! dit-il.

— Ne pourriez-vous pas faire disparaître tout ça avant lundi ? insista Märtha.

— Impossible ! Nous allons à Copenhague. Ça prendra le temps qu'il faudra.

— Mais la pelouse...

— Ça suffit ! Nous avons notre réunion annuelle, vous comprenez ça ? C'est pas la mer à boire, merde ! L'herbe repoussera, OK ? dit Jörgen en poussant la porte.

— S'il vous plaît, insista Märtha une dernière fois.

— Dégagez !

Märtha et Génie durent reculer et, bras dessus bras dessous, descendirent lentement la rue en pente. En arrivant à la maison, ils avaient l'air soulagés.

— C'est bien ce qui est indiqué sur leur site internet, dit le Génie. Ils partent à la réunion annuelle des Hells Angels à Copenhague. Il ne nous reste plus qu'à passer à l'action !

— Vous êtes sûrs ? Que se passera-t-il si quelqu'un nous surprend ? s'alarma Stina. S'attaquer à...

— Ne t'inquiète pas, tout ira bien, la rassura le Râteau en l'enlaçant.

Elle le regarda, étonnée, et se tut. Le Râteau était redevenu l'homme qu'il était avant que cette folle de voyante ne vienne tout chambouler.

Dès le vendredi après-midi, les Bandangels quittèrent la villa. Toutes les motos, les unes après les autres, descendirent Myrstigen dans un nuage de gaz d'échappement. Le gang des dentiers observa le manège du haut de leur balcon. Quand la dernière moto se fut éloignée, Märtha, très déterminée, s'essuya les mains sur son tablier.

— Chers amis. J'ai bien peur qu'il n'y ait pas de liqueur de mûres arctiques ce soir. Nous avons beaucoup trop de choses à faire.

— Pouvons-nous vraiment être certains qu'ils ont tous quitté la maison ? Vous êtes sûrs que personne ne va revenir ? s'inquiéta Stina.

— On ne peut jamais être sûr de rien en ce bas monde. Mais il faut parfois savoir prendre des risques. C'est la seule façon d'améliorer les choses, déclara Märtha.

— Ou de les aggraver, grommela le Râteau.

— Cette fois, tout se passera bien, se hâta de dire le Génie. Et n'oubliez pas que c'est pour la bonne cause !

— Maintenant, il s'agit de photographier et de mesurer, reprit Märtha. Le Génie et moi-même, nous prendrons des photos. Stina et le Râteau, vous noterez les marques et vous prendrez les mesures de tout ce qui est garé dans le jardin. Et n'oubliez pas les bateaux à l'embarcadère en bas.

Elle leur tendit un mètre à ruban taché de PVC depuis les travaux de moulage.

— Et Lillemor, alors ? Elle se posera peut-être des questions ? avança Stina.

— Ça ne risque pas. Ce week-end, elle participe à une séance de tarot, dit le Râteau.

— Oh ! Elle sera donc partie. Comme d'habitude, coupa Stina qui supportait toujours très mal de parler de la voyante.

— Et toi, Gunnar, tu pourras peut-être nous aider à charger les photos sur l'ordinateur, continua Märtha sans se préoccuper de son amie.

Gunnar acquiesça, ravi d'être de nouveau de la partie.

— Il s'agit d'associer la bonne marque à la bonne photo. Tu m'as comprise.

— Bien sûr, répondit-il en se mettant au garde-à-vous.

— Bien. Alors, c'est parti, décréta Märtha.

Le Génie devait d'abord vérifier que personne n'était resté à l'intérieur de la villa jaune. De son côté, Stina avait informé Anders et Emma de ce qui se tramait, afin qu'ils restent en ville pendant le week-end. Il se pourrait que le gang des dentiers ait besoin de leur aide.

— Au moins, avec tout ce travail, nous échapperons à la gym aujourd'hui, commenta le Râteau.

Tout le monde se mit à l'ouvrage, bien content qu'on soit en juin et qu'il fasse jour si longtemps. Noter les marques et mesurer toutes les voitures, motos et bateaux prit un certain temps. Les heures passèrent et ils ne terminèrent le travail que vers neuf heures du soir. Il fallut ensuite transférer le tout sur l'ordinateur. Märtha servit des sandwiches chauds, accompagnés de thé et de café. Puis le travail reprit. Vers minuit, tout fut terminé. Ils avaient mis toutes les photos des voitures sur Blocket, plus celles des deux tableaux trouvés sur un des yachts.

— Faites en sorte de bien dormir cette nuit, dit Märtha. On ne sait jamais. Demain, on risque de ne pas chômer.

À cet instant, elle ne savait pas à quel point ses prémonitions allaient se révéler exactes.

47

Enfermé dans le vieux local du club des Hells Angels à Orminge, Olle Marling était d'une humeur massacrante. Il avait malencontreusement cogné un pot d'échappement brûlant avec son pied et la blessure s'était infectée. Une septicémie. Le médecin lui avait ordonné de rester au repos, ce qu'il n'avait bien sûr pas l'intention de faire. Le lendemain, les clubs de Hells Angels dans toute la Scandinavie se retrouveraient à Copenhague et il avait plein de choses à régler pour cette assemblée générale. Dès qu'il aurait fini, il se détendrait dans la soirée avec quelques potes. Mais putain ce qu'il était fatigué ! Son pied l'élançait terriblement. Autant se requinquer avec un petit verre. Il sortit une bière du réfrigérateur et chercha un décapsuleur. C'est alors qu'il vit le mannequin brûlé.

— Oh merde, grommela-t-il en soulevant l'objet.

Les vêtements en cuir partaient en lambeaux et l'une des bottes manquait. Le mannequin était dans un piteux état. Il but sa bière à petites gorgées et sortit du local en boitant. Dehors, le soleil brillait et il n'y avait pas un seul nuage dans le ciel. L'herbe verte et le nouveau semis embaumaient, les feuilles sur les arbres se balançaient légèrement dans la brise. Tout près, sur le semis, un groupe d'oiseaux pépiait. Il clopina jusqu'au jardin, agita les bras pour les chasser, mais ils décollèrent à peine avant de se poser à nouveau au même endroit. Ils picoraient les graines. Olle Marling soupira. Excédé, il partit à la remise pour chercher un vieux râteau. De la boîte à outils, il sortit un couteau et tailla le bout du manche en pointe. Ensuite il retourna dans le local pour chercher le mannequin. La tête branla, mais il la revissa de son mieux. Il glissa le manche sous les vêtements en cuir du mannequin à moitié brûlés : voilà qui ferait un parfait épouvantail. Content de lui, il prit le mannequin sous le bras et retourna en boitant au jardin. Il ficha le manche dans le sol puis recula de quelques pas pour admirer son œuvre. Du travail bien fait, eut-il le temps de penser, avant que les oiseaux ne reviennent picorer, exactement au même endroit.

Il proféra un juron et se décida à jeter ce foutu mannequin à la décharge. Il l'avait assez vu. Il se rappela la soirée où il avait été la risée de tout le monde, le cadeau empoisonné qu'il avait gagné à la loterie et son départ précipité avec cette poupée. Depuis, le mannequin l'encombrait. Il était grand temps de s'en débarrasser une bonne fois pour toutes. Pourquoi pas en donnant une leçon aux motards, tiens ? Les Bandangels n'avaient qu'à récupérer ce mannequin de merde. Oui, le corps brûlé leur flanquerait une peur bleue. Une vengeance comme une autre. Il sourit et rentra dans la maison avec la poupée.

Le Râteau était en train de jardiner, quand il perçut un bruit venant de la route. Un livreur à moto remontait la pente avec un colis volumineux. Le conducteur descendit de sa monture, sonna à la porte de la villa jaune, mais personne ne vint lui ouvrir. Il essaya encore une fois, mais comme la maison semblait vide, il regarda autour de lui et aperçut le Râteau. Il enfourcha à nouveau sa moto et s'arrêta devant le portail de la villa des vieux en faisant signe au Râteau.

— J'ai un colis pour la maison du haut. Savez-vous quand les propriétaires reviendront ? demanda-t-il.

— Dans deux jours, répondit le Râteau en louchant avec méfiance sur le colis. Ils m'ont demandé de m'occuper de leur courrier pendant leur absence. Si vous voulez, je peux le prendre à leur place.

Sans aucune hésitation, le livreur sortit un appareil de son blouson et le tendit au Râteau.

— J'aurai juste besoin d'une signature.

Le Râteau acquiesça, griffonna quelque chose d'illisible et lui rendit l'appareil. Puis le livreur descendit le colis du porte-bagages et l'appuya contre la barrière en bois.

— Eh bien, bon week-end, lança-t-il en donnant un coup sur le kick pour démarrer la moto.

Le Râteau lui fit un signe de la main et appela les autres.

— Qu'est-ce que c'est que ça ? demanda le Génie en regardant d'un œil circonspect le volumineux colis.

— Je crois savoir, dit le Râteau. Vu la forme étroite et longue, il ne peut s'agir que du mannequin.

— Ça alors ! Nous l'avons finalement récupéré, s'étonna Anna-Greta.

Märtha s'avança. Elle commença à tirer délicatement sur le papier d'emballage tandis que les autres formaient un cercle autour d'elle.

— Mon Dieu ! C'est bien lui, mais regardez, il est brûlé !

— Que dis-tu ? demanda le Génie.

— Les billets ont dû brûler aussi, s'alarma Stina en s'approchant prudemment.

— Quelle blague ! À moins que ce ne soit une vengeance, compte tenu de ce qui est arrivé à Olle Marling pendant la fête, réfléchit le Râteau.

— Peu importe. Ce qui compte, c'est que l'argent soit là, estima Anna-Greta. Qui m'aide à renverser le mannequin ?

— On va vraiment le faire ? demanda Stina.

— Sans aucune hésitation. Nous n'avons qu'à remettre le mannequin en place, sans que cela se voie, dit Märtha qui commença à dévisser la tête. Mes chers amis, c'est notre jour de chance. Regardez, les billets sont toujours là !

— Alors, allons-y, dit Anna-Greta en retroussant ses manches pour plonger ses mains dans les millions.

Son visage était radieux, alors qu'elle brassait les liasses de billets. Ah, de jolis billets bien réels. Quel plaisir !

— Non, arrête. J'ai une meilleure idée, intervint Märtha.

— Quoi encore ? Nous avons plusieurs millions sous la main à présent, protesta Anna-Greta.

— Les billets du braquage de la Handelsbank sont marqués.

— On n'a qu'à les blanchir au champ de courses comme la dernière fois ! s'écria Anna-Greta gaiement, les deux mains toujours enfoncées dans le mannequin.

— C'est vrai. Mais parfois, il faut voir plus loin que le bout de son nez, répondit Märtha en scrutant attentivement les environs. Maintenant, allons chez nos chers voisins avec le mannequin. Les Hells Angels l'ont voulu ainsi, et c'est probablement la meilleure chose que nous puissions faire. Je vous le promets, c'est également le mieux pour nous. Faites-moi confiance.

Anna-Greta voulut protester, mais changea d'avis devant la mine décidée de Märtha. À contrecœur, elle ressortit ses mains des liasses de billets et se redressa. Avec tristesse, elle regarda son amie revisser la tête et remettre le mannequin dans son emballage, après quoi le Génie posa le carton en travers du déambulateur pour le monter jusqu'à la villa jaune. Cinq millions de couronnes se trouvaient dans le panier du déambulateur.

Après la publication du gang des dentiers sur le site Blocket, le téléphone n'avait pas cessé de sonner. Dans l'annonce, Anna-Greta avait écrit « vente de succession », ce qui marchait toujours très bien. Voitures, bateaux, motos ou tracteurs, peu importait. Tout ce qu'ils avaient mis en vente attirait un flot d'acheteurs très motivés. Pour organiser la journée, ils avaient dû étaler les visites pour éviter que tout le monde ne débarque en même temps. Une bonne initiative, mais au fond d'eux-mêmes, ils doutaient que cela suffise.

— La journée risque d'être longue, dit Märtha en posant quatre thermos de café près du massif de lilas. Après un petit déjeuner roboratif, ils avaient prévu du café avec une collation pour tenir toute la journée. La boîte à gâteaux était remplie de gaufrettes et, sur une planche, elle avait posé des petits pains frais cuits à l'ancienne. Elle avait emporté plusieurs kilos de pommes, d'oranges et de bananes, et pour le Râteau qui préférait les sucreries, elle avait pensé à prendre plusieurs sachets de bonbons acidulés. Pour le Génie, elle avait apporté des réglisses au citron Fazer ainsi qu'un cheesecake aux fraises qu'elle avait réalisé le matin même. L'amour lui donnait des ailes, et depuis qu'ils s'étaient fiancés, elle s'amusait à jouer la femme au foyer. Si on lui avait dit ça quelques mois plus tôt ! Elle était si heureuse de faire plaisir au Génie.

Il faisait beau. Pas de vent, la mer était calme. Au loin dans l'archipel, les oiseaux volaient haut dans le ciel. Les premiers ferries en provenance de Finlande apparaissaient à l'horizon et trois grands bateaux étaient amarrés à l'embarcadère : un Pettersson, un yacht à voile et un hors-bord. Trois yachts de luxe qui n'avaient pas trouvé de place au port et avaient largué les amarres dans la baie.

C'était une bonne chose qu'Anders et Emma viennent leur donner un coup de main, cela augmentait la crédibilité de leur scénario. Il y avait tant de biens à vendre ! Seul le Râteau jugeait qu'on aurait pu se passer de leurs services, en tout cas concernant la vente des bateaux, il préférait s'en charger tout seul... Stina se servit une gaufrette avant de se risquer à prendre la parole :

— Vous savez quoi ? J'ai réfléchi à un truc. Comment allons-nous expliquer que nous possédons tout ça ? dit-elle en parcourant du regard le terrain encombré de véhicules.

— Un héritage, répondit Anna-Greta. Nous avons précisé dans l'annonce qu'il s'agissait d'une succession. On peut fort bien avoir des frères et sœurs qui possédaient des bateaux, des usines de voitures et que sais-je encore.

— Super idée, admit Märtha.

— Mais pour les tableaux ? L'un est de Zorn.

— On dira qu'on l'a acheté quand on était cheunes, dit Anna-Greta avec son stylo dans la bouche.

— On aurait peut-être dû le confier à une vente aux enchères, glissa le Génie.

— Churtout qu'il a de la valeur, répliqua-t-elle.

La discussion allait bon train tandis que le soleil montait dans le ciel et que le gang des dentiers attendait les premiers clients. Il était question des différents mensonges qu'ils devaient dire – mais comme rien ne leur paraissait très crédible, ils décidèrent d'en dire le moins possible. Leur plus grande crainte était néanmoins qu'un membre des Bandangels ne rentre prématurément ou qu'un client ne découvre que les marchandises étaient volées.

— Dans le monde criminel, on est toujours sur le qui-vive, c'est normal, dit Märtha pour dédramatiser la situation.

— Il vaut mieux mentir spontanément, déclara le Râteau. Si on croit à ce qu'on raconte, on finit par embobiner l'autre.

— On peut faire semblant d'être des politiciens qui ont beaucoup fréquenté les boîtes de nuit..., suggéra Stina.

— Oui, chacun improvisera de son mieux, trancha Märtha.

À peine avait-elle dit cela qu'une voiture remonta la rue. Il était huit heures du matin, et le premier client de la journée arrivait. Gunnar se leva, tenant les listes à la main, et Anna-Greta prit le carnet où elle allait noter les ventes. Comme Märtha, elle portait un sac banane pour y stocker l'argent liquide ainsi qu'un sac à l'épaule avec un iPad dont Gunnar et elle se serviraient pour les transactions bancaires plus importantes.

Le premier client voulait acheter une Bentley. Le Génie le prit en charge et parla tellement d'accélération, de nombre de chevaux et de moteur qu'il en oublia complètement la vente, de sorte que si Märtha n'était pas intervenue à la dernière minute, ils seraient passés à côté d'un million de couronnes. Puis deux motos, une Jaguar et l'un des bateaux furent assez faciles à céder. Märtha et Anna-Greta n'avaient que louanges à la bouche pour le site Blocket.

— C'est incroyable tout ce qu'on peut refourguer ! s'écria Anna-Greta quand elle dut retourner dans la maison pour vider sa banane qui débordait déjà.

Elle rangea les billets dans des enveloppes marquées Bentley, Jaguar et ainsi de suite, qu'elle dissimula dans une malle. À supposer qu'il y eût des voleurs parmi les acheteurs, ils ne trouveraient pas ses sous entre les serviettes et les draps ! Les bateaux et la Bentley valaient si cher qu'il fallut demander un acompte. Anna-Greta dut sortir l'iPad et indiquer aux acquéreurs le numéro d'un compte bancaire pour le versement du solde.

— Je vois dans vos yeux que vous êtes honnêtes, concluait-elle en espérant que les acheteurs vireraient la somme due sur le compte.

Il y eut une certaine confusion quand le Génie voulut vendre le Pettersson. Impossible de remettre la main sur le bateau.

— Il est peut-être déjà vendu, murmura le Râteau qui ne prenait pas de notes.

Une grande expédition fut organisée jusqu'à l'embarcadère, tandis que l'acheteur trépignait d'impatience.

— Oui, les Pettersson ont beaucoup de succès. Il est rare d'en trouver d'authentiques de nos jours, expliqua le Râteau en fin connaisseur. Je crois qu'il y avait un client qui voulait faire un tour d'essai.

— Et quand revient-il ?

— Euh, d'une minute à l'autre. C'est un beau bateau, voyez-vous. Récemment reverni, un intérieur rénové en acajou, laiton astiqué. Ah, si j'avais pu le garder !

— Ce doit être un escroc qui l'a pris, déclara Anna-Greta un quart d'heure plus tard, alors que le bateau n'était toujours pas revenu au ponton.

Märtha, qui se rappela leurs discussions à propos des vieux bateaux déglingués, s'avança tout au bout du ponton, chaussa ses lunettes polarisantes et se pencha au-dessus de l'eau. Oui, elle l'aurait parié. Ils avaient oublié d'écoper ce bateau de merde !

— On peut vous faire une ristourne, dit Märtha en montrant l'endroit où l'on apercevait le bateau gisant au fond de l'eau.

— Ce n'est pas un sous-marin que je voulais acheter ! pesta le client.

— Cher monsieur, il n'y est que depuis très peu de temps, intervint Anna-Greta. Vous n'allez quand même pas faire tout un drame parce qu'il est un peu mouillé !

Ce n'est qu'en baissant radicalement le prix que le collectionneur de bateaux anciens se décida à l'acheter en l'état.

Le téléphone n'arrêta pas de sonner et on assista à un défilé de voitures. Les affaires marchaient bien. Les voitures de collection, les motos et les Jaguar se vendaient facilement. Quant aux tableaux que Märtha avait trouvés à bord d'un des yachts, l'un était un véritable Matisse, et s'avéra plus difficile à vendre que le Zorn. Plus elle affirmait que la peinture était un original, moins on la croyait.

— Et puis quoi encore ? Avouez que c'est vous qui avez barbouillé la toile ! répliquaient-ils en haussant les épaules, ce qui, somme toute, flattait beaucoup Stina.

Mais un ancien employé du Musée moderne, qu'on avait congédié, l'acheta sur-le-champ et à un prix si astronomique que Anna-Greta ne put s'empêcher d'en rire toute seule après coup. Le flot d'acheteurs ne tarit pas. Au milieu de l'après-midi, Märtha et ses amis étaient si épuisés qu'ils se mirent à confondre les annonces. Rapidement, ils ne surent plus du tout ce qui avait été vendu et ce qui restait à vendre.

— Quelle importance ? fit Stina, tout émoustillée. C'est si amusant, et l'essentiel, c'est que l'argent entre.

— Mais vendre une moto des années 30 pour le prix d'une mobylette, ce n'est pas très malin, objecta le Génie sur un ton agacé.

— C'est toi qui dis ça ? Toi qui prenais un original de Zorn pour une vulgaire aquarelle, répliqua Stina du tac au tac. Si je ne m'en étais pas rendu compte, nous aurions perdu plusieurs millions.

— Mes amis, ne vous disputez pas ! Du café, des sandwiches et un délicieux cheesecake vous attendent, intervint Märtha qui ne comptait pas les laisser gâcher la fête.

Elle leur promit aussi des chocolats fins fourrés à la crème au citron. Cela les changerait des ganaches au chocolat.

Au même moment, plusieurs personnes remontèrent la pente de Myrstigen et le gang des dentiers retourna à ses clients. Ils n'avaient pas pu prendre de café pour se requinquer, et les transactions s'effectuèrent dans une belle pagaille. Anna-Greta n'eut pas le temps de tout cocher sur les listes, de sorte que le Génie vendit plusieurs fois la même chose. Dans un moment de faiblesse, il faillit même vendre la voiture de Lillemor qu'il trouvait si moche. Mais la vraie bévue vint du Râteau, quand il vendit par erreur le cheval du voisin. Le cheval broutait tranquillement dans le fossé le long de la route et, dans le feu de l'action, le Râteau crut qu'il faisait partie de la vente. Stina qui était la plus jeune et la moins fatiguée, réussit heureusement à annuler la vente *in extremis*.

Quoi qu'il en soit, les voitures et les bateaux les plus chers trouvèrent acquéreurs et, à la fin de la journée, le vide était fait devant la villa jaune et sur le terrain du gang des dentiers. Tous étaient exténués. Anna-Greta était d'excellente humeur parce que cela faisait des années qu'elle n'avait pas manipulé autant d'argent. Radieuse, elle déposa une énième enveloppe de billets dans la malle en bois datant du XVIIe siècle, tapota le couvercle marqué HOME SWEET HOME en s'écriant :

— Maintenant la malle est pleine à craquer et l'argent est parfumé à la lavande !

— Oui, c'est merveilleux, après tous ces incidents de parcours, de retrouver notre argent de Las Vegas. Et c'est bien fait pour Beylings qui soutient les escrocs ! dit Märtha.

— Sans parler du commissaire Blomberg, ajouta le Génie.

— Oui, tout est sa faute. Voler notre argent ! s'exclama Stina.

— Imaginez sa tête quand il verra le hangar vide, s'esclaffa le Râteau.

— Trinquons ! décréta Märtha en apportant le champagne. Ah, j'aimerais bien voir la tête des Bandangels quand ils rentreront. Eux qui voulaient s'en mettre plein les poches, ils ne pourront plus faire grand-chose.

Le Génie se sentit soudain un peu mal à l'aise et Stina gratta la table avec son index.

— J'ai un peu peur malgré tout, fit-elle d'une petite voix. Parfois, ils me regardent si sévèrement. Mon Dieu, ils pensaient que tout ça leur appartenait...

Le Râteau se leva, complètement horrifié.

— Exactement. Oh ! là, là ! Nous avons été trop vite en besogne ! bégaya-t-il. Eux ne savent pas que les marchandises de chez Beylings avaient été achetées avec notre argent de Las Vegas ! Ils vont croire que nous les leur avons volées...

— Tout bien réfléchi, je crois que nous pouvons considérer cela comme une forme de braquage, fit le Génie d'un calme olympien.

— Alors on est mal barrés, conclut le Râteau.

— Il vaut peut-être mieux tout rendre ? hasarda Stina, l'air vraiment inquiet. Sinon, il faudrait trouver une autre solution, mais très rapidement !

— Tout va s'arranger, ne soyez pas inquiets. Je contrôle la situation, dit Märtha, ou du moins, je le devrais, corrigea-t-elle, mais d'une voix si basse que personne ne l'entendit. Nous quitterons Värmdö pendant un moment, le temps que ça se calme.

— Nous allons quitter la villa ? s'écrièrent les autres à l'unisson. Oh non, pour une fois qu'on était bien...

— J'aurais dû vous le dire plus tôt, mais ni le Génie ni moi ne voulions vous inquiéter. En fait, nous avons concocté un plan.

Märtha jeta un coup d'œil vers son compagnon qui lui fit un signe d'encouragement. Prenant une profonde inspiration, elle posa la coupe de champagne et joignit ses mains devant elle.

— Écoutez-moi. Cela va vous paraître difficile, mais je sais que nous en sommes capables.

Tous les cinq étaient si préoccupés qu'ils ne remarquèrent pas Lillemor. De retour de sa séance de tarot chez une amie, celle-ci remontait en titubant la pente : elle avait quelques verres de trop dans le nez. Bizarre... Elle eut l'impression que quelque chose avait changé depuis son départ la veille. La voiture garée d'habitude près de sa barrière n'y était plus, tout comme la fierté de Tompa, une Cruiser 16. Elle regarda une fois, puis deux, sans en croire ses yeux. Elle monta jusqu'à la cour des Bandangels pour voir si les motos et les voitures y étaient toujours. Mais tout s'était comme volatilisé. Les mains tremblantes, elle ouvrit son sac à main et sortit son téléphone portable. Certes, elle cafouilla un peu pour trouver les touches et sa voix était plutôt empâtée, mais elle arriva à prononcer :

— Tompa, tu sais quoi ? Tu ne devineras jamais : ta cour est vide. Tous vos trucs ont disparu !

Puis, toujours pompette, elle rentra chez elle, se jeta sur son lit et tomba aussitôt dans les bras de Morphée.

48

— C'est dommage, mais nous allons devoir partir d'ici, que nous le voulions ou non, reprit Märtha en jetant sur ses amis un regard grave. Nous n'avons pas beaucoup de temps. Mais ne vous inquiétez pas. Le Génie et moi avons trouvé un endroit où nous cacher et Anders et Emma viendront certainement nous donner un coup de main.

— Mais on va aller où ? gémit le Râteau.

Märtha prit son cabas à fleurs et en sortit une carte. Bien qu'elle soit plastifiée, elle était toute froissée. Elle avait en effet beaucoup pleuré sur cette carte, car elle aussi se plaisait bien dans la belle villa, et elle avait mauvaise conscience de contraindre ses amis à déménager. S'ils devaient un jour refaire un casse, il faudrait veiller à ce que cela n'ait pas de conséquences aussi désastreuses.

— C'est regrettable de devoir quitter Värmdö, mais nous pourrons revenir ici plus tard. Regardez cet endroit, je pense qu'on sera bien, dit-elle en dépliant la carte et en montrant plusieurs photos d'une maison et de ses alentours. Le Génie et moi avons trouvé cette maison sur Internet. Je crois que les conditions sont réunies pour que nous soyons à l'abri des représailles tout en étant confortablement installés.

Mis devant le fait accompli, les autres firent un peu la tête, mais durent reconnaître qu'ils avaient eu du travail par-dessus la tête et qu'au fond ce n'était pas plus mal que Märtha et le Génie s'en soient chargés. Vers minuit, les amis tombèrent d'accord sur les modalités du départ et purent s'accorder quelques heures de sommeil. Il ne restait plus qu'à croiser les doigts.

— Nous devons faire nos valises en douce pour que les Bandangels ne se doutent pas que nous préparons notre départ. Il faut donc impérativement que nous ayons tout bouclé avant leur retour, dit Stina d'une voix tremblante.

— Ça va aller, répondit le Râteau en lui caressant la joue.

Tôt le lendemain matin, ils firent leurs valises. Anna-Greta, les yeux rougis, avait dû laisser sa collection de vinyles. Elle pouvait emporter un sac avec ses disques préférés, mais c'était une maigre consolation : vingt cartons de 33 tours restaient pour l'instant dans la villa.

— Quand tout danger sera écarté, nous reviendrons chercher nos cartons, annonça Märtha pour les consoler. Et puis nous partirons loin de Stockholm, comme ça tu auras ton Gunnar rien que pour toi. Ce sera bien, non ?

À contrecœur, Anna-Greta accepta de laisser ses disques. Elle objecta que leurs activités illégales commençaient à affecter sa vie privée. Elle appréciait tant la compagnie de Gunnar qu'elle avait espéré passer encore beaucoup de belles soirées avec lui à bien manger, surfer sur le Net, écouter des vinyles. Il lui avait fait découvrir Jussi Björling et Harry Brandelius, sans parler des magnifiques œuvres de Telemann et de Verdi. Et voilà qu'elle devait tout mettre dans des cartons et qu'elle ne pouvait même pas emmener ses vieux disques de fanfare qu'elle aimait tant. Elle était bien décidée à mettre sur la table, lors de leur prochaine réunion, cette question de la vie privée et à souligner qu'ils devaient absolument revoir à la baisse leurs ambitions en matière de criminalité. Ils ne pouvaient pas passer leur temps à voler et à écrire des lettres de chantage. Ils n'avaient plus 20 ans.

Il y avait beaucoup de choses à déménager et, comme Märtha l'avait prévu, ils durent encore une fois faire appel à Anders et Emma. Le frère et la sœur arrivèrent à bord de leur Volvo break qui tirait une remorque spacieuse. Les affaires personnelles du gang des dentiers qu'ils pouvaient emporter trouvèrent place dans le break. Anders prendrait soin du reste et le leur apporterait plus tard. Car la remorque avait une autre finalité. Avec le Râteau, Anders l'accrocha au combi Volkswagen qui servait à leurs déplacements et ils la chargèrent ainsi que le whisky stocké dans leur cave, des bouteilles de liqueur et de champagne.

— Si c'est pas dommage de sacrifier ça, dit le Râteau, l'air triste, en caressant un carton.

— Qui ne risque rien n'a rien, déclara Stina, jamais à court d'un proverbe.

— Bon, vous êtes prêts ? C'est parti, annonça Anders qui descendit jusqu'au virage pour rejoindre la route.

Ils étaient partis en reconnaissance tôt dans la matinée et avaient découvert que c'était seulement de là qu'on ne pouvait voir ni leur ancienne villa ni la villa jaune. D'ici, personne ne pourrait voir que les bateaux et les voitures avaient disparu. Anders mit le frein à main, descendit du véhicule et regarda autour de lui.

— Oui, ici c'est pas mal, ou encore un tout petit peu plus loin, constata-t-il en remontant dans la voiture.

Il se rapprocha un peu du bas-côté, de façon que la remorque soit de travers et bloque la route.

— Voilà, dit-il gaiement en sortant.

Il fit le tour de la voiture et ouvrit les portes arrière. Avec l'aide du Génie et du Râteau, il balança les caisses d'alcool qui dévalèrent la pente. Ensuite il souleva le capot du véhicule, enleva une bougie et la donna au Génie.

— Maintenant, le plus dur reste à faire, soupira le Râteau en vidant encore quelques caisses de bouteilles de liqueur qui tombèrent sur celles de whisky et se brisèrent.

Lentement, le précieux liquide s'écoula sur le gravier et dans le caniveau.

— Ah, ça fait vraiment mal au cœur ! marmonna le Râteau qui n'était pas du genre à gaspiller une goutte d'alcool.

Le cœur gros, il se dirigea vers la remorque et plongea la main dans une des nombreuses rigoles à l'odeur merveilleuse. Puis il suça longtemps, un à un, tous ses doigts.

La réunion de Copenhague avait traîné en longueur, mais enfin la direction avait pris la décision longtemps espérée : les Bandangels étaient admis au sein des Hells Angels en tant que membres à part entière. Les Bandangels avaient en effet récolté les louanges unanimes des membres de la direction pour la manière avec laquelle ils avaient vidé l'entrepôt de l'ancien chantier naval. Puisque le cabinet d'avocats Beylings avait refusé d'allonger les dix millions, on leur avait dérobé toute la marchandise stockée là-bas. Le racket, ça marchait à tous les coups ! Tompa et Jörgen fêtèrent la nouvelle en descendant un nombre impressionnant de bières. Le samedi soir, la fête ne faisait que commencer : ils partirent ensuite pour une virée à Strøget et au petit matin, Tompa, complètement saoul, avait enfilé un bikini. Quand ils se réveillèrent à l'aube sur la plage, ils titubèrent jusqu'à l'hôtel, sous un magnifique lever de soleil, s'endormirent illico et se réveillèrent seulement vers midi. Émergeant du sommeil, Tompa, allongé sur le lit, torse nu et pas lavé, les mains sur la nuque, fixait le plafond quand son portable sonna.

— Qui peut bien appeler à cette heure-là, bordel ? grommela-t-il en saisissant son téléphone. Ah, c'est Lillemor, dit-il à Jörgen qui parut surpris.

— La vieille qui tire les cartes ? demanda-t-il en voyant le visage de son camarade s'éclairer, les yeux mi-clos, entre deux hochements de tête.

— Mais oui, bien sûr, on va rentrer tout de suite, finit par dire Tompa sur un ton ironique, en reposant son portable sur la table de nuit. Lillemor est inquiète, elle est complètement saoule et affirme que les bagnoles ont disparu.

— Tu te rends compte si c'est vrai ? Si Beylings est venu tout récupérer ?

— Mais non, elle a trop bu, je te dis. Allez, relax...

— Je préfère en avoir le cœur net. Viens, on fout le camp, fit Jörgen.

C'était la fin de l'après-midi, quand les motos de Tompa, Jörgen et de quatre autres Bandangels vrombirent en bas de Myrstigen. Mais dès le premier virage, ils comprirent qu'il y avait un problème et s'arrêtèrent net. La voiture des vieux était en travers de la route, une roue dans le fossé, et la grande remorque barrait la route. Çà et là, des caisses étaient renversées et des bouteilles du meilleur whisky avaient roulé dans le caniveau.

— Ah putain ! s'écria Tompa. Les vieux ne devraient plus avoir le droit de conduire !

Les motards descendirent de leurs engins et regardèrent les dégâts.

— Hé hé, pourquoi pas ? T'as vu ça, du whisky et du champagne ! Qu'ils continuent, ces imbéciles. On n'a qu'à se servir ! lança Jörgen.

— Oui, on n'a que l'embarras du choix, répondit Tompa en prenant une bouteille.

Les autres types firent le tour de la remorque pour voir comment la soulever pour dégager la route. Soudain, il y eut un frémissement dans les buissons et Märtha apparut en provenance du rivage.

— Oh ! là, là ! excusez-moi, c'est pas possible d'être aussi bête ! J'ai voulu prendre le volant, mais j'aurais mieux fait de m'abstenir, dit-elle d'un air désolé. Nous avons appelé la voiture de dépannage et tout va s'arranger. Vous ne voulez pas, en attendant, boire un coup avec nous près du sauna en bas ? Nous avons aussi du hareng et de l'eau-de-vie.

Tompa et Jörgen jetèrent un coup d'œil à la remorque puis regardèrent la mer en contrebas.

— Vous n'avez qu'à laisser vos motos ici. Elles ne craignent rien. Et puis emportez une bouteille, nous ne pouvons pas tout boire à nous seuls, poursuivit Märtha en montrant les caisses abîmées.

— Du hareng avec de l'eau-de-vie ? Au fond, pourquoi pas ? Vous en pensez quoi, les gars ?

Ayant roulé presque d'une traite depuis Copenhague, en ayant fait seulement deux courts arrêts, ils avaient chaud et étaient fatigués. Difficile de refuser. Et quoi de mieux que du hareng avec de l'eau-de-vie ? La vieille avait raison. Ils n'avaient qu'à laisser leurs motos sur la route et peut-être, pourquoi pas, faire ensuite un petit plongeon dans la mer. Après plusieurs heures passées dans des vêtements en cuir, leurs corps puaient la sueur.

— Ouais, d'accord, marmonnèrent Tompa et Jörgen.

Les autres les suivirent.

Ils enlevèrent leurs casques et se dirigèrent avec Märtha vers le rivage. Sur la terrasse devant le sauna, une longue table était dressée avec différentes sortes de harengs marinés et plusieurs bouteilles d'eau-de-vie. Des saucisses, de l'eau-de-vie de sureau et de la vraie Smirnoff brillaient au soleil. Une bonne odeur de branches de bouleau montait du sauna.

— Servez-vous, on ne va pas faire de manières entre voisins. Ah, l'été qui s'annonce, j'adore ce moment de l'année. Il faut savoir en profiter ! dit Stina gaiement en essayant de cacher le tremblement de ses jambes.

Les loubards se passèrent la main dans leurs cheveux collés par la sueur, marmonnèrent un vague « merci » et regardèrent avec plaisir les vieilles femmes remplir des verres de vodka. Le Génie et le Râteau, à leur tour, leur servirent du crack-pain et des galettes de pommes de terre, tandis que Märtha leur présentait le plat contenant les harengs, les œufs et les morceaux de betterave.

— Vous savez, nous avons chanté dans la même chorale. Alors si on reprenait tous en chœur une chanson à boire ? proposa le Génie.

— *Helan går, sjung hopp falleran lej*, commença Märtha, et tous les autres membres du gang des dentiers, y compris Gunnar, reprirent en canon, avant d'être finalement rejoints par les Bandangels.

— Santé ! s'écrièrent-ils en buvant cul sec.

Les harengs, le pain et les accompagnements firent le tour de la table, et à peine avaient-ils commencé à manger que le programme continua.

— Maintenant, nous prenons « Les Bourdons », dit Anna-Greta avec sa voix de stentor en levant son verre d'aquavit. Vous êtes prêts, les gars ?

Et, incroyable mais vrai, Anna-Greta, avec son coffre, couvrit complètement leurs voix.

Nous sommes de petits bourdons, bzz-bzz.

Nous sommes de petits bourdons bzz-bzz.

(Elle ne put s'empêcher de glousser à ce passage.)

Nous sommes de petits bourdons qui buvons un petit coup.

Nous sommes de petits bourdons...

Elle éclata d'un rire tonitruant et perdit le texte en route.

Stina enchaîna à son tour :

Nous sommes de petits anges, nous, swing swing.
Nous sommes de petits anges, nous, swing swing.
Nous sommes de petits anges qu'un diable va prendre...

Le mot de diable lui fit penser aux Bandangels et elle eut si peur qu'elle se tut sur-le-champ.

Mais Märtha, qui avait compris qu'il fallait bien plus de deux verres d'alcool pour étourdir ce genre de types, décida d'accélérer les choses. Elle porta un toast au sauna, à l'été qui approchait à grands pas, aux bouleaux, aux primevères, aux bouteilles d'alcool tombées dans la rue, tandis que le Râteau faisait le service et veillait à ce que les verres soient toujours remplis. Au bout d'un moment, quand les Bandangels eurent vidé pas mal de verres, leurs vêtements en cuir leur collaient de plus en plus à la peau et ça sentait la sueur à plein nez.

— On avait pensé se baigner avant le repas. Ça vous dit ? demanda le Génie en se mettant torse nu.

— Oui, baignez-vous. Pendant ce temps-là, je prépare la nourriture, enchérit Märtha. Que diriez-vous de bonnes grillades ? J'ai un délicieux rôti d'agneau...

— Mais bordel, on va pas..., commença Jörgen.

— Écoutez, la voiture de dépannage n'est toujours pas arrivée et vous avez fait beaucoup de route. Qu'est-ce que vous en pensez ? Ce soir, ce sont les voisins qui régalent. Après, vous ferez un sauna et piquerez une tête dans l'eau. Ça ne vous tente pas ?

— Je ne sais pas, dit Tompa, dubitatif.

Il réfléchissait au coup de téléphone de Lillemor et se disait qu'il ferait mieux d'aller vérifier que tout était en ordre. Mais s'il allait chez elle maintenant, elle lui tirerait les cartes et il n'arriverait pas à s'en défaire. D'ailleurs, elle était si saoule la veille qu'elle devait encore cuver son vin. S'il s'était produit quelque chose de grave, les vieux l'auraient dit. Non, autant manger un morceau ici. Lillemor pouvait être si casse-pieds quand elle s'y mettait. C'était moins stressant avec ces voisins-là. Et cette Märtha semblait avoir des comportements moins bizarres qu'avant.

— Un peu de nourriture et un sauna, ça ne nous fera pas de mal, décréta Tompa, appuyé par Jörgen et les autres.

Soulagés, ils ôtèrent leurs blousons trempés de sueur et leurs pantalons sales.

— Bon, je vais aller voir les filles et préparer la nourriture, dit Märtha en remontant le chemin. Eh ! le Râteau ! Tu peux m'aider à mettre en marche le barbecue ?

Le Râteau acquiesça et suivit les dames, tandis que le Génie et les Bandangels se déshabillaient. Imitant le Génie, ils balancèrent leurs vêtements dans la pièce devant le sauna et entrèrent ensuite s'asseoir sur les bancs en bois. Le Génie versa de l'eau sur les pierres brûlantes et essaya de s'appliquer pour ne pas en mettre partout. Malgré cela, il en mit plein à côté : il était mort de trouille. Sur les ordres de Märtha, voilà qu'il se retrouvait seul avec six Bandangels à moitié saouls. Elle tenait donc si peu à lui pour lui faire prendre un tel risque ? Il essaya de donner le change en parlant moto et des virées qu'il avait faites dans sa jeunesse. Plus tôt dans la journée, le Râteau et lui avaient déposé une caisse de bières dans le sauna. Alors régulièrement, il allait en chercher pour les distribuer. Les gars étaient ravis, même si la chaleur montait de plus en plus. Le Génie remit une louche d'eau sur les pierres et lança à la cantonade :

— Il est temps de faire trempette, les gars, non ?

— Ah oui, on crève de chaud là-dedans, dit Tompa.

Ses acolytes et lui se précipitèrent en gueulant vers la mer. À cet instant, le Génie se rappela que les yachts n'étaient plus là et il fut pris de panique. Les gars allaient comprendre qu'il s'était passé quelque chose.

— La plage là-bas est super pour se baigner, dit-il en indiquant la direction opposée. Allez-y, je vous rejoins.

— OK. Le premier dans l'eau ! beugla Tompa.

— Je vous laisse faire la course. Moi, je suis obligé de faire attention, alors je vais me contenter d'une douche, annonça le Génie.

— Nous allons griller un morceau d'agneau. Vous voulez des frites avec ? cria Märtha du haut de la pente.

— Ah oui, génial ! répondit Tompa en se dirigeant vers la plage. Le dernier à l'eau est un trouillard ! cria-t-il en plongeant la tête la première.

Le Génie les observa et dès que les types eurent disparu, il remit ses vêtements et se dépêcha de remonter le chemin.

— Rôti d'agneau, cria-t-il, c'était le signal convenu.

Le Râteau, Stina et Anna-Greta surgirent des buissons et se précipitèrent vers le sauna où ils prirent les vêtements des Bandangels qu'ils fourrèrent dans de grands sacs. Sur ce, ils coururent aussi vite que leurs jambes le leur permettaient vers leur voiture où Anders et Emma étaient en train de détacher la remorque.

— Vous n'avez pas oublié la malle de vêtements ? demanda Anna-Greta dès qu'elle fut assise à l'intérieur.

— Non, on l'a emmenée, répondit Emma, essoufflée.

— Et aussi les bagages ?

— Oui, nous avons tout pris, répliqua Anders.

— Dans ce cas..., dit le Génie.

Il ouvrit le capot et remit en place la bougie tandis que Märtha prenait le volant. Cela faisait plus d'un demi-siècle qu'elle avait passé son permis, mais elle savait encore démarrer en trombe. Dès que le Râteau et les autres furent assis à l'arrière, elle démarra en s'agrippant au volant. Les pneus crissèrent et la voiture fit une embardée qui faillit les envoyer dans le fossé. Elle s'arrêta net.

— Monte vite, dit Märtha en ouvrant la portière du siège passager pour que le Génie puisse monter. Et maintenant, cramponnez-vous !

— Parce que tu crois qu'on fait quoi, là ? répliqua le Râteau, les deux mains déjà agrippées à la poignée. Pourquoi tu ne laisses pas Anders conduire ?

— Il a la Volvo. Emma et lui sont partis avec nos affaires et nous attendent plus loin.

La veille, lorsque Märtha et ses amis avaient dû se résoudre à quitter la villa, ils avaient décidé de se cacher à un endroit où personne ne viendrait les chercher, et encore moins les trouver. Sous la direction du Râteau, ils avaient déterré les objets en or, mais comme ils étaient pressés par le temps, ils avaient emporté ce qu'il y avait avec. Les plantes avaient poussé et fait de telles racines qu'ils avaient pris aussi bien de la terre avec des vers et des graines que la moitié d'une motte pleine de fourmis rouges. Le Râteau et Stina avaient aplani de leur mieux le jardin, puis ils avaient mis tout l'or dans de grands sacs-poubelles noirs qu'ils avaient déposés à grand-peine dans la voiture.

Quitter leur belle demeure n'avait pas été une décision facile à prendre. Märtha regrettait de n'avoir pu emporter que leurs chaussures de gymnastique, des cordes et quelques haltères en laissant le matériel de fitness. C'était peu, ce qui fit sourire le Râteau, particulièrement de bonne humeur ce jour-là. Vêtements, affaires de toilette, ustensiles de cuisine, tout était entassé dans la voiture, chargée à tel point qu'Anders et Emma avaient à peine pu s'asseoir. Mais le frère et la sœur allaient les attendre sur le parking situé près du pont de Skurubron, pour repartir ensemble. À supposer que tout se passe comme prévu, évidemment…

Märtha fonça à vive allure en direction de la Värmdövägen et, dès la première ligne droite, tendit le portable à Stina.

— S'il te plaît, ma belle, appelle la police !

Stina composa le 112.

— Allô, police ? Il s'agit de l'argent volé lors du braquage de la Handelsbank. Vous pouvez venir chercher l'argent et les malfaiteurs à Myrstigen 3, Norra Lagnö, dit Stina en modifiant sa voix. Les types sont dans un sauna en ce moment, si vous arrivez vite, vous n'aurez qu'à les cueillir. L'argent ? Oui, il est caché dans un mannequin. Un peu cramé à l'extérieur, mais c'est voulu. C'est une super planque. Dépêchez-vous avant que les voleurs ne parviennent à s'enfuir !

Sur ce, elle raccrocha et retira sa carte prépayée.

Lillemor sursauta en entendant hurler les sirènes. Elle avait mal à la tête et s'en voulut d'avoir trop bu, et du vin de mauvaise qualité par-dessus le marché ! Pourquoi n'arrivait-elle pas à se contrôler ? Maintenant, elle tenait moins bien l'alcool. Enfin, à quoi bon se lamenter ? Elle avait déjà passé la moitié de la journée à dormir. Elle se passa le visage sous l'eau froide et alla dans le séjour pour voir ce qui était arrivé. Elle ouvrit la porte du balcon. Les motos de ses voisins étaient là : ils avaient suivi son conseil et étaient rentrés de Copenhague. Mais bizarre qu'elles soient garées en bas de la descente. Et ces sirènes de police qui lui cassaient les oreilles ! À croire que la police venait chez elle ! Puis les sirènes se turent, deux voitures de police débarquèrent et se mirent en travers de la route. Certes les cartes lui avaient annoncé que ce serait une semaine mouvementée, mais là c'était un peu exagéré !

Lillemor alla jusqu'au bord du balcon pour mieux voir.

Les policiers sautèrent de la voiture, les armes à la main, et se précipitèrent vers le sauna situé en bord de mer. Elle mit quelques instants à réagir puis sortit. Poussée par la curiosité, elle regarda en bas vers la plage et vit Tompa, Jörgen et les autres détaler avec la police à leurs trousses. En sueur et tout rouges, ils couraient tant qu'ils pouvaient, avec leurs serviettes nouées autour des hanches. Les unes après les autres, elles tombaient par terre, mais les gars continuaient à courir. La police finit par les rattraper et réussit à leur passer les menottes. Lillemor n'avait jamais vu autant de mecs en sueur à la fois, et encore moins coursés par les flics. Tompa lui fit de la peine quand deux flics, d'une poigne ferme, le poussèrent à l'arrière du fourgon avec les autres Bandangels. Les policiers vérifièrent qu'ils n'avaient oublié personne dans la villa jaune.

Ils ne trouvèrent pas d'autres membres du gang, mais effectivement un mannequin portant des vêtements en cuir brûlés. Et, au moment précis où ils allaient le balancer à l'arrière du fourgon, il se passa quelque chose de curieux. La tête se détacha et un tas de billets tomba sur le sol, que le vent fit voler dans toutes les directions. Ils mirent un moment à s'en rendre compte puis le conducteur du fourgon baissa sa vitre et cria :

— Blomberg, putain quoi, fais attention au mannequin ! Tu ne vois pas les billets ? C'est le butin du vol, a dit celle qui a téléphoné. Et ça a bien l'air d'être ça.

— Oui, oui ! marmonna Blomberg.

— Mais rattrape-les donc ! cria Carlsson en gesticulant comme un fou.

— Ta gueule ! jura Blomberg.

Il courut malgré tout après les billets, les remit dans le mannequin dont il revissa la tête et, toujours en pestant, l'emporta à l'arrière du véhicule en demandant à Carlsson de déverrouiller la porte.

Lillemor n'en revenait pas de voir Tompa nu comme un ver sur le siège arrière. L'observation de son corps mou la consola : elle n'avait pas réussi à le séduire, mais n'avait sans doute pas perdu grand-chose.

La Volvo avec la remorque avançait à vive allure sur la Värmdögägen. Bientôt le pont de Sturebron apparut devant eux.

— Il faut bifurquer après le pont, indiqua Emma.

Anders acquiesça.

En contrebas, l'eau scintillait et sur les flancs des coteaux s'élevaient de vieilles villas. À l'horizon surgissaient les premiers voiliers et les arbres au feuillage vert formaient des taches lumineuses. Mais l'heure n'était pas à la contemplation. Ils étaient en fuite et les vieux n'allaient pas tarder à arriver. Dès qu'ils eurent franchi le pont, Anders tourna à droite, puis encore à droite et se gara le long de la route, en laissant le moteur tourner.

— Bon, on n'a plus qu'à les attendre, dit-il.

— Je sors fumer une cigarette, répondit Emma en sortant de la voiture.

Elle remit son briquet dans sa poche et toussota. Ils auraient pu faire de la voile à cette heure-là, et au lieu de cela, ils devaient, selon les ordres de Märtha, se tenir prêts « à tout moment ». Emma rit tout bas. Cette fois-ci, ils étaient tranquilles : le gang des dentiers allait quitter la ville et ils pourraient souffler un peu. Elle devait aussi s'occuper de sa petite Malin. D'un autre côté, Märtha lui avait refilé un million de couronnes, ce qui lui permettrait finalement de faire une croisière, cet été. Anders descendit aussi de voiture, lui demanda une cigarette et l'alluma.

— Tu crois qu'on pourra enfin se la couler douce quand ils auront quitté la ville ? demanda-t-il.

— Honnêtement, on ne sait jamais ce qui va se passer avec eux.

— Oui, tu as raison. On ne sait jamais !

Quand Märtha s'engagea dans le parking, elle vit, à son grand soulagement, qu'Anders et Emma étaient déjà là. Ils avaient collé le bandeau SENIORFRID sur la Volvo et avaient visiblement fait tout ce qu'elle leur avait demandé. Elle vint se garer à côté d'eux et baissa sa vitre. Tous deux écrasèrent leurs cigarettes.

— Tout est prêt, mais c'est tout juste si on a trouvé la place pour le chariot de nettoyage, déclara Anders en montrant la Volvo.

— Et les sacs en plastique ?

— Pas de problème, ils sont dans la remorque.

— OK, alors on change de place, dit Märtha en sortant du combi Volkswagen.

Stina descendit aussi.

— Bon, on y va. Souhaitez-nous bonne chance. On se voit tout à l'heure, lança-t-elle aux autres, assis à l'arrière.

— Bonne chance ! clamèrent d'une seule voix le Génie et Anna-Greta, tandis que le Râteau se penchait vers Märtha pour lui demander de veiller sur Stina.

— Ne t'inquiète pas, répondit-elle. Nous nous sommes pas mal entraînées, elle et moi, en cachette...

Une fois qu'Anders et Emma furent montés dans l'autre véhicule, Märtha s'assit au volant de la Volvo break. Elle allait partir quand Stina attrapa la poignée.

— Et moi ? Ne m'oublie pas ! pépia-t-elle en montant avec un chiffon et un balai.

— Bien sûr que non... Ah, c'est bien que tu aies pensé à ces ustensiles de ménage, bredouilla Märtha, assez confuse, car elle avait failli oublier son amie sur le parking. Tu as emporté tes cachets pour la tension ?

Elle préférait s'en assurer car Stina avait tendance à s'évanouir quand les choses se compliquaient.

— Évidemment, répondit cette dernière en fourrant la main dans sa poche.

Mais les cachets n'y étaient pas. Elle s'inquiéta, ce qui, bien sûr, fit monter illico sa tension.

Märtha reprit la route de Stockholm, tandis que le combi Volkswagen la suivait discrètement, à quelques voitures de distance. À proximité du Musée historique, Anders se gara au parking près de la Narvavägen tandis que Märtha avançait jusqu'au musée, où elle se gara dans la cour. Un peu empêtrées, Stina et elle parvinrent à descendre, ouvrirent les portes arrière et sortirent les chariots de ménage avec les sacs en plastique, les chiffons à poussière, les produits de nettoyage et deux seaux rouges. Märtha jeta un regard alentour, aperçut quelques enfants qui marchaient en direction de l'entrée, mais sinon, il n'y avait rien à signaler. Stina posa le matériel de ménage au-dessus des sacs en plastique et les deux femmes se dirigèrent d'un pas résolu vers l'entrée du bâtiment. Sur le seuil, Märtha remarqua quelque chose de bizarre sur la voiture d'Anders. Elle mit un moment avant de comprendre ce qui clochait : sur un côté, il y avait bien marqué SENIORFRID mais sur l'autre, on lisait INSPECTION DE L'AIDE SOCIALE. Dans la précipitation, Anders et Emma s'étaient trompés. Bah, les deux services pouvaient dépendre d'une même institution… Reprenant courage, Stina et elle franchirent la porte d'entrée du musée et se dirigèrent vers la salle du trésor.

— Maintenant, il s'agit de ne pas attirer l'attention, chuchota Märtha.

À peine eut-elle prononcé ces mots qu'elle entendit un drôle de bruit derrière elle. Mais elle eut beau se retourner et regarder dans toutes les directions, elle ne vit rien. En continuant à faire rouler le chariot vers le puits aux souhaits, elle se rendit compte qu'elle traînait un câble, tel un serpent qui les suivait. Par erreur, elles avaient emporté le balai dans lequel le Génie avait intégré une scie sauteuse ! Si au moins cela avait été celui avec la batterie, et non le premier prototype doté d'un câble ! Encore une chance que le personnel du musée soit si réduit, personne ne s'en aperçut. Pas un gardien à l'horizon.

— Ne me dis pas que nous avons aussi récupéré l'aspirateur robot, marmonna Märtha, avant de se souvenir qu'Emma l'avait pris pour l'emporter chez elle.

Elle se sentit soulagée un instant, jusqu'à ce qu'elle remarque qu'il y avait un problème avec la brosse de ménage. Elle était d'une lourdeur inhabituelle. Mais c'était peut-être juste une impression due à la nervosité. De toute façon, les dés étaient jetés.

— Nous allons commencer par nettoyer autour du puits aux souhaits, annonça-t-elle en essayant de rester le plus calme possible.

Stina hocha la tête et les deux femmes s'en approchèrent nonchalamment avec leur chariot de ménage. L'eau du puits avait des reflets magiques et, dans la lumière tamisée, on devinait les pièces jetées par les visiteurs du musée. C'était maintenant qu'elles allaient pouvoir mettre en pratique leur entraînement. D'abord nettoyer, frotter avec un chiffon humide, puis mettre l'or à l'intérieur ! Tout devrait bien se passer. Sauf que, quand Märtha posa le balai-brosse par terre, elle vit que c'était en réalité une tondeuse à gazon sur batterie ! Le Génie, qui trouvait que les tondeuses souvent trop grandes n'étaient pas pratiques pour les femmes, en avait inventé une. Pour que l'appareil soit davantage à leur goût, il lui avait donné l'apparence d'un ustensile de ménage... Comme quoi, il ne faut jamais être pressé quand on fait son sac. Märtha l'apprit à ses dépens lorsqu'elle posa par terre le faux balai-brosse au design si élégant : l'appareil se mit en marche dans un vacarme assourdissant. Avec un affreux cliquetis, la tondeuse avança à toute allure sur le sol en pierre, Märtha à sa suite tentait en vain de l'arrêter.

— Mais qu'est-ce que tu fabriques ? cria Stina d'une voix stridente.

— J'essaie de rattraper un balai-brosse, répondit Märtha, essoufflée.

Ce fut le moment que choisit une classe pour entrer dans la pièce. Le bruit que firent les jeunes élèves couvrit celui de la tondeuse, comme il aurait pu couvrir une explosion de pétards. Toute la salle vibra.

— Eh ! Vous avez vu ce machin ? s'écria une fille à l'instant où le faux balai-brosse heurta le puits aux souhaits et s'immobilisa.

Le moteur rugit encore un moment jusqu'à ce que Märtha, les mains tremblantes, trouve le bouton d'arrêt. Toute secouée, elle s'appuya sur la barrière pour reprendre ses esprits, mais revint vite à elle en entendant la voix de Stina.

— Märtha, je crois que nous avons omis un détail.

— Un seul ? répondit Märtha.

— Tiens, essaie de soulever ça. Tu vois, les sacs sont trop lourds ! On n'aura jamais assez de force pour les jeter dans le puits.

— Ah non, c'est pas vrai !

Märtha chercha son portable pour demander de l'aide, mais c'était loupé : elle avait laissé son iPhone dans la voiture. Stina et elle comptaient seulement passer devant le puits aux souhaits avec les chariots de ménage et laisser tomber les sacs-poubelles avec les objets en or dans l'eau, quand personne ne les verrait. Et voilà qu'elles étaient entourées de tous ces jeunes, elles qui portaient des blouses blanches de femmes de ménage, avec les chariots remplis d'or... Stina fouillait ses poches pour retrouver ses comprimés pour la tension et Märtha ses bonbons au réglisse. Soudain un groupe de jeunes garçons se précipita vers elles, l'air moqueur :

— Eh ! t'es encore capable de faire le ménage à ton âge ! lança le plus âgé d'entre eux qui portait une casquette et un appareil dentaire, en montrant du doigt Märtha.

Son camarade qui mâchait un chewing-gum éclata de rire.

— T'as raison. Quand on a l'âge que j'ai, on est mort, répondit Märtha en le regardant fixement. Écoute, je bosse pendant que toi et tes potes vous ne faites que crier et courir dans tous les sens. Je parie que t'es même pas capable de soulever un sac-poubelle.

— Bien sûr que si ! répliqua l'adolescent.

— Pour se la raconter, y a toujours du monde. Mais je serais étonnée si vous arriviez à soulever ces sacs du chariot.

— C'est censé être lourd, c'est ça ? demanda le copain.

— Nous deux, nous arrivons à jeter ces sacs dans le puits aux souhaits, mais pas vous. Je parie que vous n'êtes même pas cap' de le faire, insista Märtha en riant de manière exagérée.

Il n'en fallait pas plus. Le garçon fit signe à son camarade.

— N'importe quoi ! dit l'adolescent, piqué au vif.

Il saisit alors un des sacs, le souleva et le balança dans l'eau. Ce fut comme un signal, et les autres garçons l'imitèrent en prenant chacun un sac, avec des hurlements de gorilles.

— Alors, ça t'en bouche un coin, pas vrai, la vieille ? ricana le garçon.

— Ah mon Dieu, ce que vous êtes forts, les gars ! dit Märtha en les applaudissant.

Puis elle s'éloigna avec Stina, suivie par le câble de la scie sauteuse qui rebondissait derrière elle. Les deux femmes se retirèrent en catimini, et, cette fois, quand Märtha sortit dans la rue, aucun policier – Dieu soit loué – ne l'attendait. Calmement, Stina et elle rejoignirent la voiture. Elles poussèrent le chariot de nettoyage, vérifièrent qu'elles avaient bien les brosses et les chiffons, et refermèrent les portes arrière. Puis elles partirent et klaxonnèrent en passant devant Anders et les autres dans la Narvavägen. Personne ne s'était encore lancé à leur poursuite. Märtha et Anders ne s'attardèrent pas. Car même après avoir restitué les objets en or, le gang des dentiers restait passible de poursuites pénales. Mieux valait se tenir à carreau le temps que l'affaire se calme.

Épilogue

L'obscurité pesante de novembre gagnait tôt la bourgade et il tombait une pluie dense et froide. Parmi les sapins touffus aux troncs mouillés, le paysage aurait été désert, si une faible lumière n'avait pas brillé au loin. Cachée entre les arbres, on apercevait un bâtiment aux fenêtres faiblement éclairées. Perdue dans ce paysage de roches, la maison était donc habitée. Qui se serait aventuré plus près aurait découvert un vieux mur de ferme en pierres sèches. De l'autre côté se dressait une maison en bois rouge avec des encadrements blancs autour des portes et des fenêtres, et dans la cour étaient garés un combi Volkswagen et une Volvo break. Des bougies étaient allumées aux fenêtres. Il y avait encore eu une coupure d'électricité dans la petite bourgade de Vetlanda dans le Småland.

— Je reconnais que cela a plus de charme avec des bougies, dit Märtha, mais est-ce que tu ne pourrais pas mettre en marche le générateur, le Génie ? Nous aimerions aller sur Internet.

Elle passa la main sur l'ordinateur en veille dont la batterie était dans le rouge. Depuis qu'Anna-Greta lui avait enseigné quelques notions d'informatique, elle avait toujours envie de surfer, ce qui n'était pas chose aisée au fin fond du Småland.

— Oui, le Génie, darling, nous devons aller sur Internet. C'est important d'effectuer nos virements en temps et en heure, enchérit Anna-Greta.

En pleine préparation du projet *All inclusive*, elles utilisaient des chèques-cadeaux et des cartes bancaires qui, chaque semaine, par le biais d'un livreur de fleurs, étaient distribués aux maisons de retraite du pays et à ceux qui en avaient besoin. L'argent de Las Vegas – ou plus exactement de la vente de l'entrepôt de Beylings, leur avait permis d'acheter trois propriétés locatives bien situées dans le quartier d'Östermalm à Stockholm, et ils se servaient des loyers pour alimenter leurs œuvres de bienfaisance. Gunnar et Anna-Greta géraient les comptes afin que les sommes soient directement versées aux maisons de retraite, aux centres de soins, aux écoles, aux théâtres, aux musées et à toutes les institutions qu'ils voulaient soutenir. Les bénéficiaires recevaient toujours ces dons accompagnés d'un bouquet de fleurs. Ce dernier détail était peut-être superflu, mais Märtha trouvait que c'était plus amusant ainsi, même si parfois une corbeille de fruits remplaçait les fleurs. Les gains de Las Vegas avaient également permis l'acquisition d'une ferme dans le Småland pour eux-mêmes, et ils avaient acheté un magnifique bâtiment avec dépendances, écuries, remise à bois, et un grand atelier où le Génie pouvait se livrer à ses expériences. C'était ici qu'ils s'étaient mis au vert. Car même s'ils avaient restitué les objets en or, on ne pouvait jamais savoir ce que la police pouvait inventer pour leur nuire.

Tous regrettaient la villa et leur ancienne vie aventureuse, mais ils savaient que la ferme du Småland n'était qu'une solution provisoire. Cela faisait des mois que le Génie n'avait pas vu de vraies Harley-Davidson, alors il se consolait en en regardant sur Internet. Le Râteau ne disait pas un mot de Lillemor, mais on le voyait parfois avec un jeu de tarot. Alors, Stina soupirait mais le laissait faire. Elle décida de lui apprendre à ramasser les champignons et, après la partie théorique, ils firent ensemble de longues promenades dans la forêt, de sorte qu'il devint expert en cèpes et en girolles, voire un cueilleur encore plus enthousiaste qu'elle. Anna-Greta et Gunnar se relayaient devant l'ordinateur : tous deux étaient chargés de tous les virements, tâche qu'ils adoraient. Souvent, ils mettaient de la musique qui résonnait alors dans tout le premier étage. Comme ils s'étaient lassés de « Gulli-gullan » de Jokkmokk-Jokke et de la musique de fanfare, c'était supportable. Désormais, ils écoutaient du gospel ou Verdi, ce que même les autres appréciaient.

Märtha s'était quant à elle un peu assagie. Comme elle n'avait plus son matériel de fitness, elle se contentait d'une demi-heure de gymnastique par jour. En revanche, elle incitait les autres à se promener une heure par jour – et comme le Râteau espérait trouver des champignons, il ne protestait pas, contrairement à son habitude.

Oui, il s'était passé beaucoup de choses depuis leurs derniers jours assez mouvementés à Värmdö, presque six mois plus tôt. Quand elle était mélancolique, Märtha avait parfois un peu de peine pour les Bandangels, mais elle n'avait guère de respect pour des individus agressifs qui extorquaient des fonds. Cela ne leur ferait pas de mal de rester quelques années derrière les verrous : ils mangeraient plus sainement et feraient de l'exercice. De toute façon, d'après ce qu'elle avait entendu dire, un séjour en prison augmentait le prestige des membres d'un gang. Ceux-ci ne devaient donc pas leur en vouloir tant que ça...

Anders et Emma étaient en revanche loin d'être ravis, car ils avaient été chargés de vendre la villa et d'entreposer les objets que, dans la précipitation, ils n'avaient pas emportés. Ils s'inquiétaient pour Stina et ses amis, installés au cœur de la sombre forêt du Småland, et leur rendaient visite de temps en temps, pour voir comment ils allaient. Mais Märtha les avait rassurés en prétendant que ça n'était que provisoire et avait donné quelques centaines de milliers de couronnes à chacun. Dès que la situation serait plus calme, ils achèteraient une nouvelle maison et s'investiraient de nouveau pour la société. Elle ne voulait pas donner davantage de détails. Chaque chose en son temps, disait-elle.

Et puis il y avait cette histoire de fiançailles. D'une certaine façon, cela avait occupé de plus en plus de place dans ses pensées, au point qu'un jour où le Génie et elle avaient passé un bon moment ensemble, elle en avait carrément oublié sa séance de gymnastique. *Il est plus que temps de mettre les autres au courant*, songea-t-elle. Ils s'étaient mis d'accord pour ne l'annoncer qu'une fois que tout danger serait écarté, quand ils ne vivraient plus cachés.

Märtha soupira et alla préparer du café. Pour changer, elle le servirait avec de la liqueur à l'œuf. Ils avaient laissé à Myrstigen tellement de liqueur de mûres arctiques, le jour où ils avaient quitté Värmdö, et on n'en trouvait pas dans les magasins du coin. Ils avaient envisagé un moment d'en distiller eux-mêmes, mais Anna-Greta trouvait que la fabrication répandait de trop mauvaises odeurs et qu'il valait mieux en commander sur Internet puisque Systembolaget livrait à domicile. Mais comme ils tenaient à se montrer discrets, cette proposition ne fut pas retenue. Ils buvaient donc du Bols Advocaat Original en attendant, dans leurs petits verres à liqueur. Ce qui n'était pas déplaisant. Un peu de changement faisait toujours du bien.

En bâillant, Märtha vit du coin de l'œil le *Vetlanda-Posten* posé sur la table. Il était là depuis la veille, mais personne n'avait pris le temps de le lire. Elle commença à le feuilleter et allait le reposer quand son regard tomba sur un entrefilet. Ça concernait le Musée historique.

En effet, le personnel du musée avait fait une curieuse découverte dans la salle du trésor. Peu après la grande joie qu'avait eue un gardien en retrouvant dans le puits aux souhaits l'ensemble de la collection d'objets en or qui avait été dérobée, des fourmis s'étaient mises à envahir les lieux et on avait été obligé de faire venir l'entreprise Anticimex. Par ailleurs, l'eau du puits était devenue terriblement boueuse. Une rare variété de rose Jéricho avait poussé parmi les pièces de monnaie et une rumeur courait selon laquelle un visiteur du musée avait aperçu des nénuphars et un plant de cannabis au fond – une blague, sans aucun doute. Personne ne pouvait expliquer la présence de ces végétaux, même si la police soupçonnait que cela pouvait avoir un lien avec la restitution de l'or. Märtha lut en diagonale mais s'arrêta aux dernières lignes : « Avec l'aide de la terre retrouvée dans le puits, la police espère mettre la main sur les malfaiteurs pour les confondre. »

— Aïe, fit Märtha en laissant tomber le journal par terre.

Avaient-ils réussi jusqu'ici pour échouer à cause d'un infime détail ? Non, elle refusait de s'inquiéter. Personne ne les retrouverait au fin fond de la forêt. Ils pouvaient encore rester là un moment et profiter de la vie. Emma et Anders n'avaient qu'à venir prendre la Volvo et la Volkswagen pour faire changer les plaques d'immatriculation. La police devait s'imaginer que les voleurs avaient quitté le pays depuis longtemps. Märtha ramassa le journal et le reposa sur la table. Elle mit en marche la nouvelle machine à espresso et glissa une capsule de café parfumée au chocolat. Ensuite, elle alla chercher la liqueur à l'œuf et sortit tasses et soucoupes. Nouvelles habitudes et nouvelles saveurs. Il s'agissait de ne jamais se reposer sur ses acquis, et d'aller toujours de l'avant, pensa-t-elle. Le café bouilli et la liqueur de mûres arctiques appartenaient au passé. Maintenant, l'heure était à l'espresso, à la liqueur à l'œuf et à de nouveaux casses.

Quand chacun aurait terminé son petit déjeuner, elle les convoquerait tous pour une réunion. Elle avait un plan. Le gang des dentiers se renouvellerait et pourrait prochainement distribuer encore plus d'argent. Alors peut-être que le Génie et elle pourraient enfin les mettre au courant de leurs fiançailles...

L'automne était bien avancé. Carlsson n'avait toujours pas renoncé à mettre la main sur les malfaiteurs. Dans son bureau design du commissariat de Kronoberg, les spots gris métallisé restaient allumés des heures pendant qu'il se creusait le cerveau. Le gris palombe allait bien avec les nouveaux rideaux rouges et avec la couleur des murs. Cette fois, il avait choisi un rouge clair pour mieux faire ressortir le noir. Si les fauteuils et la table étaient noirs, les coussins présentaient différentes nuances de gris, bleu et violet. La pièce était vraiment chic. En outre, il avait ajouté deux aquariums – bien qu'aucun ne fût aussi beau que le premier. Curieusement, ils n'avaient pas le même éclat. À cause du gravier, peut-être ? Il faudrait qu'il se débrouille pour trouver les mêmes pierres.

Il feuilleta les résultats des analyses du laboratoire. Combien de fois avait-il incité le personnel à rendre plus rapidement ses conclusions ? Pourvu que cette fois-ci soit la bonne. Il parcourut le rapport et poussa une exclamation.

— Ça y est, on les tient ! Enfin ! s'écria Carlsson d'une voix de fausset, en voyant les chiffres de l'échantillon de terre. Blomberg, on la tient, notre preuve !

— Qu'est-ce que tu as dit ? s'étonna Blomberg, fatigué, en levant les yeux de l'ordinateur.

— Je dis que nous les tenons, on peut arrêter les vieux. Je crois que le casse est résolu.

— Ah bon ?

— Oui, ça ne te fait pas plus d'effet que ça ? Je crois que tu ne m'écoutes pas vraiment, Blomberg. Qu'y a-t-il ? Je peux faire quelque chose pour toi ? Tu as l'air si abattu depuis quelques mois.

— Moi ? Je ne sais pas, répondit Blomberg en rougissant. Oh, juste des petits problèmes. J'ai perdu pas mal d'argent, enfin, tu sais ce que c'est. Ça fout forcément un coup au moral.

— Oui, je comprends, dit Carlsson. En fait, si j'ai demandé qu'on repeigne cette pièce dans des tons plus gais, c'était aussi pour te donner la pêche. Il faut se plaire au travail si on veut faire du bon boulot. Et puis on ne vit qu'une fois.

Blomberg parut accablé.

— Mais au fait, Blomberg, pour ces histoires d'argent, ne t'en fais pas. Quand ils ont augmenté mon salaire, j'ai demandé à ce que le tien le soit aussi.

Blomberg resta interloqué, déglutit plusieurs fois, mais parvint à se contrôler.

— C'est vraiment gentil de ta part, articula-t-il, à deux doigts d'exploser.

En même temps, il aurait dû lui être reconnaissant. Beylings n'avait pas eu le temps d'assurer tous les biens entreposés dans le hangar du chantier naval et, en tant que client, il avait tout perdu. C'était en tout cas ce qu'affirmait Birgerson, mais cet escroc s'était récemment acheté une nouvelle voiture. Une Bentley.

Carlsson vit la mine déconfite de son collègue.

— Mais j'ai une autre nouvelle qui devrait te faire plaisir, ajouta le douanier qui se leva pour aller chercher quelque chose dans le couloir, et revint, une expression radieuse sur le visage.

— Pas mal, hein ? Qu'est-ce que t'en dis ? fit-il en caressant les vêtements noirs en cuir. Il était dans la cave à moisir, alors j'ai pensé qu'on pourrait en faire quelque chose.

Il tenait le mannequin brûlé qu'il avait placé dans un pied de sapin.

— Dans une pièce aussi bien décorée soit-elle, ce qui compte, c'est ce genre de détail qui donne un tout autre cachet à l'ensemble.

— Mon Dieu, oh non, pas le mannequin ! gémit Blomberg.

— Pourquoi ? Tu ne l'aimes pas ? Tu sais, dans la vie, il faut apprendre à donner et à recevoir. Moi, je supporte bien ton chat.

— Oui, Einstein...

Blomberg se tut et se sentit coupable, tout à coup. Depuis le jour où Carlsson était arrivé avec deux aquariums, il était venu au travail avec Einstein. Mais Carlsson n'avait pas compris la contre-attaque et avait simplement veillé à munir les aquariums d'un couvercle de protection.

— Et si on travaillait au lieu de raconter n'importe quoi ? T'as dit qu'on pouvait les coffrer en parlant des retraités, c'est bien ça ?

— Oui, ce sont eux, les voleurs d'or. Tu sais, l'échantillon de terre retrouvé au fond du puits dans la salle du trésor a la même composition que la terre du jardin de la villa ancienne. Les Bandangels ont dit qu'ils avaient pris le mannequin dans la cave des vieux, on a donc dû enquêter à ce sujet. Nous n'avons relevé aucune trace suspecte dans la cave proprement dite, mais les analyses de la terre du jardin se sont révélées intéressantes. La teneur en phosphate là-bas et celle de l'échantillon trouvé dans le puits aux souhaits sont exactement identiques. Et ce qui rend l'affaire encore plus intéressante, c'est qu'une des vieilles dames qui habitaient là-bas se trouve sur les images des caméras de surveillance.

— Tu ne vas pas recommencer !

— Mais si, Blomberg, c'est du sérieux. J'ai regardé très attentivement ces images : cette femme apparaît aussi bien lors du casse de la Handelbank que lors du vol des objets en or du Musée historique et pendant la restitution des objets. Et le mannequin se trouvait chez elle.

— Mais l'affaire de la Handelsbank a été résolue...

— Finalement, je n'en suis pas si sûr. Les Bandangels nient farouchement, même s'ils ont été condamnés pour ce braquage, et il y a un truc qui me chiffonne. La moitié des dix millions qui ont été dérobés manque toujours à l'appel.

— C'est sûr, il y a un hic, renchérit Blomberg en prenant Einstein sur ses genoux.

La présence du chat l'apaisait et l'empêchait de faire une crise de nerfs.

— Viens, je vais te montrer. J'ai ici tous les films des caméras de surveillance. Cette vieille dame est omniprésente. On n'a jamais réussi à établir un lien entre elle et les différents braquages, mais grâce au prélèvement de terre, nous détenons enfin la preuve qui nous manquait.

Carlsson posa l'échantillon de terre sur la table et se pencha vers l'ordinateur. Blomberg installa à contrecœur Einstein dans son panier et s'approcha de son collègue. Le douanier avait obtenu de reprendre les enquêtes sur les deux grands braquages, alors que lui-même se retrouvait à travailler sur de vulgaires cambriolages et des vols à l'arraché. Strömqvist, le patron, avait estimé que Blomberg n'était plus légitime pour mener ce genre d'enquêtes et il les avait confiées à Carlsson. Si Blomberg n'avait pas eu deux mois encore à tenir jusqu'à la retraite, il ne se serait pas laissé traiter de cette façon. Mais à quoi bon, maintenant ? Bientôt tout cela ne serait plus qu'un lointain souvenir. Il en avait assez de ce foutu bureau et il avait été fort occupé à transférer des informations précieuses sur ses clés USB. Il y avait de la matière pour plusieurs romans policiers ! Il fallait bien qu'il gagne de l'argent, maintenant qu'il avait tout perdu.

— Bon, qu'est-ce que tu tiens à me montrer ? demanda Blomberg en se grattant la nuque.

— Regarde ici ! dit Carlsson en cliquant sur un dossier intitulé « La salle du trésor ».

Les images montraient la vieille Märtha qui tournait sans relâche autour du puits aux souhaits et jetait un coup d'œil à l'intérieur.

— Qu'est-ce que tu trouves de bizarre ? fit Blomberg en bâillant.

— Tu ne vois pas qu'elle jette des coups d'œil suspects en direction des vitrines ? Comme si elle les étudiait.

— Mais non, elle cherchait son mari, marmonna Blomberg.

— Et regarde ici ! s'emporta Carlsson en cliquant sur un autre dossier marqué « Handelsbank ». Tiens, c'est bizarre. Depuis quelques jours, la Handelsbank a de nouvelles icônes que je ne reconnais pas.

— C'est le genre de choses qui arrive. Il faut bien qu'ils s'occupent quand ils ferment à trois heures, dit Blomberg.

— Mais regarde ces icônes-là, par exemple, insista Carlsson en montrant celle de la Handelsbanken AB Gibraltar et celle de la Handelsbanken AB Tomelilla.

— Attention, ne clique pas dessus, le mit en garde Blomberg, on ne sait jamais...

— D'accord, je vais les mettre à la poubelle, mais regarde encore ici. La vieille...

— Anderson, elle s'appelle, compléta Blomberg.

— Oui, tu la vois ? Devant la Handelsbank de la Karlavägan le jour même où le vol a eu lieu, elle parle plusieurs fois dans son téléphone portable. J'ai vérifié les appels : ils sont adressés à la police. Et là, sur cette photo, on dirait qu'elle entre elle-même dans la banque.

— Elle ? Attends, fais voir, fit Blomberg, brusquement intéressé, en se penchant en avant. Oui, c'est vrai, tu as peut-être mis le doigt sur quelque chose. Écoute, je voudrais que toi et moi, on se repasse toutes les images des caméras de surveillance.

Le visage de Carlsson s'éclaira.

— Formidable. Tu comprendras mieux. Mais ça va faire beaucoup. Que dirais-tu d'une petite tasse de café d'abord ?

— Bonne idée. En novembre, on a besoin de pas mal de café pour se mettre en train.

Tout content, Blomberg se rendit à la machine à café. Peut-être qu'à la veille de sa retraite, il aurait son heure de gloire ! Il sourit, alla chercher un filtre, versa le café et mit la cafetière en route. À son tour, Carlsson sortit de son porte-documents des biscuits et se dépêcha de rejoindre Blomberg. Dans sa hâte, il heurta le panier du chat qui se réveilla. La créature protesta et lui jeta un regard courroucé. Comme il détestait l'animal ! Il était temps de parler sérieusement avec Blomberg. Ce monstre s'était fait les griffes sur le canapé design et laissait des poils dans le fauteuil violet, c'était tout sauf drôle ! Énervé, il se dirigea vers la salle de la machine à café et sortit les tasses.

Dans le bureau, Einstein s'assit dans son panier et entreprit de se lécher lentement et consciencieusement les pattes. Ensuite, il s'étira de tout son long et, d'un bond gracieux, sauta sur le bureau en faisant tomber l'échantillon de terre, et s'approcha de l'ordinateur. Il s'allongea voluptueusement sur les touches. Sa queue se posa sur Enter et sa patte droite tomba sur le panneau de commandes. Il appuya d'abord sur l'icône de la Handelsbanken AB Tomelilla puis marcha sur une autre touche qui ouvrit l'icône de la Handelsbanken AB Gibraltar.

Aussitôt après, l'ordinateur se mit à travailler tout seul et cette histoire de documents perdus que la police avait patiemment rassemblés resta à jamais dans les annales. L'un après l'autre, les dossiers disparurent de l'écran y compris les images de vidéosurveillance et le reste. Et ce virus, qui s'avéra plus tard provenir d'une ferme située au fin fond du Småland, aucun consultant informatique n'en avait jamais entendu parler. Ce qui expliquait qu'on ne pouvait pas non plus le combattre. Fait étrange, il ne détruisait pas tous les fichiers, mais uniquement ceux qui avaient trait à certains vols et braquages qui avaient eu lieu durant les deux années précédentes. Le plus curieux, c'est que même la recette des bons petits gâteaux pour le café disparut dans la foulée.

Remerciements

Pendant près d'un an, j'ai écrit *Le gang des dentiers fait sauter la banque*, un travail qui est devenu de plus en plus agréable grâce à l'aide de tous ceux qui m'ont soutenue en route.

Tout d'abord, je suis très heureuse de l'aide inestimable que j'ai reçue de ma maison d'édition Bokförlaget Forum. Merci à Teresa Knochenhauer, mon éditrice, qui a relu et peaufiné mon manuscrit. Merci, Adam Dahlin, mon directeur littéraire, pour tes paroles d'encouragement. Merci aussi, Liselott Wennborg Ramberg, Åsa Ernflo et Anna Cerps, pour tout le travail que vous avez fait sur mon texte et les améliorations que vous m'avez suggérées. Et merci également, Anna Käll et Nils Olsson, pour votre couverture encore une fois très réussie.

Je tiens aussi à vous remercier, Göran Wiberg, Bernt Meissner et Bo Bergman du service des ventes de Bonnier, pour votre travail avec ce livre-là mais aussi pour mes précédents ouvrages ; de même un grand merci à Sara Lindegren, Annelie Eldh, Barbro Almgren et Karin Eklund du service marketing pour avoir soutenu mes livres durant toutes ces années.

En dehors de ma maison d'édition, j'ai mon panel de lecteurs qui ont apporté leur éclairage au cours du travail. En font partie Inger Sjöholm-Larsson dont les encouragements et le rire ont été une magnifique source d'inspiration pour moi, et Lena Sanfridsson, une interlocutrice de rêve. Merci aussi à Barbro von Schönberg, dont le soutien et les encouragements participent à ma joie d'être écrivain, et à Ingrid Lindgren, qui, à tout moment et en toute situation, était prête à me faire des commentaires sur ce que j'écrivais.

Merci aussi, Mika Larsson, pour toutes tes remarques avisées et professionnelles, toi qui mets la même ardeur à critiquer qu'à louer ; Isabella Ingelman-Sundberg pour ton soutien et pour toutes les fois où tu as lu le manuscrit et m'as aussitôt fait part de tes remarques incisives ; Gunnar Ingelman pour m'avoir accompagnée et soutenue pendant toute l'écriture de ce livre et Henrik Ingelman-Sundberg pour tes commentaires directs, critiques et perspicaces, qui valent de l'or.

Également un grand merci à Magnus Nyberg pour avoir lu, aimé et commenté. Tes éclats de rire et tes points de vue ont souvent été déterminants pour ma manière de retravailler mon manuscrit ! Merci aussi à toi, Kerstin Fägerblad, parce que tu as lu la toute première version jusqu'au livre achevé et parce que tu m'as aidée, avec Marike Ollner, à faire des recherches au champ de courses de Solvalla. J'en profite aussi pour remercier Solbritt Benneth, Bengt Björksten et Karin Sparring Björksten pour leur aide inestimable.

J'ai aussi pu profiter des avis éclairés d'Ingegerd Jons, Anna Rask et Agneta Lundström, et j'ai beaucoup apprécié leurs commentaires. Merci aussi à Peter Östman et Malin Elgborn qui m'ont donné un précieux feedback.

Et *last not least*, je tiens à remercier Maria Enberg, Lena Stjernström, Peter Stjernström, Lotta Jämtsved

Millsberg et Umberto Ghidoni de Grand Agency. Merci de m'avoir soutenue et d'avoir vendu *Comment braquer une banque sans perdre son dentier* dans plus de vingt pays.

À paraître en mai 2015
chez Fleuve Éditions

Les beignets d'Oscar

Cent jours de bonheur

Fausto BRIZZI

« La vie n'a aucun sens si tu ne réalises pas
tes rêves d'enfant. »

Chaque matin Lucio déguste un beignet d'Oscar, son beau-père, assis à la table devant sa boutique, partageant quelques miettes avec un moineau extraverti. Un instant privilégié, une madeleine de Proust qu'il garde secrète. Il ne faudrait pas que Paola, sa femme, apprenne ses écarts gourmands. Quoique maintenant, ça n'ait plus grande importance. Elle a découvert son aventure avec Mme Moroni. Une incartade qui lui vaut d'être mis à la porte.
Et comme les ennuis, c'est bien connu, débarquent toujours par paire : il fait la rencontre de l'ami Fritz. Lucio aurait sûrement préféré ne jamais croiser sa route. Pourtant, avec lui, il va passer les cent jours les plus heureux de sa vie. De ceux que l'on veut laisser derrière soi comme les plus heureux, des souvenirs que nos proches chériront toujours. Cent jours qu'il se doit de rendre inoubliables.

Fausto Brizzi est un réalisateur, scénariste et producteur italien plusieurs fois récompensé. *Les beignets d'Oscar – Cent jours de bonheur* est son premier roman.

Traduit de l'italien par Lise Caillat

Titre disponible en version numérique

À paraître en avril 2015
chez Fleuve Éditions

L'histoire épatante de M. Fikry & autres trésors

Gabrielle ZEVIN

La vie est plus belle lorsqu'elle s'écrit à plusieurs.

A.J. Fikry a l'un des plus beaux métiers du monde : il est libraire. Un libraire misanthrope et bourru qui file un mauvais coton depuis le décès de Nic, son épouse. Peu importe, livre ou être humain, il est devenu bien difficile de trouver grâce à ses yeux.
L'irrésistible petite Maya va pourtant fendre son armure. Sa maman souhaitait qu'elle grandisse au milieu des livres et l'a donc laissée dans les rayons de l'unique librairie d'Alice Island. Et c'est ainsi qu'A.J., faussement récalcitrant, se retrouve à pouponner ce chérubin aussi malicieux que despotique.
Et dans le sillage de ce duo improbable, tout leur entourage va découvrir que les aventures étonnantes, épatantes et émouvantes n'arrivent pas que dans les livres.

Gabrielle Zevin est l'auteur de plusieurs ouvrages jeunesse et adulte, qui ont rencontré un grand succès et ont été traduits dans de nombreuses langues. *L'histoire épatante de M. Fikry & autres trésors* est son premier roman pour adultes traduit en français.

Traduit de l'anglais (États-Unis) par Aurore Guitry

Titre disponible en version numérique

Composé par Facompo
187, rue Calmette-et-Guérin, 14100 Lisieux

Imprimé en France par

CPI
BRODARD & TAUPIN

à La Flèche en janvier 2015
N° d'impression : 3008229

Fleuve Éditions
12, avenue d'Italie
75627 Paris Cedex 13

Dépôt légal : février 2015
R09871/01